근대문학의 탈식민성과 젠더정치학

근대문학의 탈식민성과 젠더정치학

김 양 선

도서출판 역락

머리말

  이 책은 최근 몇 년 동안 내가 관심을 가지고 연구했던 탈식민주의와 페미니즘 문학 관련 글들을 묶은 것이다. 제목을 『근대문학의 탈식민성과 젠더정치학』이라고 단 이유는 우리 근대문학, 특히 1930년대 중반 이후 이른바 일제 말기 우리 문학의 다양한 풍경, 그 안에 잠복해 있는 욕망과 좌절 등을 해석하기 위한 방법론이 필요하고, '젠더'가 텍스트의 이념과 미학을 평가하는 결정적 요인이라고 생각했기 때문이다. 우리 근대문학은 식민화에 대한 불안, 탈식민화를 위한 소극적·적극적 움직임들, 좀 더 그럴듯한 근대성을 향한 열망과 그런 근대성의 사악함에 대한 반동 사이에서 끊임없이 유동하는 모습을 보였다. 젠더정치학은 그런 유동성을 가로지르면서 지속적인 힘을 발휘해 왔다. 하지만 그런 모습이 비단 식민지 시기 근대문학에만 한정되는 것은 아니다. '우리'라는 가상의 상을 보존하기 위해서, '타자'를 만들어내는 배제와 은폐의 담론들은 지금/여기 우리의 불안한 자화상이기도 하다. 이 책에 실린 글들이 바로 이런 우리, 그리고 나의 일그러진 얼굴이 생겨난 기원을 찾아가려는 시도로 읽혀지기를 바란다.

  제1부 「탈식민 담론과 페미니즘 문학연구」에서는 민족, 국가, 근대, 식민과 탈식민의 문제를 여성의 시각에서 조명한 여러 연구들을 비판적으로 점검해 보았다. 근대 민족국가의 형성과정, 식민과 탈식민의 움직임을 평가하는 데 페미니즘 방법론은 유효한 틀을 제공했고, 그 결과 우리 근대문학의 무의식을 좀 더 심도있고 풍성하게 해석할 수 있게 된 것도 사실이다. 이와 같은 연구가 지닌 성과와 일종의 편향성을 함께 보려고 했다. 또한 근대문학에서 식민화와 탈식민화의 다양한 재현의 양상들을 심상지리

의 영역에서 규명한 글들을 함께 실었다. 식민 시기이건 혹은 식민 후기의 시기이건 우리 안에 내재한 식민성을 극복하려는 움직임들 역시 우리 안에 여성이나 향토와 같은 내부 식민지를 상상의 영역에서나마 만듦으로써 자신들의 분열된 양가성을 봉합할 수 있었다는 게 여기 실린 글들을 쓸 당시의 기본적인 생각이었고, 이 생각은 지금도 변함이 없다. 하지만 식민지 무의식이 발견, 혹은 발명해낸 영역인 향토랄지, 조선적인 것과 여성성의 결합이 남성성의 불안과 관련되어 있다는 필자의 생각 역시 애초 의도와는 다르게 우리 문학의 심층에까지 다가가지 못한, 또 다른 이론의 폐쇄회로에 갇혀버린 것은 아닌지 우려되는 바가 없지 않다. 그보다 식민성의 어두운 그늘을 밝히는 데 동원된 여러 이론들 역시 필자 자신이 이론의 식민화 상태에서 벗어나지 못했다는 자괴감을 불러일으키는 것도 사실이다. 앞으로 좀 더 나 자신의 목소리를 찾아보겠다는 약속을 하는 것으로 대신한다.

제2부 「일제 말기 문학과 젠더정치학」에서는 주로 친일문학의 내적 논리를 여성성의 전유방식과 관련지어 살펴보았다. 일제 말기 남성작가들의 친일문학에 내재한 젠더 위계 논리, 여성작가들의 친일문학에 대한 실증적 규명 및 그것이 전체 문학 장 및 여성문학 장에 미친 영향 등을 규명하고자 했다. 이와 같은 문제의식을 좀 더 확장한다면 우리 근대문학사가 젠더중립적인 것이 아니라 오히려 젠더 위계질서를 활용함으로써 근대문학 장을 구축하였다는 점, 여성문학 역시 그 내부에 포섭과 배제의 역학이 작용했다는 점을 밝힐 수 있으리라 본다. 마지막에 실린 두 편의 글은 근자에 주목할 만한 경향이라 할 수 있는 일제 말기 및 친일문학의 연구동향을 비판적으로 점검한 것이다.

제3부 「문학사와 젠더적 독법」에서는 근대문학사에 등재된 다양한 작품들을 여성의 시각에서 다시 읽고자 했다. 이광수와 김동인, 채만식, 그리고 1930년대 모더니즘 계열 작가들의 작품을 재해석한 글들도 있고, 강경애나 광주항쟁 문학/문화생산물에 담긴 여성적 윤리나 기억의 정치학을 탐

색한 글들도 있다. 작가의 성별에 얽매어 작품을 재단하기보다는 젠더적 독법의 다양한 가능성들을 모색해 보려고 했다. 이와 같은 작업은 필자가 계획하고 있는 독자적인 여성문학사 서술과 함께 앞으로도 좀 더 깊이있는 연구가 이루어져야 할 부분이라고 생각한다.

책을 꾸미다 보니 빈 구석도 많고, 앞으로 공부해서 채워 넣어야 할 부분도 많이 보여 걱정이 앞선다. 1930년대, 그중에서도 일제 말기에 정향된 필자의 연구 편향이 노골적으로 드러난 듯해서 부끄럽다. 하지만 이 정도의 글이나마 쓸 수 있도록 같이 공부하고 비판해 준 사람들의 노고와 애정이 새삼 고맙게 느껴지기도 한다. 먼저 몇 년 동안 탈식민주의론을 함께 공부했던 민족문학사학회 탈식민주의 분과 여러 선생님들, 졸고를 발표할 기회를 주어 그나마 게으른 연구자에게 글을 쓰도록 해 준 몇몇 학회나 연구소가 아니었으면 이 누추한 책이나마 나오기 힘들었을 것이다. 석·박사 시절 논문을 지도해 주셨던 이재선 선생님께는 이 책이 부족하지만 꾸준히 학자의 길을 가고 있는 제자가 드리는 작은 선물이 되었으면 하는 바람이다. 이 모든 분들께 앞으로 성실하게 사는 것으로 보답하고 싶다. 무엇보다 옆에서 항상 비판적 지지자 역할을 자임하는 남편과 공부하는 엄마를 자랑스러워하는 아이에게 고맙고 사랑한다는 말을 하고 싶다. 처음 출판을 결정하고 삼 년이 흘렀다. 그 사이에 새로 쓴 글을 싣고 어떤 글은 빼느라 애초 교정본은 무위가 되고 새로 편집 작업을 해야 하는 수고로움을 출판사에 끼쳤다. 죄송하고 감사한 마음을 헤아릴 길이 없다. 참을성 있게 기다려 주신 이대현 사장님과 세심하게 교정을 봐 주신 추다영 님께 고개 숙여 감사드린다.

2009년 6월
봄내골에서 김양선

목 차

제 3 부 문학사와 젠더적 독법

제1부

탈식민 담론과
페미니즘 문학연구

탈근대 · 탈민족 담론과 페미니즘 문학연구

경합과 교섭에 대한 비판적 읽기

1. 2000년대 여성문학 연구의 지형도

여성문학론이 본격적으로 우리 사회에 소개된 1980년대 이후 문학연구 방법론이자 실천적인 담론으로서의 여성문학론은 항상 당대의 지배적인 담론과 건강한 긴장관계를 유지해 왔다. 1990년대 근대 비판과 근대 이후를 모색하는 일련의 움직임들 속에서 여성문학론은 탈근대 기획을 대표하는 문학이론으로서 그 입지를 굳히게 된 듯하다. 탈근대 담론은 동일성보다는 차이, 통일성보다는 틈과 균열에 주목했고, 그 와중에 여성문학론은 탈근대 담론이 내세우는 차이의 정치를 효율적으로 수행할 수 있는 이론으로 여겨지게 되었다.

국문학 연구의 동향과는 별도로 2000년대 들어 탈근대 · 탈민족 · 탈주체 담론이 문학 담론의 중심에 서게 되면서 여성성이 특권적인 의미를 지니게 된 것은 주목할 만하다. 최근 탈근대 · 탈주체 담론에서는 여성성을 배제되고 억압된 것, '재현불가능한 것'을 총칭하는 개념[1]으로 쓰면서 거기에 긍정적인 가치를 부여한다. 가령 차이의 성정치학에서는 "개별자들의 수만큼 많은 성적 주체성", 복수의 젠더를 용인한다. 하지만 이처럼 단일한 주체는 없고 주체'들'이 있을 뿐이라는 탈주체 담론의 맥락을 수용한다면 기존의 여성성과는 다른 새로운 상상력을 여성문학의 관점에서, 그리고 여성의 시각에서 무엇이라 명명해야 할지 알 수 없게 된다. 기존의 동일성의 정치에 포함되지 않는 '모든' 문학을 지칭하는, 그래서 궁극적으로는 '성차'가 지워지거나 모호하기에 더 이상 여성문학이라고 부를 수 없는 어떤 것을 지칭하는 게 되어 버리기 때문이다.[2] 다시 말해 최근 탈근대·탈주체 담론에서 여성성은 여성문학론이 애초에 지향했던 현실과의 접점을 상실한 채 문학주의의 순환회로 안에서 전복성과 주변성을 인증하는 데 전용되고 있다.

한편 한국문학 연구에서는 근대성 연구가 전방위적으로 확대되고, 식민성에 대한 고찰이 탈식민주의 이론과 만나면서 여성문학론 역시 1990년대와는 또 다른 차원에서 전개되고 있다. 범박하게 말해 1990년대 여성문학 연구가 여성성, 여성적 글쓰기, 여성작가들의 작품 발굴과 재해석을 중심으로 이루어졌다면 2000년대 여성문학 연구는 기왕의 연구 성과를 수렴하면서 제도사와 일상사, 문화사 등 학제 간 연구로 그 범위를 넓히고 있다. 또한 근대성, 민족주의, 식민주의, 파시즘 등을 젠더정치학이나 젠더 위계질서와 관련하여 조망하는 작업이 활발하게 진행되고 있

---

[1] 페미니즘 문학비평이 주변화되면서도 여성성 담론은 범람하는 역설적인 상황이 비단 한국문학의 현실일 뿐만 아니라 일종의 전지구적인 현상임은 아래 글에서 지적된 바 있다. 정소영, 「성차와 영문학비평: 케이트 쇼팬의 『깨어남』 읽기」, 『안과밖』 20호, 창작과비평사, 2006년 4월, 149면.

[2] 이상 최근 비평 담론에서 흔히 보이는 여성성의 과잉담론화에 관한 논의는 필자의 아래 글을 참고하였다.
졸고, 「2000년대 여성문학비평의 쟁점과 과제」, 『안과밖』 21호, 창작과비평사, 2006년 10월.

다. 요컨대 한국 근대문학사를 여성의 관점에서 재구성하려는 시도의 일환으로 근대성의 '성별'을 묻는 작업들은 최근 들어 민족 담론에 내재된 젠더정치학을 규명하려는 시도로 확장되고 있다고 볼 수 있다. 특히 최근의 연구들은 근대와 민족의 자기 충족적인 세계가 기실 내적 모순을 지닌 것임을 문제 삼으면서 그런 모순을 지탱해준 동력이 젠더정치학이라는 점을 밝히는 데 역점을 두고 있다. 특히 탈민족 담론이라든가 탈근대 담론은 민족과 근대, 여성 사이에 차별과 억압, 강제뿐만 아니라 경합과 협상, 동조의 다양한 스펙트럼이 존재한다는 것을 역동적이고 세밀하게 드러냈다는 점에서 의미가 있다.

민족 담론이 근대의 산물이라면, 탈민족 담론은 선험적으로 주어진 '민족'으로 단일화되지 않는 다양한 정체성의 구성에 주목한다. 즉 민족주의를 "미리 결정되어 있거나 단일한 역사 경로 위에 고정된 것이 아닌, 유동적이고 가변적이며 구성된 범주로 이해"[3]하는 것이다. 민족주의를 단일한 것으로 보지 않게 되면, 식민주의와 근대성이 결합할 경우 다양한 정체성의 구성이 용이해진다. 이 과정에서 여성은 한편으로는 민족의 자기 구성에 동원되었고, 다른 한편으로는 민족이 설정한 배타적인 경계를 벗어나고자 했다. 하지만 이처럼 '국민국가'와 '여성'을 탈자연화, 탈본질화하려는[4] 시도들이 한국의 근대와 근대문학이 처한 역사성, 특수성을 충분히 의식했는지는 좀 더 따져볼 일이다.

이 글은 젠더의 관점에 선 탈근대, 탈민족 이론이 거둔 성과는 성과대

---

3) 마이클 로빈슨, 신기욱 엮음, 도면회 옮김, 『한국의 식민지 근대성』, 삼인, 2006, 39면.
4) 탈근대주의, 탈민족주의 입장을 취하고 있는 우에노 치즈코는 국민국가에는 젠더가 있다고 본다. 그는 '여성의 국민화'는 근대 국민 국가가 여성에게 떠맡긴 배려를 체현한 것이고, 따라서 역으로 근대 국민 국가의 틀 안에서는 여성 해방이 불가능하다는 점을 근거로 여성이 국가를 초월해야 한다고 주장한다.
  우에노 치즈코, 이선이 옮김, 『내셔널리즘과 젠더』, 박종철출판사, 1999, 92~96면 참고.

로 수용하되, 이 이론들이 민족과 계급, 지역과 젠더 등 다양한 항목들 간의 협상과 경합 양상 및 메커니즘을 분석하는 데 그치고 있는지, 아니면 역사적 맥락까지 고려하고 있는지 살펴보고자 한다. 이 글은 주로 최정무, 최경희, 권명아의 연구 성과들을 살펴볼 것이다. 최근 여성문학연구들이 주로 텍스트에 드러난 재현의 정치학, 담론연구에 정향되어 있으며, 이런 연구경향의 발원지이자 이론적 토대를 제공하고 있는 것이 이들의 작업이라고 판단했기 때문이다. 따라서 이 글은 탈근대·탈민족 이론과 젠더 이론의 결합 양상을 전형적으로 보여주는 이들의 연구 성과를 비판적으로 점검하는 데 주력할 것이다.

2. 탈민족 담론과 젠더

최근 민족과 젠더 사이의 역학관계를 규명하려는 시도들은 특히 근대의 산물인 민족(주의)가 자기완결적인 체계를 구성하는 과정에서 어떻게 젠더정치학을 작동시켰는지를 규명하는 데 주력하고 있다. 이처럼 민족이라는 개념에 함의된 자기동일성의 모순을 성별화된 시각으로 분석하고, 해체하고, 새로운 입지점을 세우려는 시도들은 대체로 둘로 나눠진다.[5]

먼저 탈식민 페미니즘론이나 민족주의적 국가파시즘에 대한 분석의 측면에서 여성의 '이중 식민화' 현상을 분석하고 남성중심적 민족주의를 비판하는 입장이다. 가령 최정무는 "본질주의적, 폐쇄적 민족주의의 경계를 허무는 탈영토화의 시도"라는 문제의식 아래 "한국의 반식민적 민

---

5) 민족과 젠더 사이의 관계에 대한 상반되는 두 입장은 필자의 아래 논문 내용을 참고, 수정한 것임을 밝혀둔다.
   졸고, 「식민 시대 민족의 자기 구성 방식과 여성」, 『한국근대문학연구』 8호, 한국근대문학회, 2003.

족주의가 제국주의와 합의를 할 뿐만 아니라, 역설적이게도 제국주의가 제도화한 인종, 계급, 젠더에 관한 편견을 제국주의적 입장에서 내면화 하고 있다."[6]고 주장한다. 특히 그는 식민 종주국인 자아와 식민지 타자 사이의 관계가 젠더의 관계로 표현되어 왔을 뿐만 아니라, 피식민국의 반식민지 민족주의 역시 자기 안의 타자인 여성을 타자화함으로써 자신 들의 불안한 정체성을 보장받는 모순적 측면이 있다고 지적한다. '성애 화된 민족', '성별화된 민족주의'라는 개념이 그것이다. 『위험한 여성』에 실린 대부분의 글들은 남성 주체가 자신의 '식민성'을 여성에게 투사하 는 이른바 '이중의 식민성'을 여러 텍스트를 통해 분석함으로써 피식민 자 남성의 식민지 무의식을 밝히는 데 유효한 단서를 제공한다.

　하지만 "식민지 남성과 식민 지배자는 식민지 여성을 억압하는 동지 적 관계를 이룬다."(30면)거나 "민족주의는 남성주의적 담론의 정수"(45면) 라는 식의 분석은 지나친 일반화이자 해당 시기 다양한 계층, 다양한 지 역 여성 내부에서 진행되고 있었던 탈식민의 다양한 시도들을 간과한 지 적이다. 식민지 남성과 식민 지배자를 '남성적'인 자질로 함께 묶을 수 있을까? 식민지의 민족주의 담론과 제국주의 담론의 구조적 동일성은 인 정한다 하더라도 그것은 담론 생산방식과 구조상의 동일성을 확대해석 한 것이다. 따라서 양자를 '동지적 관계'라는 모종의 형제애로 묶는 것은 민족(주의)의 발생 배경과 효과를 고려하지 않은 것이라 할 수 있다. 이 와 같은 지나친 일반화는 제국주의와 식민지 간의 차이를 설명하지 못할 뿐만 아니라 제국의 여성과 식민지 여성 간의 차이, 식민지 여성 내부에 서도 계층이나 지역, 교육의 정도, 내면화든 의식적으로든 받아들인 이 데올로기의 입지점 등에 따라 빚어지는 다양한 차이들을 간과한 것이라

---

6) 최정무, 「한국의 민족주의와 성(차)별 구조」, 일레인 김 · 최정무 편, 박은미 옮김, 『위험한
　여성-젠더와 한국의 민족주의』, 삼인, 2001, 8면.

는 점에서 문제가 있다.

　반면 이상경과 이선옥은 민족주의에 내재된 젠더정치의 문제점은 충분히 의식하되 페미니즘과 민족주의, 페미니즘과 반식민주의를 서로 배타적인 것으로 인식하는 것은 문제라는 입장을 견지하고 있다. 그런 점에서 이들의 관점은 앞서 탈민족주의 및 탈근대론과는 차이가 있다. 가령 이상경은 식민 상태로부터의 해방과 가부장제의 억압으로부터의 해방이라는 두 가지 목표를 함께 추구했던 식민지 여성의 경험에서 페미니즘과 내셔널리즘은 일방적이지도, 이분화된 것도 아닌, 서로의 요구를 수용하면서 타협해 가는 다면적인 과정을 거쳤다고 주장한다.7) 일본과 조선에서 여성과 민족, 내셔널리즘의 관련성이 차이가 있었으며, 식민지 조선에서 여성적 자의식은 민족적 자의식과 배치되거나 모순되는 것이 아니라 밀접하게 관련되어 있다는 것이다.8) 이선옥 역시 "민족 문제와 젠더정치가 결합할 때 젠더에 대한 억압이라는 동일성의 측면이 있지만, 민족 간의 차이에 따라 젠더정치는 전혀 다른 상황과 효과를 지니게 된다."9)고 강조한다. 그런 관점에서 '여성범주'의 구성방식이 '민족주의의 성격과 민족의 동질성을 형성하기 위한 균열과 선택과 배제의 원리'를 읽어낼 수 있는 잣대가 된다고 본다. 가령 그는 친일작품과 비협력의 작품을 비교하면서 민족 간 위계 만들기에 남녀관계가 작동하는 과정을 분석한 글10)에서 두 계열의 작품이 여성을 추상화하고 차이를 드러내지 못한다는 점을 비판하면서도 작품의 내적 논리를 따져 보면 제국주의 서사

---

7) 이상경, 「식민지에서의 여성과 민족의 문제」, 『실천문학』 69호, 실천문학사, 2003년 봄, 55면.
8) 이상경, 「일제 말기의 여성 동원과 '군국의 어머니'」, 『페미니즘연구』 2호, 동녘, 2002.
9) 이선옥, 「우생학에 나타난 민족주의와 젠더정치」, 『실천문학』 69호, 실천문학사, 2003년 봄, 88면.
10) 이선옥, 「민족 간 위계 만들기와 젠더정치」, 『여성문학연구』 15호, 한국여성문학학회, 2006.

에 균열과 틈새를 내느냐 여부에 따라 차이가 있다고 주장한다.

지금까지 살펴 본 두 입장은 여성이 민족－국가의 형성 원리에 선택/배제의 중층적인 방식으로 전유되고 있는 것까지는 동의하는 듯 보인다. 하지만 첫째, 여성이 주체로서 민족－국가의 형성에 개입할 가능성을 보느냐 하는 점에서, 둘째로는 '어떤' 민족이냐에 대한 인식 내지 세계관에서 입장이 갈린다. 요컨대 제국의 민족주의와 제3세계 저항적 민족주의 간의 논리적 유사성에 착목하느냐, 아니면 양자 간의 차이를 강조하느냐에 따라서 민족과 젠더정치 사이의 관계를 바라보는 데에서 차이가 난다.

초남성적 관제민족주의에 대항해 온 진보적・저항적 민족주의 역시 남성중심적 질서를 승인하고, 젠더 위계적 담론 전략을 구사했다는 비판은 양자 간의 본질적 차이를 무시한 채 민족(주의) 담론의 구성방식이라든가 배제의 메커니즘에서 드러나는 유사성에만 함몰되어 있다는 점에서 한계가 있다.

그럼에도 불구하고 민족주의 담론을 초남성적인 담론의 정치학으로 규정하고, 그것이 여성을 배제시키는 동학에 한국 근・현대문학 연구가 정향되어 있는 까닭은 무엇인가. 첫째, 이런 관점이 한국의 특수한 ― 하지만 제3세계나 일종의 아시아적 경험에서는 보편성을 띠고 있는 ― 식민지 근대의 무의식을 해석하는 유효한 단서를 제공하고 있기 때문이고, 둘째, 식민 시기와 식민 이후 시기를 연속적인 관점에서 파악할 수 있는 틀이 되기 때문이다. 민족이 강제적으로 지워진 시기이든 민족을 강제적으로 재기입하는 시기이든, 이와 같은 삭제와 재기입의 방식에 여성이 식민화―탈식민화―재식민화의 과정을 거치면서 남성성의 형성에 전유되었다는 것은 부정적으로나마 문학사를 연속적인 관점에서 파악하려는 시도에서 흥미로운 관점이 아닐 수 없다. 하지만 전체 문학사를 초남성적 민족주의 담론이라는 틀로 바라볼 경우 매 시기 이런 담론의 틀에 포함되지 않는 텍스트들은 배제되고, 틀에 맞는 텍스트만 선규정되어 선택되는 일종의 환원주의의 오류에 빠질 수 있다. 그런 점에서 최정무의 탈민족 이론은 탈식민주의나 탈근대 이론에서 모방과 조롱, 균열과 틈을 통해서나마 탈식민적 저항의 여지를 남겨놓는 것과도 거리가 있다.

이 저서의 필자 역시 한국 근대문학의 식민지 무의식이 젠더정치학에 근거해 있다는 최정무의 평가에 일정정도 동의한다. 하지만 최정무의 논의는 구조적 동일성, 그 구조가 가져온 효과를 밝히는 데 그칠 뿐 역으로 여성이 이와 같은 동일성에 어떤 방식으로, 어떤 목소리로 개입했는지는 관심을 기울이지 않는다. 그런 점에서 앞서 이상경이나 이선옥의 주장처럼 젠더정치가 빚어내는 다른 효과들을 좀 더 적극적으로 해석해야 한다고 생각한다. 가령 여성 주체는 민족 담론, 근대 담론에 개입하면서 제국주의의 실체를 좀 더 선명하게 드러낼 수 있다. 동일한 여성 주체라 하더라도 지향하는 이념 및 계급적 조건 등 어떤 입장에서 이런 담론들과 경합하느냐에 따라 순응적 주체가 될 수도, 저항적 주체가 될 수도 있다. 따라서 민족(주의) 담론의 구조적 견고함을 넘어설 수 있는, 주체의 역사성과 능동성을 적극적으로 해석할 필요가 있다.

3. 탈식민주의 페미니즘의 또 다른 얼굴 – 텍스트주의

최정무가 '초남성적 민족주의 담론'의 질서를 '식민 시대', '개발 독재 시대' 등 대표적인 시기 별로 규명하면서, 견고한 구조적 동일성에 주목하는 것과는 달리 최경희는 식민 시기에 생산되거나 식민 시기를 배경으로 한 특정 텍스트를 세심하게 분석하는 방식을 취한다. 이 책이 대상으로 삼는 글은 「친일문학의 또 다른 층위－젠더와 「야국초」」,[11] 「식민지

적이지도 민족적이지도 않은 : 박완서의 「엄마의 말뚝 1」에서 '신여성'의
형성」12)이다.

후자의 글에서 최경희는 '식민지적이지도', '민족적이지도 않은', 즉
그 양 쪽에 포섭되지 않은 틈새에 주목한다. 이 틈새를 메우는 것이 다
름 아닌 근대성을 향한 여성의 열망이다. 필자는 "신여성 프로젝트에 대
한 박완서의 묘사는 국가의 식민지적 위기 — 한국의 남성, 특히 남성 엘
리트들의 지배를 위협한 — 가 몇몇 한국 여성들에게는 다른 영향을 끼
쳤고 심지어 식민 통치의 어느 단계에서는 그들에게 혜택을 주었을지도
모른다."(336면)는 관점을 취한다. 식민지적 근대의 맥락에서는 여성이 민
족에 의해 배제되거나 타자화된 채 전유되었지만 근대성의 실현에서는
전복적인 측면이 있다는 것이다. 물론 그는 엄마의 신여성 기획, 즉 근대
기획이 그 안에 내포된 식민지적 함의를 보지 못했지만 일제 말기에 이
르러서는 엄마의 의지와는 무관하게 식민지 질서에 포섭될 수밖에 없었
다는 점을 적실하게 지적하고 있다.

하지만 필자의 기본적인 입장에서 문제가 되는 것은 "문안에 대한 엄
마의 집착은 일본 식민주의자들이 제국의 중심부와 주변부를 내지(일본)
와 외지(일본의 식민지들)로 구분한 사실과 기묘하게 공명한다."(343면)든가
"딸의 여성상을 근대화시키는 데 있어 엄마의 중개는 대체로 한국을 근
대화시키는 데 있어 일본의 위치와 겹치는 면이 있다."(350면)는 식의 구
조적 상동성에 기댄 과잉해석이다. 이와 같은 필자의 논점은 일면 최근
에 제기되고 있는 식민지 근대화론을 떠올리게 한다. 식민지 근대화론의
기본 입장은 일제 강점기에도 자본주의적 근대화가 진행되고 있었고, 비

---

11) 이 글은 김일영·김철·박지향·이영훈, 『해방 전후사의 재인식 1』, 책세상, 2006에 수
    록되어 있다. 앞으로 인용은 이 책의 면수를 따를 것이다.
12) 이 글은 앞서 『한국의 식민지적 근대성』에 수록되어 있다. 앞으로 인용은 이 책의 면수
    를 따를 것이다.

록 이식된 근대라 하더라도 일본의 식민 통치에 힘입어 식민지 사회가 발전할 수 있었다는 것이다. 따라서 이 시기를 수탈과 저항의 이분법으로 파악하는 것은 문제가 있다고 본다. 최경희의 논의 역시 근대, 민족, 계급, 젠더 등의 여러 항목을 놓고 본다면 식민주의가 민족과는 배리될지 모르지만 젠더의 관점에서는 유의미한 진전이 있었다고 본다. 식민성과 민족을 괄호 친 근대 기획이 여성에게 평등과 해방을 향한 물꼬를 텄다는 점은 동의하는 바이다. 하지만 일제 말기에 신여성을 부정적으로 묘사한 담론들의 폭발을 고려한다면, 그리고 여성의 근대성이 식민지와 제국에서 다른 양상으로 전개되었던 점을 고려한다면 '식민지적'이지도 '민족적'이지도 않은 '근대적' 기획의 허구성은 좀 더 비판적으로 논의될 필요가 있다.[13]

최경희는 여성의 입장에서 근대성의 이율배반적 측면, 식민성과 탈식민성의 계기들을 텍스트 분석에 입각해서 세심하게 규명하고 있다. 하지만 텍스트가 말하는 바를 과잉 해석하거나 남성과는 다른 여성의 근대성 추구를 '민족'과 '식민성'의 요인에 비해 더 결정적인 것으로 규정하는 오류를 범하고 있다. 가령 그는 「친일문학의 또 다른 층위—젠더와 「야국초」」에서도 신여성의 근대성을 향한 열망을 적극적으로 읽어낸다. 조선의 엘리트 남성들은 근대성의 기획을 끝까지 추구하지 못했고, 성적 책임이 부재했다. 때문에 신여성들은 이들에 대한 비판의 맥락에서 친일에 이르게 되었다는 것이다.

최경희는 작품에서 '나'와 '당신'의 관계가 조선의 남성 지도자들과 조선 여성들과의 관계를 빗댄 것이라고 본다. 옛 애인인 당신에 대한 나

---

13) 필자가 이와 같은 점을 지적하지 않는 것은 아니다. 다만 엄마의 '미완의 근대성 기획'이 지닌 성취와 한계가 궁극적으로는 식민지적 맥락과 관계가 있다는 점을 좀 더 선명하게 드러낼 필요가 있다.

의 환멸을 "엘리트 남성들에 대한 조선민중의, 특히 여성들의 깊은 배신
감이 은유적으로 드러난 것"(416면)으로 파악14)하는 필자의 태도는 여성
작가의 친일 행위가 지닌 자발적인 측면을 간과하고 나아가 당시 실재했
던 엘리트 여성들의 친일 행위를 역으로 정당화할 위험성마저 있다. 당
시 조선의 젊은 남성, 여성을 일본 제국의 신민으로 호명하는 담론을 유
포하고, 이들을 전쟁에 동원하는 데 적극 협력한 층에는 남성지식인뿐만
아니라 여성지식인들도 다수 포함되어 있었다. 필자는 텍스트를 결정짓
는 여러 요소 중 성을 최종심급으로 파악하였기 때문에 이와 같은 역사
적 사실을 간과한 게 아닌가 싶다.

 필자는 자신의 작품 읽기가 "친일협력을 정당화하거나 민족문제를 희
생시켜 여성의 자기 결정권을 옹호하려는 의도로 쓴 것이 아니"라고 밝
히고 있다. 다만 심층 텍스트에 내재된 불확정적인 의미들, 균열을 읽어
낼 경우 이 작품을 근대 식민지 조선 여성 작가들의 고투라는 맥락에서
새롭게 볼 수 있다고 말한다.15) 최정희의 「야국초」는 근대 여성의 평등
을 향한 고투, 근대 여성 작가의 고투를 그리고 있다. 따라서 '친일문학'
이기는 하지만 문학적으로 가치가 있다는 것이 필자의 기본 입장이다.

---

14) 필자는 제국의 어머니상 획득이 자발성에 기초한 것이 아니라 자식의 예견된 죽음을 전
  제로 한 것이기에 모성을 부정하는 모순적인 개념이고, 이처럼 모성 부정의 근본적인 원
  인이 "자식을 가진 어머니들에게 아들들을 죽음의 전장으로 내보내라고 촉구한, 무능한
  조선 남성 엘리트"에게 있다고 해석한다. 하지만 이와 같은 해석 역시 여성들의 친일 행
  위에 대한 엄격한 비판이나 성찰을 불가능하게 하는 것이다.
15) 이선옥 역시 이 작품에서 복수의 대상은 '나'를 미혼모로 만든 무책임한 남성이고, 이
  남성 때문에 그녀가 "모자를 당당한 국가의 일원으로 받아주는 일본 제국"을 선택한다
  고 해석한다. 즉 젠더의 측면에서 보이는 기대감으로 민족문제를 뛰어넘기에 이 작품은
  아이러니하게도 "친일문학 중 드물게 형상화가 잘된 작품"이라는 것이다. 좌절된 신여
  성들의 욕망이 친일 논리와 부합될 가능성을 이선옥 역시 지적하고 있다. 하지만 이선옥
  은 이와 같은 논의가 중상층 여성(교육받은 여성, 신여성)을 대상으로 삼으면서 계급적,
  민족적 차이를 보지 못했다는 점을 적실하게 지적하고 있다.
  이선옥, 「여성 해방의 기대와 전쟁동원의 논리」, 김재용 외, 『친일문학의 내적 논리』, 역
  락, 2003.

하지만 '나'와 '당신'의 유비적 관계를 민중여성 일반과 남성 지도자로 보는 것과 지식인 여성과 남성으로 보는 것은 차이가 있다. 식민주의에 자발적으로 복속한 것은 일부 지식인 여성들이었고, 이들은 민중여성들에게 총후부인으로서의 역할을 다하거나 국책에 협력할 것을 당부하는 담론을 지속적으로 유포했다. 그런 점에서 보자면 비판의 대상에 지식인 남성뿐만 아니라 지식인 여성도 포함되어야 할 것이다. 따라서 최경희의 젠더적 독법은 '위장' 혹은 '문학적 가장무도회'라는 이론적 수사에 기대 지식인 여성들의 친일 혐의에 면죄부를 주는 것은 아닌지 우려가 된다.16)

우리는 최경희의 독법과는 다른 방식으로 최정희의 「야국초」에서 식민주의 논리가 젠더정치 및 여성적 글쓰기와 결합하는 양상을 읽을 수 있다. 이 작품의 심층 텍스트는 두 가지 점에서 친일 논리를 감성적으로 전달하는 효과를 자아낸다. 첫째, 표층 / 중심 텍스트가 일본의 제국주의 담론이 유포했던 군국의 어머니 담론을 최경희의 표현대로라면 프로파간다식으로 직설적으로 충실하게 모방하고 있다면 심층 텍스트는 이와 같은 공적 담론을 사적 담론의 장으로 끌고 들어와 자연화하는 효과가 있다. 둘째, 이 작품의 표층 텍스트가 식민지의 여성과 아동을 국민화하

---

16) 또 다른 문제점은 최정희의 친일 행적에 대한 기본적인 역사적 사실에 대한 정보가 갖춰져 있지 않은 상태에서 논지를 전개하고 있는 것이다. 필자는 최정희가 「야국초」(1942)를 발표한 이후 해방 때까지 절필했으며, 때문에 그의 친일 행위가 외적 압력, 특히 관계를 맺었던 지식인 남성의 친일 행위에 따른 것이라는 논지를 편다. 그런데 역자 주에서 밝히고 있고, 『실천문학』이 발굴한 자료에서도 드러났듯이 최정희의 친일 행위는 이후에도 계속되었으며, 나름의 내적 논리 및 일관성을 지니고 있다. 또한 그는 작품 활동뿐만 아니라 강연회, 방송활동 등을 통해 다양하게 친일부역행위를 했다. 이와 같은 기본적인 사실이 중요한 이유는 「야국초」를 표층적인 친일 텍스트 이면에 또 다른 의도가 감춰져 있다고 보면서 결과적으로는 작가의 '친일 행위'에 면죄부를 주기 때문이다. 즉 자신에게 친일 행위를 강제한 외부의 세력(남성)에 대한 비판과 친일 행위를 할 수밖에 없는 자신에 대한 가학적 성찰이 복합적으로 작용한 결과가 「야국초」이고, 그래서 이 작품은 진정성이 있다는 결론은 이후 작가의 행적에 비추어 봤을 때 온당하지 못한 평가라 할 수 있다.

는 논리를 설파하고 있다면, 심층 텍스트는 이를 지식인 여성의 자기 갱생의 서사와 맞물리도록 한다. 자기 갱생의 서사에는 지식인 남성에 대한 원한과 복수만 있는 것이 아니다. 과거 자유연애를 추구했던 신여성이 맹목적인 모성을 반성하고 군국의 어머니로 거듭나는 과정은 회고조의 언술에 기대 감상적으로 전개된다. 일종의 여성화된 전략이라 할 수 있는 감성에 기댄 서술방식이 '여성의 국민화'를 효과적으로 드러내는 데 기여한다면 여성작가의 고투는 이미 식민 체제에 순응하고 자발적으로 협조하는 한계를 노정하고 있는 것이다. 감성에 기댄 서사전략, 일종의 연성화 전략은 모성성과 여성성을 특화하면서 전개된다는 점에서 다른 여성작가들의 친일 담론과도 차별화된다. '국가주의'에 맞게 재규정된 '여성성'과 '모성성'은 지배 담론이 여성에게 할당한 영역을 그대로 추인하면서 계급, 민족과 같은 다른 요소들을 암묵적으로 배제한다는 점에서 문제가 있다. 따라서 이와 같이 심층 텍스트의 차원에서 개진된 여성화된 서사 전략은 남성작가들과는 다른 차원에서 전개된 여성작가들의 친일 담론의 양상을 보여주는 것으로 파악하는 것이 더 온당하다.

지금까지 탈민족 · 탈근대 · 탈식민의 관점에서 한국의 근대문학과 담론의 지형도를 살펴보는 연구들이 지닌 문제점을 살펴보았다. 최정무의 경우 반식민주의 민족주의 담론과 관제 민족주의 담론, 제국주의 담론의 '초남성적' 성격에 주력한 나머지 동일성과 환원주의의 오류에 빠진 것이 문제이다. 반면 최경희의 경우 식민성과 민족주의에 포섭되지 않는 여성의 근대성이 지닌 자발적 측면을 밝히는 데 주력하여 텍스트의 심층적 의미를 과잉 해석하는 일종의 텍스트주의의 오류에 빠졌다고 생각한다.

문제는 최근 몇 년 동안 한국문학 연구자들이 탈식민주의 페미니즘이나 민족주의와 젠더 간의 관련성을 연구하면서 이론적 전거로 삼는 것이 이들의 논의라는 것이다. 민족(주의) 담론과 여성 담론 간의 불편한 관계,

즉 민족(주의) 담론이 여성성을 전유하면서 자기 담론의 정당성을 입증해 온 한국문학사의 과정은 이미 여성문학적 관점에서 문학과 문학사를 해석해 온 연구자들에 의해 누차 지적된 바 있다. 하지만 최정무와 최경희 등은 탈식민주의 페미니즘이나 정신분석학 등 서구의 체계적인 이론을 통해 좀 더 '세련된' 방식으로 이와 같은 문제를 입론화하는 데 기여했다. 이들은 한국의 식민/탈식민 현실을 대상으로 식민 시대의 무의식이나 국가주의뿐만 아니라 식민 이후 시기 진보적 민족주의 진영에서 여성성을 전유하는 양상을 탁월하게 분석한다. 그리고 이들의 이론은 국내의 페미니스트 이론가들에게 수입되어 한국 문학을 해석하는 유효한 전거로 활용되고 있다.

　그런데 이들의 이론은 대개 민족, 계급, 젠더의 역학 관계 중 젠더를 최종심급에 놓고 민족 담론이 여성을 전유하는 양상을 비판하고 있다. 식민 상황과 강요된 국가주의를 경험하고, 아직까지도 분단 상황에 처해 있는 한국의 특수한 현실을 충분히 고려하지 않은 것이다. 더욱이 젠더에 우선순위를 둘 경우 국가주의나 민족주의 담론의 그늘에 놓인 여성은 '식민화-탈식민화-재식민화'의 과정을 밟는 식으로 동일화되어 버리고 만다. 정반대로 성, 계급, 인종(민족), 세대 등 주체를 둘러싼 복잡한 정황은 고려되지 않는다. 성 범주를 주체형성의 주요 범주로 부각시키는 탓에 작품과 작가에 대한 총체적인 이해 및 평가가 이루어지지 못한 채 특정 작품이나 텍스트의 일부분만 과잉 해석하는 경우도 있다.

　또 다른 문제는 젠더 혹은 성 범주를 고려하면서 여성의 근대성과 자발적 욕망에 주목하는 것은 바람직하나, 그것들이 식민주의와 민족주의에 포섭되어 버린 점을 놓치고 있다는 것이다. 식민주의와 민족주의에 포섭되는 동시에 배제되면서 야기되는 양가성은 남성뿐만 아니라 여성에게서도 발견된다. 저항의 계기라는 것도 반드시 남성의 근대성에 대한 여성의 근대성에만 있는 것이 아니라, 식민주의에 대한 저항, 민족주의에 대한 저항 등 다양하게 나타날 수 있다. 그런 점에서 이들이 강조하는 틈새와 균열은 실증적인 면과 거대 담론과의 교섭이라는 맥락에서 좀 더 복합적으로 고려될 필요가 있다.

4. 담론 투쟁과 정체성 투쟁으로서의 파시즘 연구

한국문학연구의 장에서 파시즘의 젠더정치를 꾸준히 연구해 온 권명아의 기본 입장 역시 넓게는 탈민족주의 자장 안에 있다. 「수난사 이야기로 다시 만들어진 민족 이야기」와 「여성 수난사 이야기와 파시즘의 젠더정치학」이 역사와 교과서 등 다양한 실증 자료들을 원용하면서도 기본적으로는 문학텍스트를 대상으로 파시즘의 젠더정치를 규명했다면, 『역사적 파시즘』에 실린 최근 연구 성과들은 의도적으로 문학연구의 협소한 틀을 깨고자 한다. 이 장에서는 여성 수난사 이야기를 파시즘의 젠더정치학 관점에서 규명한 두 글[17]이 최정무의 입장과 어떻게 공명하면서도 차이가 있는지를 살펴본 후, 최근의 작업들이 지닌 의미를 규명하는 순으로 논의를 전개하겠다.

필자는 "한국 근대사를 수난사의 구조로 서사화하는 과정에서 가장 빈번히 드러나는 이야기 구조가 강간당하고 짓밟히는 여성들의 이야기"(236면)이며, 이와 같은 '여성 수난사 이야기'는 "민족이라는 가부장과 여성의 배타적인 경계를 재구축하는 복합적인 과정을 내포"(236면)하고 있다고 본다. 필자는 공격적인 민족주의 정치학뿐만 아니라 대항적 민족

17) 앞으로 두 글은 김철·신형기 외, 『문학 속의 파시즘』, 삼인, 2001의 면수를 따르기로 한다.

주의 서사형식에서도 동일한 표상과 정체성을 빚어낸다는 점에 주목(241
면)한다. 「여성 수난사 이야기와 파시즘의 젠더정치학」에서도 순수문학이
나 진보적인 민중 서사가 여성의 섹슈얼리티를 관리하고, 여성의 수난을
민족 / 민중의 수난사로 환원시키고 있다는 점을 여러 텍스트를 들어 증
명한다. 관제 민족주의와 대항적 민족주의가 파시즘의 젠더정치라는 측
면에서 유사하다는 지적은 앞서 최정무의 기본적인 논지와도 이어지는
면이 있다. "근대가 젠더 중립적인 체제가 아니라 이미 젠더화된 정치학
에 기반하여 구성된 체제"(243면)라는 지적 역시 최정무의 입장과 유사하
다. 다만 파시즘 이데올로기의 핵심을 이루는 남성적 환상의 구조가 파
시즘뿐만 아니라 반파시즘적 정치학에 이르기까지 재생산된다는 점을
지적했다는 점에서 최정무보다 내부의 동학을 좀 더 치밀하게 파고드는
면이 있다.

　필자는 파시즘이 여성에게도 매혹적인 이유가 억압뿐만 아니라 해방
적 측면이 있기 때문이라는 점을 세심하게 밝히고 있다. 하지만 필자의
기본 논지는 민족수난사를 여성수난사로 구성하는 서사구성방식에서 민
중이나 여성 표상은 "스스로는 아무것도 해명할 수 없고 말할 수 없는
존재"(302면)가 되어버린다는 것이다. 과연 탈식민주의 이론에서 하위주
체에 해당하는 민중이나 여성 표상은 말할 수 없는가? 말할 수 없는 하
위주체는 그야말로 전유와 배제의 대상이기만 한 것일까? 이처럼 주체를
구성된 것으로 보는 연구가 빠지기 쉬운 함정은 하위주체가 행하는 다양
한 협상과 경합의 양상들을 상대적으로 소홀하게 다룰 수 있다는 점이
다. 이 같은 난점은 범위가 확장된 최근의 연구들에서도 확인된다.

　권명아는 문학연구자들이 젠더 연구나 포스트콜로니얼리즘 등 새로운
이론적 지형을 수용할 때 그러한 이론들을 문학 작품에 대한 해석의 준
거로 도입하는 것,[18] 여성 작가의 파시즘 체제 인식이나 문학 텍스트에

서의 여성성의 표상 등에 대한 제한적 연구를 벗어나지 못하는19) 것을 문제점으로 지적한다. 이런 지적은 현재 한국문학 연구에서 탈식민주의 페미니즘이나 근대/탈근대와 젠더와의 관계를 탐색하는 관련 연구들이 대상 텍스트만 달리 할 뿐 동어반복적인 연구 관행을 되풀이하고 있는 점을 비판한 것이라 충분히 공감할 수 있다.

필자는 파시즘 연구를 대안으로 제안하면서 "파시즘 이론은 다양한 정체성을 지닌 집단의 문제를 다루면서 한편으로는 포스트모더니즘의 근대 비판에 대한 안티테제를 제시"20)하고 있다고 주장한다. 특히 젠더적 관점의 파시즘 연구는 기존의 계급이론과 주체에 대한 근대적 개념을 비판하면서 새로운 방식의 주체성 이론을 모색하는 것(56면)이라고 말한다. 주체구성의 방식에 주목하므로 주체 개념을 삭제하는 포스트모더니즘과는 거리가 있다는 입장이다.

「식민지 경험과 여성의 정체성-파시즘 체제하의 여성, 문학, 국가」는 일제 말기 여성정체성과 관련하여 "복합적이고 이질적인 여성정체성들의 갈등과 헤게모니 투쟁의 국면을 고찰"한다는 점에서 주체 구성의 방식을 실증적으로 제시하고 있다. 가령 마르크스주의적 사상과 실천을 보여준 여성들에 대한 현실적, 담론적 삭제와 서구화와 퇴폐의 상징으로 급진적인 신여성적 정체성을 부정하는 과정(83면),21) 총후부인, 군국의 어머니를 기치로 한 동양적 여성정체성이 살아남는 과정을 당시 자료들을

18) 권명아, 『역사적 파시즘-제국의 판타지와 젠더정치』, 책세상, 2005, 142면.
19) 권명아, 「식민지 경험과 여성의 정체성-파시즘 체제하의 문학, 여성, 국가」, 『한국근대문학연구』 11호, 한국근대문학회, 2005, 77면.
20) 권명아, 앞의 책, 56면.
21) 필자에 따르면 일제 말기 파시즘 체제 하 담론 공간에서 여성정체성의 문제는 총후부인이라는 긍정적 준거와 '서구화되고 퇴폐적이고 방탕한' 신여성이라는 부정적 준거를 중심으로 유동한다. 특히 신여성적 정체성은 사회체의 부정적 오염을 투영하는 퇴폐와 몰락의 상징으로 표상되면서, 풍속 문제, 스파이 문제, 교통 문제에 이르기까지 광범위한 담론 공간에 등장한다고 본다.

전거로 들어 분석하고 있다. 필자는 정체성과 담론 경합의 복합적 국면을 엘리트 여성과 비엘리트 여성, 계급과 지역에 따른 차별적이고 위계화된 정체성을 통해 규명한다. 다양한 계층과 지역에 산포된 주체들의 헤게모니 투쟁과 담론 투쟁을 실증적으로 규명하는 권명아의 작업은 주체는 구성된다는 식의 소박한 구성주의적 관점을 넘어선다. 여성을 비롯한 피식민자들이 피식민자들 간의 정체성 투쟁을 내면화함으로써 '자발적 동조'에 이르게 되는 과정을 규명하고 있기 때문이다.

그런데 그의 논의는 헤게모니 투쟁에 승리한 "총후부인으로서 여성정체성은 일부 엘리트 여성의 정체성 자질로 전유되었다."(92면)는 데로 귀결된다. 그렇다면 이 일부 엘리트 여성 중심의 자발성에 기초한 담론은 파시즘 체제의 가공할 위력을 다시금 확인해 주는 격이 되어 버린다. 그리고 이와 같은 관점은 파시즘 체제 안에서의 다양한 '반식민적' 저항의 계기들, 파시즘 체제 바깥에 대한 사유를 가로막는다는 점에서 문제가 있다.

또 하나, 담론 투쟁의 주체, 헤게모니 투쟁의 주체를 과연 주체라고 할 수 있을지도 의문이다. 필자는 각종 매체에 드러난 담론 분석을 통해 의견을 개진하고 있으며, 그렇다면 이 매체를 운용하는 식민지배세력이나 지식인 남성, 여성이 담론의 주체일 수밖에 없다. 다시 말해 각 주체들 간의 헤게모니 투쟁이 아닌 일방적인 담론의 설파일 가능성이 높으며, 하위 주체 여성들은 담론에 의해 구성되거나 전유된 존재에 불과하지 않은가라는 의문이 제기될 수 있다.

물론 권명아 역시 주체의 대응양상을 억압과 자발적 동의, 저항과 수탈로 나누는 또 다른 이분법을 경계하면서 이질적 욕망과 상이한 이해관계가 빚어내는 틈새에 관심을 보인다(97면). 호미 바바의 탈식민적 저항을 떠올리게 하는 개인적 거부감, 비켜 서기, 움츠러들기, 조롱하기, 일탈적

태도, 무해한 유머 등 '틈새 공간'은 파시즘 체제에 대한 부정적 반응으로
서 "기존의 '정치적이고 조직화된' 투쟁과 저항의 담론과는 구별"(110면)된
다는 것이다. 하지만 "반사상이나 동의의 만연이라는 구도로도 설명되지
않는"(113면), 주체들의 대응과 협상이 지닌 복합성이 정치와 일상의 영역,
공적 영역과 사적 영역을 가르는 또 다른 준거점이 되지 않기 위해서는
틈새 공간의 전략이 지닌 실천성을 좀 더 부각시킬 방안이 필요할 듯싶다.

5. 탈근대와 탈민족 담론의 구조적 동일성을 넘어서기

지금까지 젠더 연구의 관점에서 현재 진행되고 있는 탈근대론, 탈민족
이론의 의의와 문제점을 짚어보았다. 앞서 논의한 이론들은 민족과 근대
의 남성성, 강고한 자기동일성을 문제 삼는 최근의 다양한 연구들을 한
군데로 수렴하는 효과를 자아내기에 우리 근대문학연구의 장에서 자기
영토를 확장해 왔다. 그러나 국외 거주 한국문학 연구자들의 탈식민주의
이론과 탈민족 이론은 젠더정치학의 내적 논리를 밝히는 데 주력한 나머
지, 계급, 민족, 인종, 지역 등 다른 복합적 국면들을 사고하지 못했다.
치밀한 텍스트 독해가 전체 사회역사적, 문학사적 지형 속에서 조망되지
않고 있는 것도 문제이다. 가령 최정무의 초남성적 민족주의론은 탈식민
이론에서 말하는 균열과 저항의 지점들을 세밀하게 포착하지 못하고 있
다. 최경희의 세밀한 텍스트 분석은 여성이 민족주의의 강고한 틀에 균
열을 낼 수 있는 가능성에는 주목했으나 그 과정에서 여성이 취한 자발
적 동조의 측면에는 눈을 감는 한계를 드러내고 있다. 즉 탈민족 담론은
민족주의가 여성을 전유하면서 자기를 구성하는 방식에 대해서는 잘 드
러내고 있으나 제국주의와 식민지 간의 차이, 다양한 민족 간의 차이, 민

족 내부 구성원들의 차이, 엘리트 여성과 하층계급 여성 간의 차이와 같은 다양한 차이들을 제대로 설명하지 못하고 있다는 점에서 한계가 있다.

또한 파시즘 이론에 근거한 담론 연구와 주체성 연구의 경우 문학 텍스트 중심의 연구를 비판하고 탈신화화하는 것은 좋으나 이 경우 연구의 입지점이 문제가 될 수 있다. 즉 학제 간 연구가 지닌 실천성은 인정하되, 문학연구와의 접점을 어떻게 찾을지는 여전히 과제로 남는다. 더욱이 파시즘 이론에 기댄 담론 연구가 과연 당시의 다양한 실천과 목소리들을 포괄하고 있는지도 의문이다. 방대한 자료에 근거한 치밀한 실증주의적 분석에도 불구하고 그 결과가 성별이나 세대, 지역에 따라 위계적으로 구성된 황민-순응적 주체를 재확인하고, 파시즘 체제의 공고함을 확인하는 데 그친다면 이 역시 일면적인 논의일 수밖에 없다. 파시즘 체제 안에서 그것을 내파(內破)하는 다양한 목소리들, 파시즘 체제 바깥을 사유하는 목소리들을 포착할 필요가 있다는 것이다. 혹은 침묵을 통해 저항한 존재들은 없었는지에도 눈을 돌려야 할 것이다.

탈근대·탈민족의 관점에 선 젠더 연구들은 식민 시기와 식민 이후 시기를 단절이 아닌 연속성의 관점에서 파악하고 있다. 이와 같은 관점은 한국 근대문학사를 여성의 관점에서 재구성하는 데 유효한 틀이 될 수 있다. 문제는 '초남성적 민족주의' 혹은 '파시즘'의 시각에서 파악한 연속성이 다양한 주체들의 가능성, 저항의 가능성을 봉쇄하거나 축소할 우려가 있다는 것이다. 성애화되고(sexualized) 젠더화된 관점에서 민족주의나 파시즘을 바라볼 경우 일차적 대상이 되는 것은 체제 및 제도의 강고함이나 동일성의 논리일 수밖에 없다. 행위자로서의 여성의 대응방식, 여성이 내는 목소리들 역시 균열이나 틈새와 같은 전략적 영역만 할당받게 될 수 있다. 다시 말해 최근 국문학계에서 진행되고 있는 탈근대, 탈민족주의 관점에 선 젠더정치학은 또 다른 의미에서 동일성의 정치학을 구사하고 있다는 생각이 든다. 마치 "해체론적 탈식민론이 한국근대문학 전체를 식민주의의 반복이나 재생산"(하정일)으로 보듯이 젠더화된 탈민족 담론은 한국문학사 전체를 '여성의 이중식민화'로 볼 위험성이 있다. 또한 해체론적 탈식민론에서 "식민주의의 그물망에서 자유로운 영역이나 주체가 없다."고 파악하듯이 성별화된 민족주의 역시 한국문학사를 지탱해 온 강고한 이데올로기적 틀로 여겨질 위험이 있다.

그렇다면 이와 같은 탈근대 · 탈민족 담론을 여성의 입장에서 전유한 연구들이 지닌 구조적 동일성에서 벗어나서 민족과 여성, 근대와 여성 사이의 다양한 경합과 협상, 배제, 차이의 동학을 사유하는 방법에는 어떤 것이 있을까. 무엇보다도 역사적 맥락을 고려하면서 매 시기 민족과 근대에 대한 여성의 대응양상이 지닌 복합성과 다양성을 세심하게 규명하는 노력이 필요하다. 복합성과 다양성이 그야말로 공허한 담론의 유희에 빠지지 않기 위해서는 같은 사안에 대해 여성 작가들이 취하는 다양한 담론의 양태들을 살피는 자세가 필요하다. 가령 일제 말기 총동원체제 하에서 최정희, 모윤숙과 강경애, 임순득이 취했던 입장은 확연히 다르다. 1950년대 이후 개발 독재기에 여성을 국민의 일원으로 호명하는 데에 적극적으로 앞장 선 여성 엘리트들이 있는가 하면, 이와 같은 호명에 침묵이나 무관심, 자유주의적 일탈과 같은 방식으로 대응한 여성 엘리트들도 있었다.[22] 요컨대 이들은 엘리트 여성이라는 계층적, 성적 정

---

22) 1950년대 이후 여성담론을 주도적으로 생산해 낸 장이라 할 수 있는 『여원』, 『여상』, 『여성계』 등 여성잡지들의 필진과 이들의 주요 논조를 보면 당시 국가 주도의 반공이데올로기나 미국식 자유주의에 대해 담론의 주체가 남성이냐, 여성이냐, 진보적이냐 보수적이냐, 주요 독자층을 여성 지식인으로 설정하느냐, 아니면 일반 민중여성으로 설정하느냐에 따라 다기한 차이가 노정된다. 또한 권두언이나 논설이 주로 여성 지식인층에, 수기나 르포 등이 주로 일반 민중 여성들에게 담론의 영역이 할당되면서 차이를 빚어내기도 한다. 해방 전부터 해방 이후까지 지속적으로 여성문단을 주도적으로 이끈 최정희, 모윤숙 등과 강신재, 박경리, 한말숙, 한무숙 등 해방 이후 등단한 여성 작가들이 전후 민족국가와 당대 문화를 전유하는 방식에서 차이가 나는 것도 앞으로 규명해야 할 과제이다.

체성을 지녔다는 점에서는 같지만 정치적 입장, 문학과 현실을 바라보는 관점 등에 따라 각기 다른 행보를 걷는다.

따라서 식민 이후, 즉 해방기와 한국전쟁기, 개발독재기 여성담론의 양상과 여성작가들의 활동을 한편으로는 실증적인 면에서 좀 더 구체적으로 살펴보아야 하며, 또 한편으로는 전후 민족－국가 담론과 경합하는 여성 담론의 다양한 양상들을 체계화(mapping)할 필요가 있다. 담론 투쟁의 와중에서 헤게모니를 장악했던 여성들과 그 헤게모니의 바깥에 있으면서 '다른' 목소리를 낸 여성들의 차이가 무엇인지, 이들은 어떤 근대, 어떤 민족의 상을 구축 혹은 해체하고자 했는지를 세심하게 규명해야 할 것이다. 민족과 근대라는 범주는 탈자연화하고 탈역사화할 대상이 아니라 역사적 실체이며, 여성은 전유의 대상이 아니라 주체라는 자명한 명제를 되새겨 보아야 한다.

옥시덴탈리즘의 심상지리와 여성성의 발명

1930년대 후반 소설을 중심으로

1. 전도된 오리엔탈리즘의 심상지리와 여성

최근 국문학 분야에서 주목할 만한 사실은 여성 범주가 '상상의 공동체'로서 근대민족국가의 형성에 핵심적인 의제임을 환기하는 연구 성과들이 나오고 있다는 점이다. 이 연구들은 국가를 되찾기 위한 피식민 남성주체의 오이디푸스적 궤적 속에서 민족=여성(성)이라는 등식이 다양한 방식으로 끊임없이 재생산되었음을 밝히는 한편, 식민화에 대한 저항과 공모 사이에서 유동하는 남성주체의 양가성이 여성을 저개발과 야만의 어두운 심연 속으로 밀어 넣음으로써 형성되었음을 밝힌다.[1] 식민 이후

---

1) 고미숙, 『한국의 근대성, 그 기원을 찾아서－민족, 섹슈얼리티, 병리학』, 책세상, 2001 ; 이혜령, 「한국 근대소설의 섹슈얼리티 연구－1920~1930년대를 중심으로」, 성균관대 박사학위논문, 2001 ; 졸고, 「식민 시대 민족의 자기 구성 방식과 여성」, 『한국근대문학연구』 8호, 한국근대문학회, 2003.
위 논문들을 최근의 연구 성과로 꼽을 수 있다.

시기에도 여성의 문제는 근대화와 민족주의 기획의 내부로 흡수되며, 그 과정에서 남성 중심의 근대화와 민족주의 담론은 여성을 배제/포섭하는 이중적 전략을 구사했음을 놓치지 않고 있다.[2]

특히 여성의 몸과 섹슈얼리티는 피식민 주체가 식민 담론에 저항하기 위해 배제/포섭의 전략을 구사하는 경합의 장으로, 민족의 자기동일성을 회복하기 위한 메타포로 지속적으로 전유되어 왔다. 식민 시대 여성의 몸은 피식민 남성의 욕망, 불안, 상실 등이 각인된 물질적 장소였다고 볼 수 있다.[3] 남성 주체는 식민화된 상황에 대한 알리바이를 자기가 아닌 타자를 통해 만들어내야 했다. 그 타자는 정상성과 건전함의 경계 저 너머에 있는 주변적 존재인 여성으로서, 그녀는 훼손되고 오염된 몸, 과잉코드화된 어머니의 몸으로 분열되고 찢겨진 채 나타난다. 이 분열된 몸들은 현실의 약하고 비루한 민족-국가와 상상속의 통합성을 담보한 민족-국가를 환기함으로써 식민화와 탈식민화의 이중적 움직임을 드러낸다.

한편 식민주의 담론 전략과 이데올로기가 식민지를 여성, 야만, 미몽, 몸과 같은 담론의 계열체를 구사함으로써 타자화해 온 것은 익히 알려진 사실이다. 여성을 몸과 유비시키고, 그것에 열등성의 자질을 부여하는 것, 식민지 남성을 여성화함으로써 식민 지배의 정당성을 언설화하는 것

---

2) 권명아, 「여성 수난사 이야기와 파시즘의 젠더정치학」, 『문학 속의 파시즘』, 삼인, 2001 ; 최정무, 「한국의 민족주의와 성(차)별 구조」, 일레인 김·최정무 편, 박은미 옮김, 『위험한 여성』, 삼인, 2001 등이 최근의 대표적인 연구 성과이다.

3) 이광수의 『무정』에서 '영채'의 처녀성 상실이 민족의 위기와 상실을 함축하는 메타포로 전용된 것을 대표적인 예로 들 수 있다. 애국계몽기부터 우리 문학사에서 계보적으로 구축되어 온 모성 이데올로기 역시 어머니의 몸을 욕망을 배제한 채 순정하고 단일한 민족의 표상으로 재현해 왔다. 역으로 피식민자의 눈으로 제국 여성의 몸을 물신화하는 경우도 있다. 이효석의 「엉경퀴의 장」, 채만식의 「냉동어」와 같은 친일 색채가 짙은 소설이나 남정현의 「분지」와 같은 민족주의 소설은 피식민자 남성의 열등감과 불안, 동경 등을 제국 여성의 몸에 대한 관음증적 시선이나 강간과 같은 폭력적 방식으로 드러냈다. 식민화에 대한 저항과 공모라는 양가감정은 여성의 몸을 경유함으로써 구체적인 질감을 얻게 되는 것이다.

등은 식민주의가 구사해 온 낯익은 전략이다. 이처럼 식민주의와 탈식민
주의는 여성(성)과 남성(성)을 이분법적으로 나누고 거기에 모종의 의미
를 부여하는 동일한 젠더정치학을 구사한다. 하지만 그 의도와 효과는
다르다. 호미 바바의 말처럼 '모방'은 '같으면서도 다른' 효과를 산출한
다. 피식민 주체는 식민화 상태에서 벗어나기 위해 식민주의 담론이 사
용했던 식민지의 여성화 전략을 모방하지만 그 의도는 민족국가의 정체
성 탈환에 있으며, 그 결과는 여성(성)속에서 전복과 저항의 가능성을 찾
는 양가적인 것이었다.

　이 글에서는 전도된 오리엔탈리즘, 즉 옥시덴탈리즘[4]이 여성(성)을 발
명하고, 그것을 활용하는 양상을 심상지리와 연계해 살펴봄으로써 식민
화 / 탈식민화 / 재식민화의 복합적인 과정을 규명해 보고자 한다. 식민지
남성주체가 담지했던 식민화에 대한 유혹과 경멸, 분노와 같은 복합적인
감정 상태는 '여성'을 재현하는 질서, 표상체계 속에서 그 단서를 찾을
수 있다. 이 때 여성, 여성성, 섹슈얼리티는 전통적인 것 / 근대적인 것,
동양 / 서양, 농촌 / 도시, 자국 / 이국 등의 관념, 심상지리 등과 연동하면
서 의미를 창출하게 된다. 전통, 동양적인 것과 여성(성)이 연루되면서
탈식민과 탈근대의 가능성을 시험하는 표상체계가 창안되는가 하면, 서
양적인 것과 여성(성)이 연루되면서 식민지 남성의 열등성을 보상받으려
는 심리적 기제가 작동하기도 한다. 여성성이 타자화된다는 점에서는 동

---

4) 옥시덴탈리즘은 '동양'이 '서양'이라는 타자를 구성하는 담론 행위이다. '서양'에 대한 '동
　양'의 우위를 주장하기 위해 고안된 옥시덴탈리즘은 그 출발에서부터 이미 오리엔탈리즘
　의 유럽 중심적, 자민족 중심적 담론의 헤게모니에 포섭되어 있다. 다시 말해 옥시덴탈리
　즘의 담론전략은 오리엔탈리즘과 상동관계를 이룬다.
　샤오메이 천은 중국의 '관변 옥시덴탈리즘'이 자국 국민에 대한 내적 억압 기능을 수행하
　는 민족주의를 지탱하기 위한 수단으로 이용되었으며, 구성되는 서양이라는 타자는, 서양
　에 대한 우위를 확보하기 위해서뿐만 아니라, 자국 내에서 중국적 자아를 교화시키고 궁
　극적으로는 지배하기 위해서 중국의 상상력에 의해 연역된 것이라 본다.
　샤오메이 천, 정진배·김정아 옮김, 『옥시덴탈리즘』, 강, 2001, 12~13면.

일하지만 그것을 전유하는 방식은 다층적이다.

그렇다면 왜 심상지리인가. 탈식민주의 시각에서 바라본 장소는 개인적·민족적·국가적 정체성을 결정하는 주요인이면서 문화적 가치들이 서로 겨루는 갈등의 터전이며 또한 그 가치들이 구체화되어 드러나는 재현의 현장이다.5) 오리엔탈리즘은 '이쪽/우리'와 '저쪽/그들' 사이에 인식론적이자 존재론적인 지리적 경계를 설정하고, 전자의 특권적인 장으로부터 후자를 분리해 일정한 담론 질서 속에 가두려 한다. 이 '내적 경계', 비대칭적인 이항대립 관계는 남성과 여성의 이미지를 떠올린다. 남성=식민자=제국에 의해 대표되는 여성=피식민자=종속국과 같은 식민주의적인 심상지리는 후발 식민지 제국에 해당하는 일본의 경우에도 예외가 아니었다.6) 그런데 전도된 오리엔탈리즘인 옥시덴탈리즘이 창안한 심상지리 역시 경계 및 권역을 설정하고 동양에 우월한 의미를 부여한다. 전통, 조선적인 것, 동양적인 것 등을 특정 장소와 연관 짓는 것은 근대, 서양적인 것을 타자로 설정함으로써 가능해지며, 이때도 역시 남성과 여성의 비대칭성이 '우리'와 '그들'을 경계 짓는 역할을 한다.

이 글은 1930년대 후반 작품을 대상으로 한다. 주지하다시피 1930년대 후반 소설사와 문학사에서 주목할 만한 특성은 근대에 대한 회의와 비판이 다각적으로 이루어지고, 서구의 오리엔탈리즘에 대한 반동에서 비롯된 전통지향성이 일본의 동양주의와 영향관계를 주고받으면서 당대의 양식으로 자리 잡았다는 점이다.7) 1930년대 후반 이후 식민지 지배체

---

5) 박주식, 「제국의 지도 그리기」, 『탈식민주의 : 이론과 쟁점』, 문학과지성사, 2003, 258~259면.
6) 강상중, 이경덕·임성모 옮김, 『오리엔탈리즘을 넘어서』, 이산, 1997, 86~109면 참조.
7) 한형구, 「일제 말기 세대의 미의식에 관한 연구」, 서울대 박사논문, 1992 ; 황종연, 「한국 문학의 근대와 반근대」, 동국대 박사논문, 1992 ; 차승기, 「1930년대 후반 전통론 연구—시간-공간 의식을 중심으로」, 연세대 박사논문, 2002.
위 학위논문들을 대표적인 연구 성과로 들 수 있다.

제가 영속될지도 모른다는 데서 오는 불안과 절망감, 서구 제국의 근대주의와는 다른 일본식 근대주의와 동양주의에 대한 일말의 기대, 근대성에 대한 회의 등이 겹치면서 우리의 식민지 무의식[8]은 대단히 복합적인 양상을 띠게 된다. 전통이나 조선적인 것, 토착적인 향토의 발견과 발명 등이 그 산물이다. 가령 이 시기 새로운 문학·문화·역사철학 담론으로 등장한 전통주의는 리얼리즘과 모더니즘의 이분법을 넘어서는 독자적인 미적 체계를 형성한 바 있다. 이태준과 김동리의 소설에서 흔히 볼 수 있는 동양적 세계관과 미의식에의 경도, 식민지 근대화의 손길을 타지 않은 전통적이고 토속적인 시공간에 대한 향수 등은 타율적으로 주어진 식민지 근대에 대한 비판의 의미를 지닌다. 하지만 서양의 이성중심주의에 대항하는 동양 중심의 반(反)근대 논리는 그 역사적 맥락에 대한 성찰을 동반하지 않는다면 일본의 식민주의 이데올로기에 포섭될 위험성이 있는 것도 사실이다. 요컨대 이 발견 / 발명물들은 반근대와 탈식민의 저항적 텍스트로 읽힐 수도 있지만, 자칫 전도된 오리엔탈리즘에 기댄 퇴행적 서사, 일본의 대동아공영권 논리에 알리바이를 제공하는 식민 담론으로 전락할 가능성이 있음을 유념해야 한다. 그런 점에서 1930년대 후반은 식민지 무의식의 양가적 측면을 가장 선명하게 포착할 수 있는 시기라 할 수 있다.

---

8) 필자가 다른 글에서 밝혔듯이 '식민지 무의식'이란 피식민자가 식민화될지도 모른다는 위기 상황과 그것을 은폐하기 위해 식민 제국을 모방하는 과정에서 또 다른 타자와 야만을 발견하면서 형성된다. 그런데 자기 안의 타자를 발견하고 발명하는 과정은 양가적이다. 인식론적으로 타자의 발견에는 식민화, 타자화에 대한 불안과 그것을 넘어서려는 안간힘, 지배 담론에 대한 공모와 저항이 중첩되어 있다.
졸고, 「식민 시대 민족의 자기 구성 방식과 여성」, 『한국근대문학연구』 8호, 한국근대문학회, 2003, 67면.

2. 조선적인 것의 발견, 여성성의 발명 — 이태준

<문장>지의 대표적인 산문가였던 이태준의 작품들에서 소멸하는 것들에 대한 연민이나 동경, 자연이나 옛 것에 대한 친화감은 일정한 양식으로 드러난다. 당대 혹은 현대와 같은 시간적 자질이 소거된, 중심부 서울(도시)로부터 멀리 떨어진 '고도(古都)'를 새로운 심상지리의 영역으로 창안하면서, 그것을 '여성(성)'과 결합하는 방식이 그것이다.

「패강냉」의 '평양', 「석양」의 '경주'는 실제 장소인 동시에 낡은 것, 조선적인 것, 시대와 불화하기에 배제된 것이라는 의미를 담지한 상상의 지리로 재구성된다. 작품은 그 상상의 지리에 현재 / 서구 / 물질보다 우월한 과거 / 동양(조선) / 정신이라는 가치를 부여하고, 여성(성)의 자질을 다양하게 배치한다.

두 작품에서 예술가 / 작가는 중심부 도시를 떠나와 고도를 편력한다. '평양', '경주'와 같은 옛 도시는 중심부 서울의 물질적이고 획일화된 세계와는 다른 원리를 구현한다. 가령 「패강냉」(『삼천리문학』, 1938. 1)의 첫 장면을 보자.

> 다락에는 제일강산(第一江山)이라, 부벽루라, 빛낡은 편액(扁額)들이 걸려 있을 뿐, 새 한 마리 앉아 있지 않았다. 고요한 그속을 드러서기가 그림이나 찢는 것 같이 현은 축대 아래로만 어정거리며 다락을 우러러본다. 질퍽하게 굵은 기둥들, 힘 내닷는 대로 밀어던진 첨차와 촛가지의 깍음새들, 이조의 문물다운 우직한 순정이 군대군대서 구수하게 풍겨나온다.
> 다락에 비겨 대동강은 너머나 차다. 물이 아니라 유리 같은 것이 부벽루에서도 한뼘처럼 드려다 보힌다. 푸르기는 하면서도 마름(水草)의 포기포기 하늘거리는 것, 조약돌 사이 사이가 미꾸리라도 한 마리 엎디였기만 하면 숨쉬는 것까지 보힐 듯싶다. 물은 흐르나 소리도 없다. 수도국 다리를 빠져, 청류벽을 돌아서는 비단필이 훨적 펼처진 듯 질펀하게 깔려나갔

는대, 하늘과 물은 함께 저녁놀에 물들어 아득한 장미꽃밭으로 사라져버
렸다. 연광정 앞으로부터 까뭇까뭇 널려있는 매생이와 수상선들, 하나도
움직여 보히지 않는다. 끝없는 대동벌에 점점히 놓인 구릉들과 함께 자못
유구한 맛이 난다.[9]

이 첫 장면이 예사롭지 않은 것은 '다락'과 '대동강' 등 서술자의 시선
의 원근법[10]을 통해 발견한 풍경이 '조선미'에 있기 때문이다. '우러러
본' 다락의 풍경은 '고요'하다. 대동강 풍경 역시 "소리도 없다.", "하나
도 움직여 보히지 않는다."와 같은 진술에서 알 수 있듯 정적이며 유구
한 맛을 자아낸다. 현은 거기서 "이조의 문물다운 우직한 순정"이 풍겨
나오는 것을 발견한다. 현이 풍경에서 발견한 조선의 미는 "조선 자연은
왜 이다지 슬퍼 보힐까."(105면)로 요약된다. '순정'과 '슬픔' 같은 여성적
정서는 팔리는 글을 쓰지 못한 채 시대에 '찌싯찌싯' 붙어있는 자신의
현재 상태에서 기인한 것이다. 시대와 불화하는 남성 주체의 정서가 찾
아낸 객관적 상관물은 퇴락한 부벽루와 같은 건축물, '기생'과 같은 사
람, '흰 머리수건'과 같은 사물로 이어진다.

현은 "기생이란 조선에 국보적 존재"(113면)라고까지 의미를 부여한다.
그런데 이 '기생'[11]은 근대 초기 여학생과 함께 유행을 선도하고 공적

---

9) 『이태준 문학전집-단편 2』, 서음출판사, 1988, 104면.
　앞으로 「패강냉」과 「석양」의 작품 인용은 이 책의 면수를 따른다.
10) 공동체에 일종의 기호로 코드화되어 있는 명소구적의 표상을 상대화하고 탈각시켜, 개인
　이 눈앞의 현상으로서 '풍경'을 코드화하고 표상하도록 해준 것이 원근법의 도입이었다
　(81면). 개별적으로 풍경이 발견되고 임의의 대상이 개인적으로 관조되는 세계의 성립은
　원근법과 관련이 있다(87면).
　이효덕·박성관 옮김, 『표상공간의 근대』, 소명출판, 2002.
11) 조선적인 미를 체현한 존재로서 '기생'에 대한 이태준의 남다른 관심은 수필 「기생과 시
　문」, 장편소설 『황진이』에서도 잘 드러난다. 공임순은 조선, 조선적인 것의 의미화와 황
　진이의 서사화가 야나기 무네요시의 민예론에서 영향을 받은 것이라고 보았다. 이 같은
　관점은 <문장>과 논리의 기원을 넓은 의미에서 일본의 '동양주의'에서 찾고 있다는 점
　에서 주목을 요한다.

영역을 자유롭게 유영하던 '새로운' 존재가 더 이상 아니다. 그녀는 여성
이자 전근대적 존재로서 이중으로 주변성을 담지한 인물이다. 나이 많은
기생인 영월은 "흰저고리 옥색치마, 머리도 가림자만 약간 옆으로 탔을
뿐 시체애들처럼 물드리거나 지지거나 하지 않은"(109~110면) 순정한 자
태로 현의 시선에 포착된다. "단순하면서도 힌 호접과 같이 살아 보히는
평양여자들의 머리수건"과 같은 의미 계열체임을 짐작할 수 있다. 흰 빛,
단순하면서도 우직한 선의 미는 '조선적인 것'을 연상시킨다.

예술가임을 자처하는 현에게 닥친 위기 상황은 '서릿발'같은 현실이
다. 작품은 예술가의 자율성과 전통적인 미적 자질들을 파괴하는 근인이
자본주의적 효율성을 앞세운 식민체제에 있음을 명시적으로 드러낸다.

> 전에 본 기억이 없는 새 **삘딩**들이 꽤 많이 늘어섰다. 그중에 한가지 인
> 상이 깊은 것은 어느 큰거리 한뿌닥이에 벽돌공장도 아닐 테고 감옥도 아
> 닐 터인데 시뻘건 벽돌만으로, 무슨 큰 분묘와 같이 된 건축이 웅크리고
> 있는 것이다. 현은 운전수에게 물어보니, 경찰서라고 했다. (106면)

시뻘건 벽돌, 분묘로 시각화되는 경찰서 건물, 비행장을 경계하는 병
사의 모습은 평양을 '폐허'와 같은 부정성으로 인식케 하는 요소들이다.
식민지 규율권력, 일상에 파고든 군국주의, 수건 값과 댕기 값을 논하고,
기생이 서양식 댄스를 배워야 하는 속류화된 자본주의 근대에 대한 비판
적 시선은 역으로 평양, 기생, 흰 머리수건[12] 등에게서 미적 자질을 찾고
정서적 동질감을 느끼는 것이다. 이와 같은 인공물과 자연물들은 남성

공임순, 「거울에 비친 조선, 조선적인 것─황진이라는 키워드」, 『문학과경계』, 문학과경
계사, 2003년 여름.

12) 알제리 여인들의 얼굴에 드리워진 베일과 유사하게 이 흰 머리수건은 그것을 벗기려는
자 ─ 자본주의 논리를 앞세운 근대주의자, 제국주의자 ─ 와 씌우려는 자 ─ 전통적인 심
미성을 기저로 한 민족주의자 사이의 경합이 빚어지는 상징적인 기호라 할 수 있다.

주체의 시각적 응시 속에서 미적으로 가공되지만 '퇴락', '나이가 든'과 같은 결핍으로 기호화됨으로써 애상적 정서를 자아낸다.

'이상견빙지(履霜堅氷至)', "서리를 밟거던 그 뒤에 어름이 올 것을 각오" 하란 말처럼 「패강냉」에서 작가는 일본의 파시즘 체제가 더욱 가혹해질 것을 예견하고 있다. 그렇지만 서울 — 중심의 권역을 벗어난 평양 — 지역은 식민화된 현실이 펼쳐지는 공간이면서 그것과 거리를 취하고자 하는 주체의 의지가 상연되는 공간이기도 하다. 여성화된 남성 주체13)가 발견한 조선적인 미와 여성성은 「석양」과 여러모로 흡사하다. 하지만 식민화된 현실에 대한 비판적 시선, 시간 감각, 심상지리에 투영된 양가적 감정 등은 「석양」에 오면 사라지거나 근대에 대한 대타개념으로서의 전근대와 같은 시간질서의 영역을 초월하면서 여릿해진다.

「석양」(『국민문학』, 1942. 2)에서 매헌은 신라의 고도 경주를 완보하고, '호고벽'을 만족시켜 줄 '고완품점'에서 이조백자와 같은 미를 지닌 '타옥'이라는 여성과 조우한다. 그녀는 영문과를 나온 신여성으로서 문학과 예술품에 대한 비평적 감식안, 도회풍의 세련된 의상으로 주체에게 인지된다. 그런데 경주에서의 그녀는 호고벽과 문화적 취향이 자신과 동일한 이상적 인물로 착색된다.

　　(가) 매헌은 타옥을 불렀다. 십일면 관음 앞에 가즈런히 세웠다. 십일면

---

13) '여성화된 남성'은 진보, 영웅주의, 민족적 정체성을 건강한 남성성이라는 신체적 규범과 동일시하는 시각을 부정하면서 근대적인 성별정체성을 전복하고자 했던 모더니즘 텍스트의 전략과 밀접한 관련이 있다. 모더니즘 텍스트는 이성적인 남성 / 감성적인 여성이라는 이항대립적 구도를 부정하면서 매저키즘적이고 여성화된 남성 주체를 즐겨 형상화했다. 이 글에서는 '여성화된 남성'을 당시 식민주의 담론이 식민지 남성을 여성화했던 전략을 역설적으로 '되받아 쓰기'하는 맥락에서 주체를 보존하기 위해 여성성의 자질을 전유했던 경우에 한정해 쓸 것이다.
모더니즘 텍스트에 재현된 '여성화된 남성'에 대해서는 리타 펠스키, 김영찬 · 심진경 역, 『근대성과 페미니즘』, 거름, 1998의 4장을 참고할 것.

관음의 도득한 손등을 쓰다듬고 그 손으로 역시 도득한 타옥의 손을 쓰다듬었다. 지천명이 내일 모레인 자기의 그 집요한 샛된 정욕을 만나는 일순에 돈망경에 빠트려 놓는 타옥도 역시 자기에겐 숭고한 영원의 여성이었다. (225면)

(나) 매헌은 사흘 동안, 타옥은 이조백자와 같은 여자라 생각하였다. 화려한 그릇들은 앉을 자리를 다투는 것이요 주인이 눈을 다른 데로 줄가 세오는 것이요 보면 볼스록 소란스럽고 피로해지는 것이나 이조 백자는 모도가 그와 딴족이다. 바쁜 때는 없는 듯 보히지 않으나 고요한 때는 바로 옆에서 기다리고 있었다. 고요히 위로와 안식을 주며 싫여지는 날이 없는 영원의 그릇이다. (225면)

예문 (가)와 (나)에서 매헌의 시각적 응시에 갇힌 타옥은 '십일면 관음'이나 '이조백자'와 동일한 의미자질을 지닌 정물 혹은 풍경으로 자리하며 피로에 지친 남성 주체를 위무한다. 또한 타옥은 매헌이 고전적인 미를 발견하도록 추동하는 역할을 한다.

오능의 아름다움은 이 처녀가 발견한 이 소나무의 중턱에서가 가장 효과적인 포-즈일 것 같았다. 볼스록 그윽함에 사모치게 한다. 능이라기엔 너머나 소박한 그냥 흙의 모음이다. 무덤이라기엔 선에 너머나 애착이 간다. 무지개가 솟듯 따에서 일어 따으로 가 잠긴 선들이면서 무궁한 공간으로 흘러간 맛이다. 고요히 바라보면 울어야 할지, 탄식해야 할지 그냥 나중엔 멍-해지고 만다. 처녀의 말대로 니힐을 형용사로 쓰는 수밖에 없을 것이다. (211면)

"보는 각도마다에서 얼마씩 다른 리듬과 하모니"를 불러일으키는 다섯 봉분의 곡선은 여성적인 곡선의 미학을 환기한다. 미적 주체가 발견한 오능의 아름다움은 '무궁한 공간'이라는 말에서도 알 수 있듯 세속적인 시간의 영역을 초월한다. 그런데 이 오능과 고도 경주에서 발견한 미

의식을 총칭하는 것은 유구한 '니힐'이다. 근대적 문명에 대한 위기의식
에서 파생한 니힐리즘은 절대적인 진리나 도덕, 가치 등이 존재하지 않
는다고 보는 입장, 기존의 모든 것을 부정하는 입장이다. 그런데 「석양」
에 투영된 니힐리즘은 니체가 말한 소극적인 니힐리즘, 즉 권태와 체념
을 낳고 도처에 편재해 있는 무의미성으로부터 벗어날 길을 찾지 못한
채 만성적인 환멸의 상태에 빠진 니힐리즘에 가깝다.14) 현재에 대한 부
정의 정신은 있으되 출구를 찾지 못한 '니힐'이란 감정은 시간을 역류한
다. '피로'하고 '노쇠'한 현재와 '무궁'하고 '유구'한 과거라는 시간감각
은 근대에 대한 환멸의 산물인 것이다.

　　제목이 지칭하는 '석양'은 일제 말기 파시즘 하에서 그 존재가 소멸해
가던 조선을 환기한다. 남성 주체는 그 쇠락의 의미망에 노쇠한 자신을
병치시키고, 여성과 여성적인 것으로 기호화된 고전적인 미에서 위안을
얻고자 한다. 하지만 「패강냉」과 달리 현재 시간과의 긴장력은 사라지고
없다. 게다가 충만했던 과거로 되돌아가고자 하는 욕망은 역설적이게도
젊음과 활력에 대한 동경으로 드러난다. 가령 '영원의 여성' 타옥은 "청
춘이 절정으로 올려 달은 듯"한 활력을 내장한 인물이다. 그렇다면 인생
의 황혼에 접어든, 쉬이 피로를 느끼는 이 남성 주체의 내면은 노쇠한
과거가 아닌 활력을 지닌 과거를 꿈꾸는 것은 아닐까. 혹 그렇다면 그것
은 고통스런 근대성의 경험에서 벗어나 사회적 통일성, 안정되고 조화로
운 총체성이 존재하는 시기로 회귀하려 했던 파시즘의 원리에 경도된 것
은 아닌지 회의해 봄직하다.15)

　　근대성의 가치전도가 초래한 '과거'의 복권은 이미 상실된 것과 아울
러 소멸해 가는 것에 대해서 강한 그리움을 발생시키고, 또한 그 과거적

14) 고드스 블롬, 천형균 역, 『니힐리즘과 문화』, 문학과지성사, 1988, 36면.
15) 마크 네오클레우스, 정준영 역, 『파시즘』, 이후, 2002, 163~164면.

인 것들을 더욱 이상화하게 된다. '조선적인 것', '과거적인 것'에서 미적 자율성의 영역을 새로 개척한 이태준의 미의식은 식민지 근대를 심미적으로 부정하고자 하는 정신이었다.16) 하지만 「패강냉」을 거쳐 「석양」에 이르는 도정을 살펴보았을 때 이처럼 근대를 부정하기 위해 전유된 '조선적인 것'은 균열과 저항의 의미를 상실하게 된다.17) 현재와 대비되는 전근대를 초월해 '영원성'이라는, 시간 지표가 소거된 영역에 귀의하기 때문이다. 물론 이태준의 반(反)근대 정신이 반(反)식민의 의미를 내포하고 있음을 부정하기는 힘들다. 그럼에도 불구하고 「석양」에서 뿜어져 나오는 남성주체의 도저한 피로는 식민화된 현실에 대한 심미적 부정조차도 쉽지 않았던 식민 말기의 공황 상태에서 파생된 정서라는 게 필자의 생각이다.

3. 야성적인 몸이라는 판타지 – 김동리

1930년대 중반 이후 우리 문학은 토착적인 지역을 새롭게 발견한다. 근대문학 초기부터 야만과 미개의 상징이자 어두운 대륙으로 의미화되었던 지역은 이 시기에 와서 에로틱하고 주술적인 공간, 원시적인 생명력이 약동하는 공간으로 새롭게 의미화된다. 획일적인 근대의 논리, 중심의 논리에 포획되지 않는 반동적 기운이 가득한 곳으로 새롭게 발견되

---

16) 차승기, 앞의 논문, 69면, 78면 참고.
17) 이와 관련해 차승기의 논의가 흥미롭다. 그는 <문장>지의 심미주의가 현실의 고통 속에 놓여있는 자아가 자기의 무력함을 우월성으로 바꾸는 전도에서 기인한다고 보았다. 과거의 부활, 반복은 역사의 타자를 구제하는 반복이라기보다는 자기동일성의 범위를 확장하는 반복으로써, '조선적 고유성'을 '동양문화'라는 더 큰 범주 속으로 통합시키는 계기가 된다고 그 위험성을 지적하고 있다(위의 논문, 78~80면).

는 것이다. 이렇게 발명된 지역에 자연, 여성(성), 본능, 위반 등 에로틱한 성적 자질이 부가됨으로써 토착적 지역은 그 자체로 성애화된 몸(sexualized body)이 된다. 지역, 원주민과 성애화된 몸의 결합은 식민주의 담론이 식민지를 본능, 야만 등으로 타자화했던 것을 '비슷하지만 똑같지는 않게' 모방하는 과정을 통해 식민주의 담론 질서를 교란하고 전복하는 측면을 지닌다.[18] 김동리와 이효석의 소설에서 성애화된 몸으로서의 향토, 거기서 상연되는 통합적이고 강한 몸은 현존하는 식민 질서와 닮은꼴이면서 그 질서를 대체하고자 하는 열망의 투사물이다.

권력을 가지지 못했거나 주체의 자율성이 상실될 위기에 처했을 때 파편화된 정체성은 자율적이고 통합적인 몸에 대한 영상을 끌어낸다.[19] 주체의 위기에 대처하려는 한 방안으로 모색된 강한 몸, 야성적인 몸은 현실에서는 찾아보기 힘든, 상상 속에서 구성된 판타지이다. 그런데 이 야성적인 몸은 병사로서 갖추어야 할 건강한 몸이라는 일본의 총동원체제가 요구했던 몸의 자질과도 다르다. 병사형 몸이 파시즘의 이데올로기에 맞게 제도화된 몸이라면, 이 야성적인 몸은 근대의 일상적 시공간, 규율 권력의 권역을 벗어난 곳에 자리하기 때문이다.

억쇠와 득보라는 두 장사가 있다. '장사(壯士)' 혹은 '역사(力士)'는 자신의 몸이 지닌 힘을 한껏 발휘함으로써 자기정체성을 보장받는다. 신화 시대, 전(前)근대 시기에 그는 시대를 잘못 만난 불우한 영웅, 지배 권력

---

18) 필자는 이미 다른 글에서 우리 문학이 토착적 지역을 전유하는 메커니즘에 대해 논의한 바 있다. 우리 문학에서 지역은 한편으로는 지역을 타자화함으로써 중심에 대한 동경과 모방의 흔적을 지우려는 의도에서, 또 한편으로는 그 주변성 속에서 전복과 저항의 가능성을 찾으려는 의도에서 재현된다고 보았다.
   졸고, 「탈식민의 관점에서 본 지역문학」, 『인문학연구』 10집, 한림대학교 인문학연구소, 2003.
19) 김은하, 「한국 현대소설에 나타난 남성의 몸」, 『인문학연구』 9집, 한림대학교 인문학연구소, 2002, 52면.

과 불화하는 민중의 소망이 투사된 존재로 여겨졌다. 그런데 이들이 근대의 한 시점에 다른 의미망 속에서 부활한다.

김동리의 「황토기」(1939)에서 억쇠와 득보는 일상성이 완전히 탈각된 상태에서 서로 힘을 겨루는데 몰두한다. 이들의 욕망은 "힘을 써보고 싶다는 욕망", 즉 이성이나 합리성에 기초한 자기개발과는 거리가 먼 원초적인 욕망이다. 이들의 싸움은 "근육과 근육 부딪는 소리"만이 나는, 일체의 이유도 없고 도구도 배제된 몸으로만 이루어진 싸움이다. 다만 싸움 그 자체에서 오는 쾌락, 고통이 야기하는 쾌락이 전경화된다.

> 이리하여 한 덩어리로 어우러진 그들의 입에서는 어느덧 노래도 웃음소리도 동시에 뚝 끊어지고 다만 씨근거리는 숨소리가 뿌득뿌득 밀려나갔다 들어왔다 하며 근육과 근육 부딪는 소리만이 났다. 두 사람의 코에서는 거의 동시에 피가 주르르 쏟아져 내렸다. 눈에도 핏물이 돌고 목으로도 피가 터져 나왔다. 그 차에 땀으로 번질번질하던 두 사람의 낯과 어깨와 가슴은 어느덧 아주 피투성이로 변해 버렸다. 득보가 억쇠의 아래턱을 치지르며 막 몸을 옆으로 빼려는 순간이었다. 억쇠의 힘을 다한 바른편 주먹이 득보의 왼쪽 갈비뼈 밑에 벼락을 쳤다. 갈비뼈 밑에 억쇠의 모진 주먹을 맞은 득보는 갑자기 얼굴이 아주 잿빛이 되어 뒤로 비실비실 몇 걸음 물러 나가다 그대로 모래 위에 꼬부라져 버린다. (…중략…) 이리하여 해가 지고 어두운 산그늘이 내려오도록 이 커다란 피투성이들은 일어날 생각도 없이 연방 서로 피를 뿜으며 엎치락뒤치락하고 있는 것이다.[20]

'커다란 피투성이' 몸이 내뿜는 기이함과 서로의 귀와 어깨살을 씹는 식인 취향의 공격성, 피와 땀이 뒤엉킨 짐승 같은 근육질의 몸은 남성적 힘이 지닌 가학성을 극단적으로 보여준다.

---

20) 『김동리 전집 1-무녀도 / 황토기』, 민음사, 1995, 222~223면.
　　앞으로 「황토기」의 인용은 이 책의 면수를 따른다.

억쇠와 득보는 싸움과 놀이가 미분화된, 몸의 역동성에 기초한 원시적인 공간에 거한다. 이들은 근대에 대한 대타개념조차 없는 시공간에서 생의 에너지를 향유하는 고대적 영웅의 형상을 보여준다. 득보와 억쇠 사이에는 세대적·계층적 위계가 없으며, 따라서 지배와 피지배 관계로 인해 빚어지는 인정투쟁도 없다. 자본주의적 이해관계와 하등 관련이 없기에 이들은 원한과 분노를 타자에게 투사하지도 않는다. 이들이 싸움을 "아무 것과도 바꿀 수 없는 기쁨이요, 보람이요, 그리고 거룩한 향연"으로 여기는 이유도 이 때문이다. 이와 같이 쟁투가 지닌 무목적적인 성격이나 억쇠와 득보의 자기 완결적인 세계는 탐미적이기까지 하다.

남성의 몸이 내뿜는 강렬한 이미지는 그 몸이 거주한 자연 공간과 조화를 이루면서 일종의 향수 의식을 유발한다. 현실의 남성 몸은 왜소하고 병들어 있거나, 몸의 정체성을 찾지 못한 채 거리를 무의미하게 배회한다. 국가의 유기체적 비유로 쓰였을 경우에도 남성의 몸은 유약하거나 부재한 것으로 재현될 수밖에 없다. 따라서 강한 몸은 '왜소한 현대와 건강한 고대' 간의 갈등[21]과 후자에 대한 가치 정향을 보여줌으로써 상실된 과거와 동일시를 꾀하는 주체가 만들어낸 판타지라 할 수 있다. 하지만 이 남성들의 판타지는 「황토기」에서 여성의 몸을 죽이거나 여성을 서사 바깥으로 추방함으로써만 가능하다. 가부장적 가족질서를 교란하고 자기 욕망에 충실한 여성 분이조차도 나르시시즘적 남성 짝패들의 힘 / 권력의 제로섬 게임에서 교환물에 불과할 뿐이다.

식민지 근대를 대타개념으로 설정했던 이태준과는 달리 김동리가 설정한 고대적 시간은 기원을 알 수 없는 혹은 알 필요가 없는 무시간성의 영역이다. 심상지리의 대상으로 '새롭게' 발견된 '토착적 지역' 역시 근

21) 천이두, 「허구와 현실」, 『김동리』, 이재선 편, 서강대학교출판부, 1995, 101면.

대적 공간에 대한 대타 개념으로 재현된 것이 아니기에 총체성, 보편성에 함몰될 위험이 더 큰 것이 사실이다. 「황토기」의 또 다른 위험은 야성적인 몸과 남성성의 동일시가 표층적으로는 군국주의의 병사형 몸과는 다를지라도 내포적으로는 '건강한 몸'을 신화화함으로써 총동원체제와 내밀하게 연관된다는 데 있다.

　앞에서 논한 바와 같이 1930년대 후반 작품들에서 두루 나타나는 전도된 오리엔탈리즘적 경향들은 서양에 대한 동양의 우위, 물질에 대한 정신의 우위를 강조하기 위해 여성(성)을 다양하게 전유한다. 강렬한 남성성의 세계를 전경화한 김동리의 「황토기」는 그런 경향에 반하는 것으로 비춰질 듯싶다. 하지만 남성성, 힘, 야만에 대한 동경은 현실의 여성화된 남성이 지닌 결여를 메우려는 심리적 보충물이자 자연과 야생, 역동의 미학을 찬양했던 파시즘과 친연성을 지닌 것이었다. 요컨대 전도된 오리엔탈리즘이 여성(성)을 활용하는 국면이 복합적이고 다층적임을 전제로 한다면, 김동리의 「황토기」는 여성(성)의 배제 및 은폐를 통해 식민화에 대한 저항과 공모라는 양가성을 드러냈던 경우라 할 수 있다.

4. 이국적인 것, 이국 여성의 타자화 - 이효석

　동양적인 것을 특권화함으로써 식민 질서에 균열을 내고, 식민주의 담론과 경합하면서 궁극적으로는 공모의 조짐을 보였던 위의 작품들과는 또 다른 지점에서 '전도된 오리엔탈리즘'의 양상을 보여주는 작가가 이효석이다.

　1930년대 중반 이후 이효석의 작품세계에는 「메밀꽃 필 무렵」, 「산협」, 「개살구」 등의 영서 삼부작을 비롯한 토착적 향토를 배경으로 한 작품과

『화분』, 『벽공무한』 등 이국적 취향의 작품이 공존한다. 전자의 경우 오리엔탈리즘의 양상을 띠고 있다면, 후자의 경우는 이국적인 것, 서양적인 것에 대한 동경과 서양에 비해 동양·동양적인 것을 우월한 것으로 보는 옥시덴탈리즘이 착종된 복합적 양상을 띤다. 이 이질적인 작품들을 하나로 묶는 것은 섹슈얼리티이다. 섹슈얼리티는 토착적 지역 / 도시, 야만 / 문명, 봉건성 / 근대성을 가로지르면서 식민주의 담론과의 경합이 빚어지는 동력을 제공한다.

　이 장에서는 식민 제국 혹은 이민족 여성과 피식민 남성과의 사랑을 서사화한 후자의 경우를 살펴볼 것이다. 이미 필자가 다른 글에서 밝혔듯 이효석은 「엉겅퀴의 장」에서 제국 여성에 투사된 식민지 남성의 욕망과 좌절, 식민화에 대한 저항과 공모 사이에서 부유하는 식민지 남성의 내적 곤경을 드러냈다.[22] 「엉겅퀴의 장」보다 훨씬 여릿하지만 식민화에 대한 공모의 조짐은 1930년대 중반 이후 이효석의 작품들에서 광범위하게 드러난다.

　식민지 남성의 무의식과 관련하여 주목할 작품이 『벽공무한』(1940)이다. 이 작품은 주인공 천일마를 둘러싼 남녀 간의 다양한 삼각관계를 이국─서양적인 것의 시각화, 의미화와 병치시킴으로써 일제 말기 정신사의 한 축을 드러낸다. 서양에 대한 동경과 배제, 인종적 차이에서 오는 열패감과 그것을 봉합하려는 의지, 이 양자 간의 경합과 봉합의 축을 오가는 식민지 남성 주체의 내면 풍경을 『벽공무한』은 직조해 내고 있다.

　소설의 공간적 배경은 크게 서울과 만주로 이분되며, 주인공 남성 천일마는 이 두 공간을 자유롭게 유영하며 애정을 갈구하고 만주에서 채권에 당첨되는 의외의 행운을 얻게 되며, 러시아 여성과 사랑을 나눈다.

---

22) 졸고, 「친일문학의 내적 논리와 여성(성)의 전유 양상」, 『실천문학』 67호, 실천문학사, 2002 가을, 280~281면.

천일마는 "문화시평도 쓰고 음악평론도 쓰고 하는 동안에 거리에서는 어느 곁엔지 한 사람의 문화사업가로 자타가 공인하는 처지에 놓이게 된"(13면) 인물이다. 그는 현대일보의 지원으로 교향악단을 초청하기 위해 만주 할빈에 간다. 천일마의 '만주' 체험은 댄스홀, 경마장, 호텔, 영화 등과 같은 서양식 소비문화, 서양 여성과의 사랑으로 채색된다. 만주로 떠나기 전 그가 사적으로는 실연의 고통, 공적으로는 뚜렷한 직업이 없는 무력한 문화인으로서 무위의 삶을 살아가고 있었다는 사실에 비춰 보면 '만주'로의 여행은 식민지 지식인이 서양적인 것으로 기호화된 이국적인 것과 조우하면서 자기정체성을 찾아가는 편력으로 볼 수 있다.

일제 말기의 만주란 단순한 지리적 명칭이 아니라 사회의 각 부문에서 적극적으로 다양한 기능을 수행했던 정치적·역사적 기호이자 실천이다.23) 독립운동이나 항일투쟁과 같은 반식민 저항과는 전혀 다른 의미, 즉 '오족협화', '대동아공영론'이 일상의 차원에서 관철되면서 일본 제국주의의 실험장으로 전락한 만주, 이효석의 『벽공무한』은 그 목록에 교향악단, 바아, 댄스홀, 러시아 여성 등 엑조티즘을 추가한다. 그런 점에서 '만주'는 조선, 동양이라는 타자의 발견, 서양적인 것에 대한 동경과 은폐, 동양으로의 귀속이라는 식민화 / 탈식민화 / 재식민화가 전형적으로 발현되는, 식민지 지식인이 발견해 낸 심상지리의 영역이라 할 수 있다.

일찍이 염상섭의 『만세전』에서 탁월하게 선취된 바 있는 식민지 지식인의 내측으로의 여로, 그리고 그 여로의 과정에서 얻어진 피식민자 의식과는 상반되는 바깥 세상으로의 편력, 민족의 독립을 위해 혹은 생존을 위해 만주와 간도로 떠났던 민중들의 이주(移住)의 서사와도 구별되는 이 남성의 엑조티즘으로 착색된 편력은 파시즘적 시대 질서를 암암리에 승인한 상태에서 시작된다. 작품 초반부 만주행 기차를 탄 일마가 "시대의 변천과 역사의 움직임"을 예의 주시하며, "낡은 것과 새 것이 바꾸어지고 위대한 정리가 시작"(22면)되었다고 판단하는 데서 그 단초를 엿볼 수 있다.

이 작품에서는 러시아 여자 '나아자'[24]와 일마의 결합을 정당화하기 위해 명시적이거나 비유적인 장치를 서사 곳곳에 배치한다. 첫 번째는 '파리의 뒷골목'이라는 영화에서 남녀관계를 일마와 나아자의 관계와 등치시키는 것이다.

> "사랑으로밖엔 국경을 물리칠 수가 있소?─아라비아 청년이 파리 소녀보다 못할 것도 없구 파리 소녀가 아라비아 청년보다 날 것도 없구. 두 사람에겐 피차가 똑같은 구별없는 사람이 아니겠소? 그런 아름다운 세상이 또 있겠소?"
> "제 눈에두 사람은 다 같이 일반으로 뵈여요. 구라파 사람이나, 동양 사람이나 개인개인 다 제나름이지 전체로 낫구 못한 게 없는 것 같아요."
> (99~100면)

'아라비아 청년─파리 소녀'의 사랑은 '러시아 여성─조선 남성'의 사랑과 대응한다. 남성과 여성의 젠더 위계질서가 인종적 위계질서와 역상(逆像), 즉 인종적 위계질서를 봉합하는 기제로 사용되었다는 점 역시 동일하다. 위 대화에서 볼 수 있듯 "말과 피를 넘은 사랑", 즉 인종적 차이를 초월한 사랑은 아름다운 것으로 명명된다. 하지만 내적으로 보면 이들의 관계는 동양적인 것, 조선적인 것을 지속적으로 호명하고 거기에

---

24) 러시아 여성 '나아자'는 천일마와 작가의 서양에 대한 동경이 투영된 존재일 뿐만 아니라 당시 만주에서 조선인이 '오족협화(五族協和)'의 슬로건 아래 일본인과 동등한 권리를 지닌 '반일본인'으로 취급되고 만주인, 몽고인, 백계 러시아인보다 우월한 위치에 있었다는 사실에 비춰보면 성적, 인종적 타자로서 전유된 존재이기도 했다. 요컨대 식민지 남성의 복합적 무의식을 가늠할 수 있는 존재인 것이다.

의미를 부여함으로써 지속될 수 있는 것이다. 러시아 여자인 '나아자'는 "어디인지 동양 사람다운 침착한 데가 보이는" 인상을 띤다. 반면 나아자는 일마와 그의 인품을 그대로 조선이라 생각하고 따른다. 이 장면은 이경훈의 지적처럼 서양적 미에 의해 부정되었던 조선의 미가 또 다시 서양인의 눈에 매개되어서만 긍정되는 양상을 보여준다는 점에서 주목할 필요가 있다.25)

하지만 텍스트는 여기서 한걸음 더 나아간다. 서양/여성, 동양/남성이라는 민족과 젠더의 비대칭성 속에서 동양/남성의 자리는 나르시시즘적 발화를 통해서 확정된다. 작중인물의 발화를 통해 드러나듯이 소설가인 훈과 문화사업가인 일마, 이 남성 댄디들이 그리워하고 동경하는 고향은 "현대문명의 발생지인 서쪽 나라"(212면)이고 일마는 그 꿈을 '수입'한 것이다. 그만큼 이들의 서양숭배는 뿌리 깊다. 그런데 이 남성 댄디들의 서구지향성, 서양여성에 대한 인종적 열등감을 상쇄하기 위해 텍스트는 끊임없이 '동양'적인 것을 호명한다.26)

"일마의 꿈두 필경은 동양이었던 모양이지. 나아자의 얼굴은 아무리 봐두 동양의 얼굴이야. 눈이며 눈썹이며 코며가 온순한 조선의 것이란 말야. 피부가 희구 머리카락이 노랄 뿐이지." (213면)

25) 이 작품에서 '전통의 고안'은 '문명'이라는 오리엔탈리즘적인 타자의 시선에 매개되어 있다는 것이 이경훈의 주장이다(앞의 글, 208면).
그런데 이 오리엔탈리즘이 한순간 전도된 오리엔탈리즘으로 전화되는 것, 그리고 그것을 가능케 한 논리가 차이를 무화하는 '동화'의 논리라는 것은 본문에서도 언급했듯 서양이든, 일본이든 타자의 시선, 담론, 이데올로기를 통해서 자기정체성을 보존하려 했던 식민지 남성주체의 허약성에서 비롯된 것이다. 이효석의 토착주의가 댄디즘과 서로를 비춰주는 거울의 논리에 불과한 것도 이 때문이다. 그리고 어쩌면 이와 같은 등식의 기원은 '탈아입구'에서 '탈구입아(脫歐入亞)'로 나아갔던 일본의 식민주의 담론에 있는지도 모른다.
26) 이 남성 댄디들이 '나아자'를 바라보는 동경의 시선은 이효석의 「산협」이나 「개살구」와 같은 향토를 배경으로 한 소설들에서 서울이나 원주 등 외지에서 들어온, 신식물 먹은 여자를 바라보는 토착민의 동경의 시선과 유사하다.

　외양적으로는 "피부가 희구 머리카락이 노란" 서양 여성에 대한 매혹
에 끌리면서도 그녀를 "온순한 조선의 것", "온순하고 순결한 자태"로
재기호화하고 "묵은 전통에서 오는 교양의 빛"이라는 내적 자질을 부여
함으로써 동양화하는 것이다.

> 머리카락이 검든 붉든 말소리가 다르든 같든 차례진 생활의 잔치 앞에
> 서는 피차가 같은 것이며 부자연할 것은 없는 것이다. 이것은 중요한 일
> 인지도 모른다. 생활양식의 차이쯤이 근본적인 난관은 아니다. 밀을 먹든
> 살을 먹든 그 근본의 차이라는 것은 극히 사소한 것이다. 굳은 사랑이 있
> 을 때 인류의 동화는 손바닥을 번기는 것보다도 쉬운 노릇일지 모른다.
> (387면)

　위 예문에서 볼 수 있듯 서양과 동양의 차이, 종족의 차이는 한 걸음
더 나아가 '인류의 동화'로 봉합된다. 비약일지 모르지만 이와 같은 서사
의 논리 심층에 깔린 것은 서양을 동양화하려는 옥시덴탈리즘＝전도된
오리엔탈리즘의 논리이며 그것은 일본 식민주의 담론이 내세웠던 '동양
주의'의 확장에 대응되는 것이라는 가설도 세워봄 직하다.
　인종적 차이, 성별의 차이를 봉합한 상태에서 주체인 나와 타자인 그들
을 나누는 표지는 이른바 '쭉정이' 의식이다. 일마는 "인간은 고귀하기는
커녕 미천하기 짝없"고, "물위에 뜬 해꺼운 쭉정이"에 불과하다고 본다.

> 에미랴도 별수 없이 음악가나 꽃장수와 가릴 바 없는 하나의 쭉정이다.
> 사회의 최하층에 묻혀서 광명도 희망도 가지지 못하는 고달픈 인생인 것
> 이다. 혈족의 차이도 피의 빛깔도 쭉정이라는 사실과는 아무 관계가 없다.
> 혈족의 단결이 쭉정이를 구해 주지는 못하는 것이요. 쭉정이는 쭉정이끼
> 리만 피와 피부를 넘어 피차를 생각하고 구원하고 합할 수 있는 것이다.
> 일마가 오늘밤에 에미랴를 누구보다도 몸 가까이 여기고 동정하고 측은
> 해 함은 말할 것도 없이 그 까닭이었다. (300면)

"혈족의 차이", "피의 빛깔"과 같은 인종적 차이를 무화하는 이 쭉정이 의식을 기반으로 해서 일마는 동정과 연민에 기초한 동일성의 정치학을 구사할 수 있는 것이다. 동일성의 정치학은 삶을 미학화하고 음악, 문학 등 예술의 영역을 보편주의로 수렴함으로써 완성된다.27)

『벽공무한』은 이효석의 예술지상주의를 보여주는 텍스트임에 분명하다. 하지만 간과하지 말아야 할 것은 서양에 대한 동경, 인공적인 미와 예술에 대한 동경이 서사화되는 방식이다. 서양에 대한 동경은 서양에 동양을 덧씌움으로써 은폐된다. 인종의 차이에서 오는 열패감은 이국여성을 조선화함으로써, 그녀에게 동양적인 미의 자질을 부여함으로써 가까스로 극복된다.

그런 점에서 이효석의 코스모폴리타니즘은 원시적 토착주의와 거울상의 관계에 있으며, 인공적 미나 예술에 대한 동경과 보편주의적 경향은 원초적 본능과 그다지 거리가 멀지 않다. 오리엔탈리즘이든 전도된 오리엔탈리즘으로서의 옥시덴탈리즘이든 여성을 타자화함으로써 식민지인으로서의 열등감을 봉합하고, 차이가 아닌 동일성의 수사학을 구사하려 했기 때문이다.

5. 식민화를 넘어서기

지금까지 일제 말기 식민화에 대한 불안과 동경이 교차하던 시점에 발

---

27) 안미영에 따르면 뚜렷한 생계대책도 없으며 민족적 존립도 불분명한 일마와 민족의 정통성은 있으나 가난한 까페 여급인 나아자는 같은 계층의 인간으로서 양자 간의 결합에는 쭉정이의 삶이라는 동류항이 전제해 있으며, 쭉정이에 대한 비하와 천재(예술적 삶)에 대한 특권의식은 작가의 코스모폴리타니즘을 반영한다.
안미영, 「이효석 장편소설에 드러난 성과 예술의 교호관계」, 『이상과 그의 시대』, 소명출판, 2003, 292~294면.

견/발명된 전통이랄지 동양주의가 여성(성)을 전유하는 몇 가지 방식을 살펴보았다. 리타 펠스키에 따르면 문화적 비관주의와 반근대적인 감정이 고조되는 상황에서는 여성을 향수(nostalgia)와 결합하여 생각하는 경향이 두드러진다.[28] 그렇다면 1930년대 후반 작가들이 반근대 전략이나 이른바 조선주의의 강화를 위해 여성(성)을 다양하게 활용한 점 역시 반/탈식민 전략의 일환으로 볼 수도 있다. 하지만 이처럼 여성의 형상을 근대성 안에 있는 전근대적인 것을 상징하는 비유로 반복해서 사용하게 되면, 여성의 경험에 내재하는 복잡성과 갈등이라든가, 욕망하는 주체로서의 여성은 사라지고 만다.[29] 여성에 대한 과도한 낭만화나 여성을 과거 혹은 시간질서 바깥에 위치한 영원성의 영역에 가두어놓는 것은 남성적 판타지의 산물이자 또 다른 의미에서 여성의 타자화이다. 게다가 1930년대 후반, 1940년대 초에 쓰인 작품들에서 산견(散見)되는 이와 같은 전도된 오리엔탈리즘의 경향들은 반식민의 의도가 당시 정세나 작가의 세계관의 추이에 따라 자칫 일본의 동양주의에 포섭될 수도 있음을 여실히 보여준다.

필자는 탈식민 페미니즘이 탈식민과 페미니즘이라는 두 가지 의제 사이의 경합 양상에 주목하는 것이라면 여성적 인식의 부족이 실은 탈식민적 시도의 미흡과 모종의 연관이 있다고 본다. 전근대적인 공간에 거한 여성, 전통을 미학화하기 위해 재현된 여성, 야만과 충동적인 성애에 이끌리는 여성은 현실의 여성화된 남성, 판타지 속의 강한 남성의 심리적 보충물이자, 분열된 정체성으로 식민화에 대한 저항을 감행할 수밖에 없었던 이들의 식민지 무의식이 현현된 존재인 것이다.

물론 이와 같은 연구방법이 자칫 여성의 오랜 식민 상태를 강화하는

---

28) 리타 펠스키, 김영찬·심진경 역, 『근대성과 페미니즘』, 거름, 1998, 89면.
29) 리타 펠스키, 위의 책, 98~100면.

것이 아니냐고 반문할 수도 있다. 여성에게서 탈식민의 가능성을 찾는 것이 아니라 식민과 탈식민을 향한 남성적 편력의 참조물에 불과한 존재로 일반화하고, 민족—인종적인 차이와 계층적 차이를 더불어 고려하지 않은 것은 전적으로 탈식민 페미니즘의 다양한 양상들을 우리 문학의 현장에서 탐사하지 못한 이 글의 한계에 기인한다.

하지만 식민화의 구성방식을 밝히는 작업은 여성에게서 전복과 해방의 가능성을 찾는 것만큼 중요하다. 릴라 간디의 지적대로 식민 이후 민족국가들은 식민 과거를 망각하려는 욕망과 역사를 스스로 창안하려는 충동을 함께 지닌다. 탈식민주의는 이와 같은 식민 이후의 기억 상실에 대한 이론적 저항이라 할 수 있다. 식민 과거를 환기시키는 일은 식민 조건의 막대한 폭력과 대항 폭력의 저변에 깔린 친연성과 친밀성을 조명할 수 있을 때 가장 성공적이다.[30] 식민주의에 대한 반발과 동화, 이 양가성 사이에서 유동하던 일제 말기 작가들이 처한 딜레마가 단적으로 드러나는 지점이 바로 전통 / 동양=여성을 전도된 오리엔탈리즘의 주된 논리로 삼은 것이다. 이 점에 대한 발본적인 지적이 선행되지 않는다면 식민 상태의 극복은 위장된 남성성의 복원, 억압된 것의 귀환으로 마감될 수도 있다.

---

30) 릴라 간디, 『포스트식민주의란 무엇인가』, 현실문화연구, 2000, 16~25면 참고.

식민 시대 민족의 자기 구성 방식과 여성

1. 민족과 젠더의 동학

우리 근·현대사에서 민족을 '상상'하는 데 '동원'된 여러 문화적, 이데올로기적 자질 중 젠더(gender)는 식민성과 근대성, 이 양 축의 내면화와 극복 사이에서 빚어진 이율배반성을 예리하게 보여주는 범주로 기능해 왔다. 계몽기부터 지속되어 온 민족주의 담론의 생명력이라든가, 민족의 수난을 여성의 수난에 빗대어 표현하는 상투적인 비유체계가 대표적인 예라 할 수 있다. 민족주의 담론은 남성과 여성에게 차별적으로 적용됨으로써, 상이한 주체 구성방식을 통해 자기 담론의 적절성을 증명하려 했다. 특히 식민지 시기 민족 담론에서 남성은 자기동일성의 욕망을 여성에게 투사함으로써 여성을 이중적으로 타자화하는 중층적인 과정을 거친다. 여성은 민족국가로 표상되는 자기동일성이 상실되기 전의 충만함과 총체성을 상징하는 존재로, 상실된 민족의 비유물인 훼손된 육체로,

부재 혹은 결락된 존재인 아버지-국가를 대신해 생존의 서사를 쓰고, 미래를 책임지는 존재로 다양하게 형상화되어 왔다.[1] 여성(성)은 기존 체제를 확인해 줄 기제로, 국가-남성성의 위기를 극복할 대안으로 항상 양가적으로 작용해 왔다. 이 과정에서 피식민지 여성은 민족적·성적으로 이중의 식민화 상태에 놓이게 되는 것이다.

한편 민족 담론은 민족국가의 위기 상황과 그 위기를 극복할 방안을 '남성의 여성화', '여성의 남성화' 전략에서 찾는다. 즉 주권/주체의 자리를 빼앗긴 남성의 부재와 허약성을 부각하는 한편, 억압적이고 공격적인 '나쁜' 민족주의에 대한 소극적 저항의 맥락에서 '여성화된 남성'을 전경화하는가 하면, 여성의 모성성을 '강인함'으로 의미화하면서 고정된 성별체계의 역상(逆象)에 위치한 남성과 여성 역시 민족의 일원으로 호명한다.

이처럼 민족과 젠더가 관계 맺는 다양한 동학(動學)에 주목하되, 먼저 기존 연구성과 및 공과를 검토하는 데서 논의를 시작하고자 한다. 민족과 젠더의 관련 양상에 대한 현재 논의지형도는 민족이 젠더를 상상하는 방식에 내재된 문제점을 여성의 시각에서 비판한다는 점에서는 입장을 같이 한다. 하지만 민족 담론과 민족주의를 폐기할 것인가, 아니면 새로운 담론적 실천의 영역을 만들어 낼 것인가에서 차이가 있으며, 이 미세하지만 결정적인 차이는 포스트 식민 시대 민족국가의 위상 및 성정치학에 대한 입장 차이와 내밀하게 관련되어 있는 만큼 분별할 필요가 있다는 게 필자의 생각이다.

이 글은 식민 시대 식민지 무의식의 형성과정을 크게 두 가지 방식으로 나눠 살펴보고자 한다. 하나는 식민 시기와 식민 이후 시기 민족 담론

---

1) 졸고, 「친일문학의 내적 논리와 여성(성)의 전유 양상」, 『실천문학』 67호, 실천문학사, 2002년 가을.

이 성별 및 성차에 입각해 자기를 증명하고 구성하는 방식이고, 다른 하나는 민족 간 위계, 남녀 간 위계질서를 반대로 설정함으로써 식민주의 담론과 민족 담론 양자를 교란하는 방식이다. 후자는 전자의 방식을 모방하고 교란하지만 그 결과 및 효과는 작품이 발표된 시대적 맥락에 따라 동일할 수도 있다는 게 필자의 가설이다. 1930년대 후반, 1940년대 초반에 발표된 이효석과 채만식의 작품을 중심으로 논의하는 이유는 이 시기가 민족의 상실이 현실적인 문제로 다가왔던 때이자 민족의 자기동일성을 존립하고자 하는 열망과 민족을 버림으로써 새로운 질서를 구축할 수 있다는 환상이 착종했던 분열과 혼돈의 문제적 시기였기 때문이다.

2. 민족의 자기 구성 방식에 대한 두 입장

최근 민족과 젠더를 둘러싼 공모와 배제의 양 날을 보려는 시도들은 근대에 대한 성찰이나 전지구화에 대한 비판의 의미를 띠면서 발본적 차원에서 제기되고 있다. 이미 주어진 소여로서의 민족이 아닌 '상상의 공동체'로서의 민족이 자기를 구성하고 작동시키는 방식을 촘촘히 살펴봄으로써 민족(주의) 담론에 내포된 단성적인 시각의 문제점을 지적하고 민족의 폐기든 재구성이든 새로운 상을 전망하려는 시도라 할 수 있다. '성별화된(gendered)' 시각은 이런 성찰과 극복을 위한 전제조건이라 할 수 있다. 그런데 성별화된 시각으로 민족(주의) 담론과 문학을 분석하고, 해체하고, 새로운 담론을 구상하려는 일련의 시도들은 대체로 둘로 나눠지는 듯하다.

그 첫 번째는 탈식민 페미니즘론이나 민족주의적 국가파시즘에 대한 분석의 측면에서 여성의 '이중 식민화' 현상을 분석하고 남성중심적 민족주의를 비판하는 입장이다. 최정무와 주로 전후 소설을 파시즘의 젠더 정치학의 측면에서 분석해 온 권명아가 여기에 해당한다. 에드워드 사이드의 『오리엔탈리즘』 이후 '여성'을 '비서구', '전통', '야만'과 동일시함으로써 타자화하는 시각의 문제점은 탈식민주의론에서 지속적으로 지적되어 왔다. 그런데 식민 종주국인 '자아'와 식민지 '타자' 사이의 차별적 관계를 남성과 여성의 관계로 표현하는 이항대립적인 시각의 문제점은 피식민국의 민족주의 담론에 전이되어 나타나면서 남성을 민족과 동일시하는 담론을 생산한다. 우에노 치즈코가 지적했듯이 여성이 민족/국가와 같은 대주체의 구성원이 되기 위해서는 자신의 섹슈얼리티를 민족/국가에 반납해야 한다는 이른바 '여성의 국민화 전략'은 페미니즘 이론과 민족주의 담론 사이의 긴장과 역설을 보여주는 것이라 할 수 있다. 이들은 민족주의 담론이 여성을 호명하여 재현하는 방식에 내포된 전략에 관심을 기울인다. 또한 이들은 남성 주체가 자신의 '식민성'을 여성에게 투사하는 이른바 '이중의 식민성'을 여러 텍스트를 통해 분석한다. 가령 최정무는 반식민적 민족주의가 서구 제국주의를 구축한 부르주아 민족주의의 아류로 오히려 억압적 제국주의의 재생산에 기여하게 된다고 본다. 민족이라는 상상체로 설정된 것은 오염되지 않은 순수한 가부장적 공동체이며, 여성의 순결한 몸으로 상징되므로 기층민중이나 성적으로 무절제한 여성들은 억압의 대상이 된다는 것이다.[2] 이와 같은 시각은 실제로 일제 말기 일부 남성작가들이 부르주아 민족주의에서 식민주의 담론으로 급작스레 전이해 간 연유를 밝히는 데 유효할 뿐만 아니라 피식민자 남성의 식민지 무의식을 밝히는 유력한 통로가 될 수 있다.

  그러나 이상경은 일부 포스트 식민주의 페미니즘이 페미니즘의 주장

---

2) 최정무, 「민족과 여성 : 혁명의 주변」, 『실천문학』 69호, 실천문학사, 2003년 봄, 25면.

과 반식민주의의 주장을 이분화시키는 것이 문제라고 지적한다. 그는 식
민 상태로부터의 해방과 가부장제의 억압으로부터의 해방이라는 두 가
지 목표를 함께 추구했던 식민지 여성의 경험에서 페미니즘과 내셔널리
즘은 일방적이지도, 이분화된 것도 아닌, 서로의 요구를 수용하면서 타
협해 가는 다면적인 과정이었다고 주장한다.3) 그에 따르면 일제 파시즘
하의 여성문학에서 볼 수 있듯 사회적 연관관계에 대한 고려 없이 고립
된 여성성을 추구할 경우 오히려 파시즘의 논리로 귀속될 가능성이 있
다. 이선옥 역시 "민족주의가 만들어내는 담론에서 민족 문제와 젠더정
치가 결합할 때 젠더에 대한 억압이라는 동일성의 측면이 있지만, 민족
간의 차이에 따라 젠더정치는 전혀 다른 상황과 효과를 지니게 된다."4)
고 강조한다. 민족문제와 젠더정치가 결합하는 다양한 서사들을 역사
적 · 정치적 맥락에서 바라보고 분석할 필요가 있다는 것이다.

　이처럼 최근 우리 문학연구에서 민족(주의) 담론과 젠더를 둘러싼 입
장은 크게 둘로 나뉜다. 양 입장은 근대의 산물이자 상상의 공동체인
민족─국가가 남성성의 형식이고, 여성이 민족─국가의 형성 원리에
선택/배제의 중층적인 방식으로 전유되고 있는 것까지는 동의하는 듯
보인다. 양 측은 민족─국가가 여성을 호명하고 구성하는 작동원리에
대한 분석과 비판을 놓치지 않지만 첫째, 여성이 주체로서 민족─국가
의 형성에 개입할 가능성을 보고 있느냐 하는 점, 둘째, '어떤' 민족이
냐에 대한 인식 내지 세계관에서 갈리는 듯하다. 요컨대 제국의 민족
(주의)와 제3세계 식민지 경험을 가진 민족(주의)로 일컬어지는 저항적
민족(주의) 간의 논리적 유사성에 착목하느냐, 아니면 양자 간의 차이

---

3) 이상경, 「식민지에서의 여성과 민족의 문제」, 『실천문학』 69호, 실천문학사, 2003년 봄,
　55면.
4) 이선옥, 「우생학에 나타난 민족주의와 젠더정치」, 『실천문학』 69호, 실천문학사, 2003년
　봄, 88면.

를 강조하느냐에 따라서 민족과 젠더정치 사이의 관계를 바라보는 데에서 차이가 난다.

실제로 제국의 식민 지배체제를 경험했고, 전쟁과 분단, 이산이라는 민족 단위의 위기와 이합집산을 거듭했던 우리의 경우 민족이 '텅 빈' 기호에 불과하다는 것을 역설적으로 확인할 수 있는 국면들은 너무도 많았다. 역사적으로 이민족의 도전과 자민족의 응전이 거듭되면서, 민족 '안'의 무수한 개인들과 집단들의 자기동일성 확보를 위한 쟁투 속에서 '어떤' 민족이냐를 묻는, 소위 민족을 호명해 거기에 의미를 부여하는 방식에는 다기한 차이들이 노정되어 왔다.

따라서 젠더와 민족은 사회적·역사적인 구성물이며, 이 둘이 각각의 형성에 긴밀히 관계한다는 점에는 동의한다 하더라도 제국의 민족 담론과 식민지 경험에서 파생된 저항적 민족주의 담론을 동일시하는 시각은 유보되어야 할 것이다. 민족주의에 대한 페미니즘의 대안 없는 비판은 민족국가 내에서 여성을 영속적으로 소외시킬 가능성이 높기 때문이다.[5]

3. 두 개의 민족, 두 개의 여성

이선옥은 "여성 범주를 어떻게 구성하고 있는가는 그 민족주의의 성격과 민족의 동질성을 형성하기 위한 선택과 배제의 원리를 읽어낼 수 있는 실마리"[6]가 된다고 말한다. 근대 국민 국가의 형성 이후 개인을 어떻게 국민으로 만들 것인가라는 문제는 여성과 가족에 대한 사유와 맞물

---

5) 정현백, 「민족주의와 페미니즘—비교사적 고찰을 중심으로」, 『페미니즘 연구』 1호, 동녘, 2001, 45~46면.
6) 이선옥, 앞의 글, 85면.

려 있는 탓이다.

민족이 상실된 민족-국가를 환기하고 상상의 공동체를 구축하는 전형적인 방식은 여성의 섹슈얼리티를 관리하거나 '모성성'의 영역에 가두고 거기에 의미를 부여하는 것이다. 필자는 이미 다른 글에서 우리 근대문학의 형성 원리를 해명하는 하나의 길이 여성 육체나 섹슈얼리티의 전유 방식과 관련이 있다는 점을 밝힌 바 있다.[7] 식민지 근대와 그 현실을 넘어서려는 긴 여정 속에서 남성 주체는 상실된 것과 복원해야 할 것을 가늠하기 위해, 허약하기 짝이 없는 자기 존재의 알리바이를 만들기 위해, 민족-국가 혹은 이념이라는 대주체와 자신을 동일시하기 위해 여성을 타자화하고 식민화해 왔다. 그 타자화의 방식은 여성의 욕망이나 생물학적 특성인 재생산을 본질적인 것으로 의미화하면서 이루어진다.

가령 계몽주의 민족 담론의 정전으로 평가받는 이광수의 『무정』에서는 '강간'이 서사의 핵을 이루고 있다. 특히 서사의 전반부는 근대적 지식인을 자처하는 남성인물 이형식이 여성의 육체에 대해 가지고 있는 판타지, 여주인공 영채의 처녀성과 강간이 서사를 주도해 나간다 해도 과언이 아니다.

> (가) 여자는 두 손으로 낯을 가리고 흑흑 느낀다. 손과 발은 동여매였다. 그리고 치마와 바지는 찢겼다. 머리채는 풀려 등에 깔렸고, 아랫입술에서는 빨간 피가 흐른다. 방 한 편 구석에는 맥주병과 얼음 그릇이 널브러지고 어떤 것은 쓰러졌다. (103면)[8]

> (나) 형식의 앞에는 선형과 영채가 가지런히 떠 나온다. 처음에는 둘이 다 백설 같은 옷을 입고 각각 한 손에 꽃가지를 들고 다른 한 손을

---

7) 졸고, 「우리 문학과 여성의 몸」, 『허스토리의 문학』, 새미, 2003.
8) 이 작품의 인용은 『이광수 전집 1』, 삼중당, 1962의 면수에 따른다.

형식의 손을 잡으려는 듯이 손길을 펴서 형식의 앞에 내어 밀었다. (…중략…) 이윽고 영채의 모양이 변하여지며 그 백설 같은 옷이 스러지고 피묻고 찢어진, 이름도 모를 비단 치마를 입고, 그 치마 찢어진 데로 피묻은 다리가 보인다. 영채의 얼굴에는 눈물이 흐르고 입술에서는 피가 흐른다. 영채의 손에 들었던 꽃가지는 금시에 간 데가 없고, 손에는 더러운 흙을 쥐었다. (118면)

작품에서 영채와 선형을 떠올리는 방식은 육체를 매개로 해서 대단히 구체적으로 나타난다. 그렇지만 영채는 기생이고, 선형은 돈 많은 집 여식에 교육받은 신여성인 만큼 상반된 육체적 자질을 지닌 것으로 나타난다. 이 대조적인 육체가 텍스트에서 현시되는 것은 '강간' 사건이 있은 후이다. 예문 (가)는 영채가 배학감과 김학수에게 강간당한 직후 형식과 우선이 현장에 갔을 때의 정경을 묘사한 것이다. 찢어진 치마, 피 묻은 입술은 예문 (나)의 선형과 영채를 잇달아 떠올리는 장면에서 '피묻은 다리'로 대상이 이동하면서 좀 더 구체화된다.

이처럼 작품의 전반부에서 영채가 기생이냐 아니냐 여부, 기생이라 하더라도 정조를 지켰느냐 아니냐 여부, 강간을 당했느냐 아니냐 여부가 계속 문제되는 것, 영채의 육체적 훼손이 근대 초기 문학으로서는 보기 드물게 '폭력적으로' 재현되는 것은 그녀의 정체성은 육체 그것도 깨끗한 육체를 통해서만 의미가 있기 때문이다. 여기 두 명의 여성이 있다. 한 명은 '백설같이' 깨끗하고, 한 명은 '더럽고', '피 묻고', '찢겨졌다.' 한 쪽은 순정한 처녀이고, 한 쪽은 기생인 데다가 강간까지 당했다. 이 극단적으로 대조되는 두 여성은 작가가 상상하는 두 개의 민족으로 보아도 무방할 것이다. 이민족에게 '강간'당하고 '침탈'당한 현실의 민족과 '있어야 할' 순결한 민족 사이의 간극이 여성의 섹슈얼리티를 이분법적으로 다루는 방식으로 나타나는 것이다.

남성의 프리즘에 갇힌 여성의 몸은 '깨끗하거나 더럽거나'였다. 깨끗한 여성의 몸, 남성의 쾌미를 자극하는 은밀한 섹슈얼리티는 원초적이면서도 분열을 경험하지 않은 통합된 국토-민족을 떠올린다. 한편 더럽고 피 흘리는 여성의 몸, 다리나 입술, 찢겨진 치마 등 파편화되고 물신화된 여성의 몸은 식민화된 국토-민족을 상징한다.9) 형식은 영채의 더럽혀진 몸에 대해 탐문하고 의미를 새겨 넣는 과정에서 자기 안의 봉건성을 발견하고 성찰함으로써 개인적 · 사회적 자아의 통합을 꾀하고, '민족'의 대표자로 자기를 정립한다.10) 이와 같이 여성을 타자화하고 파편화함으로써만 민족의 계몽을 위한 남성주체의 편력은 가능해지는 것이다. 이처럼 민족 담론에서 여성의 육체와 섹슈얼리티는 무언가 '다른 것'을 지시하는 알레고리 혹은 메타포로 쓰였다.11)

성적 욕망을 탈각한 '모성성', 이른바 '탈성화된 성'으로서의 모성은 민족이 젠더 이데올로기를 활용하는 두 번째 방식이다. 모성은 생물학적인 자질인 동시에 사회적인 이데올로기로 다시 축조된다.12) 여성이 '민

---

9) 권명아는 민족주의적 파시즘이라는 틀로 전후소설을 분석하면서 창녀와 동정녀는 훼손된 민족, 회복해야할 민족의 이미지로 표상되는데, 이러한 이분법적 세계관은 상실의 체험을 극대화함으로써 완전한 '상실 이전'으로 돌아가고자 하는 근원에 대한 욕망과 이어지는 것이라고 본다.
   권명아, 「모성신화와 가족주의, 그 파시즘의 형식에 대하여」, 한국문학연구회 편, 『한국문학과 민족주의』, 국학자료원, 2000, 211면.
10) 영채를 구여성, 선형을 신여성으로 설정함으로써 전통 단절과 근대 지향의 주제를 명료하게 드러낸 점 역시 민족이 근대의 산물인 점과 무관치 않다.
11) 여성의 섹슈얼리티는 부정성의 형식으로 재현된다. 가령 전후에 산출된 일련의 '양공주' 소설들, 반미문학의 출발이라 할 남정현의 「분지」, 1980년대 정도상의 반미소설 등은 저항적 민족주의 이념을 여성의 육체에 투사한 대표적인 예에 해당된다.
12) 고미숙에 따르면 계몽기부터 모성은 문명의 기초, 민족주의의 근간이 되었다. 이른바 '모성민족주의'는 여성 교육을 통해 국가의 기본 단위인 가족의 기능을 최대한 끌어올리는 것을 목적으로 한다.
   가족은 민족과 국가의 근간이며, 여성은 민족을 재생산하는 존재다. 이런 이유로 해서 민족주의 담론은 어머니와 아내라는 여성에 대한 전통적이고 본질주의적인 이미지를 재생산한다. 설혹 남성적인 병사-여성의 이미지가 총동원체제와 같은 특정 시기에 강조

족의 어머니'로 단일화되는 시기는 대략 1930년대 중반 이후부터다. 이 시기는 신여성에 대한 부정적 담론이 세를 얻으면서 이들조차도 '근대적 여성성(모성성)'의 영역으로 포섭해 들이는 시기이자 민족의 소멸이 당면한 사실로 다가오면서 그에 대한 대항담론으로서 전통이랄지 '조선적인 것'을 발명해 낸 시기이기도 하다. '조선적인 것'이 '여성성'으로 의미화되는 과정과 모성성이 민족의 이름으로 호명되는 과정이 동일한 시기에 진행되는 것은 우연이 아니다. 남성성의 형식인 민족이 위기에 빠졌으므로 그 민족의 결락을 메울 또 다른 형식이 개발되어야 했고 그것이 다름 아닌 통합된 민족을 향한 노스탤지어를 환기하는 여성성이자 모성성이었던 것이다.

모성성 역시 두 개로 분리된다. 민족-국가의 상실감을 상쇄해 줄 심리적 보충물로서의 '전근대적' 어머니와 있어야 할 민족을 전제로 한 민족-국가의 상징적 일원으로서의 '근대적' 어머니가 그것이다. 양자는 각각 그 근원을 전근대적인 것, 근대적인 것에 두고 있다는 점에서는 배타적이지만 민족-국가를 상상적으로 구축하기 위해 동원되었다는 점에서는 상호보완적이다.

이태준의 『성모』(『조선중앙일보』, 1935. 5. 26~1936. 1. 19), 채만식의 『여자의 일생』(『조광』, 1943. 3~1943. 10)은 이와 같이 여성이 어머니가 됨으로써만 민족의 일원이 될 수 있는 이데올로기의 작동방식을 전형적으로 보여준다. 두 작품은 여성의 일대기 형식을 취한 점, 곤경에 빠졌던 신/구 여성이 어머니가 됨으로써 사적 욕망을 넘어서고, 식민지 민족의 아들을 훌륭히 키워냄으로써 자기정체성을 찾는다는 점에서 대단히 유사하다.

된다 하더라도 전통적인 여성의 영역을 침범하지는 않는다. 오히려 위협적인 여성은 국가/민족의 그늘에 들어오길 거부하고 자기 욕망을 좇는 개인이었다.

고미숙, 『한국의 근대성, 그 기원을 찾아서-민족, 섹슈얼리티, 병리학』, 책세상, 2001, 107면 ; 졸고, 「친일문학의 내적 논리와 여성(성)의 전유 양상」, 앞의 책, 271면.

채만식의 『여자의 일생』에서 주인공 진주의 외할아버지, 아버지로 이어지는 부계의 몰락, 아비의 부재를 대신한 모계가정의 구성은 주권의 상실에 일차적 원인이 있는 것으로 그려진다. 이 여성의 생물학적 운명의 배경에는 민족의 생물학적 운명이 놓여있다. 한편 이 작품은 전통적인 구여성 진주의 어려운 시집살이와 그녀가 자기보다 어린 신랑 준호를 모성적 배려로 보살피는 면모를 부각시킨다. 따라서 이 작품은 전통과 여성성, 모성을 동일시하고 거기서 부권과 민족의 상실을 대체할 정서적 위안을 찾는다. 그런 점에서 이 작품은 민족이 전근대적인 향수의 대상으로서 모성(성)을 전유하는 경우에 해당한다.

문제는 민족의 장래를 담보할 2세를 낳아 기르는 어머니라는 정형화된 틀이 일제 말기 급속도로 식민 제국의 담론으로 흡수되었다는 데 있다.13) 그것은 민족국가의 이름으로 호명된 모성 담론 자체 안에 이미 노정된 문제이기도 하다. 어머니의 이름으로만 민족의 성원이 될 수 있는 상황에서 민족이 사라졌을 때 그 여성은 또 다른 대주체의 그늘에 들어가야 하기 때문이다.

한편 이태준의 『성모』는 민족 담론이 '근대적 모성성'을 전유함으로써 '있어야 할' 민족의 상을 상상하는 방식을 취하고 있다. 이 작품은 남성

---

13) 『여자의 일생』과 『여인전기』는 '수난 받는 여성의 일대기'라는 우리 서사문학의 오랜 전통을 잇고 있지만 전자는 민족주의 담론, 후자는 제국주의 담론으로서의 성격을 띤다. 두 작품은 연작이지만 주 인물에 대한 정보제공, 결말구조, 서술자의 전지성이라든가 개입 정도 등에서 차이가 있다. 물론 이 의도적인 차이는 민족 담론에서 제국주의 식민 담론으로의 급격한 선회와 관련이 있다. 특히 여성 주체의 삶과 경험은 민족 담론이나 제국주의 담론의 서술전략에 따라 수정, 첨삭, 편집된다(구체적인 작품 분석은 위의 졸고를 참고할 것). 이광수의 친일작품이나 채만식의 해당 작품들은 반식민적 민족주의 문학과 제국주의 문학 간의 논리적 상동성을 입증하기에 적합한 작품으로 여겨질 법하다. 하지만 이 작가 / 작품들의 식민지 무의식 형성과정이 결코 역사적 우연이 아니라는 점은 인정하되 그것이 부르주아 민족주의의 한계, 작가 의식의 한계에서 노정된 것인 만큼 과도한 일반화 역시 경계해야 할 것이다.

의 성적 욕망을 자극하던 여주인공 안순모의 육체가 어떻게 한 아이를 낳고 기르는 '성스러운 그릇'으로 변모하는지를 그리고 있다.14) 심진경의 지적처럼 순모는 자신의 섹슈얼리티를 버리고 '위대한 민족의 어머니'가 될 것을 요구하는 민족주의 담론과의 동일시 과정을 겪은 후에야 사회의 구성원으로 편입될 수 있다. 그런데 이 변모 과정은 당대 '근대적 모성성' 담론을 아무런 서사적 여과장치 없이 텍스트 안으로 끌어들임으로써 이루어진다. 임신, 출산, 양육에 대한 과학적이고 교육적인 담론, 전세대 어머니와는 다른 순모의 과학적인 양육태도는 그녀가 교육받은 신여성인 데 기인한다. 이 작품은 배타적이고 방어적인 민족의 경계를 구축하는 과정에서 포섭될 것과 배제될 것을 명확히 하기 위해 사적 욕망을 지닌 남성—아버지 역시 부정한다. 민족의 경계 안에 들어온 '모자가정'이 사회적 편견이나 현실적으로 겪을 법한 곤경과는 상관없이 안정적인 이유는 근대적 지식의 소유자인 순모가 경제적으로 자립할 수 있을 뿐만 아니라 아들 철진을 허약하고 타락한 아버지와는 달리 강인한 민족주의자로 키울 수 있을 만큼 이념적으로 무장되어 있기 때문이다.15) 요컨대 이 작품에서 개인 / 민족, 섹슈얼리티 / 모성을 배타적으로 설정하고,

---

14) 심진경, 「1930년대 후반 장편소설의 여성 섹슈얼리티 연구」, 서강대 박사논문, 2001, 70면. 심진경은 이 작품이 근대적인 과학적, 교육적 양육 태도를 요구하는 근대적 모성성과 아들의 뒷바라지를 위해 자신의 욕망을 포기하는 희생적 모성성이 결합된 새로운 기표로서의 '성모'를 제시함으로써, 모성성을 민족적 차원에서 확대 해석하고 있다고 보았다. 특히 순모의 모성성이 당시 유행하던 과학 담론과 결합함으로써 부상한 새로운 여성성과 관련이 있지만, 실제로 순모가 보여주는 자기희생적인 태도나 자신의 욕망을 억압하는 모습 등은 전근대적인 모성 관념에서 크게 벗어나지 않는다고 비판한다(같은 논문, 79면).
여성의 실제 경험과는 거리가 있는 관념적인 모성성이 민족주의 이데올로기에 전용되는 과정, 그로 인해 작품이 구조적인 파탄에 이르는 점 등은 필자도 전적으로 동의하는 바다. 하지만 전근대적 모성이데올로기와 근대적 모성성을 분리하는 듯한 심진경의 논지와는 달리 필자는 전근대적 요소를 수용하는 것 역시 근대적 모성성의 특징이라고 본다.
15) 물론 그녀가 자발적으로 민족 이념을 체화한 것이 아니라 작품 바깥 작가의 목소리에 가까우며 그것이 작품의 구조에 심각한 파탄을 초래한다는 점을 간과할 수는 없다.

전자를 후자에 귀속시키는 것은 현실의 허약한 민족을 부정하고 있어야 할 민족을 상상하기 위해 여성성이 활용되는 방식을 선명하게 보여준다. 근대적 모성성은 민족이 새롭게 발견한, 그렇지만 민족이 근대의 형성물이라는 점을 떠올린다면 그다지 새롭지는 않은 대상인 것이다.

현실의 '약한' 민족과 상상으로 구축한 통합되고 '강한' 민족 사이의 간극, 이 두 개의 민족 사이에 존재하는 심연을 메우기 위해 여성은 두 개의 분열된 상으로 재현되었다. 요컨대 섹슈얼리티를 훼손당한 여성과 성적으로 순결한 여성, 민족－국가의 상실감을 보충해 줄 위안과 향수의 대상으로서의 어머니와 있어야 할 민족을 전제로 한 현명하고 강한 민족－국가의 상징물로서의 어머니가 그것이다.

이처럼 민족을 상상하는 두 개의 분열된 시선, 두 부류로 나눠진 여성은 피식민자 남성의 식민지 무의식이 만들어낸 것이다. 그는 여성을 성녀／창녀로, 여성의 육체를 순결한 몸／훼손된 몸으로 이분화함으로써, 그리고 전자를 민족의 안으로 수렴하고, 후자를 민족의 경계 밖으로 내침으로써 식민화 상태에 대한 알리바이를 제공받았다. 또한 민족－국가의 상실로 위기에 처한 남성주체는 자신의 왜소함, 열등감, 자학 등의 부정적 정서를 역으로 성적, 경제적으로 능동적인 여성에게 투사함으로써 자신의 불안을 해소하려 했다. 민족과 젠더의 역할을 둘러싼 포섭과 배제의 전략은 그리하여 여성의 해방에 기여하지 못했을 뿐만 아니라 민족의 해방이라든가 식민 상태의 극복에도 결과적으로 기여하지 못한 셈이 된다.

4. 모방 혹은 혼성성의 가능성과 한계 – 채만식과 이효석

필자는 이 장에서 '민족과 젠더정치가 결합하는 양상'이 다양했다는 점을 위에서와는 다른 각도에서 풀어가 보려 한다. 만약 남성이 아닌 여성이 여러 모로 민족 주체의 구성과 민족이라는 감각의 형성, 정체성 확립에 전유되어 왔다는 점에 동의한다면, 이 여성이 '우리' 민족이 아니라 '다른' 민족, 게다가 식민 제국의 여성이라면 어떻겠는가. 이 여성은 피식민자 남성의 식민지 무의식에 어떻게 작용하며, 이로 인해 민족 담론에 끼치는 효과는 무엇인가. 필자는 민족 — 국민으로 호명되는 성스런 여성이 아닌, 그렇다고 위험한 섹슈얼리티로 인해 민족 — 국민에서 배제되는 존재도 아닌 제3의 재현 방식에 대해서 알아보고자 한다. 민족 간 위계, 남녀 간 위계질서를 반대로 설정함으로써 식민주의 담론과 민족 담론의 경계를 모호하게 하는 이 제3의 재현방식이 1930년대 후반, 1940년대 초반이라는 시대적 맥락에서 어떤 양가성을 산출하고, 결과적으로 어떻게 식민지 무의식을 다시금 공고히 구축했는지를 보고자 한다.

채만식의 「냉동어」(『인문평론』 7・8호, 1940. 4・5)와 이효석의 「엉겅퀴의 장」(『국민문학』, 1941. 11)은 일제 말기에 발표된 작품으로 여성과의 연애를 통해 자기 주체를 확립해 가는 남성이야기의 낯익은 계보를 잇고 있다. 특이하게도 두 작품 모두 제국과 식민지, 식민자와 피식민자, 남성과 여성 간의 이항대립적인 위계질서, 즉 전자는 우월하고 후자는 열등하다는 가치체계를 생산해 냄으로써 민족과 여성을 식민화하는 많은 서사체와는 달리 '제국의 여성 / 식민지 남성' 간의 사랑을 그림으로써 민족 범주와 젠더 범주에 모호하게 균열을 낸다.

민족 범주만 놓고 보면 식민지 지식인 남성이 내지(內地) 여성에 비해 열등할 터이지만 젠더의 측면에서는 대체로 남성이 여성보다 지적(「엉겅퀴의 장」, 「냉동어」), 계층적(「엉겅퀴의 장」)으로 우월하다는 전제가 깔려 있기 때문이다. 게다가 서사에서 남녀 간의 사랑이 전개되는 과정 역시 여성이 능동적이고, 남성은 수동적이어서 기존의 성별에 따른 고정관념을 뒤집고 있다. 그렇다면 이렇듯 기왕에 설정된 민족과 젠더 위계질서가 역전과 재역전을 거듭하며 서사가 전개되는 이유는 무엇인가. 식민 본국 여성과의 사랑은 제국주의 식민 담론이 유포한 통합에의 열망에 포섭되는 것인가. 그리하여 식민 본국 여성과의 결합을 통해 피식민자로서의 열등성을 보상받으려 한 식민지 무의식이 투영된 것인가. 아니면 양자 간의 불가능한 결합을 궁극적으로는 강조함으로써 당시 일본이 다양한 경로를 통해 유포했던 내선일체 논리를 '내파(內波)'하려 한 것인가. 그도 아니라면 내선일체 이데올로기에 대한 동조와 저항 사이에서 계속 동요하는 내면을 보여주는데 그치는가.

　두 작품에서 남성 주체가 처한 곤경은 식민 말기의 사회적 상황과 어떤 식으로든 관련이 있다. 「엉겅퀴의 장」의 현은 일제 말기 대규모로 행해진 신문사 폐간 정책으로 인해 다니던 신문사가 문을 닫자 실직 상태에 처한다. 「냉동어」의 도영은 소설을 쓰지 못하는 무력한 상태에서 자신을 '묵은 책력', '냉동어'로 규정하고 있다. 이 남성들은 1930년대 우리 문학에 무수히 출몰했던 '여성화된 남성'의 면모를 띠고 있는바 자폐와 자학, 냉소와 환멸로 현실에 대응하는 자의식 과잉의 인물들이다. 지식인이 이념의 실패나 사회적 전망의 상실로 인한 허무주의, 패배의식을 여급과의 관계를 통해 자학적으로 해소하는 것은 1930년대 모더니즘 계열 소설, <단층>파 소설들이 즐겨 차용하는 서사전개 방식이었다. 일본인 여급과 수작하는 이야기는 이미 1920년대 초 염상섭의 『만세전』에서도 재현된 바 있다. 그렇다면 이 작품들은 무엇이 다른가. 식민 본국 여성과 식민지 남성 간의 사랑이라는 민족적 위계질서와 성적 위계질서가 상호 뒤바뀐 양상은 이 사랑이야기를 '새롭고 낯설게'하는 측면이다.

　서사에서 남녀 관계는 민족적 차이와는 무관하게 진행되는 듯하다. 오히려 텍스트는 이민족 여성들의 여성적 자질을 부각시킴으로써 민족적 차이를 배제, 은폐하는 전략을 취하고 있다. 「엉겅퀴의 장」의 아자미는 실직한 그를 대신해 카페 여급일을 하고, 가까이 사는 같은 처지의 미도리가 조선인 남성과 결혼하게 된 것을 동경하며, 남자 집안의 반대로 인해 결혼하지 못하는 처지를 비관한다. 남녀 사이를 가로막는 장애물이 '민족'임을 짐짓 도외시한 채 "피가 현격하게 다른 혼인이 정상이 아닌 그 소이연을 들려주는" 아버지와 "지금 세상에 그런 거 따지려 드는 게 제정신 있는 짓이 아니라"고 여기는 아들의 세대 간 갈등으로 문제의 본질을 흐려버린다.

이 작품은 현의 사랑에만 의지해 악의와 모멸에 가득 찬 조선인과 싸우는 일본여성의 갈등을 전경화함으로써 역으로 조선 남성의 우월성을 보장받으려는 것으로 읽힐 수도 있다. 일례로 내선일체 이데올로기 중 하나인 '동화'의 논리에 근거한 진술이 텍스트 곳곳에서 튀어나온다. 고풍스러운 덕수궁 건물을 배경으로 한복을 입고 선 아자미의 모습에서 현이 "자랑스러움"과 "한 점 얼룩조차 없는 사랑의 만족감"을 느낀다거나, 아자미 역시 "기모노를 입었을 때와는 전혀 다르게 옆으로 지나치는 같은 차림의 여자들과 같은 핏줄의 한 사람임을 절감"하는 것이 그 예에 해당한다.

하지만 이 작품의 내밀한 측면은 "어디까지나 지고는 못 배기는" 여자 아자미의 결단에 따라 애정의 행로가 결정된다. 요컨대 표층적으로는 세대 간 갈등이라든지 주도권을 쥔 조선인 남성의 내적 갈등을 그린 듯하지만, 심층적으로는 일본인 여성 아자미가 현을 선택할 때부터 그를 떠나기까지 갈등을 지속시키고 종결하는 주도적 역할을 한다. 비록 이 작품이 이광수의 작품처럼 내선일체 논리를 노골적으로 드러내지 않는다 하더라도 문제적인 이유도 그것이 개인적인 일상의 차원에까지 침투해 인물의 내면에 음영을 드리우기 때문이다. 제국 여성에 투사된 식민지 남성의 욕망과 그 좌절은 식민화에 대한 저항과 공모 사이에서 부유하는 식민지 남성의 내적 곤경을 드러내는 것이다.

「냉동어」에서 대영이 '이민족'이라는 수식어를 떼어내고 '여성'을 발견하는 대목은 훨씬 더 상세하게 그려져 있다. 여성의 섹슈얼리티의 발견이라는 전형적인 방식을 취하고 있는 탓이다.

> 대영은 이내 박인 듯이 스미꼬를 바라다보고 앉아 여념이 없던 시선이 한참만에야 차차로, 머리털과 모피의 깃 속에 하얗게 묻힌 그 목덜미로부터 이동을 하여, 소곳이 숙인 프로필을 어루만진다.
> 단명해 보이게 부리가 촉하고 작은 귀, 그 앞으로 하늘거리는 듯 연한 살쩍, 갸름하니 하관이 빨아 약간 나온 듯싶은 광대뼈, 그 위로 길게 팬 눈초리를 지나, 심은 듯이 가조롱하고 촉이 긴 속눈썹, 그리고 유난히 오똑 날이 선 콧대. (…중략…)
> 한데, 그러나 이미 한 꺼풀 망막 위에 드리운 관념의 베일이란 매우 기묘한 것이어서, 한 부분 한 부분을 차례로 그렇게 한번 썻어보고 난 다음 일순간 후에는 그와 같이 인상적이던 부분부분의 특징이 삽시간에 해소가 되면서 따로이 전체의 모습만 오래오래 사귀던 친구랄지 혹은 집안 권솔 아무고 누구처럼, 조금도 낮이 설거나 어색한 구석이 없는 얼굴로 어느덧 통일 전화가 되어 가지고는 담쑥 와서 마음에 안기는 것이었었다.[16]

스미꼬에게서 '젊은 여자'를 발견하는 이 대목은 남성의 시각적 쾌락의 대상으로서의 여성이라는 전형적인 재현 방식을 택하고 있다. 민족적 차이는 소거된 채 '여성적 매력'만 도드라지면서 그녀는 오래 사귀던 친구나 집안 권솔처럼 친근하게 다가온다. 여기서 작가 서술자는 배제보다는 동화와 자기동일성의 논리를 구사한다. '부분 부분의 특징'이 '전체의 모습'으로 한순간 전화되는 심리 묘사도 그렇거니와 이후의 서사 전개

---

16) 『채만식 전집 5』, 창작과비평사, 1989, 382면.
　　앞으로 이 작품의 인용은 위 책의 면수를 따른다.

역시 그녀에게서 차이보다는 유사성을 발견하는 데 초점이 맞춰져 있다. 도영은 자신을 "삐뚤어진 빈 집에서 홀로 거주하는" 몰락한 귀족, 세대의 룸펜, "이 지구를 위한 비정인 것이 아니라 화성을 욕망하는 비정"(389면)의 소유자로 정의한다. 생활을 잃어버린 다음의 문학이란 유령과 같으므로 그는 소설을 쓰지 못한다. 이처럼 새로운 시대에 적응하지 못하는 '묵은 책력'인 남성, 한때 '아편'으로 지칭되는 마르크시즘에 경도되었다가 조선 땅을 탈출구 삼은 여성이라는 등식, 이들 간에 형성되는 정서적 공감대는 민족적, 성적 차이와 비대칭성을 상쇄하는 기제로 작용한다. 사회가 요구하는 총동원체제의 병사형 인간에 맞지 않는 이 인물들의 주변부성은 그런 만큼 파시즘의 광풍에 휩싸이지 않고 지배 질서에 균열을 낼 수도 있다.

하지만 그가 말하는 '생활'이란 아래 예문에서처럼 "융케르 시속 육백킬로짜리 전투기같이" 전진을 거듭하는 대동아 전쟁을 '사실'로 인정하는 것을 전제로 한다.

> 이, 지긋뎅이가 사뭇 터지기라두 할 만침, 사실이 핍절하게 긴장이 돼가지구, 융케르 시속 육백킬로짜리 전투기같이 웅웅 디리 전진을 하구 있는 이 판국에, 뭣이냐 쇠달구지만도 못한 문학 체껏이, 어마어마한 그 현실을 제법 갖다가 한귀탱이나마 감각을 하며, 정통을 캐치할 근력이 있어야 말이지! (399면)

게다가 「엉겅퀴의 장」의 아자미가 남자의 곁을 떠나 내지로 돌아가듯, 「냉동어」의 스미꼬는 대륙으로 간다. 대륙으로 떠난 이 여성은 남성에게 정서적으로 의존하던 위치에서 벗어나 '제국'의 입장을 전달하는 발화자로 전환한다.

일청, 일노 전역 때부터, 더는 풍신수길, 또 더 그 이전부터 전해 내려
오던 일본민족의 유구한 민족적 사명이요, 그래서 한 거대한 역사적 행동
인 중원 대륙의 경륜, … 이는 누가 무어라고 하거나 현 세대를 전제로
한 인간정열의 커다란 폭발일 것 같아요.
　스미꼬, 이 길로 거기엘 가서 보고 대하고 접하고 하겠어요.
　새로운 건설을 앞둔 무서운 파괴가 중원의 천지에 요란히 전개되고 있
는 그 어마어마한 무대와 행동을,
　스미꼬와 혈통을 더불어 했고 동시에 한 사람 한 사람의 인간인 그네
씩씩한 장정들이, 그렇듯 세기적인 사실의 행동자로써 늠름히 등장을 했
다가 끊임없이 시뻘건 피를 흘리고 넘어지는 그 핍절하고도 엄숙한 사실
을……. (463면)

　　그녀는 사랑과 이념으로 인한 자기 상실감에서 벗어나 대륙에서 민족
의 서사, 제국의 서사를 다시 쓴다. 이민족 남성 대영의 '냉동어' 상태와
는 대조적으로 '혈통'을 같이 한 사람들에게서 "인간정열의 커다란 폭
발"을 발견한다. "세기적인 사실의 행동자" 편에 선 그녀는 이제 이념이
나 사랑이 아닌 '혈통'과 '민족'의 수행자(agent)가 되는 것이다. 이처럼
작품의 결말은 결국 내지―여성의 입을 통해 대동아 전쟁과 신체제를 긍
정하는 것으로 마감한다. 한편 대영은 "여자의 환영을 밟아 줄기차게 대
륙에로 쏠리는 마음"을 자제하면서 새로운 질서를 받아들인 여성에 대한
열등감의 근인(根因)이 민족적 차이에 있음을 애써 봉합하고 '구차스러움'
이라는 개인적이고도 정서적인 문제로 귀결 짓는다. 여자의 흔적은 딸의
이름에 맑을 징(澄)자를 새겨 넣는 것으로 드러난다.
　　「냉동어」는 엄연히 존재할 뿐만 아니라 그 강도가 절정에 달한 식민
지배체제에 대한 승인과 거부 사이에서 균열을 거듭하는 텍스트이다. 표
층적으로는 민족과 젠더 범주가 서사에 별 영향을 미치지 않는 듯싶지
만, 심층적으로 보면 스미꼬는 플롯 진행상 대영의 퇴락한 일상에 모종

의 의미를 부여하는 동력으로 작용하고 있다. 그녀는 젠더와 민족의 경
계를 넘나들면서 의미를 부여한다. 전반부에서 섹슈얼리티를 지닌 존재
로, 남성의 시각적 응시의 대상으로 비춰진 그녀는 대영의 욕망을 추동
한다. 그런데 후반부는 대동아전쟁에 합류하러 떠나는 것으로 마감되면
서 그녀의 여성적인 자질은 소거된다. 제국의 '남성화', '군사화' 기획에
동참한 그녀는 제국의 주체이다.

　물론 「냉동어」가 지닌 사랑서사로서의 면모는 '일선통혼'을 통한 '내
선일체'를 공공연하게 소설화한 이광수의 작품과 차이가 있다. 하지만
이 작품은 젠더와 민족 범주가 어떻게 복합적으로 얽히면서 당대 지배
이데올로기와 결합하는지를 여실히 보여준다. 앞서도 말했듯이 태평양전
쟁 말기 일본의 여성들이 '여성의 국민화'에 동원되면서 국가를 위한 2
세를 낳고 기르는 모성의 역할을 강조하는 이데올로기에 긴박당해 있었
다는 점을 고려하면 마르크시즘이라는 아편에 중독된, 미혼의 여성은 국
가주의에 포섭되지 않을 가능성이 있다. 실제로 이 낯선 여성은 우월한
이민족이라는 점보다는 국가주의의 자장으로부터 벗어난 존재라는 점이
전경화된다. 하지만 결국 이 여성은 조선이라는 낯설고 열등한 땅으로의
편력 과정을 거치면서 '국민'으로 재탄생한다. 한편 식민지 남성은 어떠
한가. 그는 아내를 '낡은 여성', 집을 '여관', 자신을 '식객'으로 규정함으
로써 자민족 여성을 타자화하는 한편, 스미꼬 역시 욕망의 대상으로 타
자화한다. 식민지 무의식이 자신이 식민화되는 것에 대한 불안감과 열등
감을 은폐하기 위해 타자를 발견하는 과정이라면 그의 식민지 무의식은
자민족과 이민족 여성을 타자화함으로써, 젠더의 역학관계를 활용함으로
써 이루어진다. 하지만 결국 그는 제국의 질서를 승인한다. 이민족 여성
과의 사랑이 무위로 끝남으로써 젠더와 민족 간의 역학관계는 역전과 재
역전을 거듭하고, 결국 그는 가정의 세계로 안착한다. 민족과 젠더의 경

계를 무화시키는 듯한 둘 사이의 '주변적' 존재로서의 동질감은 '동화'를
위한 전제 조건에 불과하다.

이와 같은 서사의 전 과정은 식민 제국 여성과의 관계를 통해 식민자
로서의 열등감과 불안을 극복하려 했던 식민지 남성의 무의식이 현실적
맥락에서는 통용될 수 없음을 입증한다. 오히려 식민 제국=남성성, 식민
지=여성성이라는 민족과 젠더의 고정된 체계가 생물학적 성차와는 무관
하게 강고함을 역설적으로 증명하는 것이다.

통상 식민지적 무의식이란 식민화될지도 모른다는 위기상황과 그것을
은폐하기 위해 식민 제국을 모방하는 과정에서 또 다른 타자와 야만을
발견해내는 과정에서 형성된다. 특히 계급과 더불어 타자화의 일차적 대
상이 되는 여성에 대한 발견 과정이 분열적이고 양가적임은 앞서 장에서
밝힌 바와 같다.

그런데 「엉겅퀴의 장」과 「냉동어」의 경우는 타자를 민족의 안에서가
아니라 식민 제국에서 발견하는 양상을 띠기 때문에 독특하다. 이민족
여성의 섹슈얼리티나 수동성을 발견하는 대목만 본다면 민족보다는 젠
더 정체성이 차이를 구성하는 결정적 요소로 여겨질 법하다. 하지만 궁
극적으로 두 작품의 내적 논리는 민족적 차이를 결정적인 요소로 봄으로
써 식민 질서를 승인하는 것으로 귀결된다.

바바는 '거의 똑같지만 동일하지는 않은' 모방의 양가성과 혼성성에서
탈식민의 가능성을 찾는다. 그에 따르면 혼성성은 "차별받는 주체가 편
집증적인 분류에서 궤도를 이탈한 두려운 대상으로 양가적으로 전환"되
는 것이다.[17] 담론의 대표성과 권위성을 얻으려는 권력의 축을 따라가면
서, 즉 모방하면서 지배 담론을 분열시키는 것이 전복적인 의미를 지닌

17) 호미 바바, 나병철 옮김, 『문화의 위치』, 소명출판, 2003, 226~228면.

다면 위의 작품들은 근대적인 욕망의 형식인 사랑의 서사, 민족과 젠더에 대한 일종의 정형을 모방하면서도 그 관계를 뒤집는다. 이 방식 역시 식민자와 피식민자의 경계선을 불안하고 양가적으로 만드는 것이라 볼수 있다. 그렇지만 이와 같은 양가성은 순응적 주체가 형성되는 과정에서 수반되는 분열에 그칠 뿐 저항의 계기를 만들지 못할 수도 있다. 동일한 맥락에서 '사이에 낀 존재'로서의 피식민지 지식인 남성은 식민지 권력과 지식, 담론을 모방하면서 그것에 균열을 낼 수도 있다. 그렇지만 여성을 타자화시키고 자기를 보존함으로써 식민지적 전유를 '부분적으로' 역전시키는 이 같은 모방18)의 방식은 식민 담론에 균열을 낼지언정 그것을 전복하거나 그것에 저항하지는 못한다.19)

5. 민족과 젠더의 탈영토화

이상 민족과 젠더의 역학 관계에 대한 현재 논의 지형도를 비판적으로 검토하고, 민족이 자기를 구성하는 과정에서 젠더를 어떤 방식으로 전유

---

18) 모방은 한편으로는 규율권력의 전략적인 기호로 작용하면서 타자를 전유하지만, 다른 한편으로는 규범화된 지식과 권력에 내재적인 위협이 되는 차이와 반항의 기호가 되기도 한다.
   호미 바바, 위의 책, 177~180면.
19) 실제로 바바의 탈식민주의 이론을 비판하는 측에서는 바바가 '탈식민성'을 민족주의에 반하여 사용하는 경향이 있음을 지적한다. 가령 닐 래저러스는 '제국주의적 민족주의 문제틀과 반제국주의적 민족주의 문제틀'을 구별하고, 반제국주의 투쟁의 맥락에서 '엘리트 혹은 부르주아 민족주의와 민중적 혹은 저항적 민족주의'를 구별해야 한다고 주장한다. 민족주의의 다양한 이데올로기들을 구별해야 한다는 이와 같은 시각은 탈식민주의 이론이 문화적, 담론적 실천에 머무르는 한계를 노정하고 있음을 날카롭게 지적하고 있다. 게다가 망명, 이주, 이산의 경험이 있는 탈식민주의의 '주변적' 주체 개념을 식민 시대에 소급해 적용할 경우 나타날 수 있는 이론적 오류 역시 경계해야 할 것이다.
   닐 래저러스 「초국가주의와 소위 민족국가의 사멸」, 김보민 옮김, http://colonialism-study.com에서 재인용.

하는지를 살펴보았다. 민족－국가라는 대주체와 자신을 동일시하는 데 익숙했던 식민 시대 남성의 식민지 무의식은 한편으로는 상실된 민족에 대한 향수와 민족 되찾기에 대한 열망의 차원에서 두 개의 여성(성)을 창안하는가 하면, 또 한편으로는 식민 제국이라는 더 강한 민족－국가에 대한 순응과 저항 사이에서 유동하는 주체의 불안을 민족 간 위계, 남녀 간 위계를 반대로 설정함으로써 드러냈다.

민족을 상상하는 방식에 젠더 위계질서가 개입되는 방식을 일원화하는 것은 대단히 위험하다. 민족이라는 '텅 빈 기호'를 채우기 위해 동원된 의미자질로서의 여성은 하나의 범주로 일원화될 수 없기 때문이다. 하지만 여성이 역사의 주체로서, 다양한 삶을 경험하는 주체로서 개입할 가능성을 봉쇄당한 채 의미화의 과정에 전용되어 온 것 역시 사실이다. 대체로 우리 문학사에서 여성을 재현하는 방식이 여럿이면서도 이렇듯 재현을 통해 구축하려 한 의미가 상실된 민족의 회복이라는 동일성의 서사에 기초해 있는 것은 식민지 경험 때문임은 자명하다. 그럼에도 불구하고 자기동일성을 확보하기 위해 여성을 재현의 세계에 가두는 이 같은 방식은 자칫 식민주의 담론으로 미끄러져 들어갈 위험성을 내포하고 있다. 성적·계층적·지역적인 차이를 고려하지 않고 나아가 '나/우리 아닌 것'을 열등한 것으로 타자화하는 것이 식민주의 담론의 수사학이기 때문이다. 페미니즘 진영에서 제국주의 식민 담론뿐만 아니라 저항적 민족주의까지도 비판의 목록에 등재하는 이유도 식민 시기에 대한 반성적 성찰이 근본적 차원에서 행해지지 않는다면 식민성의 극복이란 여전히 미완의 과제일 수밖에 없기 때문이다.

하지만 민족이 실체 없는 상상의 공동체라 하더라도 그것이 여전히 진행되고 구축되는 개념인 것이 사실이라면 여성은 그 의미화 과정에 어떻게 개입할 것인가. 민족주의 이데올로기, 민족 담론의 경계 안에 있으면서 그 안을 비판적으로 사유할 수는 없는 것인가. 요컨대 '젠더화된 민족주의'가 남성화된 기억, 희망, 분노, 좌절을 표출해 왔다면 여성이 민족주의 기획에 남성과는 다른 방식으로 관여할 가능성은 없는 것인가. 여성에게 '민족은 없다'라는 진술은 억압의 경험에서 나온 생생한 목소리임이 분명하다. 그럼에도 불구하고 민족—국가의 경계를 넘어선 여성주의의 구축에 앞서 여성들 내부의 민족적·계층적·지리적 차이를 분석하고 극복하려는 복합적 시각이 선행되어야 여성은 (재)식민화의 오랜 역사에서 벗어날 수 있을 것이다.

1930년대 소설과 식민지 무의식의 양상 (1)

김유정 소설에 나타난 향토의 발견과 섹슈얼리티를 중심으로

1. 식민지 무의식이라는 문제 설정

김유정[1]은 1937년 29세로 사망하기 직전까지 불과 4년 남짓한 짧은
기간에 31편의 단편소설과 20여 편의 수필, 서간 등을 남겼다. 그 가운
데 작품이 주로 발표된 해는 1935~1936년 2년간이다. 농촌을 배경으로
한 작품들이 1935년에, 도시를 배경으로 한 작품들이 1936년에 주로 발
표되었지만 아무래도 김유정 소설의 본령은 전자에 있다고 보아야 할 것
이다. 이 점 때문에 그의 소설은 '농촌소설'의 범주에서 논의되어 왔다.
하지만 서준섭의 지적에 따르면 김유정 작품의 공간적 배경인 농촌이나
자연은 정상적인 농민 생활이 끝난 곳이다.[2] 이 같은 점은 작품의 인물

---

1) 1933년 『제일선』이라는 잡지에 「산골나그네」를 발표한 바 있지만 본격적인 등단 시기는 『조
   선일보』에 「소낙비」가 1등 당선, 『조선중앙일보』에 「노다지」가 가작 입선된 1935년으로
   보는 견해가 지배적이다.
2) 전신재 편, 『김유정 문학의 전통성과 근대성』, 한림대학교 아시아문화연구소, 1997, 339면.

들이 대개 유랑민, 노름꾼, 잠채꾼, 들병이 등으로 이들이 농민적 이해관
계와는 상관없이 생계를 도모하는 데에서도 확인된다.

이 글의 문제의식 역시 여기서부터 출발한다. 그의 작품이 식민지 시
기 조선의 농촌 현실을 핍진하게 그리고 있음에도 불구하고 '농민소설',
'농촌소설'로 규정하기 힘든 이유는 무엇인가. 이 책은 그 이유를 1930
년대 중반 우리 근대문학의 전체상과 연관 지어 규명해 보고자 한다. 논
의의 단서가 되는 것은 김유정 소설을 '토속성'이라든가 '전통의 계승'이
라는 관점에서 바라보는 기왕의 논의들이다.

우리 근대문학사에서 1930년대 중반은 식민지 근대 기획에 대한 회의
가 광범위하게 행해진 시기이자 식민 상황에 대한 주체의 인식이 심화되
고 분화된 시기라 할 수 있다. 특히 <문장>파나 김동리, 이태준 등에 의
해 제기된 전통의 (재)발견 움직임이나 토속성의 발견은 주목을 요한다.
전통이나 토속성의 (재)발견은 일본의 식민체제가 야기한 파행적 근대에
대한 반(反)명제로서 식민지인들이 직면한 분열의 상황을 타개하거나 봉
합하기 위한 심미적·문학적 기획의 일환이라는 게 이 글의 가설이다.[3]

이런 관점에서 이 글은 특정 지역, 특히 토속적인 향토를 재현하는 과
정에서 발현된 식민지 무의식의 양가성(兩價性)을 밝히고자 한다. 식민지
무의식이란 피식민자가 자신이 식민화될지도 모른다는 위기상황과 그것
을 은폐하기 위해 식민 제국을 모방하는 과정에서 또 다른 타자와 야만
을 발견하면서 형성된다. 일찍이 식민지 경험에서 출발한 우리의 불안정
하고 불완전한 근대는 피식민자(colonized)가 끊임없이 제국주의 모국이 발
명한 담론과 이데올로기를 모방하려 하고, 자기 안에서 타자를 만들어내
는 과정을 거쳐 왔다. 인식론적으로 타자의 발견에는 자신이 타자화되는

---

3) 이 가설에 대해서는 이 글의 2장 '향토성 재론'에서 자세히 다룰 것이다.

상태에 대한 불안과 그것을 넘어서려는 안간힘, 지배 담론에 대한 공모와 저항이 중첩되어 있다. 이 과정은 대단히 분열적이고 양가적인 양상을 띤다. 향토의 재현 양상 및 방식과 관련하여 이와 같은 양가성은 피식민자(colonized)가 제국주의 식민 담론에 공모하면서 자기 안의 '타자'인 향토를 발견하는 과정과 근대 기획에 대한 회의 및 비판의 맥락에서 향토를 심미화하는 과정이 복합적으로 교호하면서 형성된다.

　이 글은 위에서 서술한 가설을 토대로 해서 1930년대 중·후반에 우리 근대문학의 새로운 경향으로 등장한 전통이라든가 향토, 토속성의 (재)발견이라는 맥락에서 김유정 문학이 차지하는 위치를 조명하고, 향토성·토속성이 식민지 근대에 대한 저항과 순응 사이에서 어떻게 양가성을 발현하는지 살펴보고자 한다. 또한 우리 근대문학의 재현 질서 속에서 주변성으로 범주화되어 온 향토와 여성의 섹슈얼리티가 결합하면서 전술(前述)한 양가성이 구체적인 육체를 얻게 되는 과정을 규명하고자 한다.

2. 향토성 재론

　앞서 언급한 바와 같이 1930년대 중반에 들어서면서 우리의 식민지 무의식은 식민지 지배체제가 영속될지도 모른다는 데서 오는 불안과 절망감, 서구 제국의 근대주의와는 다른 일본식 근대주의와 동양주의에 대한 기대, 근대성에 대한 회의 등이 겹치면서 대단히 복합적 양상을 띠게 된다. 전통이나 토속적인 향토의 재발견, 동양의 발견 등이 그것이다. 이 발견물들은 반(反)근대와 탈(脫)식민의 저항적 텍스트로 읽힐 수도 있지만, 자칫 전도된 오리엔탈리즘4)에 그칠 가능성이 있는 것도 사실이다. 토속적인 향토를 재현하는 작품들 역시 모방과 혼성성을 저항의 거점으로 삼는 피식민자의 저항의식과 식민 제국에 대한 열망이 투사되면서 나타난 양가적 결과물이라 할 수 있다.

먼저 향토로 일컬어지는 특정 지역을 서사화하는 방식은 제국주의가 식민지를 발견하고 발명해내는 방식과 대단히 유사하다. 제국주의는 식민지를 미개와 미몽, 야만과 같은 온갖 열등성의 지표를 동원해 규정하는 한편, 분열과 피로의 징후가 역력한 자기 세계로부터 도피하고픈 열망을 식민지에 투사하여 거기에 이국적이고 에로틱한 색채를 부여한다.5) 식민화된 주체들이 자기 땅을 부정하고 타자화하는 심리학은 한층 분열적이다. 이들은 피식민지인으로서의 자기 위치를 부정하고, 자기 무리의 열등성을 찾아내는 한편 자기는 이 무리들과 다르다는 차이를 강조하면서 제국주의 주체를 더 열렬히 모방한다.

이는 우리 근대가 지닌 파행적 성격과 내밀하게 관련되어 있다. 서양이든 일본이든 모본(母本)인 근대가 이미 있었고 우리 근대는 그것을 뒤늦게 따라가느라 바빴다. 그 와중에 우리는 민족적으로나 지역적으로 타자화된 상태를 벗어나기 위해 우리 안에서 '타자'를 발명해야 했다. 그래서 발명된 토속적인 지역, 즉 '향토'는 제국주의 식민 담론이 식민지인에게 투사했던, 또 식민지 지식인이 같은 땅의 민중에게 투사했던 온갖 열등성과 비루함의 자질을 고스란히 지닌 곳으로 의미화된다.6)

---

4) 전도된 오리엔탈리즘은 다른 말로 옥시덴탈리즘(Occidentalism)이라 할 수 있다. 오리엔탈리즘이 '동양'을 타자화함으로써 서양의 우월성을 입증하고자 했듯이 옥시덴탈리즘은 이와는 정반대로 근대, 서양적인 것을 타자로 설정하고 열등한 것으로 규정지음으로써, 역으로 전통적인 것, 동양적인 것의 우월성을 증명하는 방식을 취한다.
   졸고, 「옥시덴탈리즘의 심상지리와 여성(성)의 발명」, 『민족문학사연구』 23호, 민족문학사학회, 2003, 93~94면.
5) 에드워드 사이드는 이처럼 제국주의가 식민지를 타자화하고 지배하기 위해 동원한 논리를 '오리엔탈리즘'이라 칭한다.
   에드워드 사이드, 박홍규 옮김, 『오리엔탈리즘』, 교보문고, 개정판, 2003 참고.
6) 필자는 이처럼 특정 지역을 서사화하는데 내재된 피식민자의 의식을 근대문학 형성기 작

둘째, 향토에 대한 또 다른 발명의 사례로 향토를 '원초적인 생명력', '근원회귀'의 공간으로 설정하는 경우를 들 수 있다. 근대화, 도시화에 지친 지식인들이 회귀하는 모성적인 공간으로서의 고향이라든가 에로틱하고 주술적이고 원시적인 생명력이 약동하는 공간으로서의 토속적인 향토는 우리 근대문학이 지속적으로 선호해 온 공간적 상상력과 맞닿아 있다. 앞서 근대적 시선에서 야만과 미개의 상징이자 어두운 대륙으로 의미화되고 주변화되었던 곳은 이제 획일화된 근대의 논리, 중심의 논리에 포획되지 않는 반동적 기운이 가득한 곳으로 새로이 기호화된다. 식민화, 근대화로 인한 열등감과 피로감, 환멸 등에 대한 정서적 대체물로서의 고향, 농촌, 향토는 '향토적 서정성'이라는 독특한 미적 아우라를 자아낼 뿐만 아니라 에로틱한 성적 자질을 지닌다. 성(sexuality)은 원시적 건강성, 생명력 등 전복적인 것으로 기호화된다. 이와 같은 과정을 거치면서 특정 지역은 '향토(鄕土)'라는 특정한 명명법으로 불리게 되었고, 향토를 그린 문학작품들은 한국인의 고유한 '토속적' 정서를 잘 반영한 작품들로 우리 근대문학사의 한 자리를 차지하게 되었다.

우리는 이와 같이 특정 지역이 발명되고, 그것이 성과 절합됨으로써 식민지적 무의식이 공고화되는 전형적인 양상을 1930년대 이효석과 김유정의 작품들에서 보게 된다. 우리 근대문학사에서 두 작가가 차지하는 위상은 독특하다. 동반자 작가에서 원초적인 생명력으로 가득 찬 토속적인 세계관으로의 급격한 선회, 다시 탐미적인 도시 공간으로 월경을 감행한 이효석, 구인회의 초기 멤버로서 낙향한 후 고향 주변의 산수나 여인들에게서 위안을 찾고자 했던 김유정. 기이하게도 두 작가는 향토적

품을 중심으로 살펴본 바 있다.
졸고, 「탈식민의 관점에서 본 지역문학」, 『인문학연구』 10집, 한림대학교 인문학연구소, 2003.

서정성을 구현한 작가들로서 이른바 정전만들기의 중핵에 있는 국어 / 문학 교과서가 가장 선호하는 작가들이기도 하다. 더욱이 이들은 요절한 탓에 일제 말기 여러 작가들이 범했던 '친일'의 혐의에서도 자유로울 수 있었다.

'향토적 서정소설'이라는 말을 처음 사용한 박헌호는 향토성에 대한 지향은 제도적 근대성에 대한 비판의 함의를 지니며, 분열된 민족은 향토성이 야기하는 문화적 공감대 속에서 민족으로서의 일체성을 확인받을 수 있었다고 보았다.[7] 권명아 역시 '향토'를 규정짓는 궁핍의 파토스가 '민족적인 것'에 대한 특정 감각을 생산하고 소비하는 데 중요한 역할을 담당한다고 본다.[8] 그런가 하면 이혜령은 1930년대 중·후반 소설 도처에 등장하는 토속적 인간형의 세계를 분석하면서 이 토속적 인간형이 특유의 활력을 제공하면서 지식으로 표상된 근대적 자아의 무기력을 심리적·미적으로 보상해주는 투사물이고, 향토는 원시성과 본능이 펼쳐지는 무대라고 말한다.[9] 관점은 다르지만 이 연구자들 모두 근대성에 대한 회의나 비판의 맥락에서, 혹은 민족주의나 식민주의의 동원의 정치학에 전용되기 위해서 '향토'의 '궁핍'이 발명되었다는 점에 주목하고 있다. 신형기 역시 '향토의 발견'이라는 맥락에서 이효석 소설에 주목하면서, 이효석의 모더니즘적인 이국취향과 향토의 발견이 식민지 근대가 낳은 혼종의 시선이라는 동일한 메커니즘에 근거한다고 보았다.[10]

필자 역시 '향토(성)'에 대한 이들의 관점에 동의하면서도 이를 근대성 비판이라든가 동일성의 원리에 기초한 동원의 정치학으로만 파악하는

---

7) 박헌호, 『한국인의 애독작품─향토적 서정소설의 미학』, 책세상, 2001, 104~110면 참고.
8) 권명아, 「궁핍의 파토스와 국민문학화」, 『파라21』, 이수출판사, 2003 가을.
9) 이혜령, 「한국 근대소설의 섹슈얼리티 연구─1920~1930년대를 중심으로」, 성균관대학교 박사논문, 2001.
10) 신형기, 「이효석과 '발견된' 향토」, 『민족이야기를 넘어서』, 삼인, 2003, 110~113면 참고.

것은 일정정도 한계가 있다고 생각한다. 물론 근대비판, '반(反)근대'는 일본 제국으로부터 강제적으로 이식된 근대적 제도, 규율질서에 대한 비판이라는 점에서 반(反)식민의 함의를 띤 것이 사실이다. 이와는 정반대로 식민 시대뿐만 아니라 포스트 식민 시대에도 '향토'가 민족국가 구성원들의 분열을 봉합하고, 국가주의를 순조롭게 수행하기 위한 동일화 기제로 동원된 측면도 없지 않다. 그럼에도 불구하고 식민주의 담론에 동조하면서 동시에 저항했던 피식민자의 양가적 의식을 살펴보기 위해서는 이들이 만들어 낸 '향토'가 내부 식민지인 타자화된 장소이면서 동시에 견고한 식민주의에 틈을 낼 수 있는 균열의 장소라는 점을 동시에 살필 필요가 있다고 본다. 다시 말해 전통으로의 복귀든 향토의 발견이든 그것이 지닌 복합적 의미, 포섭과 배제의 역학을 세심하게 규명해내야 한다는 게 필자의 생각이다. 똑같이 '향토'를 재현의 장으로 삼으면서도 그것을 역사와 현실이 제거된 신화와 운명의 장소로 본 김동리나 본능과 심미적 창안의 영역으로 한정한 이효석과 달리 분열과 균열의 틈이 역력한 김유정의 작품세계가 돋보이는 이유도 여기에 있다.

3. 모방을 통해 저항하기, 김유정의 '향토'

앞 장에서도 살펴본 바와 같이 김유정은 이효석과 더불어 해방 이후 문학과 국어 교과서에 빠짐없이 그 작품이 등재된 작가이다. 그런 만큼 그의 작품은 한국인의 정서에 밀착되어 있고 한국인의 향수의식을 자극하는 부분이 있다. 이와 같은 점은 그의 작품들 중에서도 독자들이 주로 좋아하는 작품이 「봄봄」과 「동백꽃」 등 농촌의 현실을 우회적, 서정적으로 다룬 작품들이라는 점에서도 잘 드러난다. 두 작품은 일본의 식민지

농업 정책으로 인해 파탄에 이른 식민지 조선의 농촌 현실을 성장의 문턱
에 이른 청년 혹은 아이를 전면에 내세움으로써 우회적으로 다루고 있고,
사랑이나 결혼과 같은 보편적인 주제에 녹여내고 있다. 「봄봄」과 「동백꽃」
은 리얼리즘적 시각에서 보면 지주(혹은 마름)와 소작인, 농노 사이의 갈
등을 다루고 있지만, 이와 같은 갈등은 후경으로 물러나고 독자의 향수
의식을 촉발하는 감각적인 묘사가 전경화된다. 가령 "밭 가생이로 돌 적
마다 야릇한 꽃내가 물컥물컥 코를 찌르고 머리우에서 벌들은 가끔 붕,
붕, 소리를 친다. 바위틈에서 샘물소리밖에 안 들리는 산골짜기니까 맑
은 하눌의 봄볕은 이불속같이 따스하고 꼭 꿈꾸는것 같다."(「봄봄」)[11]라
는 시적인 묘사라든가 산골에 지천으로 "한창 피여 퍼드러진 노란 동백
꽃"이 풍기는 "알싸한 그리고 향긋한 그 내음새"(「동백꽃」)에 취한 소년,
소녀의 모습에서 우리는 평화로운 농촌의 봄 풍경을 마치 눈으로 보듯
감각적으로 느낄 수 있다. 이와 같은 농촌의 서정적 풍경은 우직한 청년,
순진한 아이의 눈에 비친 것이어서 일종의 '중립성'을 확보하고 있다.
'자연의 인간적 전이'[12]라 할 만한 이 청년/아이들은 문명이나 근대성
의 핵심인 합리성과는 관련이 없는 인물들이어서 현실에서 패배할 수밖
에 없고 바로 그런 점 때문에 독자들의 연민을 유발한다.

　김유정 소설에 재현된 향토에는 두 가지 양상이 공존한다. 하나는 자
본의 논리, 식민화의 논리와는 무관하게 서정적이고 생명력이 약동하는
공간이고, 다른 하나는 궁핍과 배신으로 얼룩진, 식민지 자본주의로 인
해 피폐해진 농촌이다. 전자에 해당하는 「봄봄」, 「동백꽃」은 물론이거니

---

11) 김유정, 전신재 편, 『김유정 전집』, 강, 1997, 160면.
　　앞으로 작품의 인용은 이 책의 면수를 따르기로 한다.
12) 이 용어는 박헌호의 말을 빌려 온 것이다. 그는 순수하고 어리숙한 인물이 향토성을 형
　　상화하는 주요소라고 보면서 이들을 '자연의 인간적 전이'라 표현한다.
　　박헌호, 앞의 책, 100면.

와 후자에 해당하는 「만무방」 역시 그 서두는 대단히 서정적인 묘사로
채색되어 있다.

> 산골에 가을은 무르녹았다.
> 아름드리 노송은 빽빽이 늘어박혔다.
> 새새이 끼인 도토리, 벗, 돌배, 갈잎들은 울긋불긋, 잔디를 적시며 맑은
> 샘이 쫄쫄거린다. 산토끼 두놈은 한가로이 마주앉아 그 물을 할짝거리고,
> 이따금 정신이 나는 듯 가랑잎은 부수수하고 떨린다. 산산한 산들바람. 귀
> 여운 들국화는 그 품에 새뜩새뜩 넘논다. 흙내와 함께 향긋한 땅김이 코
> 를 찌른다. (「만무방」, 95면)

「만무방」의 핵심 주제는 땅에 충실한 농민이 자기 땅을 잃고 유랑하는
현실, 자기 땅에서 난 산물을 자기가 도둑질해야 하는 아이러니한 현실
에 있다. 하지만 작품 서두를 여는 것은 위와 같이 피폐한 농촌 현실과
는 무관하게 가을이 무르녹은 서정적인 향토의 풍경이다. 마치 이효석의
「산」이나 「들」의 한 대목을 보는 듯한 이 서두에서 인간은 자연에 완전
히 동화되어 있다.

이미 작가는 수필 「五月의 산골작이」에서 고향마을을 '빈약한 촌락'이
지만 "산천의 풍경으로 따지면 하나 흠잡을 데 없는 귀여운 전원"이라
칭하고 "주위가 詩的이니만치 그들의 생활도 어데인가 시적"이라고 말한
바 있다. 같은 수필에는 다음과 같은 구절도 나온다.

> 산 한중턱에 번듯이 누어 마을의 이런 생활을 나려다보면 마치 그림을
> 보는듯하다. 물론 理智없는 생활이 아니고는 맛볼 수 없을만한 그런 純潔
> 한 정서를 느끼게 된다. (427면)

여기서 주체의 시선을 눈여겨볼 필요가 있다. 마을에서 멀리 떨어진

산중턱에서 아래를 내려다보는 주체의 시선에 포착된 마을은 "그림을 보는 듯"하고 '이지없는' 생활을 영위하는 곳이다. 주체, 즉 보는 자의 가치평가가 개입된 고향마을은 시적인 아우라를 풍기고 순박한 인심, 공동체적 정서가 살아있는 충만한 곳이다. 근대적 이성이라든가 합리성이 통용되지 않는 곳이기도 하다. 이처럼 향토는 동백꽃이 흐드러지게 피어나고, 골짜기마다 자연의 순환법칙에 따라 그 산물들이 무르녹는 곳이다.

하지만 김유정 소설에 재현된 향토는 '서정성'으로 봉합되지 않고, 다양한 근대적 욕망이 충돌하고 모순이 현시되는 공간이기도 하다.

'따라지'와 '만무방', '들병이', '잠채꾼'과 '도박꾼'. 김유정 작품에 등장하는 인물들을 특징짓는 이와 같은 단어들은 김유정의 작품이 농촌의 하층계급을 형상화하고 있음을 암시한다. 김유정 작품에 재현된 농촌, 혹은 향토는 일본의 식민지 농업정책으로 인해 농민들이 자작농에서 소작민, 다시 이농민, 유랑민으로 전락을 거듭해가는 장소이자 아내나 딸을 매매하는 가부장적 권력이 횡행하는 장소이며, 아내를 '들병이'로 내세워 한 몫 보려는 못난 가장들이 거(居)하는 장소이다. 즉 작품에 재현된 농촌 내지 향토는 근대적인 이성이 지배하는 중심의 논리에 포획되지 않는 원시성, 반이성, 야만과 미개로 얼룩져 있다.

그런데 이 농촌에 거주하는 제도 밖 인물들은 서울에 대한 동경, 금광이나 도박 등 일확천금에 대한 터무니없는 꿈을 추구하거나 성적 교환관계 및 매매에 자발적으로 몸을 던진다. 그런 점에서 이들은 식민지 근대의 파행성에 전면적으로 노출되어 있다고 볼 수 있다. 향토적 서정성의 아우라를 한 겹 벗기고 들어가 본 향토 혹은 농촌은 식민지 근대의 욕망에 포획된 인간들이 그 욕망을 대단히 파행적인 방식으로 푸는 분열적인 공간이다.

그렇다면 왜 분열적일 수밖에 없는가. 자기 의지와는 무관하게 농촌에까지 밀어닥친 식민지 자본주의 근대의 물결 앞에서 이들은 속수무책으로 전락하면서도 그 근인(根因)을 파악할 만큼 합리적이거나 성찰적 이성을 갖고 있지 않다. 이들이 보여주는 대응방식이 일탈적인 것은 이 때문이다. 그런 점에서 김유정 작품 속에 재현된 농촌 내지 향토는 제국이 식민지를 타자화할 때 항용 사용하는 무지와 반이성, 야만성, 성적인 일탈이 고스란히 재현되는 장소로 볼 여지가 충분히 있다.

하지만 작가는 식민자가 피식민자를 타자화하는 방식을 모방하면서도 그 모방을 통해 식민지의 어두운 면을 식민자에게 되돌려 주는 양가적인 방식을 취하고 있다. 「금따는 콩밭」에서 지주의 땅을 임의로 갈아 부치고, 콩밭에서 금을 찾으려는 발상, 「만무방」에서 응칠의 일탈적 행동이 근대적 법제도의 규제를 받으면서도 같은 농민들에게서는 부러움을 받는 상황 등에서 알 수 있듯 이들의 일탈이라든가 야만성은 식민자에게는 피식민자의 열등성을 알려주는 증거이면서 동시에 공포를 불러일으킨다.

그런 점에서 김유정이 그리는 향토는 동백꽃과 깊어가는 가을 산길의 고즈넉함이 "날새가 차지니까 늑대 호랑이가 차차 마을로 차저 나리는"(「산골나그네」) 반문명적인 야만과 공존하는 공간이다. 또한 토착 농민과 유랑민, 근대적인 잠채꾼이 공존하는 공간이다. 식민 담론에서 타자화된 야만인들이 어느 순간 근대적 욕망의 주체로 등극하는 것, 그리고 그 근대적 욕망이 다시 한 번 변칙적이고 일탈적인, 반근대적인 방식으로 추구되는 것은 작가가 식민 담론의 권위를 좇아가면서도 이를 조롱하는 방식을 취하고 있음을 반증한다.

제국주의 식민 담론이 그야말로 재현의 권위를 상실한 채 해체되는 양상은 「만무방」에서 응칠이 자기 터전을 버리고 유랑하기 전 집에 내건 문안, 「가을」에서 소장사 황거풍과 복만이 사이에서 체결되는 계약서에서 단적으로 드러난다.

(가) 벽을 발른 신문지는 누러케 꺼럿다. 그우에다 안해가 불러주는 목
　　록대로 일일이 나려 적엇다. 독이 세 개, 호미가 둘, 낫이 하나, 로
　　부터 밥사발, 젓가락집이 석단까지 그담에는 제가 빗을 엇어온데,
　　그 사람들의 이름을 쪽적어 노앗다. 금액은 제각기 그 알에다 달아
　　노코 그엽으론 조금 사이를 떼어 역시 조선문으로 나의 소유는 이
　　것박게 업노라. 나는 오십사원을 갑흘길이업스매 죄진 몸이라 도망
　　하니 그대들은 아예 싸울게 아니겟고 서루 의론하야 어굴치 안토
　　록 분배하야 가기 바라노라 하는 의미의 성명서를 벽에 남기자 안
　　으로 문들을 걸어닷고 울타리 밋구멍으로 세식구 빠저나왓다.
　　이것이 응칠이가 팔짜를 고치든 첫날이엇다. (「만무방」, 100면)

(나) 매매계약서
　　일금 오십원야라
　　우금은 내 안해의 대금으로써 정히 영수합니다.
　　갑술년 시월 이십일
　　　　　　　　　　　　　조복만
　　　황거풍 전
　　　　　　　　　　　　　　　　　　(「가을」, 194~195면)

　(가)의 성명서, (나)의 매매계약서는 자신의 의사를 천명하거나 당사자
들이 교환관계를 법적으로 인증받기 위해 쓰는 공적이고 제도적인 담론
형식이라 할 수 있다. 하지만 이 공적·근대적 형식은 그 안에 담긴 내
포적 의미 때문에 엄숙함을 상실한 채 희화화되고 전복된다. 이 공식 문
서들을 창안한 식민자는 그것이 근대적이고 합리적이라는 이념을 유포
함으로써 그와 같은 법과 제도를 가지지 못한 피식민자의 열등성을 강화
하고, 피식민자들을 효과적으로 통제하기 위한 제도적 장치로 썼다. 그
런데 작가는 이 제도적 담론들을 모방하면서 동시에 이를 조롱하고 전복
하는 '비슷하지만 완전히 같지는 않은' 모방의 전략을 구사하고 있는 것

이다.

더군다나 피폐한 농촌은 대개 작품 서두의 '보여주기'(묘사)를 통해 공포스러운 타자의 모습으로 출몰한다.

> (가) 땅속 저 밑은 늘 음침하다.
> 고달픈 간드렛불. 맥없이 푸리끼하다. 밤과 달라서 낮엔 되우 흐릿하였다.
> 거츠로 황토장벽으로 앞뒤좌우가 콕 막힌 좁직한 구뎅이. 흡사히 무덤속같이 귀중중하다. 싸늘한 침묵. 쿠더브레한 흙내와 징그러운 냉기만이 그속에 자욱하다. (「금따는 콩밭」, 64면)

> (나) 음산한 검은 구름이 하늘에 뭉게뭉게 모여드는 것이 금시라도 비 한줄기 할 듯하면서도 여전히 짖궂은 햇발은 겹겹 산 속에 묻힌 외진 마을을 통째로 자실 듯이 달구고 있었다. 이따금 생각나는 듯 살매들린 바람은 논밭 간의 나무들을 뒤흔들며 미쳐 날뛰었다.
> 뫼밖으로 농군들을 멀리 품앗이로 내보낸 안말의 공기는 쓸쓸하였다. 다만 맷맷한 미루나무숲에서 거칠어가는 농촌을 읊는 듯 매미의 애끓는 노래―
> 매움! 매애움! (「소낙비」, 38면)

> (다) 감떼사나운 큰 바위가 반득이는 하눌을 찌룰듯이, 삐쮜 솟앗다. 그 양어깨로 자즈레한 바위는 뭉글뭉글한 놈이 검은 구름갓다. 그러면 이번에는 꿈인지 호랑인지 영문모를 그런 흠상구즌 대구리가 공중에 불끈 나타나 두리번거린다. 사방은 모다 이따위 산에 돌렷다. 바람은 뺀찔나려 구르며 습귀와 함께 낙엽을 풍긴다. 을씨냥스리 샘물은 노냥 쫄랑쫄랑. 금시라고 싯검은 산중툭에서 호랑이불이 보일 듯십다. 꼼짝못할 함정에 들을 듯이 소름이 쭉 돗는다. (「노다지」, 53면)

지금까지 김유정 소설의 서두에 제시된 이 배경묘사는 '거칠어가는 농

촌'의 모습을 사실적으로 재현한 것으로, 인물의 전락한 처지를 비유적
으로 표현한 것으로, 앞으로 일어날 비극적인 상황을 예시하는 것으로
평가받아 왔다. 인물이나 사건에 대한 '말하기', 즉 작가주석적 논평보다
이와 같은 '보여주기'가 작가의 의도를 드러내기에 훨씬 효과적인 것도
사실이다. 문제는 재현된 농촌이 사방이 산에 둘러싸여 "산속에 묻힌 외
진 마을"이고 "무덤 속같이 귀중중"하고 "음침한 기운"을 자아내는 곳이
라는 점이다. 심지어는 예문 (다)에서 볼 수 있듯 호랑이가 나올 듯이 문
명과는 거리가 멀다.

서정성도, 특유의 원시적인 생명력도 소거된 이 향토는 식민지 자본주
의의 파행성을 단적으로 보여주는 금광이 산재해 있는 동시에 호랑이가
출몰하는, 전근대와 근대의 혼종성이 공존하는 곳이다. 이 혼종의 양상
을 제목에서부터 예시하는 「금따는 콩밭」에서 볼 수 있듯 "산이고 논이
고 밭이고 할것없이 다 금쟁이손에 구멍이 뚫리고 뒤집히고 뒤죽박죽이
된" 농촌에서 "돼지같은 몸뚱이를 한" 광부들은 다름 아닌 땅을 파던 머
슴이며 농민이었다. 이 농민이 어느 순간 금에 눈이 멀어 동료를 배신하
고, 장을 보고 오는 농군을 "잘량한 돈 사전" 때문에 낫으로 찍어죽이기
도 한다. 향토가 공포스런 타자로 출몰하는 것도 이 때문이다. 이 타자가
지닌 반동성, 근대적 규율제도로 순치되지 않는 일탈적 저항의 국면이
서두의 장면으로 예시되는 것이다.

앞서 필자는 향토의 재현에 내재된 양가성에 주목할 필요가 있다고 말
한 바 있다. 요컨대 김유정 소설에 재현된 향토는 근대적인 이성이 지배
하는 중심의 논리에 포획되지 않고 서정적이고 원시적인 생명력이 남아
있는 곳이다. 하지만 심층적인 차원에서 보면 이미 이 향토는 일정하게
근대의 논리에 포섭되거나 자본주의적 인간관계에 의해 지배받고 있다.
그리고 이 근대는 역설적이게도 토착민의 미몽과 미개, 야만의 심성을

십분 활용하면서 자기 영토를 확장한다. "삼십여 년 전 술을 빗어노코 쇠를 울리고 흥에 질리어 어깨춤을 덩실거리고 이러든 가을과는 저 딴쪽이다. 가을이 오면 기쁨에 넘처야 될 시골이 점점 살기만 띠어옴은 웬일인고."(「만무방」, 111면)라는 응칠의 언술은 작가의 현실인식에 다름 아니며, 향토가 양가적으로 재현된 이유를 해명하는 단서가 된다. 과거의 시골(향토)과 현재의 시골(향토) 사이의 거리. 서정성과 야만성이라는 향토의 두 얼굴은 식민주의 이데올로기에 포섭된 현실을 인지하면서 이에 저항하려는 작가의 복합적 의식을 드러내는 것이다.

4. 성별 권력관계와 섹슈얼리티의 양가성

김윤식은 「들병이 사상과 알몸의 시학」에서 김유정 문학의 출발점에 놓인 것이 들병이 사상이며, 작가가 이들이 저지르는 부정적 측면과 긍정적 측면을 고루 알고 이에 대한 미묘한 윤리적·미학적 감각에 형언할 수 없는 표현 의욕을 실었던 점을 높이 평가한다.[13] 들병이 사상이란 다름 아닌 '아내를 내놓고 먹는' 남편의 의식이다. 김병익 역시 김유정 소설의 공통점으로 "무기력한 남자에게 순종하는 여성의 현실적 능력이 보다 능동화되어"[14]있는 점을 지적한다. 이들은 공통적으로 여성의 섹슈얼리티가 돈으로 환산되면서 성별 위계가 역전되는 현상을 지적하고 있다.

김유정 소설에 재현된 향토는 매춘이나 인신매매가 일상화되고 그것이 도덕적 판단의 대상이 되지 않는 세계이다.[15] 인신매매와 매춘은 무

---

13) 김윤식, 「들병이 사상과 알몸의 시학」, 전신재 편, 앞의 책, 283면.
14) 김병익, 「땅을 잃어버린 시대의 언어」, 전신재 편, 앞의 책, 141면.
15) 도시를 배경으로 한 작품들 역시 카페 여급, 기생, 여공 등 무력한 가장(아버지나 남편, 남동생)을 대신해 생계를 책임지는 여성을 다루고 있다. 농촌을 배경으로 한 작품군의

력한 남성들에 의해 묵인, 방조되거나 적극적으로 행해진다. 남편이든 결혼을 앞둔 미혼 남성이든 이들에게 여자는 재화를 얻기 위한 수단이다.

「총각과 맹꽁이」에서 덕만이가 들병이를 아내로 얻으려는 이유는 "이런 걸 데리고 술장사를 한다면 그박게 더 큰수는 업다. 둬해만 잘하면 소한바리쯤은 락자업시 떨어진다."(33면)고 생각하기 때문이다. 「솟」의 남편 역시 안해의 속곳과 맷돌짝, 함지박을 훔으려 내는 이유는 들병이인 "게숙이를 따라다니며 벌어먹겟구나"하는 생각, "압흐론 굼주리지 않어도 맘편히 살려"는 생각 때문이지 결코 들병이를 사랑해서가 아니다. 복만이 처를 사간 소장수 황거풍은 "홀애비의 몸으로 얼굴 똑똑한 안해를 맞어다가 술장사를 시켜보고자 벼르든 중"이었다. 취처(娶妻)가 목적이 아니라 술장사를 통한 이윤 얻기가 목적인 것이다.

> 안해 그까짓건 실혓다. 아리랑 타령 한마디 못하는 병신, 돈 한푼 못버는 천치 — 하긴 초작에야 물불을 모를만치 정이 두터웟스나 때가 어느 때이냐. 인제는 다 삭고 말엇다.
> 뭇사람의 품으로 올마 안김 에쓱어리는 들병이가 말은 천하다 할망정 힘 안드리고 먹으니 얼마나 부러운가. 침들을 게게 흘리고 덤벼드는 뭇놈을 이손저손으로 맘대로 후물르니 그 호강이 바히 고귀하다 할지라 (「솟」, 145면)

위 예문에서 안해와 들병이를 평가하는 척도는 아리랑 타령을 하는가, 돈을 버는가와 같이 술장사와 매춘에 필요한 능력을 구비했는지 여부, 즉 효용성 유무이다. 들병이는 "힘 안들이고 먹고", "뭇 놈을 마음대로 후무릴 수" 있기 때문에 호강을 한다는 식의 가치판단은 노동의 정직함

경우 가족의 이산, 아내와 아동의 물신화, 인신매매, 매춘, 노름, 잠채 등 일탈적이고 비윤리적인 생활방식이 그야말로 일상화되어 있다.

이나 일부일처제가 부과하는 책임감, 윤리의식과는 무관하다. 오히려 쾌락의 향유를 제1의 가치로 여기고 있는 듯하다.

하지만 여기서 간과해서 안 될 점은 내포적 서술자의 성별(gender)이다. 내포적 서술자인 남편(남성)은 노동하지 않고 '아내(여성)를 내놓고 먹'고자 하는 자신의 처지를 정당화하기 위해 아내를 평가절하한다. 물론 김유정 소설의 특징이 아이러니인 만큼, 정작 조롱의 대상이 되는 것은 이 무능한 남편일 수도 있다. 하지만 이와 같은 아이러니컬한 진술이 나오게 된 배경, 남성의 자기비하에 동원된 논리에 주목할 필요가 있다. 즉 남성 주체는 아내와 들병이 등 여성을 타자화함으로써, '그녀'들의 목소리가 아닌 내포적 서술자인 '그'의 목소리를 통해 여성의 욕망을 굴절시킴으로써 자본주의 근대의 물결 앞에 여지없이 무너진 공적, 사적 자아로서의 책임감에서 한발 비켜설 수 있었다.

'들병이'에 대한 남성들의 시각, 토착민의 시각은 양가적이다. "남의 살림을 망처노코 게다 가난한 농군들의 피를 빨아먹는 여호"이자 더러운 물건이라고 보는가 하면, 새로운 생활을 열어줄 구원자로 인지한다. 같은 여성들 역시 이들을 부도덕한 유혹자로 보는 한편 이들이 돈을 벌 수 있다는 사실 때문에 선망의 시선을 보내기도 한다. 심지어 「안해」의 아내는 자발적으로 들병이로 나서겠다고 남편에게 제의하기까지 한다.

아이까지 둔 아내가 들병이로 나서고 그것이 묵인되다 못해 이 하층계급이 생존을 위해 선택할 수 있는 최상의 것으로 여겨지는 현실은 가부장적 가족관계 및 부계질서가 해체되었음을 입증하는 것이다. 이 같은 점은 더 나아가 당장의 생존을 위해서든, 아니면 남편의 매타작을 피하기 위해서든 아내의 동조 하에 성매매가 법적·윤리적 제재 없이 통용되는 현실에서도 확인된다. 「만무방」의 재성이나 「가을」의 복만은 제 계집을 팔아넘기고, 「소낙비」의 춘호는 노름밑천 이 원을 장만하기 위해 아내를 모양

내어 이주사에게 보낸다. 「노다지」의 꽁보는 생명의 은인이자 일확천금의 꿈을 실현시켜 줄 더펄이에게 이미 시집까지 간 누이를 주려고 한다. 「총각과 맹꽁이」에서 덕만의 누이 역시 선채를 받고 팔린 지 오래다.

전근대적인 가부장적 가족질서에서 아내와 누이, 아이는 한갓 노동력의 원천, 재생산의 담당자로서 이들의 생사여탈권을 지닌 자는 남편과 오빠, 아비였다. 그렇기 때문에 「안해」의 나는 아내가 낳을 아들을 '한놈이 벼열섬씩', 열다섯 명이면 '일천오백원' 식으로 재화로 환산한다. 아내와 아이를 재화로 보는 남편의 시각은 '비동시성의 동시성'이 재현되는 식민지 근대의 단면을 보여준다. 남편은 전근대적인 가부장제 의식으로 자본의 축적이라는 근대적 욕망을 추구하기 때문이다. 하지만 역설적이게도 남편이자 아비는 무능력하다. 그가 추구하는 근대적 욕망이라는 것이 터무니없이 크고 허황되기 때문에 욕망의 좌절은 예정된 수순이다. 이들의 전근대적인 의식은 근대의 속도를 도저히 따라잡을 수 없는 것이다.

여성에게 기생해 살고 있거나 살고자 하는 이 하층계급 남성들은 식민지 농업정책의 피해자이지만 그 피해로 인한 분노와 상실감을 여성이나 아이에게 투사한다. 그렇다면 이 하층계급 남성들이 자신들의 성적·경제적 무능력을 위장하거나 보상받기 위해 여성과 아이를 타자화하는 과정에서 노정하는 여러 자질들을 어떻게 보아야 할 것인가. 제국의 식민자들이 피식민자들의 열등성을 말할 때 흔히 쓰는 무지와 몽매, 여성과 아이를 소유의 대상으로 보는 전근대적 의식은 아마도 이들 식민자들이 피식민자들의 열등성을 확인해주는 증거로 활용되었을 법하다.

하지만 앞서 토착민이나 여성들이 들병이를 바라보는 시선이 동경과 혐오라는 양가성을 띤 데에서도 드러나듯 텍스트에 드러난 남성／여성 주체의 성별 권력관계 역시 다층적인 의미를 지닌다. 그런 만큼 작품에 드러난 성별 관계 역시 식민 담론에 공모하는 지점과 저항하는 지점을 가를 필요가 있다. 김유정의 작품에서 남성은 성적·경제적으로 무능력하고 여성은 우월하다. 그렇지만 기존의 성별 관계를 전도시킨 것이라고 단선적으로 파악하기 힘든 점이 있다. 이상 소설에 등장하는 '여왕봉' 같고, 치밀한 전략을 구사함으로써 남성을 농락하는 여성들과는 달리 김유정 작품 속의 여성들은 남성과 당장의 경제적 어려움을 타개해야 한다거나, 금맥을 찾아 일확천금의 꿈을 이루어야 한다는 과제 앞에서 남성과 공조한다. 전락한 농민의 처지, 유랑민의 처지에서 결코 이룰 수 없는 욕망을 추구한다는 점에서 이들은 동일하다. 이 남성과 여성들은 토착민이든 유랑민이든 식민자가 피식민자를 열등성의 자질로 규정지었던 것을 몸으로 연행한다. 자신들의 무지, 일탈을 드러냄으로써 오히려 식민자의 이데올로기에 균열을 내고 저항하는 방식을 택하는 것이다. 전신재는 김유정 소설의 특징으로 '가족중심주의'를 들면서 외부의 혹독한 현실에서 살아남기 위한 부부의 강한 응집력에서 알 수 있듯 가족중심주의는 혼란하고 궁핍한 현실에서 살아남으려는 제도적 장치라고 말한 바 있다.[16] 환언하면 친밀감, 배려와 같은 가족공동체의 이데올로기는 해체되었고, 생존을 위한 일차적인 단위로서의 가족만 남은 형국, 공동의 현실적인 이해를 위해 전근대적인 가부장적 이데올로기가 출몰하는 형국이다.

그렇다면 왜 작가가 일관되게 근대적 제도, 식민지 질서 및 이데올로기에 포획되지 않는 토착민들을 전경화하는 것일까. 김유정의 작품은 중심 / 이성 / 근대 / 남성과 주변 / 본성 / 전근대 / 여성으로 대립되는 우리 근대문학의 재현 질서 속에서 주변성으로 범주화되어 온 향토와 여성, 여성의 섹슈얼리티가 어떻게 결합하는지를 잘 보여준다.

향토와 섹슈얼리티가 결합하면서 식민자가 피식민자를 규정하는 자질

---

16) 전신재, 「농민의 몰락과 천진성의 발견」, 앞의 책, 329~330면.

들, 가령 원초적인 것, 미개성, 전근대적인 것이 두드러진다. 이는 피식민자의 열등함을 보여주는 자질들이며, 피식민지의 주변성을 강화하는 이데올로기로 전화된다. 하지만 이 피식민자들은 미개하고 야만적인 삶의 방식을 연행함으로써 식민자의 균질적인 시각적 응시를 교란하는 것이다.

5. 김유정 문학의 미적 근대성

김유정은 동시대 이상이나 박태원이 '고현학', 즉 근대적인 것의 탐색을 통해 근대에 대한 동경과 환멸을 직조했던 데 반해 그와는 정반대되는 지점에서 작품 활동을 했다. 그는 도시가 아닌 향토, 근대적 지식인의 비판적 자의식이 아닌 토착민의 순응성과 우매함, 세련된 표준어가 아닌 토속적인 사투리를 자기 문학의 토양으로 삼았다. 그럼에도 불구하고 그의 작품은 오늘의 우리에게는 물론 당시 평단이나 독자들에게 새로운 것으로 읽혔다. 그 새로움은 근대성의 그늘에 가려졌던 토착적인 지역을 '발견'하고 그것을 시종일관 사투리와 비속어 등에 담았기 때문인 것으로 보인다. 김유정의 언어, 즉 순우리말의 의도적 선택, 지문의 철저한 구어화, 방언과 비속어를 소리 나는 대로 적기, 어휘의 혼용, 관용어의 문학적 재생 등17)은 근대적 문어체계가 우월한 것으로 여겨지던 당시 문단 상황에 비춰볼 때 낯설고 새로운 것으로 읽혀졌을 법하다.18) 작가가

---

17) 전상국, 『김유정—시대를 초월한 문학성』, 건국대학교 출판부, 1995, 77~92면.
18) 당대 비평가인 김문집이 "그의 전통적 조선어휘의 풍부한 언어구사의 개인적 묘미는 소위 조선의 중견 대가들이라도 따를 수 없는 성질의 그것"이라고 평한 것, 이남호가 "그의 토속성이 전근대적인 토속성이 아니고 어떤 세련된, 모던한 어떤 것을 뒤에 숨기고 있는 토속성"이라 평한 것은 토속성이랄지 향토의 발견이 의도된 것임을, 그리고 오히려 '모던'한 기획임을 반증한다.
전신재 편, 앞의 책, 340면.

의도했건 안했건 토착적인 지역의 발견, 토착어의 발견은 이 작가가 과 거 속에서 새롭게 발견해 낸 창안물이며, 또 다른 각도에서 미적 근대성 의 단면을 보여주는 것이라 할 수 있다.

바바는 '거의 똑같지만 동일하지는 않은' 모방의 양가성과 혼성성에서 탈식민의 가능성을 찾는다. 그에 따르면 혼성성은 "차별받는 주체가 편 집증적인 분류에서 궤도를 이탈한 두려운 대상으로 양가적으로 전환"되 는 것이다.19) 담론의 대표성과 권위성을 얻으려는 권력의 축을 따라 모 방하면서 지배 담론을 분열시키는 것이 전복적인 의미를 지닌다면 김유 정의 작품은 얼핏 비열하고 순응적인 토착민을 전경화하는 듯하지만 식 민자가 피식민자=토착민을 재현할 때 흔히 쓰는 일종의 정형을 모방하 면서도 그것에 균열을 내는 방식을 택한다. 이는 식민자-피식민자의 경 계선을 불안하고 양가적으로 만드는 것이라 볼 수 있다. 그렇지만 이와 같은 양가성은 순응적 주체가 형성되는 과정에서 수반되는 분열에 그칠 뿐 저항의 계기를 만들지 못할 수도 있다. 더군다나 모방과 균열의 지점 을 확보하는 과정에서 여성의 섹슈얼리티를 타자화한 점은 한계로 지적 될 수 있다.

그럼에도 불구하고 그가 내려 했던 균열 내지 틈이 1930년대 중반 문 단에서 진행되었던 전도된 오리엔탈리즘과 일정 정도 거리를 취하며 식 민지 토착민의 역동적인 욕망과 그것의 좌절을 가감없이 드러낸 점은 소 중한 문학사적 자산으로 기록되어야 할 것이다.

---

19) 호미 바바, 나병철 옮김, 『문화의 위치-탈식민지 문화이론』, 소명출판, 2003, 226~228면.

1930년대 소설과 식민지 무의식의 양상 (2)

이효석 소설에 나타난 향토와 조선적인 것의 발견

1. 식민과 탈식민 사이, 1930년대 이효석 문학

우리 근대문학사에서 1930년대 중반은 식민지 근대 기획에 대한 회의
가 광범위하게 확산된 시기이자 식민지 상황에 대한 주체의 인식이 심화
되고 분화된 시기라 할 수 있다. 특히 <문장>파나 김동리, 이태준 등에
의해 제기된 전통의 (재)발견 움직임이나 토속성의 발견은 주목을 요한
다. 전통이나 토속성의 (재)발견은 일본의 식민체제가 야기한 파행적 근
대에 대한 반(反)명제로서 식민지인들이 직면한 분열의 상황을 타개하거
나 봉합하기 위한 심미적·문학적 기획이었다. 그런가 하면 이 작가들과
는 다른 관점에서 '향토'라고 명명되는 토속적인 지역을 재현한 작가들
로 이효석과 김유정1)이 있다.

---

1) 필자는 이미 다른 논문에서 '영서'라는 특정한 지역의 서사화에 주력한 이효석과 김유정
   의 유사성에 대해 논한 바 있다. 이를 다시 옮겨 적으면 다음과 같다. 이 글의 기본적인

이 글은 1930년대 중·후반에 우리 근대문학의 새로운 경향으로 등장
한 전통이라든가 향토, 토속성의 (재)발견이라는 맥락에서 이효석 문학이
차지하는 위치를 조명하고자 한다. 이효석(1907~1942)이 왜 1930년대 중
반에 이르러 근대적인 것, 이국지향성과는 거리가 있는 '향토'에 주목하
는지, 그리고 그 향토는 어떻게 재현되는지, '향토'와 '성적인 것'이 결합
되면서 얻어지는 서사적 효과는 무엇인지, 식민적 상황에 대한 작가의
태도와 어떤 관련성이 있는지를 밝히고자 한다. 이효석 소설과 관련된
이 몇 가지 의문점들에 답하기 위해 이 장은 토속적인 향토를 재현하는
과정에서 발현된 식민지 무의식[2]의 양가성(兩價性)에 주목할 것이다.

먼저 식민지 무의식의 핵을 이루는 양가성은 피식민자(the colonized)[3]가
식민 담론(colonial discourse)과 공모하면서 자기 안의 '타자'인 향토를 발견
하는 과정과 근대 기획에 대한 회의 및 비판의 맥락에서 향토를 심미화
하는 과정이 복합적으로 교호하면서 형성된다. 우리 근대문학의 공간적
상상력에서 향토는 오랫동안 야만과 미개의 상징이었다. 그런데 이효석
과 김유정 소설에 와서 향토는 획일화된 근대의 논리, 중심의 논리에 포
획되지 않는 반동적 기운이 가득한 곳으로 새롭게 의미화된다. 향토는

문제의식과 연구방법론 역시 해당 논문과 연장선상에 있음을 미리 밝혀둔다.
"우리 근대문학사에서 두 작가가 차지하는 위상은 독특하다. 동반자 작가에서 원초적인
생명력으로 가득 찬 토속적인 세계관으로의 급격한 선회, 다시 유미적이고 탐미적인 도시
공간으로 월경을 감행한 이효석. 구인회의 초기 멤버로서 낙향한 후 고향 주변의 산수나
여인들에게서 위안을 찾고자 했던 김유정. 기이하게도 두 작가는 향토적 서정성을 구현한
작가들로서 해방 이후 이른바 정전 만들기의 중핵에 있는 국어/문학 교과서가 가장 선호
하는 작가들이기도 하다."
졸고, 「1930년대 소설과 식민지 무의식의 양상 (1)-김유정 소설에 나타난 향토의 발견과
섹슈얼리티를 중심으로」 참고.
2) '식민지 무의식'에 대해서는 앞의 졸고, 「1930년대 소설과 식민지 무의식의 양상 (1)-김
유정 소설에 나타난 향토의 발견과 섹슈얼리티를 중심으로」를 참고하기 바란다.
3) 이 글의 논의 과정에서 사용하게 될 식민자(colonizer), 피식민자(colonized)는 탈식민주의
이론에서 빌려온 것이다. 간단하게 말해 식민자는 제국주의 지배권력을 행사하는 자, 피
식민자는 지배당하는 자로 이해하면 된다.

식민화, 근대화로 인한 열등감과 피로감, 환멸 등을 해소할 수 있는 공간
이자, 근대적인 이성이 지배하는 중심의 논리에 포획되지 않는 원시성,
반이성, 원초적인 생명력으로 재현되는 것이다. 하지만 심층적인 차원에
서 보면 이미 이 곳 역시 일정하게 근대의 논리에 포섭되거나 자본주의
적 인간관계의 지배를 받고 있다. 따라서 이와 같은 향토의 재현은 이른
바 '반(反)근대'의 기획이 부분적으로 드러나지만 '전도된 오리엔탈리즘'[4]
의 국면으로 읽힐 가능성도 있다.

　둘째, 작가가 향토를 재현하는 방식은 섹슈얼리티의 전유방식과 모종
의 관련이 있다는 데 주목하고자 한다. 제도나 윤리로부터 일탈하는 본
능적 애욕, 남성을 육체적·정신적으로 거세시키는 여성은 이효석 소설
에서 지속적으로 나타나는 주제이다. 그런데 이 같은 애욕이 연행되는
무대가 이전의 도시에서 향토로 자리 이동한다. 규범적인 가족제도, 근
대적인 규율제도를 일탈하는 위반적인 성은 근대에 대한 비판의 함의를
띠기도 하지만 향토와 토착민들에게 야만, 열등성의 자질을 덧씌우는 기
제로 작용하기도 한다.

　또 하나 주목할 점은 1940년대에 쓰인 이효석의 일본어 소설들이 앞
서 언급한 '영서 삼부작' 류의 향토 재현 소설들과 모종의 내적 연관성
이 있다는 사실이다. 「은은한 빛」, 「소복과 청자」, 「봄 의상」, 「엉겅퀴의
장」에서는 '조선적인 미(美)'가 작가의 시선에 의해 새롭게 '발견'된다.
'향토', '섹슈얼리티', 그리고 '조선적인 것'은 식민주의 이데올로기에 의
해 열등하고 미개한 것으로 의미화되고, 이성보다는 본능 내지 운명의
영역으로 주변화되어 왔던 범주들이다. 이효석 역시 도시와 이국적인 것
에 경도되었던 점을 떠올린다면 이와 같은 선회는 주목할 만한 것이 아

---

4) 전도된 오리엔탈리즘의 개념에 대해서는 앞의 졸고, 「1930년대 소설과 식민지 무의식의
　 양상 (1)」을 참고할 것.

닐 수 없다. 또한 조선적인 것의 발견이 이채로운 이유는 일본어라는 식민 본국의 언어를 빌려 이뤄졌기 때문이다. 그렇기에 이효석의 발견이 당시 정점에 이른 식민주의에 대한 반식민, 반근대의 의미를 지닌 것이었는지, 아니면 그의 또 다른 특징이라 할 수 있는 심미주의의 자장 내에서 관심 영역만 달라진 것뿐인지 따져 보아야 할 것이다.

2. '영서 삼부작'에 드러난 향토의 발견과 식민지 무의식

우리 근대문학은 근대화, 도시화에 지친 지식인들이 회귀하는 모성적인 공간으로서의 고향이라든가 에로틱하고 주술적이고 원시적인 생명력이 약동하는 공간으로서의 향토를 지속적으로 선호해 왔다. 이효석의 소설에서도 향토는 '향토적 서정성'[5]이라는 독특한 미적 아우라를 자아낼 뿐만 아니라 에로틱한 성적 자질을 지닌 것으로 재현된다.

「메밀꽃 필 무렵」과 더불어 영서 삼부작[6]으로 분류되는 「개살구」와 「산협」은 '향토적 서정성'을 유감없이 드러낸 작품이자, 향토라는 공간과 여성과 남성의 섹슈얼리티가 어떻게 상호보족적으로 작용하면서 서사적 의미를 산출하는지를 보여준다. 이효석의 작품세계 한 축을 이루는 것이 도시지향성, 이국취향, 영화, 음악, 카페 등 근대 소비문화에 대한 애

---

5) 박헌호는 '향토적 서정소설의 미학'을 논하면서 이 작품들이 오랫동안 남한 국민의 심미적 경향을 좌우하게 된 까닭을 추출하고 있다. 그는 파행적 근대화가 야기한 부정적인 현상들에 피곤해진 민족 구성원들이 향토적 서정소설 속에서 위안처를 찾았다고 보았다. 작품에 재현된 향토성의 세계가 근대화로 인한 피로감을 달래주는 데 기여했다는 것이다. 박헌호, 『한국인의 애독작품―향토적 서정소설의 미학』, 책세상, 2001, 제3장 참고.

6) 영서 삼부작은 유종호가 세 작품을 묶어 처음 불렀고, 서준섭 역시 「이효석 소설과 강원도―영서 삼부작을 중심으로」, 『제1회 효석문화제 심포지움 자료집』, 효석문화제 위원회, 1999, 9에서 작가의 전기적 사실과 문학 세계 간의 상호관련성, 도시와 산골이라는 두 세계를 상호 연결시켜 이해하는 데 필요한 작품들로 거론했다.

호라는 것은 널리 알려진 사실이다. 그런데 또 한편으로는 이런 근대적 문물이나 사고방식과는 거리가 먼 향토를 재현한 서사가 존재한다. 하지만 얼핏 이질적인 두 영역은 작가의 식민지 무의식이 발명한 영역이라는 점에서 동일하다. 미리 전제하자면 이효석 소설의 '향토'는 '발견'되고 '발명'된 것이다.[7] '향토'와 그 속의 '원주민'을 바라보는 작가의 시선은 내부자의 것이 아니라 국외자의 것에 가깝다. 이 국외자의 시선에 의해 발견된 향토는 자족적이고 완결된 미적 자질과 서정성을 함유하고 있다. 생활이나 일상성이 끼어들 여지가 없는 서정적 공간으로서의 향토는 이효석 소설에서 주인공이 이국의 풍경, 문화, 여성들에게서 미적인 자질들을 찾고 감상하는 것과 대단히 유사하다. 「산」, 「들」, 「메밀꽃 필 무렵」 등에서 묘사되고 있는 영서 지방의 자연은 당시 궁핍한 식민지 농촌의 현실과는 관계없이 풍성하고 아름답다.

> (가) 산 속의 아침나절은 졸고 있는 짐승같이 막막은 하나 숨결이 은근하다. 휘엿한 산등은 누워 있는 황소의 등어리요 바람결도 없는데 쉴새없이 파르르 나부끼는 사시나무 잎새는 산의 숨소리다. 첫눈에 뜨이는 하아얗게 분장한 자작나무는 산속의 일색. 아무리 단장한대야 사람의 살결이 그렇게 흴 수 있을까. 수북 들어선 나무는 마을의 인총보다도 많고 사람의 성보다도 종자가 흔하다. (···중략···)

---

7) 신형기는 이효석 소설에서 향토는 새롭게 감각되고 특별하게 심미화된 공간으로 발견된 것으로서, 그의 이국취향과 다를 바 없다고 주장한다. 또한 밖을 내다보는 시선으로 향토를 새롭게 발견했기에 식민지 근대가 낳은 혼종의 감각적 창조물이라고 보았다. 이와 같은 관점은 필자의 생각과도 일치한다. 그런데 신형기의 궁극적인 관심은 이효석의 『메밀꽃 필 무렵』이 1970년대 이후 일종의 정전으로 자리 잡게 된 메커니즘을 추적하는 데 있는 듯하다. 물론 '향토라는 민족적 터전의 상상을 통해서 원초적 한국인을 상상'하는 통합과 동원의 메커니즘을 분석하는 것은 중요하다. 하지만 이에 앞서 일제 말기라는 시대적 맥락에서 이효석의 향토 재현 소설이 나오게 된 정신사적 배경이라든가 식민지 상황에 대해 취했던 태도를 면밀히 검토하는 작업이 선행되어야 한다는 것이 이 글의 생각이다. 신형기, 「이효석과 식민지 근대―분열의 기억을 위하여」, 『민족이야기를 넘어서』, 삼인, 2003 참고.

해가 쪼일 때에 즐겨하고, 바람 불 때 농탕치고, 날 흐릴 때 얼굴을 찡그리는 나무들의 풍속과 비밀을 역력히 번역해 낼 수 있다. 몸은 한 포기의 나무다. (「산」, 9~10면)[8]

(나) 이지러는 졌으나 보름을 가제 지난 달은 부드러운 빛을 흐붓이 흘리고 있다. 대화까지는 칠십 리의 밤길, 고개를 둘이나 넘고 개울을 하나 건너고 벌판과 산길을 걸어야 된다. 길은 지금 긴 산허리에 걸려 있다. 밤중을 지난 무렵인지 죽은 듯이 고요한 속에서 짐승 같은 달의 숨소리가 손에 잡힐 듯이 들리며 콩포기와 옥수수 잎새가 한층 달에 푸르게 젖었다. 산허리는 왼통 메밀밭이어서 피기 시작한 꽃이 소금을 뿌린 듯이 흐뭇한 달빛에 숨이 막혀 하얗었다. 붉은 대궁이 향기같이 애잔하고 나귀들의 걸음도 시원하다. (「메밀꽃 필 무렵」, 2권, 122면)

위 예문에서 우선 눈에 띄는 것은 인간은 배제되고 자연이 전경화된다는 점이다. 그리고 그 자연은 "짐승같이 막막은 하나 숨결이 은근"한 아침나절 (가), "짐승같은 달의 숨소리" (나)와 같이 무언가 내밀하게 욕망을 품은 것처럼 활물(活物)화 된다. 예문 (가)에서 사시나무 잎새의 나부낌은 산의 숨소리로, (나)에서 붉은 대궁의 애잔함은 향기로, 시각에서 후각, 청각, 촉각으로 쉴 새 없이 감각이 전이된다. "부드러운 달빛", "짐승 같은 달의 숨소리", "소금을 뿌린 듯이 하얗게 핀 메밀꽃", "딸랑딸랑 하는 나귀의 시원한 방울소리"와 같은 시·청각적 심상들이 병치되면서 인간과 자연, 자아와 세계는 갈등을 넘어서서 통일된 감각을 획득하게 된다. 이 서정적이고 합일된 공간 속에서 물리적 시간은 멈춰 있는 듯하다. 물리적 시간보다는 심리적·주관적 시간 감각이 더 지배적이기에 허생원은 성씨네 처녀와 우연히 물방앗간에서 만나 성적 결합을 했던 과거

---

8) 『이효석 전집 2』, 창미사, 2003.
   이하 이 책에서 다룰 이효석 작품은 이 전집의 권수와 면수를 따르기로 한다.

의 사건을 지속적으로 현재화할 수 있다. 그리고 그 기억을 현재화할 수 있었기에, '왼손잡이'라는 신체적 자질의 공통성을 기반으로 혈육인 동이를 찾게 되는 것이다.

예문 (가)에서 산과 나무는 숨결, 숨소리, 살결과 같은 어휘들에서 알 수 있듯이 의인화되고, "웅성한 아름다운 세상"으로 탄생한다. 여기서 주목할 만한 어휘는 '번역'이다. "산과 몸이 빈틈없이 한데 얼린", 나아가 "몸이 한 포기의 나무"로 화한 곳에서 자연을 감각적으로 향유하는 미적 주체는 겉보기에는 자연에 동화된 듯하지만 사실은 그 자연과 거리를 취하고, 자연과 그것을 향유하는 인간 사이를 매개하는 번역자 역할을 담당한다. 이 산골은 지리적으로나 정서적으로 사람들이 살아가는 저잣거리와는 거리가 있다. 중실이 늘 나무하러 가던 산은 "박중골에서도 오리나 들어간 마을과 사람과는 인연이 먼 산협"이다. 한편 산에 들어온 중실이 필요한 물건들을 구하기 위해 내려간 "거리의 살림은 전과 다름없이 어수선하고 지지부레"한 것으로 인지된다. 그런 점에서 산은 거리로 지칭되는 일상과 거리를 취하고자 하는 주체가 대안적으로 만들어 낸 공간이라 할 수 있다. (나)의 작품에서도 장거리는 "잔치 뒷마당같이 어수선"하고, 싸움이 다반사고, "어른보다도 더 무서운" 각다귀들이 몰려다니는 곳으로 서정성과는 거리가 먼 산문적인 공간이다. 또한 나이 든 허생원에게는 피로감과 열패감을 자아내는 공간이다. 도시와 그 도시의 문명의 찌꺼기를 받은 저잣거리가 산문적으로 인식되는 데 반해, 산골은 위 예문들에서처럼 시적으로 재현된다.

「개살구」와 「산협」에서 '산골', 즉 향토에 거주하는 정주민들은 너나없이 혈연관계로 얽혀 있거나, 전통적인 농경 사회적 정서와 공동체적 문화를 유지하고 있다. 작가의 고향 언저리를 배경으로 한두 작품에서 '산골'은 자족적인 공간이다.

그 해 가을은 예년에 없는 풍년이 들어 추수는 어느 때보다도 흡족했다. 마당에는 볏단과 조잇단의 낟가리가 덤덤이 누른 산을 이루었고 뒤주 간에는 잡곡이 그득 재어졌다. 낟이 굵은 콩도 여러 섬이 되어서 내년 봄 소금받이에도 흔하게 싣고 갈 수 있을 것이다. 밤 대추의 과실도 제사에 쓰고도 남으리만치 뜯어 들었고 현씨는 마을 여자들과 날마다 먼 산에 가서는 서리맞은 머루 다래 돌배에다 동백을 몇 광주리고 따왔다. 집안에는 그 열매 냄새와 함께 잘 익은 오곡 냄새가 후끈후끈 풍기고 두 사람의 아내는 부를 대로 부른 배에 진종일 머루를 먹었다. (「산협」, 3권, 151면)

이 자족적인 공간은 아름답고 풍성하지만, 인간의 원초적인 욕망이 몸으로 현시되는 곳이기도 하다. 가령 「개살구」에서 오대조부터 내려오는 살구나무집은 "한참 제철이면 찬란한 꽃송이와 향기 속에 온통 집은 묻혀 무르녹은 꿈을 싸주는 듯도 하지만 잎이 피고 열매가 맺기 시작하면 집은 더한층 그 속에 묻혀 버려서 밖에서는 도저히 집안을 엿볼 수 없는 형세"가 된다. "집안의 살림살이도 별 수 없이 어금니에 군물 도는 그 개살구의 맛일지도 모른"다는 서술자의 암시적 발화는 나중에 서울집과 형태의 아들 재수의 의사(擬似) 근친상간으로 현실화된다. 살구나무라는 자연물은 욕망과 육체의 비밀을 암시하는 비유물인 것이다.

「개살구」와 「산협」9)은 근대화의 도저한 물결을 비껴가지 못한 채 균열되는 양상을 포착하고 있다. 서정성의 이면에는 미개한 풍속, 원시성, 성적 욕망과 자본주의적 근대의 산물들이 혼종적으로 섞여 특유의 매혹과 파괴력을 발휘한다. 먼저 「개살구」에서 서울집을 데려와 첩치가를 하는 형태라는 인물은 오대산 산줄기에 가지고 있던 박달나무를 외지에 팔

---

9) 이효석 소설 중에서 「메밀꽃 필 무렵」, 「산」, 「들」 등 서정성이 두드러진 작품들이 문학교 과서나 문학전집과 같은 정전에 순조롭게 포함된 반면, 「개살구」와 「산협」은 일반 독자들에게 그리 알려지지 않았다. 원시적인 생명력으로 주목받은 작품은 「돈(豚)」이다. 이처럼 정전화 메커니즘에 작동한 포섭 / 배제의 원리는 이효석 소설을 해석하는 또 다른 실마리가 될 수 있다.

아 부자가 되어 면장까지 넘보는 자로서 아래 예문에서처럼 근대적 문물
인 라디오와 유성기를 들여와 이 공동체에 "혼을 뽑히"는 듯한 균열을
낸다.

> 뜰안에 라디오의 안테나가 들어서고 유성기의 노랫소리가 밤낮으로 흘
> 러나오게 되었을 때에는 혀를 말았다. 박달나무가 가져온 개화의 턱찌끼
> 에 사람들은 온통 혼을 뽑히었던 것이다. (2권, 163면)

그런데 이 이질적인 문물의 정점에 있는 존재가 바로 외지에서 들여온
여자들이다.

> 이틀 동안이나 자동차에 흔들려서 첫 서울의 길을 밟은 지 거의 달포만
> 에 꽃 같은 색시를 데리고 첩첩한 산을 넘어 돌아왔다. 뜨물같이 허여멀
> 쑥한 자그마하고 야물어진 서울색시를 앞대 물을 먹으면 인물조차 그렇
> 거니만 생각하면서 사람들은 자동차에서 내리는 그를 울레줄레 둘러쌌다.
> (2권, 164면)

이 여자들은 전근대적인 관습이랄지 공동체적 정서에 젖어있는 토착
민들의 시선으로 보면 대단히 유혹적이지만 그들만의 자족적 질서를 파
괴할 만큼 위협적인 존재이기도 하다. 「개살구」의 서울집은 형태의 아들
인 재수와 상간(相姦)을 한다. 그러나 첩이 본처의 아들과 상간한다는 근
친상간의 변형태는 윤리적 단죄의 대상이 되지는 않는 것으로 보인다.
'앞대 여자', 즉 서울, 원주 등 외지 여자들의 출중한 외모는 촌것들이
그 여자들과 같은 비누로 씻고, 물분을 발라도 도저히 따라잡을 수 없는
'본래적으로' 주어진 것이기 때문이다. '앞대 여자'들에 대한 이 시골 토
착민 여자들의 동경의 시선은 근대적 문물 및 미에 대한 동경의 시선과
겹친다. 이 동경의 시선은 "사내가 그에게 반하듯이 점순도 그에게 반한

셈"이라거나 "그 고운 몸동이를 그대로 덥석 안아 보고 싶은 충동이 솟군." 할 정도라는 구절에서 알 수 있듯 에로틱한 성적 자질을 함유하고 있다. 서울댁에 대한 점순의 동경과 동성에 대한 성적 이끌림은 근대적인 문물로 치장한 육체에 대한 동경에서 나온 것이다.

「개살구」의 플롯을 지탱하는 또 다른 이야기는 서울집을 들인 형태가 근대화에 재빠르게 적응하면서 자본을 축적하고, 이를 계기로 권력을 획득해 가는 과정이다. 형태는 "학교에 돈 백이나 기부하여 학무위원의 이름을 가졌고 조합의 신용을 얻어 아들 재수를 조합의 서기로 취직시킨" 것은 물론 "면장운동"에 나선다. 마을사람들이 보기에 "박달나무 덕에 돈 벌고 땅 샀으면 그만이지 면장은 해 무엇"하나 싶고, 첩과 아들의 근친상간 역시 "과한 욕심낸 죄"의 결과이다. 하지만 형태 입장에서는 "면장이 되면 웃마을과 뒷마을에 있는 소유의 전답에 유리하도록 마을 사람들의 부역을 내서 길과 도랑을 고쳐 내겠다는" 실질적인 의도가 개입되어 있다. 글도 탐탁히 배우지 못하고 역군 출신이라 지체도 낮은 형태가 면장이 되어 신분의 열등성을 만회하려는 것은 전근대적 발상일지 모르지만 돈을 이용해 권력을 획득하고, 다시 그 권력을 이용해 돈을 벌려는 것은 근대적 발상이다. 한편 형태의 본부인인 큰댁은 서울집을 없애 달라고 온갖 치성을 드리고, "서울집의 변괴도 재수의 허물로는 돌리지 않고 치성 덕으로 서울집에게로 내려진 천벌"이라고 생각할 정도로 우매하다. 이처럼 「개살구」에서는 전근대적이고 야만적인 세계가 근대적이고 제도적인 세계와 공존한다.

그렇다면 「산협」의 지정학적 위치는 어떠한가.

원주땅 문막은 서쪽으로 삼백 리나 떨어진 이웃 고을의 나루였다. 양구 더미를 넘고 횡성벌판을 지나 더던 소를 몰고는 꼭 나흘의 길이었다. 양구더미를 넘는데 만도 넉근히 하루가 걸리는데다가 굼틀굼틀 구불어 들어가는 무인지경의 영은 깊고 험준해서 울창한 참나무 숲에서는 대낮에도 도적이 났다. 썩은 아름드리 나무가 정정이 쓰러져 있는 개울가의 검게 탄 자리는 도적이 소를 잡아먹을 곳이라고 행인들은 무시무시해서 머리털을 솟구면서 수군거렸다. 문막 나룻강가에는 서울서 한강을 거슬러 올라온 소금섬이 첩첩이 쌓여서 산골에서 나온 농군들과의 거래로 복작거리고 떠들썩했다. 대개가 콩과 교환이 되어서 이 상류지방에서 바뀌어진 산과 바다의 산물은 각기 반대의 방향으로 운반되는 것이었다. 흥정이나 잘 돼서 후하게 받은 소금짐을 싣고 다시 양구 더미를 무난히 되돌아 넘어 멀리 자기 마을의 산골짝을 바라보게 될 때 재도는 비로소 숨을 길게 뽑았다. (3권, 132면)

원주 문막은 서울과 산골에서 들어온 문물들이 거래되는 장소인데 반해, 서사의 주무대가 되는 산협은 오가는 데 열흘이나 걸리는 곳에 위치해 있다. 재도가 '앞대'로 일컬어지는 도시에서 첩을 들여오는 장면은 「개살구」와 대단히 유사하다.

논길을 걸어 내려오는 행력을 보고 송씨는 휘황한 느낌에 눈이 숙어졌다. 소를 탄 색시의 자태는 사람들 위로 우뚝 솟아서 높고, 그 발아래 편에 남편과 마을사람들이 줄레줄레 달려서 누구나가 슬금슬금 색시의 모양을 우러러보는 것이었다. (3권, 135면)

"달같이 희멀건" 인물 좋은 앞대 여자를 바라보는 남편과 마을사람들의 시선은 "줄레줄레 달려서", "우러러 보는"과 같은 표현에서 알 수 있듯 동경과 매혹에 가득 차 있다. 「개살구」에서 원주민들이 "자동차에서 내리는 그(서울집)를 울레줄레 둘러쌌"듯이 「산협」의 원주민들 역시 "줄레줄레 달려서", "색시의 모양을 우러러" 본다. 이 여성들은 '앞대'로 일컬어지는 서울과 원주 등 근대 문명의 도상(icon)이라 할 수 있기에 그녀들을 바라보는 토착민들의 시선은 아래에서 위를, 요컨대 열등한 존재가 우월한 존재를 바라보는 형상을 띠는 것이다.

「산협」의 원주댁 역시 전남편의 아들을 임신한 채 들어와 본부인 송도집의 또 다른 근친상간과 회임, 그에 따른 육체적·도덕적 몰락을 추동하는 존재이다. 「개살구」의 서울집과 마찬가지로 그녀는 유혹적이지만 파괴적인 이중적인 자질을 지닌다. 거기에다가 아래 예문에서 드러나듯 개화한 지역 출신이라는 변별적인 자질까지 지녔다. 그녀는 "문명의 찌꺼"로 지칭되는 비누, 향내 나는 분가루, 쇠반지, 흰 궐련과 같은 도시의 소비문화를 들여온다.

　　누가 부르기 시작했는지 원주집이라고 불리우게 되어서 이 칭호는 마을 사람들에게서 일종 그리운 느낌을 주었다. 원주는 근방에서는 제일 개화한 읍이었다.
　　문명의 찌꺼가 원주집을 통해서 이 궁벽한 두메에까지 튀어온 것이다. 원주집은 세수를 할 때 팥가루 대신에 비누라는 것을 썼고 동그란 갑에 든 향내 나는 분가루는 정말 장에서 파는 매화분 따위는 아니었다. 무명지에는 가느다란 쇠반지를 꼈고 시모의 눈 닿지 않는 곳에 숨어서는 뒤안 같은 데서 흰 궐련을 태웠다. 엽초밖에는 모르는 마을 사람들에게 그 향기는 견딜 수 없이 좋아서 사랑에 머슴을 살고 있는 박동이는 중근을 추켜서는 그 하얀 궐련 한 개를 제발제발 빌곤 했다. (3권, 140면)

하지만 사실 원주집은 자기 마누라를 홧김, 술김에 내돌리는 무지한 대장장이의 아내이자 소 한 필에 팔려온 몸이다. 「개살구」의 서울댁이 형태가 "속사리 버덩의 일곱 마지기를 팔아" 사온 인물로 "들고나게 된 한 가호를 살려 주고 그 값으로" 팔려온 것과 같은 이치이다. 그런데도 이 비천한 존재가 두메산골에서는 더 비천한 존재들로 인해 개화한 존재로 역전되는 것이다. "대장장이 여편네라두 앞대 여자는 인물이 놀랍거든"이라는 말에서 알 수 있듯 '앞대', 즉 개화한 지역의 여성이 인물도 낮다는 잘못된 의식의 치환은 앞대인 근대 도시 문명에 대한 동경에서 비롯된 것이다. 이 두메산골은 "소의 본성을 본받아 잘 낳고 잘 놀라는 뜻으로" 첫날밤 신방을 외양간에서 치르는 풍속이 남아있는 야만의 장소이기 때문이다. 이 토속적인 향토가 지닌 야만성은 큰댁 송씨가 시조카 뻘인 증근과의 '불륜'으로 아이를 낳는 것에서도 드러난다.

한편 이 풍요롭고 자족적인 질서를 지닌 향토는 외부에서 이입된 문물이나 가치관으로 인해 끊임없이 위기에 처한다. 재도의 사촌동생 재실은 형의 재산을 노려 원주집을 내쫓으려던 계획이 실패하자 '금전판'에 뛰어 들거나 "앞대에 가서 뜬벌이를 하러" 내빼고, 증근은 '타관물'을 먹고 난 후 "신작로로 나서 강릉이나 서울로" 나가 버린다. 재도 역시 소금받이를 핑계로 집을 버리고 마을을 떠난다.

「산협」의 표면적 주제는 '아들 얻기'의 꿈과 그 꿈의 참담한 좌절[10]이지만 이면적 주제는 토착적 정주민의 세계가 한편으로는 외부적인 것에 의해 또 한편으로는 미개성, 야만성과 같은 내적 결함들에 의해 끊임없이 균열을 거듭하다가 와해되는 것이라 할 수 있다.

섹슈얼리티와 관련하여 주목할 점은 인신매매로 팔려온 딸들이 오히려 토착민들 사이에 동경의 대상이 되지만 결국에는 균열을 촉발하고 파멸해 간다는 것이다. 이 여성들은 자신들이 끌고 들어온 문명화된 소비재의 찌꺼기를 채 써버리기도 전에 토착의 정서, 본능적인 애욕에 휩쓸린다. 문명과 단절된 이 토착적 지역은 문명과 법질서를 거슬러 야만과 본능적 충동이 지배하는 곳으로 그 의미가 더욱 공고해지는 것이다.

서정성과 야만성이 공존하는 이 향토에는 식민지 지식인의 무의식이

---

10) 서준섭, 앞의 글, 19면.

투영되어 있다. 그렇다면 이 무의식은 어떻게 표출되는가. 식민자에 의해 발견된 피식민자의 향토는 본능과 야만, 윤리의식이 부재한 곳이다. 하지만 향토는 근대화에 지친 지식인들에게 본향으로의 회귀감을 촉발하는 충만하고 서정적인 장소이기도 하다. 식민지 지식인은 마치 식민지 배자처럼 향토를 때로는 매혹의 장소로, 또 때로는 미개하고 위험한 곳으로 의미화한다. 하지만 이와 같이 향토를 포섭／배제하는 식민지 지식인의 양가성은 향토를 타자화하는 태도라는 점에서는 동일하다. 그리고 이들의 분열적인 양가성은 바로 피식민자인 자신이 타자화되어 있다는 의식에서 벗어나기 위해 만든 일종의 내적 방어기제라 할 수 있다.

3. 조선적인 것[11]의 발견, 전도된 오리엔탈리즘인가, 국가를 초월한 심미주의인가

　1930년대 후반, 1940년대 초반에 오면 이효석은 조선적인 미를 새롭게 발견한다. 일본어로 씌어진 「은은한 빛」, 「소복과 청자」가 그 예이다.[12] 얼핏 이태준의 상고주의를 닮은 듯한 작품 「은은한 빛」에서 욱은

---

11) 이 글에서는 '조선적인 것'을 특정 시대를 지칭하는 개념이 아니라 고전적이고 토착적인 미를 지칭하는 개념으로 사용할 것이다.

12) 이효석의 일본어 소설에 대해서는 김윤식과 이상옥의 선행 연구가 돋보인다. 특히 이상옥은 이효석이 일본어로 써서 발표한 글들을 출처까지 밝히고 그 의미를 피력한 바 있다. 이상옥은 이효석이 일본어로 작품을 쓰긴 했지만 작품에서 '친일'적 색채가 두드러지기보다는 오히려 탐미주의적 경향 때문에 내선일체 이념이 무력화되어 있다고 주장한다. 하지만 작품에 드러나는 명시적인 언술을 근거로 이효석의 해당 작품들이 일제 말기 전시체제기에 오히려 '민족의식'을 싹틔웠다는 판단에는 동의하기 힘들다. 본론에서 밝힐 터이지만 몇몇 작품들에서 공공연하게 발화되는 '조선미'에 대한 진술들은 '민족' 관념과는 상관없이 기존에 있었던 미의 영역을 국외자의 시선에서 새롭게 발견한 것으로 보는 게 더 타당하다.
　이상옥, 「이효석과 '친일'문학」, 『제4회 이효석 문학 심포지움 자료집』, 효석문화제위원

젊은 나이이지만 유물을 수집하는 취미에 몰두한다. 그는 "눈을 맨 일점에 집중시키고 발밑 현실에 대해서는 냉연히 대하리라."는 것을 생활신조로 삼고 있다. 이와 같은 거리두기는 지금/이곳에 대한 관심을 배제하고 있다는 점에서 이효석의 이국취향과 내적 메커니즘은 동일하다.

(가) 칼집은 떨어져 없을망정 오 척에 가까운 도신에는 녹벽(綠碧)의 반점이 아름답고 고색창연한 속에 넉넉히 고대의 모습을 추상할 수 있었다. 집에 와서 자세히 닦고 살펴보니 순금으로 된 환상(環狀)의 칼자루는 은은한 금빛에 빛나고 날밑인 성싶은 곳에는 조각물을 새긴 정교한 의장이 아로새겨져 왕후의 패물다운 고귀한 구조였다. (3권, 72면)

(나) 먹는 것뿐만 아니라 격이라는 말이 났으니 말이지 건축이나 복색두 그 모양이라 언덕배기에다 양관 세울 것은 꿈꾸어두 기와나 통나무로 마련인 멋진 조선식 건축은 깨끗이 잊어버리고 있는가 하면, 괴상한 양장보다는 헐거운 조선옷이 얼마나 고상하구 좋은지 모르겠는데 덮어놓구 고래의 물건을 멸시하구 외래의 물건에만 눈이 벌개지고 있는 형편이거든. (74면)

(다) 딴 건 고사하구 노래가락만 하더라두 시체 기생들은 유행가가 고작이지 옛 노래는 하나두 모른단 말야 시조나 수심갈 못 부른다면 허다못해 잡가나 단가 한 구절쯤은 부르지 못해선 될 말인가. 예전 기생은 노래가락을 잘할 뿐만 아니라 무고(舞鼓)에 통한 데다가 서화를 잘했구 시를 읊는가 하면 사서를 죽죽 내리읽었거든. 지금의 기생은 쇠통 무재주란 말야. (75면)

(라) 신여성의 짧은 치마두 좋지만 자락을 질질 끌 정도로 긴 치마두 좋거든. 여름의 얇은 것도 좋거니와 춘추의 무색 겹옷을 입는 시절두

회, 2002 참고.

좋구 밤색 저고리와 파랑치마에 이 꽃신을 신은 우아로운 양자는
아마 천하일품이 아닐까 생각하네. 태평하고 아취있는 품은 바로
독창 그것이란 말일세. (79면)

이 작품은 위에서 제시한 고구려 시대 검에 대한 묘사나 인물들의 발
화에서 알 수 있듯 온통 '조선미', 환언하면 고전적 · 고대적 미를 발견하
고 재현하는 데 초점이 맞추어져 있다. 예문 (가)에서 욱의 눈에 비친 고
도(古刀)는 "왕후의 패물다운 고귀한 구조"여서 '고대의 모습'을 추상할
수 있는 물건이다. (나)에서 "헐거운 조선옷"은 '고상'한 것으로 격상된
다. 그런데 예문 (나)와 (다)에서 발화의 주체는 박물관 관장인 일본인 호
리이다. 고상한 조선옷, 무고, 시, 서화, 사서에 능한 기생은 식민자가 피
식민지, 피식민인에 대해 가지고 있는 이국적 판타지, 그것도 여성화된
식민지에 대한 판타지의 산물들이다. (라)에서도 친구 백빙서의 입을 통
해 한복이라든가 꽃신은 "태평하고 아취있는" 독창성을 띤 것으로 격상
된다. 서구에 대한 '천박한 모방주의', 외래와 새 것 지향성에 대한 비판
적 성찰은 식민성의 극복을 위해서 선행되어야 할 과제이다. 하지만 그
것을 담당하는 자가 식민지배자이거나, 내부인이라 하더라도 이른바 '독
창'적이고 고상한 미적 감각에 편중되어 있는 것이 문제이다.

자신이 '발굴'한 보배에 대한 욱이의 집착은 지나친 데가 있다. 그는
"밭이구 계집이구 어디 문제가 되느냐"면서 아버지의 현실적인 요구나
기생 월매의 소원도 거부하고, 고도를 끝내 일본인 호리에게서 찾아온다.
하지만 이와 같은 고구려의 고도 지키기는 민족 관념과는 별 관련이 없
으며, 오히려 세속적인 질서, 교환가치나 효용성과는 동떨어진 곳에서
찾아낸 미적 자율성에 기반을 둔 관념의 일부로 보는 것이 타당할 듯싶
다. 이 작품에는 "어떤 전문 정도의 교육을 받은 (조선) 청년이 서양 사

람 집에 놀러 갔다가 객실에 장식해 놓은 낡은 조선 목갑과 놋그릇을 보구 비로소 그 아름다움을 깨닫고 집에 돌아와서 곧 그것을 애용하기 시작했다."는 소위 '역수입'의 삽화가 나온다. 이 역수입은 이효석에게도 그대로 적용된다. 새로움을 찾아 바깥을 응시하던 시선이 그대로 안으로 투사된 것이고, 그 시선에서 우리는 서양이 동양을 바라보는 오리엔탈리즘의 잔영을 발견하게 되는 것이다.

이효석의 일본어 창작 소설들에서는 '한복'[13]이 조선적인 미를 대표하는 것으로 반복 제시된다. 「봄 의상」에서 순백색 저고리에 핑크빛 치마의 배합이 어울리는 미호꼬의 옷은 양복, 일본옷으로 가득한 거리에서도 단연 돋보인다. 도재욱이 그린 그림 중에서도 소복한 모친의 손을 잡은 화려한 색동저고리 차림의 동자 그림이 가장 눈에 띈다.

피식민자 남성이 한복을 입은 식민자 일본 여성에게서 미적 자질을 발견하는 것은 이효석의 다른 작품에서도 반복해서 나타나는 주 모티프이다. 가령 일선통혼(日鮮通婚)을 내밀하게 서사화한 「엉겅퀴의 장」에서 고풍스러운 덕수궁 건물을 배경으로 한복을 입고 선 아자미의 모습에서 현은 "자랑스러움"과 "한 점 얼룩조차 없는 사랑의 만족감"을 느끼고, 아

---

13) 김윤식은 『녹색탑』에서 자작의 딸 소희가 입었던 한복, 「봄의상」에서 일본인을 아버지로, 조선인을 어머니로 둔 일본 처녀가 입은 한복이 지닌 미학에 주목하면서 그것이 모더니즘적 세련성을 겸비한 이효석 미학의 본질과 관련이 있다고 본다. 하지만 이와 같은 양상이 또 다른 오리엔탈리즘의 일종인지, 이효석 자신의 발견이었는지에 대해서는 판단을 유보하고 있다. 또한 김윤식은 이효석이 일본어로 쓴 소설들이 공통적으로 민족의식이나 역사와는 무관하고 오히려 심미적 모더니즘의 연장선상에 있다고 파악한다. "이효석의 창작은 당초부터 탈이데올로기적이자 동시에 탈로컬적"이라는 지적이 그러하다. 그런데 미학주의에 경도되어 있다 하더라도 그 미학주의를 실현하기 위해 작가가 동원하는 자질들이 무엇인지, 거기에 내포된 작가의 무의식이 무엇인지는 좀 더 세심하게 따져 보아야 할 것이다. 그런 점에서 이효석이 발견한 조선적인 미는 전도된 오리엔탈리즘으로 볼 수도 있다는 것이 필자의 생각이다.

김윤식, 『일제 말기 한국 작가의 일본어 글쓰기론』, 서울대 출판부, 2003, 266~267 · 275~277면 참고.

자미 역시 "기모노를 입었을 때와는 전혀 다르게 옆으로 지나치는 같은 차림의 여자들과 같은 핏줄의 한 사람임을 절감"한다. '같은 핏줄'이라는 동화의 논리는 민족과 젠더 간의 전도된 역학 관계에 기반해서, '한복'을 매개로 해서 펼쳐진다.

『벽공무한』에서도 러시아 여성인 '나아자'와 식민지／동양의 남성인 천일마 사이의 관계는 동양적인 것, 조선적인 것에 끊임없이 의미를 부여함으로써만 지속될 수 있다. 서양 여자인 '나아자'는 "어디인지 동양사람다운 침착한 데가 보이는" 인상을 띠고 있으며, 일마는 "조선옷을 입은 나아자의 자태"를 상상한다. 반면 나아자는 일마와 그의 인품을 그대로 조선이라 생각하고 따른다. 서양／여성, 동양／남성이라는 민족과 젠더의 비대칭성 속에서 동양／남성의 자리는 이처럼 동양적, 조선적인 것을 우월한 것으로 여김으로써만 확정될 수 있다.

여기서 한복을 입은 여성의 아름다움을 응시하는 자는 대개 남성이다. 이 남성들에게 한복을 입고, 동양적 미를 지닌 이국 여성은 애욕(sexuality)의 대상이라기보다는 순정한 미적 대상이자 동경의 대상이다. 그렇지만 이 남성들의 내면에 감춰진 무의식마저 순정한 것은 아니다. 이들의 궁극적 의도는 민족적 위계를 젠더 위계를 통해 상쇄함으로써 식민지인으로서의 열등감을 봉합하려는 것이기 때문이다.

이효석의 소설에 재현된 향토가 양가성을 지니듯이 이 조선적인 미의 발견과 재현 역시 분열적인 면이 있다. 다시 말해 남성／지식인들은 근대에 대한 피로감이나 환멸을 대체할 미적 자질을 '조선'이라는 내부에서 찾는다. 하지만 그 이면에는 다양한 위계가 존재한다. 조선옷을 입은 이국여성 혹은 일본여성, 지방에 내려와 조선미를 발견하는 서울여성과 같이 인종과 지역에 따른 위계가 그것이다.

「소복과 청자」에서 은실의 소복차림은 높은 기품과 부드러운 기운이 깃든 자태로 지방의 문화인들을 매혹한다. "무엇보다도 차악 몸에 배일 수 있고 우리네 성미에 맞는 조상 적부터의 향토나 유물을 사무치게 사랑하지 않고서는 못 배기겠다는 투"로 행동하는 은실은 "좋은 것은 덮어 놓고 외국에만 있는 줄 생각하지만 (이는) 어림도 없는 원시인"이라고 말한다. 피식민자가 근대성을 선취한 외국을 동경하면서 열등감을 느꼈다면 이제 정반대로 우리 것을 알지 못하면 '원시인'이라는 식의 전도가 생긴다. 하지만 은실의 옷차림, 발화, 태도에는 서울 / 지역이라는 또 다른 위계질서가 숨겨져 있다. "서울에서 태어나 서울에서 자라난 그 여자의 또렷또렷한 서울말씨는 지방 사람들에게 이국적인 것으로조차 느껴지며 일종의 그리움조차 곁들게" 한다는 구절에서 알 수 있듯 서울은 '이국'과 동의어로, 향수의식을 촉발하는 공간으로 인지되는 것이다. 그런가 하면 그녀가 커피나 소다수 대신 내놓은 식혜나 수단자는 "주로 서울지방의 음료였기 때문에 지방 사람들은 새삼 우리네가 독특하게 지녀오고 있는 그 진미에 찬사를 늘어놓"는다. 은실은 이 지방 사람들에게 '동경과 선망의 표적'이다. 그녀가 유포하는 지방적인 것, 향토적인 것에 대한 선호는 민족 관념과는 별 상관이 없고, '이국적' 혹은 '독특한 진미'로 지칭되는 새로운 것의 발견과 같은 맥락에 놓여 있다.

바바는 '거의 똑같지만 동일하지는 않은' 모방의 양가성과 혼성성에서 탈식민의 가능성을 찾는다. 그에 따르면 혼성성은 "차별받는 주체가 편집중적인 분류에서 궤도를 이탈한 두려운 대상으로 양가적으로 전환"되는 것이다.[14] 담론의 대표성과 권위성을 얻으려는 권력의 축을 따라 모방하면서 지배 담론을 분열시키는 것이 전복적인 의미를 지닌다면 위의 작품들은 민족과 젠더, 지역과 젠더에 대한 일종의 정형을 모방하면서도

---

14) 호미 바바, 나병철 옮김, 『문화의 위치』, 소명출판, 2003, 226~228면.

그 관계를 뒤집는 방식을 취하고 있다. 특히 이제껏 식민자의 시선으로만 포착되었던 조선적인 것, 동양미가 피식민자의 시선에 의해 발견된다. 오리엔탈리즘이 아닌 전도된 오리엔탈리즘(옥시덴탈리즘)의 양상을 띠고 있는 것이다. 특히 위의 작품들에서 시선과 발화의 주체인 피식민지 지식인 남성은 식민지 권력과 지식, 담론을 모방하면서 그것에 균열을 내고자 한다. 그렇지만 궁극적으로는 여성을 타자화시키고 자기를 보존함으로써 식민지적 전유를 '부분적으로' 역전시키는 이 같은 모방의 방식은 식민 담론에 균열을 낼지언정 저항하거나 그것을 전복하지는 못한다.

4. 향토문학, 국민문학, 세계문학

내가 말하려는 것은 작가는 각각 좌고우면 부질없이 한눈을 팔 것이 없이 자기의 발견한 길에 안심하고 신뢰하고 나아가야 한다는 것이다. 지방색을 탐구해서 지방적인 대표작을 써야겠다는 성의의 나머지 누구나가 일률로 향토적인 것, 지방적인 것 하고 눈알을 붉히는 것은 무의미하다는 것이다. 꽃신을 신고 긴 치마를 끄는 여인을 그리는 것, 물론 무관한 일이나 그가 치마 대신에 양장을 해도 역시 여인(麗人)이요, 지방적 현실이라는 것을 잊어서는 안 되고, 아니 장차 그가 몸빼를 입고 게다를 신고 나서려는 것이 아닌가. 이것은 조선적 현실이 아니라고 부정하고 그 표현을 거부할 수 있단 말인가.

지방적인 것을 찾을 때 작가들은 흔히 향토로 눈을 보내 즐겨서 원시적인 것, 토속적인 것, 미속적(迷俗的)인 것을 숭상하고 샅샅이 들쳐 내왔다. 애란을 그리려는 싱그가 아란도 주민의 원시생활을 들쳐 낸 것과 같은 태도였다. 물론 그런 방면도 한번은 응당 표현을 힘입어야 할 것은 사실이나 그것을 능사로 삼음은 도리어 협착한 아량이다. 고도기(古陶器)와 무기(舞妓)와 담뱃대를 문 상투쟁이의 모양을 색판으로 박은 그림엽서가 순전히 외지에서 온 관광객의 호기심에 영합하려는 목적에서 나온 것이라면 부질없는 토속적 문학의 숭상은 외지의 편집자의 비위를 맞추려는 심산의 소치로 추단받아도 하는 수 없는 노릇이다.

같은 향토면이라고 해도 한층 우아하고 목가적인 면도 많은 것이요, 또 향토면과 맞서서 도회면의 커다란 부문이 있음을 잊어서는 안 된다. 인구의 대다할이 지방의 주민이라는 이유로 향토를 그린다는 것도 이부당(理不當)한 일이다.

조선의 움직임은 오히려 도회에 있다. 이 면의 숭상이 없이는 주체적인 파악은 드디어 불능한 것이다. 개화면이라고 해도 좋고 세계면이라고 해도 좋다. 세계적인 생활요소가 거기에서는 지방적인 것과 합류 융합되어 있는 까닭이다. 이 세계면의 표현이 없이는 언제까지나 향토를 원시의 미간지 속에 버려두고 박아두는 점밖에는 안 된다. (…중략…) 세계면을 그리거나 향토면을 그리거나 간에 문학의 우열은 순전히 작품의 됨됨에 따라서 결정될 것은 물론이다. 국민문학의 입장으로 보아도 이 두 면의 문학이 다 그 소성을 갖추어 있는 것도 물론이다. 더욱 한걸음 뛰어서 우수한 문학이라면 그대로 바로 세계문학으로도 편입되는 것이다. (「문학과 국민성 – 한 개의 문학적 각서」, 『매일신보』, 1942. 3. 3~1942. 3. 6)

인용문이 다소 길기는 하지만 이 글은 이효석이 향토, 그리고 조선적인 것으로 선회한 이유 및 그 근저에 깔려있는 이율배반적인 사고를 알수 있게 해준다는 점에서 주목할 만하다. 그는 흥미롭게도 원시적인 것, 토속적인 것을 그리는 것을 '협착한 아량'이라고 비판한다. 또한 "토속적 문학의 숭상은 외지의 편집자의 비위를 맞추려는 심산의 소치"임을 간파하고 있다. 지방적인 것, 향토적인 것을 협소하게 그릴 경우 자칫하면 식민주의의 통치 이데올로기인 오리엔탈리즘과 공모할 가능성이 있음을 지적한 것이다. 따라서 그는 '세계면'과 '향토면'이 융합되어 있는 도시를 그리는 것이 바람직하다고 본다.

그가 궁극적으로 지향한 것은 세계문학이었다. 이 세계문학의 전 단계로서의 국민문학은 세계와 향토, 도시와 향토를 동시에 그리는 것이었다.

그런 점에서 그의 향토는 '발견'된 것이다. 국지적인 것, 조선적인 것의 구현을 통해 세계문학에 편입되기. 그가 기획한 것은 바로 이것이다. 앞서 '영서 삼부작'이 그가 '협착한 아량'이라 비판했던, 향토를 토속적이고 미개한 식민지로 형상화했던 경우라면, 일본어 소설들은 국민문학, 나아가 세계문학의 전범으로서의 향토, 조선적인 미를 구상한 경우라 할 수 있다. 이 양자 사이의 간극은 식민지 지식인으로서 식민 지배 질서에 한편으로는 공모하면서 또 한편으로는 균열을 내려 했던 작가의 무의식을 단적으로 보여준다.

이효석의 일제 말기 소설은 향토와 이국, 식민지 민족과 탈민족적인 인류, 토착적인 미와 인공적 미 양자 사이를 끊임없이 오가면서 식민자의 불안한 내면을 여성과 토착민의 섹슈얼리티에 투사하는 전략을 써왔다. 그런 점에서 이효석의 코스모폴리타니즘은 원시적 토착주의와 거울상의 관계에 있다. 문제는 오리엔탈리즘이든 전도된 오리엔탈리즘으로서의 옥시덴탈리즘이든 여성, 토착민을 타자화함으로써 식민지인으로서의 열등감을 봉합하고, 차이가 아닌 동일성의 수사학을 구사하려 했다는 것이다. 표면적으로는 '국민문학'과 거리를 취했지만, 대신에 '국민' 혹은 '민족'을 대체하는 '인류'라는 또 다른 동일자에게 귀의하려 했던 그의 소설적 행보는 어찌 보면 식민지 지식인이 취할 수 있었던 항의의 방식일 수도 있다. 하지만 그 항의를 저항의 한 형태로 보기는 힘들다. 보편성이랄지 국제주의적 감각의 근저에 놓여있는 것은 이국적이고 새로운 것에 대한 무한한 동경이라는 식민화된 의식의 변형태에 가깝기 때문이다.

탈식민의 관점에서 본 지역문학

1. 지구화 시대와 지역

전지구적으로 사고하고 지역적으로 실천하라. 자본주의 세계체제에 저항하는 대안의 하나로 '지역'이 새롭게 환기되고 있다. 주지하다시피 전지구화(Globalization)로 인해 민족적·지역적 정체성은 급속도로 약화되거나 소멸되었다. 특정 시간이나 장소, 역사 및 전통들에 뿌리를 둔 정체성은 그 독자성과 활력을 상실한 채 제국의 문화 속에 흡수되어 '동질화', '표준화' 되어 버렸다.

하지만 다른 각도에서 보면 '전지구적인 것'의 영향력과 함께 '지역적인 것'에 대한 관심이 존재하는 것도 사실이다. 전지구적인 것이 지역적인 것을 압도하고 소멸시키고 궁극적으로 대체한다기보다는 '전지구적인 것'과 '지역성' 간의 새로운 접합이 일어나는 것이다. 이 새로운 '지역성'은 공간의 구분 및 경계가 확실한 이전의 지역성과는 물론 다르다. 그것

은 차이와 타자성에 대한 성찰을 기초로 해서 이루어진다. 지역적인 것
은 전지구적인 것과의 관련 속에서 구성되지만 유동적이고 상대적인 공
간으로 간주되어야 한다는 것이다.

중심부와 주변부 간에 설정된 위계적인 이항대립을 허무는 것이야 당
연하지만 현실을 무시한 채 지역적인 것을 특화시키는 것 역시 온전한
대응방식은 될 수 없다. 우리는 다른 지배적 문화에 대한 방어기획으로
서 자신의 정체성을 강화하면서 일종의 분리주의 전략을 택하는 경우를
보아왔다. 이른바 세계체제 안에서 특정 지역이나 경제 블록의 형성, 태
평양전쟁 당시 일본이 구상했던 대동아공영권, 남한 사회에서 정치의 계
절만 되면 그악스럽게 부활하는 지역주의 논리가 분리주의 전략의 변종
이라 할 수 있다. 지나친 일반화이고 논리적 비약이라는 반론이 당연히
제기될 법하다. 하지만 변방의 자리를 박차고 나와 그 변방을 특화시켜
주인 됨을 자처하는 논리의 뒷면에는 항시 자신과 타자를 가르고, 타자
를 밀어내는 그늘이 존재한다.

다시 처음의 명제로 되돌아가 '전지구적으로 사고하고 지역적으로 실
천'하기 위해서는 전지구화에 일방적으로 포섭되는 것을 경계하는 한편
배타적으로 지역을 설정하는 것도 경계할 일이다. 따라서 지구—지역 간
의 유동적이고 상대적인 관계 속에서 새로운 정체성을 만들어내는 일은
우리에게 주어진 화급한 과제가 아닐 수 없다.

필자는 세계체제 안에서 '지역'과 '지역문학' 개념을 올곧게 설정하기
위해 지역문학이 걸어온 길과 앞으로 걸어야 할 길을 우리 근·현대문학
에 대한 계보적 접근을 통해 살펴볼 것이다. 지역문학에 대한 논의는 간
헐적으로 있어 왔지만 주로 문학운동의 관점에서 언급되거나 특정 지역
을 부각시키는 경우가 많아 부분과 전체를 아우르며 조망하는 시각이 부
족했다는 판단 때문이다. 따라서 이 글은 먼저 지역문학의 범주 및 개념

을 새로이 확정한 후, 우리 문학에서 지역이 타자화의 상징으로 전유되어 온 경로, 그리고 앞으로 지역문학의 과제와 전망에 대해 논의하겠다.

2. 지역성, 민중성, 문학성

지역을 근거지로 삼아 활동하는 이들을 일컬어 지역문인이라 하고, 이들이 일구어 낸 문학을 총칭해 지역문학이라고 한다. 해당 지역의 고유한 역사, 사회적 배경, 언어를 벼려 쓰는 문학의 고유한 특성들은 토착성 혹은 토속성이라는 이름으로 불려 왔다. 문학이 공간적 상상력에 기반한 예술 장르이고, 또 인간이 지닌 기본적인 심성의 하나가 장소애(topophilia)인 만큼 장소가 지닌 의미는 문학연구의 일차적인 대상이 되어왔다고 보아도 틀리지 않다. 식민지 시기에 활동했던 백석과 소월의 시들이 아직까지 널리 읽히고, 1970년대 이문구의 『관촌수필』이나 『우리동네』 연작이 민족문학의 가능성으로 평가받았던 이유는 무엇인가. 해당 시와 소설들이 평북지방이나 충청지방의 사투리와 토착어를 살려내고 지역의 고유한 정서를 탁월하게 그려냈기 때문이다. 그런데 이 작품들은 토지를 잃은 채 유랑가족으로 떠돌아야 했던 식민지인의 비애, 근대화로 인해 파탄난 농촌지역의 제반 문제 등 당대의 특수한 사회경제적 모순을 식민지 시대와 분단으로 이어지는 한반도의 상황과 연관 지음으로써 보편적 정서의 차원으로 이끌어낸다.

그 보편적 정서가 지닌 공분모는 억압받는 자로서의 정체성, 그 억압을 정면에서 뚫고 나오려는 저항의식, 역사의 현장을 기억하고 증언하겠다는 기록자로서의 의식이라 할 수 있다. 우리는 이 기록자 / 증언자로서의 책무에 충실하면서 특정 지역을 민중문학 운동의 거점으로 삼은 경우

를 1980년대 문학의 현장에서 목도할 수 있다. 1980년대 문학에서 지역
은 텍스트에 갇힌 채 미적 탐구의 대상으로 거리 조절된 공간이 아니라
지배 계급에 의해 조각나고 찢겨지고 왜곡된 민중들이 살아가는 구체적
인 현장이었다. 그래서 이 시기의 문학은 특정 지역에 그때까지 지배 담
론이 새겨놓은 '폭도', '빨갱이', '반역자' 등의 부정적 낙인을 지우고, 저
항의 성소(聖所)라는 새로운 의미를 새겨놓았다. 그리하여 1980년 5월 광
주 민주화 운동에 대한 기록은 '오월 (항쟁) 문학'이라는 뚜렷한 계보를
형성하였다. 그런가 하면 현기영은 「순이 삼촌」 이후 여러 작품들을 통
해 제주도 4·3항쟁의 진의를 복원하고 현재화하는 작업을 계속하였다.
이런 맥락에서 1980년대 문학 현장에서 지역성이란 민중성, 저항성과 동
의어로 쓰였으며, 지역문학은 민족문학의 한 분과[1]로 의미심장한 역할을
해왔다고 볼 수 있다.

　하지만 1990년대 이후 우리의 지역문학은 그 향방을 잃은 채 표류하
고 고사(枯死) 직전에 있다. 전지구화와 중앙집중화 현상이 그 어느 때보
다 빠르게 진행된 탓이다. 중앙집중화는 역설적이게도 모든 지방을 경쟁
체제의 틀로 집어넣는 지방자치제가 실시되면서 가속화되었다. 가령 자
치단체마다 일종의 문화 상품으로 해당 지역 출신 작가의 문학관을 개설
하고, 작가를 알리는 행사를 치르고 있다. 군산의 채만식 문학관, 춘천의
김유정 문학관, 평창 봉평의 이효석 문학관 등이 속속 문을 열었는가 하
면, 해당 작가의 이름을 건 문학제에 문학상, 백일장도 개최되었다. 이만
하면 조그마한 박람회의 꼴은 갖춘 셈이다. 하지만 이 '문학적' 박람회의
한 쪽에서는 어설픈 기념 티셔츠와 엽서 등이 팔리고, 세월의 켜가 묻어

---

1) 민족 문학, 민중 문학의 내적 성질을 지역문학이 공유하였다는 점은 '분단체제'라는 우리
　의 특수한 사회·역사적 조건과도 일정 정도 관련성이 있다. 앞서 언급했다시피 '지역'은
　단순히 지리적 위상을 넘어서 일종의 인식적 개념이다. 그렇다면 남북한 분단체제 역시
　지역문제로 포괄될 수 있다.

나지 않는 급조된 물레방아가 돌아가고, 전근대적이지도 근대적이지도 않은 장터가 흥청대는 이질적인 광경이 일상적으로 목도된다. 김유정 문학상, 이효석 문학상, 부산의 요산 문학상 등이 이미 특정 지역을 벗어나서 문학사적으로 득의의 경지를 이룩한 작가들의 유산을 계승하고, 문학인들의 창작 의지를 고취시키는 데 한몫하고 있다는 점은 부정할 수 없다. 하지만 가령 지방 축제의 일환으로 열리는 문학제나 기타 행사들이 김유정적인 것, 이효석적인 것, 요산다운 것이라 일컬을 수 있는 작가들의 독특한 작품세계를 준별하여 계승하지는 못한 듯하다. 더욱이 이 작가들의 '－다운 것'은 작품의 배경이라든지 주제에서 특정 지역과 긴밀히 관련되어 있음에도 불구하고 이와 같은 특수한 국면을 보편성과 연관지어 해명하려는 시도는 아무래도 부족하다는 생각이 든다.

그렇다면 지역과 문학의 상관관계를 두고 몇 가지 근본적인 질문을 던져보자. 첫째, 지역문학의 상대어는 무엇인가. 중앙문학인가, 아니면 범위를 더 넓혀 세계문학인가. 먼저 지역문학의 상대개념으로 중앙문학을 설정할 경우 중앙 혹은 중심이란 무엇을, 어디를 가리키는가. 우리의 경우를 놓고 보면 필경 서울중심의 문학이 될 수밖에 없다. 현실적으로는 그렇지만 이론적으로 따질 경우 서울도 남한 사회를 구성하는 하나의 지역에 불과하다. 지금껏 우리의 사고를 지배해 온 서울=중앙, 서울 이외의 곳=지역, 변두리라는 마니교적 이항대립은 그 범위를 넓혀 보면 제1세계와 제3세계, 제국주의와 (신)식민지의 대립 및 위계화가 낳은 하위 범주의 하나일 뿐이다. 따라서 서울 역시 하나의 지역으로 설정하는 '탈중심화'된 사고방식이 긴요하다. 탈중심화는 중앙, 제1세계, 혹은 문학권력이 낳은 폐해를 분석하는 작업으로부터 시작되어야 한다. 중심의 폐해를 분석하고 해체하고, 그런 연후에 주변의 다중성/복수성을 인식하는 것은 탈식민의 관점2)과도 밀접한 관련성이 있다.

둘째, 지역문학을 지방문학, 혹은 향토문학과 동의어로 볼 수 있는가
이다. 하지만 지역(region)과 지방(local)은 그 함축적 의미가 다르다.3) 지방
은 수도 서울과 대응되는 개념으로 지리적인 경계를 염두에 둔 설정이자
전근대적인 함의가 내포되어 있다. 한편 지역은 좀 더 포괄적인 용례로
사용될 수 있다. 지역은 인지 주체의 관심에 따라 그 정의가 변할 수 있
다. 요컨대 지역은 세계 체제 안에서 일국적 단위로서의 국가일 수도 있
고, 문화지역이나 생태단위일 수도 있고, 혹 이런 것들의 부분적 구획일
수도 있다. 이 글에서 설정하는 지역이 국가 단위까지를 포괄하는 것은
아니다. 하지만 지리적 경계를 염두에 둔다 하더라도 그것은 눈에 보이
는 자명한 어떤 것이 아니라 독자적인 생명력과 역사를 지닌 개방적이고
유동적인 체제를 지닌 개념이다. 오늘의 지역문학은 억압과 저항의 역사
를 주고받는 문화 지역이자 생태단위로 재정의되어야 한다.

---

2) 서구 중심의 자본주의 세계체제를 유지 강화하기 위해 서구 문명이 자신을 특수한 문명의
   하나로 인정하지 않고 보편적 규범이라고 주장하는 것, 월러스틴은 이러한 문명을 '단수의
   문명'이라고 명명한다. 탈식민주의는 이러한 보편주의적, '단수의 문명'에 맞서 세계를 다양
   하고 특수한 문명들의 총체로 이해한다. 이른바 '복수의 문명'을 인정하는 것이 탈식민주의
   적 실천인 셈이다. 이와 같은 관점은 제1세계와 제3세계, 서구와 비서구뿐만 아니라 중앙과
   지역 간의 위계를 철폐하는 데에도 유효하다는 것이 필자의 생각이다.
   하정일, 「탈식민주의 시대의 민족문제와 한국문학」, 『분단 자본주의 시대의 민족문학사론』,
   소명출판, 2002.
3) 김승환은 지역과 지방의 구분에 대해 흥미로운 발언을 한다. 그는 두 용어는 개념이 다른
   것이 아니라 사용된 역사성이 다르다고 전제한다. 그에 따르면 지방은 한자어로 향(鄕)과
   촌(村)으로 경(京)과 대비되는 개념이다. 이 용어는 봉건시대 권력의 중심부에서 그 외 영
   역을 지방이라고 통칭했던 역사성을 내포한 것으로 중앙중심주의가 각인되어 있다는 것
   이다. 한편 그는 지역감정과 같은 정서적 차원이 아니고 향토정신과 같은 봉건적 유산도
   아닌 새로운 지역개념을 설정하고자 한다. 그것은 이를테면 전체의 부분이면서 동시에
   '독자적인 단위로서 생명력을 지닌' 지역으로서 지역적 삶과 역사에서 우러나온 경험을
   공유하는 것이다.
   김승환, 「지역문화예술의 새로운 전망-신지역주의」, 제주·충북 문화교류 세미나, 2000
   년 6월 ; 「지역문화와 지역의 새로운 인식을 위하여」, 『지역문화의 해와 지역문화』, 충북
   민예총 예술산업위원회, 2001.

3. 지역성, 타자성의 한 국면

일찍이 식민지 경험에서 출발한 우리의 불안정하고 불완전한 근대는 식민화된 주체(colonized subject)가 끊임없이 제국주의 모국이 발명한 담론과 이데올로기를 모방하려 하고, 자기 안에서 타자를 만들어내는 과정을 거쳐 왔다. 근대 이후 우리가 발명한 타자는 여성, 노동자, 빈민, 장애우, 외국인 노동자 등 다양하다.

우리가 발명한 타자의 하나로 '지역'을 들 수 있다. 객관적이고 가치중립적인 문화적 단위로서의 지역이 아닌, 타자화의 대상으로 발명된 지역은 자신의 역사적 체험과 집단적 기억이 지워진 채 담론화된다. 흔히 전라도 하면 떠올리는 반역의 땅이라는 이미지, 제주도는 유형의 땅, 강원도는 순박하고 순종적인 땅과 같은 상투화된 정의가 그것이다.

지역이 타자화되는 방식은 제국주의가 식민지를 발견하고 발명해내는 방식과 대단히 유사하다. 제국주의는 식민지를 미개와 미몽, 야만과 같은 온갖 열등성의 지표를 동원해 규정하는 한편, 분열과 피로의 징후가 역력한 자기 세계로부터 도피하고픈 열망을 식민지에 투사하여 거기에 이국적이고 에로틱한 색채를 부여한다. 식민화된 주체들이 자기 땅을 부정하고 타자화하는 심리학은 한층 분열적이다. 프란츠 파농이 『검은 피부, 하얀 가면』에서 탁월하게 밝혔듯이 이들은 아무리 해도 지워지지 않는 '검은 피부'를 부정하고, 자기 무리의 열등성을 찾아내는 한편 자기는 이 무리들과 다르다는 차이를 강조하면서 제국주의 주체를 더 열렬히 모방한다.

식민 시대에는 식민 본국, 포스트 식민 시대에는 전지구적 자본주의 논리의 매개자이자 수혜자인 서울로 지칭되는 중심을 열망하던 식민 시대, 포스트 식민 시대의 작가들은 자기 삶의 터전을 변방, 주변, 미개의 공간으로 설정하고, 그 안에서 온갖 열등한 자질들을 찾아내어 타개해야 할 것으로 규정한다. 이들은 중심을 열망하고 닮고자 했다. 먼저 우리 신문학사 초기의 의미심장한 몇 장면을 보자. 중심을 닮기 위해 지역을 배타적으로 고립시키고 열등성의 자질을 덧씌운 경우이다.

> (가) 강원도 원주 경내에 제일 이름난 산은 치악산이라. 명랑한 빛도 없고 기이한 봉우리도 없고 시커먼 산이 너무 우중충하게 되었더라. 중중첩첩하고 외외암암하야 웅장하기는 대단히 웅장한 산이라, 그 산이 금강산 줄기로 내린 산이나 용두사미라 금강산은 문명한 산이요 치악산은 야만의 산이라고 이름지을 만한 터이러라.
> 그 산 깊은 곳에는 백주에 호랑이가 득시글득시글하여 남의 고기 먹으려는 사냥포수가 제고기로 호랑의 밥을 삼는 일이 종종 있더라. 하늘에 닿듯이 높이 솟아 동에서부터 남으로 달려나려가는 그 형세를 원주 읍내에서 보면, 남편 하늘 밑에 푸른 병풍 친 것 같더라. (이인직, 『치악산』)

> (나) 춘천집이 만일 산전수전 다 겪고 거침새 없는 계집 망나니 같으면 김승지가 그 당장에 두 군데 정장을 만나고 대번에 세상 물정을 알았을 터이나, 춘천 솔개 구석에서 양반 무서운 줄만 알던 백성의 딸이라. (이인직, 『귀의 성』)

위 두 작품은 공통적으로 강원도 영서 지방을 배경으로 삼고 있다. 지리적 배경으로 제시된 원주 치악산과 춘천 삼학(악)산은 '기이, 야만, 우중충'과 같은 어휘 용례에서도 드러나듯이 부정적으로 인지된다. 갓 이입된 근대의 물결과는 거리가 먼 이 곳은 처첩 간의 갈등, 고부간의 갈등과 같은 전근대적 갈등이 온존하는 공간이다. 『귀의 성』의 강동지는 자신의 신분상승과 재물을 위해 딸을 춘천 군수로 내려온 김승지에게 첩으로 주고, 그 위세를 당당히 이용한다. 반면 춘천집은 세상 물정 모르는 희생양에 불과하다. 처첩 간의 갈등이 벌어지는 본격적인 공간은 서울이지만 그 음모가 실행되는 공간은 서울 권역을 벗어난다. 춘천집과 아들이 유인당해 살해되는 공간은 경기도 광주이며, 강동지가 원수를 갚기 위해 음모를 꾸며 살해하는 공간은 부산이다. 신소설의 공간으로서는 보기 드물게 춘천에서 서울, 광주, 부산으로 그 지리적 권역이 폭넓은 이 소설에서 서울 역시 본처의 투기가 기승을 부리는 공간이긴 하지만 살인과 복수 등 실제 사건이 벌어지는 장소가 서울 아닌 다른 곳으로 설정된 까닭은 무엇일까. 서울은 일본에서 이입된 근대적 형벌 제도 및 법이 조악하게나마 갖춰진 곳이기 때문이 아닐까라는 조심스런 추정을 해봄직하다. 반면에 비(非)서울은 '눈에는 눈, 이에는 이'식의 원시적인 보복이 행해지는 카니발리즘적인 공간으로 설정된다.

　『치악산』은 중앙/주변, 개화/미개, 각몽/미몽, 근대/전근대, 진보/보수(수구)와 같은 신소설의 근대화 논리를 전형적으로 재현하고 있는바, 이이항대립은 서울의 개화파 이판서와 원주의 보수적인 수구파 홍참의의 갈등으로 나타나고 있다. 지리적인 위계는 두 세력 간의 계층적 위계로 확대 재편된다. "영감(홍참의)은 시골 살으시고, 이판서는 세력 좋은 재상"이라는 김 씨 부인의 발화나, "개화를 좋아하던 이판서는 풀기가 점점 더 생기고 완고노패를 차던 홍참의는 몬지가 더욱 폴삭폴삭 나는데"와 같은 작가 주석적 설명이 그 단적인 예라 할 수 있다. 고부간의 갈등, 권선징악과 같은 전근대적인 가치 판단은 이 근대화의 논리에 흡수된다. 개화파 이판서의 여식은 시어머니의 모함으로 인해 내쫓기고 온갖 고생을 다하지만 결국 친정 부모를 만나고, 일본으로 유학 갔던 남편을 만나 응분의 보상을 받는다. 게다가 이 포용력 있는 개화파 집안은 함께 악행을 저질렀던 시누이 남순을 위기에서 구해 개심하게끔 한다. 한편 홍참의 집안은 "동리에 판수 조합소 하나를 설립"할 정도로 무당 판수들이 몰려들어 "그 많고 많은 재산을 빨아내고, 끌어내고 송두리 우리듯 두고 두고 우려내는" 탓에 몰락의 길을 걷는다. 그런데 이 모든 것은 이판서 여식의 몸종인 검홍이 꾸며낸 복수극이다. 치악산 밑 마을은 "귀신의 불은 밤마다 보이고 들밖에 귀신 우는 소리도 밤마다 들리는" 음울한 귀신 들린 공간으로 재현된다. 서울과 원주라는 지리적 경계는 문명과 미개로 구획된 후 다시 거기에 계층적인 위계, 윤리적인 옳고 그름의 가치 판단이 덧씌워지는 것이다.

그렇다면 비서울의 지역이 이런 식으로 재현되는 이유는 무엇인가. 신소설 작가-지식인들이 공통적으로 추구하고 열망해 마지않았던 문명과 개화의 상징적 장소는 서울이 아닌 일본이거나 서구였다. 『치악산』에서 홍철식이 개화한 장인의 명대로 유학 가는 곳은 일본이다. 그 중간 지점에 있는 서울은 이념적으로나마 문명개화의 필요성에 대한 합의가 이루어지고 개화꾼이 득세하는 장소이다. 서울은 미개 상태에서 깨어나지 못한 지방에 비해서는 개화했지만 문명개화의 진원지인 서구나 일본에 비해서는 뒤떨어지며 끊임없이 중심을 닮고자 하는 열망을 지닌 모순된 장소이다. 이 신소설 작가-지식인들이 중심을 닮기 위해서는, 그리고 중심에 보다 가까운 자신과 미개한 대중들을 구별 짓기 위해서는 주변부를 발견하고 발명해 낼 수밖에 없었다.4) 그래서 발견되고 거기에 이데올로

---

4) 이와 관련해 '일본형 식민주의' 의식구조를 분석한 고모로 요이치의 지적을 눈여겨 볼만 하다. 그에 따르면 식민지적 무의식은 서구 열강에 의한 식민지화라는 위기 상황을 자발적 의지의 '문명 개화'로 대체하여, 서구 열강을 모방하는 것에 내재하는 자기 식민지화를 은폐하고 망각함으로써 구조화된다. 그는 후쿠자와의 '야만', '반개(半改)', '문명'의 분류법을 빌어온다. '반개'의 거울을 통해서만 문명은 '문명'으로 현상하며, '반개'는 다시 야만에 대응해 '문명'으로 차별된다는 이 논법은 일본 식민주의 최초의 자기의식이라는 것이다. 우리 신소설의 내적 논리 역시 크게 다르지 않다. '반개' 상태에 놓인 조선의 지식인들은 조선 민중 혹은 서울 밖 지역을 '야만'으로 차별화 함으로써 한편으로는 '문명'화된 일본과의 동화를, 다른 한편으로는 '야만'적인 조선을 배제하는 담론 전략을 구사했다.
고모리 요이치, 송태욱 역, 『포스트콜로니얼』, 삼인, 2002, 1, 2장 참조.

기적 발명이 덧붙여진 장소가 춘천이나 원주 치악산이다.

4. 탈중심, 탈식민의 지역문학

　타자화의 상징으로서의 지역. 우리 근·현대문학에서 지역이 차지하는 위상이 이러하다면 그것은 우리 근대가 지닌 파행적 성격과 내밀하게 관련되어 있다. 서양이든 일본이든 모본(母本)인 근대가 이미 있었고 우리 근대는 그것을 뒤늦게 따라가느라 바빴다. 그 와중에 우리는 민족적으로나 지역적으로 타자화된 상태를 벗어나기 위해서 우리 안에서 '타자'를 발명해야 했다. 그래서 발명된 '지역'은 제국주의 담론이 식민지인에게 투사했던, 또 식민지 지식인이 같은 땅의 민중에게 투사했던 온갖 열등성과 비루함의 자질을 고스란히 지닌 곳으로 의미화된다.

　우리 근대(문학)사의 현장인 지역은 중심/서울에서 배제되고 타자화된 곳이 아니다. 중심의 논리에 포획당해 상처받았으면서도 그 상처를 딛고 서서 저항과 반역을 꾀하던 곳이다. 먼저 상처와 저항의 길항관계 속에서 침묵해 왔던 지역의 주체들이 스스로 말하도록 하고, 그것을 가감없이 기록해야 한다. 그렇다고 해서 그 기록의 자세나 방식이 현실에 대한 엄정한 평가를 배제한 채 복고적 향수나 배타적인 지역주의 고취로 나아가는 것은 경계할 일이다. 우리 정치사에서 이미 선례를 보아왔듯이 배타적인 지역주의는 피해자의 입장에서 가해자의 입장으로 자리 이동함으로써 사디즘적인 만족을 취하는 것에 다름 아니며, 지배 이데올로기에 포섭되어 역이용당할 공산이 크기 때문이다. 복고적 향수 역시 근대를 정면에서 돌파하려는 탈근대의 시도이기보다는 민족주의의 아류로 전락할 가능성이 더 많다.

중심의 논리에 의해 찢겨지고 왜곡된 지역을 제대로 복원하고 재현하기 위해서는 문학적 상상력의 지평을 한껏 넓히되 현실적 지반을 튼실히 한 연후에 그렇게 해야 한다. 가령 '오월 항쟁 문학'이 하나의 계보로 정착된 사례를 보자. 그 계보에는 항쟁 직후 쏟아져 나온 무수한 민중시부터 황지우의 모더니즘적 시와 극시 「오월의 신부」까지 다양한 양식들이 두루 포함된다. 임철우가 우울하게 우화적으로 그려냈던 소설에서부터 황석영의 르포르타주까지, 다시 임철우가 극(極)사실적으로 미세하게 복원해 낸 장편 『봄날』에 이르기까지 그 스펙트럼은 다양하다. 초기에는 소시민적 주체의 죄의식과 회한어린 목소리를 담는 데 그쳤지만 1980년대 중반부터는 노동자를 비롯한 하층민의 시각에서 항쟁의 의미를 재해석했다(홍희담의 「깃발」). 1990년대 들어와서는 가해자이자 또 다른 피해자인 진압자의 목소리까지 담는가 하면(정찬, 「얼굴」), 포스트 광주의 상처를 민중 여성의 활달한 목소리로 재현하기도 했다(공선옥의 「씨앗불」, 「목마른 계절」 등). 20여년의 세월이 흐르면서 그날의 사실은 여러 형상화 경로를 통해 거듭나고 축적되기에 이른 것이다.

복원을 하되 재현의 방식은 다양할 것, 그것이 특정 지역의 의미심장한 사건이 문학적 계보로 그 위상을 공고히 하게 된 동력인 것이다. 그럼으로써 그날의 역사적 사실은 박제화된 상태를 넘어서서 현재적 의미를 획득하게 되고, 독자적인 지역문학으로 자리잡게 되었다.

제주도 4·3항쟁을 끈질기게 형상화해 온 현기영의 작품 이력 역시 복원의 미학, 기록자 / 증언자의 자세가 오히려 사실을 온전하게 드러내는 데 득이 될 수 있음을 보여준다. 『마지막 테우리』에 실린 「목마른 신들」은 심방의 목소리를 빌려 제주도 4·3항쟁이 현재진행형의 사건으로서 개체의 실존에 그 음영을 드리움을 증언한다. 이 작품에는 제주도 무속굿의 유구한 역사가 배경으로 깔려 있다. 전통의 혁신인 셈이다. 그런

가 하면 「쇠와 살」은 문학 텍스트라기보다는 르포르타주에 가깝다. 작가
와 작품에 대한 사전 정보가 없다면 4·3항쟁 자료집에 실린 글이라 해
도 별 무리가 없을 정도다. 서술자는 감정을 극도로 배제한 채 있었던
사실만을 기록하는데, 그로 인해 진압의 잔혹성이 오히려 부각된다. 작
품은 분량이 제각각인 장들로 구성되어 있고 각 장마다 소제목이 달려있
다. 독자들은 각 소제목에 딸린 증언을 읽으면서 순박한 필부의 희생, 가
족 혹은 동네 전체가 몰살되는 상황, 가해 구조의 말단에 처해있던 사람
들의 입장, 이 모든 역사적 비극의 근원이면서 보이지 않는 힘으로 작용
했던 미국의 실체에 대해서까지 두루 파악하게 된다. 가해자들의 입장에
따르면 "빨갱이는 인간이 아니었다. 그때 죽은 자는 모두 빨갱이다. 빨갱
이가 아니면 왜 죽었겠는가." 전제와 결론이 뒤바뀐 이 같은 일방적인
논리는 빨갱이를 비인간으로 타자화한다. 그것은 중심이 주변을 타자화
하는 논리에서 익히 사용된 방식이다. 작가는 이런 타자화의 논리를 적
시하고 역으로 중심의 논리에 내포된 반인간의 논리를 '있는 그대로' 폭
로하는 정공법을 택한다.

　현기영은 변방 제주의 반역의 역사를 다시 쓰기 위해 역사적으로 더 거
슬러 올라간다. 그 산물이 「위대한 생애」와 그것을 장편으로 확대한 『바람
타는 섬』이고 『변방에 우짖는 새』이다. 이재수의 난을 서사화한 『변방에
우짖는 새』는 지리적으로 변방, 계급적으로 하층민의 반역의 역사를 이들
하위주체로 하여금 말하게 한다. 그런가 하면 「위대한 생애」는 잠녀들의
항일 투쟁을 역사적으로 의미 있는 행위로 자리매김한다. 제주의 잠녀들은
민족적·계급적·성적으로 가장 열등한 존재들이다. 하지만 작가가 복원
해 낸 잠녀들은 자신들의 열악한 상황에 온몸으로 맞서 주체로서의 자리
를 쟁취해 낸 이들이다. 작가는 역사학에서 주로 취하는 생애사 서술 방식
과 잠녀들의 노동조합 결성, 항일 투쟁과 같은 당시 사회사적 사실을 결합

하는 방식을 취한다. 거기에 여성들의 고단한 삶에 위안이 되었던 노랫가락이나 제주 방언이 적절히 배합되면서 사실성을 더한다.

이처럼 작가는 중앙의 거대 담론 속에서 왜곡되었던 변방의 역사를 바로잡고, 지리적으로 타자의 위치가 민족적·계급적·성적으로 타자의 위치와 중층적으로 결합될 수밖에 없음을 확인한다. 주변의 역사, 피해자의 증언을 기록하는 일은 지역문학이 줄곧 추구해 온 낯익은 작업이다. 낯익다고 해서 낡은 것은 아닐 터이지만 부단한 갱신은 필요하다. 앞서 언급했듯 복원을 하되 여러 재현 방식을 구사함으로써 문제를 새롭게 환기하고 하위 주체의 입장에서 서술한다면 내용과 형식 양면에서 바라던 성취를 이룰 수 있으리라 본다.

5. 탈중심의 변방정신

현기영은 제주 지역의 기나긴 항쟁의 역사는 '내국 식민지'로서 중앙으로부터 착취당하고 버림 받아온 고장의 생존방식에서 말미암는다고 밝힌 바 있다. 그는 특이하게도 그 뿌리를 노자의 '소국과민(小國寡民)' 정신과 아나키즘에서 찾는다. 부분을 소중하게 여기는 정신, 자주와 자치의 정신을 기저로 한 '탈중심의 변방 정신'을 되살려내야만 진정 일국적 차원을 넘어설 수 있고, 전지구적 자본주의의 폐해로부터 자유로울 수 있다[5]는 것이다.

탈중심과 탈식민의 관점에서 지역문학을 해석하는 논의가 이즈음 서구에서 유행하는 포스트(post) 이론에 기댄 비자주적인 이론이 아니냐는

---

5) 현기영, 「탈중심의 변방 정신」, 『녹색평론』 63호, 녹색평론사, 2002년 3·4월, 25~32면.

지적도 나올 법하다. 하지만 지금껏 세계체제의 변방에 밀려나 있던 남한 사회, 그 사회의 부분으로 존재하는 지역에 거(居)하는 주체가 지역에 드리워진 분열적인 이중성, 즉 타자성과 저항성을 직시하고 그 모순의 근인(根因)인 중심—서구의 실체를 그들의 입과 이론을 빌려 분석하는 작업도 필요하다. 그런 연후에 아나키즘이든 자치이든, 생태주의든 상생(相生)이든 지역문학을 되살릴 구체적 방도를 모색한다면 이 역시 전지구화에 저항하는 문화적 실천으로서 의미가 있을 것이다.

제2부

일제 말기 문학과 젠더정치학

일제 말기 여성작가들의 친일 담론 연구

1. 1930년대 문학 장과 여성작가

　이 글은 일제 말기 여성작가들의 친일 담론의 양상을 실증적으로 규명하고, 텍스트 분석을 통해 친일문학(넓게는 담론)의 내적 논리를 밝히고자 한다. 최근 친일문학에 대한 연구가 실증과 이론 양 면에서 심화되면서, 총동원체제 하에서 식민지인을 동원하는 논리가 젠더 위계질서에 따라 다르게 차별적으로 적용되었다는 점이 규명되고 있다. 이 글은 이와 같은 최근의 연구 성과들을 수용하되 여성문학사의 전통 속에서 일제 말기가 지닌 의미에 주목하고자 한다. 1930년대는 여성작가들이 기존의 남성 중심적 문학제도에서 배제된 상황에서 독자적인 공간을 확보하기 위해 고투한 시기이자 그것이 어느 정도 성과를 거둔 시기이다. 하지만 여성작가의 수가 많아졌을 뿐만 아니라 문학적 경향 역시 다양해졌음에도 불구하고 전체 문학장(場) 속에서 여성작가와 문학은 일부는 배제되고 일부는 포섭되는 상황에 처해 있었다. 필자는 이미 다른 글에서 여성작가들이 어떻게 식민지 시대 문학장 속에서 배제되어 왔는지, 저널리즘이 여성작가들을 어떤 방식으로 활용했는지를 분석한 바 있다.[1] 흥미로운 점은 1930년대 문학장과 저널리즘에서 가장 빈번히 호명되는 작가[2]들인 최정희, 모윤숙, 노천명이 일제 말기 친일 담론을 이끌었을 뿐만 아니라 실제로 조선문인협회(1943년 4월 조선문인보국회로 개칭)나 조선임전보국단부인대(朝鮮臨戰報國團婦人隊) 활동 등을 통해 일본의 총동원체제에 적극 협력했다는 것이다. 그런데 이 세 작가는 사적으로도 절친한 사이였을 뿐만 아니라 1930년대 중엽부터 좌담회에 여성작가들 중에서는 가장 빈번하게 출연하였다. 필자가 다른 글에서 밝혔듯이 이들은 공통적으로 잡지나 신문사 기자로 활동하다 작품 활동을 시작했으며, 김동환이 주도했던 『삼천리』가 그나마 여성 작가들을 위해 열어놓은 담론 공간을 최정희가 이 잡지의 기자로 있으면서 독식하다시피 했다. 따라서 이들은 1930년대 중엽 여성문학 및 작가들의 위상이나 활동을 정립하는 데 주요한 준거를 마련했다고 볼 수 있다. 이런 정황이 그들이 일제 말기 친일 담론을 주도하게 된 첫 번째 이유와 모종의 연관성이 있는 것으로 보인다. 다시 말해 이들은 저널리즘과 밀접한 유착관계에 있었고, 특유의 '여성적' 면모로 남성중심의 문단에서 일정정도 지분을 얻게 되면서 스스로 중심을 지향하는 속성을 가진 것으로 추측해 볼 수도 있다.[3] 더욱이 김동환의 적극

---

1) 졸고, 「여성작가를 둘러싼 공적 담론의 두 양식—공개장과 좌담회를 중심으로」, 『민족문학사연구』 26호, 민족문학사학회, 2004.
2) 물론 박화성, 강경애가 여성작가로서는 '보기 드물게' 사회적 시각을 확보한 작가로 고평되는가 하면, 백신애, 이선희의 작품들에 대한 평가 역시 심심치 않게 눈에 띈다. 흥미로운 점은 최정희, 모윤숙, 노천명의 경우 '여성적', '감상적', '낭만적'인 경향의 작가들로 평가받았고, 동시에 작가적 역량이 다소 부족한 것으로 평가절하되곤 했다는 것이다.
3) 이상경은 1930년대 후반 여류문학 논의에서 여류를 긍정하든 부정하든 그 잣대는 최정희 작품의 특성을 염두에 둔 것이라고 하면서 그가 논의의 중심에 서게 된 것은 그의 작품이 구축한 '여성적' 세계가 여성적인 작가의 등장을 기대하는 문단의 분위기와 맞아떨어졌기

적인 친일 행위는 최정희의 친일에도 영향을 미쳤을 것이며, 그녀와 친밀한 관계에 있던 모윤숙과 노천명에게로 전이된 것으로 추측된다. 요컨대 이들의 친일은 사적인 관계망을 공적인 담론의 장에까지 이어나간 성찰성 없는 행위였다고 볼 수 있다.

그렇다면 이들은 실제 작품에서 친일의 논리를 어떻게 형상화했는가. 이들 사이의 차이는 없었는가, 논설, 잡문, 수필 및 시, 소설 등 장르에 따른 변별성은 없었는가. 이 글은 이와 같은 의문점들에 답하기 위해 우선 수필과 잡문을 포함한 친일논설, 소설, 시 등의 전모를 살필 수 있는 객관적인 서지사항을 제시하고, 그런 연후에 작품에 명시적, 혹은 암시적으로 드러나는 친일의 논리들을 분석할 것이다. 특히 이 글은 여성작가들의 친일소설에 주목하고자 한다. 이들의 친일소설은 남성작가들의 그것과 내용이나 주제 면에서는 유사하다고 하더라도 형상화하는 방식은 다르다. 이 점에 유념하여 최정희와 장덕조의 친일소설에 드러난 여성성의 전유 양상과 여성의 영역이라 여겨져 온 일상생활을 총동원체제에 맞게 서사화하는 방식에 대해 살펴보고자 한다.

2. 여성작가들의 친일 담론에 대한 서지적 고찰

盧天命
시 「婦人勤勞隊」(每日新報, 1942. 3. 4) 수필 「職業女性과 趣味」(新時代, 1943. 3)

때문이며, 『삼천리』지 기자로서 여성문인들을 계속 지면에 등장시키면서 스스로 일종의 여성문단의 권력이 되었던 측면도 있다고 보았다.
이상경, 「식민지에서의 여성과 민족의 문제─일제 파시즘하의 최정희와 임순득」, 『실천문학』 69호, 실천문학사, 2003년 봄, 60면.

단상「나의 新生活 計劃」(매일신보, 1942. 2. 3)
단상「時局과 銷夏法」(매일신보, 1941. 7. 8)
문인들과 함께「님의 부르심을 받들고서」(매일신보, 1943. 8. 5) 중 시 발표
시「出征하는 동생에게」(매일신보, 1943. 11. 10)
시「싱가포울 陷落」(매일신보, 1942. 2. 19)
시「노래하자 이날을」(春秋, 1942. 3)
시「勝戰의 날」(朝光, 1942. 3)
시「鎮魂歌」(매일신보, 1942. 2. 28)
시「흰 비둘기를 날려라」(매일신보, 1942. 12. 8)
시「神翼」(매일신보, 1944. 12. 6)
시「滿洲文學代表 오영 女史에게」(春秋, 1942. 12)
참관기(잡문)「女人鍊成-함남여자훈련소 參觀記」(國民文學, 1943. 6)

毛允淑

시「東方의 女人들」(新時代, 1942. 1)
시「어린 날개」(新時代, 1943. 12)
시「호산나, 소남도」(매일신보, 1942. 2. 21)
시「白衣勇士」(新時代, 1941.6)
논설「讀書와 敎養美」(매일신보, 1940. 8. 1)
논설「新生活運動과 娛樂趣味의 淨化」(매일신보, 1940. 9. 10)
논설「創造的인 生活」(매일신보, 1940. 9. 17)
시「海軍特別攻擊隊의 어머니에게 바치는 詩篇-어머니의 힘」(매일신보, 1942. 3. 9)
시「아가야 너는」(매일신보, 1943. 5)
시「내 어머니 한 말씀에」(매일신보, 1943. 11. 12)
시「오시지 않았는데」(新時代, 1943. 12)
시「新年頌」(매일신보, 1945. 1. 3)
「『國民文學』지 설문에 답한 단문」(國民文學, 1942. 5)
논설「女性도 戰士다」(大東亞, 1942. 5)
논설「태양 아래 빛나는 몸」(三千里, 1940. 12)

崔貞熙

소설「薔薇의 집」(大東亞, 1942 .7)
소설「野菊草」(國民文學, 1942. 11)
소설「밤차」(家庭之友, 1940. 4)
꽁트「2월 15일의 밤」(新時代, 1942. 4)
일어 수필「어머니의 마음」(國民新報, 1939. 5. 14)
일어 수필「친애하는 내지 작가에게」(일본조선판, 1940. 8)
일어 수필「作家島木健作」(大東亞, 1942. 5)
수필「꿈은 南域으로」(大東亞, 1942. 5)
수필「圓形」(매일신보, 1942. 1. 3)
수필「東亞의 새 아침」(매일신보, 1942. 2. 21)
산문「시국과 소하법」(매일신보, 1941. 7. 15)
논설「軍國의 어머니」(대동아, 1942. 5)

소설 「幻影 속의 兵士」(國民總力, 1941. 2)
산문 「5월9일」(半島之光, 1942. 7)
산문 「軍國의 어머님들」(半島之光, 1944. 2~1944. 4)
산문 「軍國母性讚」(半島之光, 1944. 6~1944. 7)
소설 「徵用列車」(半島之光, 1945. 2)
「『國民文學』지 설문에 답한 단문」(國民文學, 1942. 5)
소설 「黎明」(野談, 1942. 5)
張 德 祚
방송소설 「蓮花村」, 「雨後晴天」, (『放送小說名作選』, 朝鮮出版社, 1943)
방송소설 「再生」(放送之友, 1944. 2)
방송소설 「銃後의 꽃」, (放送之友, 1945. 1)
수필 「出發하는 날」(매일신보, 1943. 3. 7~1943. 10)
소설 「새로운 群像」(매일신보, 1944. 1. 12~1944. 1. 16)
소설 「行路」(『半島作家短篇集』, 조선도서출판, 1944. 5)
희곡 「노처녀」(朝光, 1944. 2)

위의 서지는 임종국의 『친일문학론』(평화출판사, 1966)과 이선옥의 「여성해방의 기대와 전쟁 동원의 논리-여성의 친일작품과 논설」(『친일문학의 내적 논리』, 역락, 2004) 뒤에 실린 목록, 그리고 『실천문학』(2004, 봄)에 실린 김재용의 「발굴-최정희의 친일작품」을 기본으로 하고, 그 외에 필자가 몇 편을 발견하여 추가한 것이다.

얼핏 보아도 알 수 있는 바와 같이 친일 여성작가들은 시나 소설 외에 일본의 지배논리를 명시적으로 드러내는 논설, 잡문, 수필 등을 두루 발표했다.

우선 모윤숙, 노천명의 친일시들은 '싱가폴 함락'과 같은 시사적 사건을 그대로 시화한 것에서부터 동양 여성의 자질을 부각시키거나 어머니/누이를 시적 화자나 청자로 호명하는 방식을 통해 여성성을 전유하는 경우에 이르기까지 그 유형이 다양하다. 주로 『매일신보(每日新報)』에 발표된 이들의 시들은 서양/동양, 남성/여성 간의 배타적 자질을 적극적으로 활용하고 있으며, 신체제의 논리에 부합하는 '새 날', '아침'과 같은 시어를 자주 사용한다. 장덕조의 수필 「출발하는 날」에도 "막연했던 사람들의 마음속에서 새로운 시대에 대한 결의와 결심, 그리고 새로운 생활을 건설하려는 희구가 차츰차츰 자리를 잡기 시작했다."는 구절이 있다. '새로운 시대'라는 진보적인 시간관념은 일본의 총동원 시기에 긍정적 가치를 부여한다. "부분부분을 뜯어고쳐도 완전해지지 않을 때는 원형을 파괴해서라도 새로운 건설을 단행해야 한다."는 진술에서 알 수 있듯 이와 같은 새로움의 이면에는 '파괴'의 국면이 내포되어 있다. 이 수필은 '파괴'와 '멸사봉공'의 죽음을 국가주의에 복속시킴으로써 파괴 뒤의 신생이란 총동원체제에 걸맞은 국민으로 재탄생하는 것을 일컫는 것이라는 점을 강조한다.

논설이나 잡문의 경우 식민지인의 일상생활을 통제하는 규율원리에 대한 구체적 지침에서부터 노골적인 전쟁옹호론에 이르기까지 주제가 다양하다. 3장에서 구체적으로 분석할 터이지만 여성작가들의 논설 및 잡문은 여성의 역할 및 '여성성'을 총동원체제의 논리에 맞게 재규정하고 있다. 따라서 이처럼 재규정된 여성성은 이들이 어떻게 친일 논리를 자발적으로 내면화했는지를 해명하는 데 중요한 단서가 된다.

또 하나 주목할 만한 것은 장덕조의 경우 이 시기에 국책의 일환으로 조성된 장르인 방송소설4)을 여러 편 발표하였고, 최정희의 「장미의 집」역시 작품 말미에 '방송소설'이라는 문구가 들어있다는 점이다. 남성작

4) 放送小說은 대동아 전쟁 시기에 조선방송협회(JODK) 경성방송국 산하 라디오에서 낭독되었던 방송의 소설판이다. 1938년 이후 일본은 전시동원의 도구로 방송소설을 적극 이용하였다. 따라서 방송소설의 내용은 銃後에 있는 국민들이 갖추어야 할 바람직한 태도나 지향해야 할 인간성을 드러낸 것이 대부분이다. 이는 크게 지원병, 징병, 징용, 근로보국, 저축보국 등과 같이 총동원체제에 협력하는 내용을 담은 것과 황국신민으로서 갖추어야 할 자세나 바람직한 인간상을 그린 것으로 나눌 수 있다. 우리가 확인할 수 있는 일제 하 방송소설 자료로는 단행본으로 묶여 나온 『放送小說名作選』과 1943년에 창간되어 1945년 초까지 발간된 잡지 『放送之友』가 있다.
서재길, 「『방송지우』와 일제 말기 방송소설」, 『민족문학사연구』 22호, 민족문학사학회, 2003 ; 송민경, 「일제 하 방송소설 연구」, 연세대 석사논문, 2003 참고.

가에 비해서는 그 수가 적겠지만 이들이 방송소설을 쓴 이유 역시 밝혀
져야 할 대목이다. 방송소설의 속성은 대중적인 교화를 목적으로 한다.
특히 장덕조와 최정희의 방송소설들은 애국반 활동, 생활개조, 군국의
어머니를 특정 가족이라든가 마을에 한정해 그림으로써 일상생활에까지
침투한 식민화의 논리가 젠더와 관련이 있음을 잘 보여주고 있어 주목을
요한다.

3. 친일의 내적 논리와 여성성의 재규정

모윤숙과 최정희는 태평양전쟁 발발 직후 경성 부민관에서 벌어진 여
성들의 시국강연회(1941. 12. 7)에 문학인 측 대표로 나와 연설을 한다. 그
런데 두 사람의 연설5)은 여성 작가들이 친일을 수용하는 상반된 논리를
보여주고 있어 흥미롭다.6)

모윤숙은 「여성도 전사다」에서 "얌전하고 사양심많고 수집어서 아름
다웠던 우리의 전통이 깨어지게 되었"는데 그 때문에 "반도부인은 산 가
치를 발휘"할 수 있게 되었다고 주장한다. '새 세기'를 창조할 임무가 반
도부인에게 있기 때문이다. 이어서 그는 "전쟁은 새로운 생명의 계단에
오르랴는 한 국민들은 껍질을 버서던지고 새 세계를 창조하려는 과정에
있어서 피치못할 진통"이라며 전쟁의 당위성을 주장한다. 전통의 파괴와

---

5) 두 사람의 연설은 『대동아』 1942년 5월호에 실려 있다.
6) 김재용 역시 이 같은 측면에 주목하고 있다. 필자의 견해 역시 김재용의 견해와 크게 다
　르지 않다. 다만 이와 같은 두 가지 방향이 실은 여성문제를 바라보는 두 시각과 관련이
　있을 뿐만 아니라 오랜 세월동안 남성중심의 이데올로기, 체제가 여성에게 이중적으로 부
　과했던 자질들과도 관련이 있다는 점을 강조하고 싶다.
　김재용, 「여성성과 국가주의의 결합으로서의 친일문학」, 『실천문학』 73호, 실천문학사,
　2004년 봄, 229~230면 참고.

새 세기, 새 세계의 창조라는 논리는 언뜻 진보적이고 혁신적인 세계관에 기초해 있는 듯 보이지만 결과적으로는 일본 중심의 대동아 공영권과 파시즘의 시대를 옹호하는 것으로 귀결되고 만다. 특징적인 것은 이런 새 세기, 새 세계의 주체로 '반도부인'을 위치지음으로써 여성들을 공적 영역으로 소환한다는 점인데, 이 역시 평등을 가장한 동원논리에 불과하다. 아래 예문을 보자.

> 지금은 여자나 아씨나 마님이나 양반이나 상인이나 가문문벌 가릴 것 없이 모두가 대일본제국의 평등한 국민이면 그만입니다. 가문에서 쫓겨나드라도 나라에서 쫓겨나지 않는 안해, 며느리가 됩시다. 전쟁에 나간 남자들을 대신하여 공장이 비었으면 공장으로 회사가 비었으면 회사로 드러가서 일합시다. (…중략…) 오늘 우리의 전쟁에는 한 사람의 잔따크, 한사람의 나이징겔만 가지고는 너머 부족합니다. 여기안진 여러분이 아니 반도 일천이백만이 모두가 오루레안 소녀의 뜨거운 조국애에 울어야겠고, 나이징겔의 뜨거운 여성혼을 담아가지고 전쟁마당에 나가야겠읍니다.

모윤숙은 남성과 동등하게 혹은 남성의 자리를 대신해 여성이 전쟁수행의 주체가 되어야 함을 역설하고 있다. 성차뿐만 아니라 가문문벌로 지칭되는 전근대적인 가부장적 질서도 부정의 대상이 되는데, 그 이유는 여성이 '대일본 제국의 평등한 국민'의 일원이 되면 그만이기 때문이다. 이때의 평등은 모두가 균질적으로 국민의 일원으로 봉사해야 한다는 원리를 내포한 것으로서 표면적으로는 평등을 내세우지만 이면적으로는 식민지인 됨에 자발적으로 복속하라는 전언을 담고 있다. 한 명의 애국자가 아니라 반도인 전부가 여성혼을 지녀야 한다는 것 역시 총동원체제의 논리와 동일하다.

반면 최정희는 여성이 남성의 자리를 대신하는 것이 아니라 여성 고유의 영역 — 아내이자 어머니 — 을 지킴으로써 전쟁에 기여할 수 있다고 주장한다. 그녀가 생각하는 고유의 영역이란 모성성의 자질로 압축되며, 이것이 일본이 여성에게 부과했던 식민통치 이데올로기인 '군국의 어머니'와 합치하게 되는 것이다.

최정희가 친일의 논리를 풀어나가는 글쓰기 방식 역시 모윤숙과 다른 지점에서 출발한다. 그녀는 글의 앞에 개인적 체험을 서술하고, 본인이 강해지려는 이유가 '제 아이'에게 있다고 고백함으로써 청자의 공감을 끌어내려 한다. 모윤숙이 여성은 공적 영역에서 남성과 동등하게 헌신해야 함을 강한 어조로 말하고 있는데 반해 최정희는 자신의 개인적 체험을 먼저 드러내고 이를 일반화하는 방식을 택한다.

> 우리는 모든 것을 다 잊어버리고 귀하고도 높은 오직 우리의 아들들의 뜻을 받드는 어머니가 되십시다. 그래야만 우리도 남과 같은 여자 구실을 할 것이요, 그래야만 우리도 남과 같은 어머니의 구실을 할 것입니다. (…중략…) 여성은 약하다지만 어머니는 강하다 하지 않습니까.

위 인용문에서 알 수 있듯 최정희는 모성성·여성성의 원리에 기대 친일논리를 전개한다. 이미 여러 연구자들에 의해 지적된 바처럼 최정희는 기존에 자신의 글쓰기를 통해 줄곧 견지했던 여성성의 심화와 동일한 맥락과 논리로 여성이 '군국의 어머니'로 다시 태어나야 함을 역설하고 있는 것이다.

최정희는 위의 글뿐만 아니라 「軍國의 어머님들」, 「軍國母性讚」 등의 산문에서 '군국의 어머니'를 실천하는 일본(내지)의 여성들을 차례로 소개하고 있다. 일종의 인물 열전(列傳)의 형식을 취하고 있는 이 글들에서 일본(내지)의 여성은 '군국의 어머니'로 동질화된다. 그런데 일단 이들의 인생 역정을 전기적으로 풀어쓰는 일종의 '서사적' 양식을 취하고 있다. 열전의 인물들은 일본에서도 주변부에 살고 있는 하층민이며, 어려운 환경에서 자식들을 잘 키워서 근대적 교육까지 받게 하지만 종국에는 전장에 보내는 강인한 어머니들이다. 우리는 여기서 일본의 전시 정책이 여성을 동원하는 과정에서 계층별, 지역별 위계질서를 승인하고, 오히려 이를 공고히 하는 전략을 구사했음을 알 수 있다. 즉 전장에 나간 자식을 잃고도 꿋꿋하게 일상사를 수행하는 이 여성들은 일본 내지에서도 주변인, 하층민으로서 국가의 동원논리에 아무런 비판없이 흡수되고 만다. 그런데 식민지 여성 지식인인 최정희는 이 인물들을 전시에 필요한 여성상으로 또 한 번 비판적 거리 없이 전유한다. 하위주체인 여성은 침묵하고, 자기 식의 언어를 가지지 못했다. 그런데 지식인 여성인 최정희는 하위주체의 말을 대신하기는커녕 국가주의에 포섭된 이 하위주체들을 식민지 여성들이 따라야 할 전범으로 제시함으로써 겹으로 식민지 여성들을 타자화한다.

모윤숙과 최정희의 글들은 당시 여성들이 택했던 친일의 내적 논리를 단적으로 보여준다. 모윤숙은 여성이 전근대적이고 낡은 가치관을 버리고 근대국가—일본의 국민이 되어야 하며, 공적 영역에서 남성의 역할을 수행해야 한다고 보았다. 반면에 최정희는 아들의 뜻을 받드는 어머니라는 전통적인 어머니 노릇을 총동원체제에 맞게 전유하는 차이의 전략을 구사한다. 이들의 논리는 언뜻 보기에는 상반된 것처럼 보이지만 여성(성)을 국가 혹은 공공의 이념에 귀속시킨다는 점에서는 동일하다. 하지만 여성성이란 하나로 정의될 수 없고, 여성의 정체성 역시 다양한 경로를 거쳐 구성된다. 그런 만큼 신여성/구여성, 아내/미혼여성, 욕망하는 여성 등 여성을 구성하는 여러 자질들을 소거한 채 여성성을 모성성으로 단일화하거나 전사형 여성으로 동질화하는 것은 전국민을 총동원체제에 맞게 소환했던 일본의 통치정책과 상동성을 지니는 것이라 할 수 있다. 그런 점에서 모윤숙과 최정희의 내적 논리는 내밀하게 맞닿아 있다.

4. 최정희와 장덕조의 친일소설

최정희는 「幻影 속의 兵士」, 「黎明」, 「野菊草」, 「2월 15일의 밤」(이를 조선어로 다시 쓰고, 내용을 추가한 작품이 「薔薇의 집」이다), 「徵用列車」 등 당시 여성작가들 중에서는 장덕조와 더불어 친일소설을 가장 많이 발표했다. 작품의 인물이나 주제를 얼핏 보더라도 「징용열차」를 제외하고는 젊은 여성이 주인공이며, 이들이 여성 고유의 영역과 자질을 온전히 유지하면서[7] 일본의 지배 논리를 내면화하는 과정을 섬세하게 그리고 있다. 최정희의 친일소설들은 내용이 다소 다르더라도 텍스트 간에 연관성과 주제적 일관성이 유지되고 있다.

먼저 조선적인 것, 나아가 동양적인 것에서 미적 자질을 찾고 서구적인 것에 부정적 의미를 부여하는 동화와 배제의 논리를 들 수 있다. 이와 같은 논리는 「환영 속의 병사」, 「장미의 집」의 이면적 주제라 할 수 있다. 「환영 속의 병사」는 일본인 병사와 조선인 여성 간의 로맨스라는 서사적 구도를 취하면서, 일본인 남성이 조선인 여성과의 관계를 통해 '조선적인 것'에 매혹을 느끼고 동화되어 가는 과정을 그리고 있다. 하지만 심층적인 논리를 따져 보면 그는 조선적인 것에 동화되어 가는 게 아니다. 일본인 남성 야마모토는 조선의 가옥 구조와 조선의 언문이 닮았다고 생각하며, 그 유사성 속에서 조선인 전체를 느낀다. 그는 여기에서 한걸음 더 나아가 "조선의 가옥 구조와 지나의 가옥 구조가 닮았다는 것을 생각하며 지나와 조선과 일본은 아주 오래 전의 神代로부터 연결되어

---

7) 김재용과 이상경은 이미 최정희가 三脈(「天脈」, 「地脈」, 「人脈」) 연작을 통해 여성성에 대한 탐색을 지속적으로 해온 것에 주목하면서 모성의 문제를 중심으로 일본의 지배논리를 내면화시켜가는 일명 군국모성론이 주어진 여성을 인정하는 한에서 이루어진 소극적 행위였다고 지적한다. 필자 역시 이 같은 의견에 동의한다.
   김재용, 앞의 글 ; 이상경, 앞의 글 참고.

있다."는 신념을 편지로 피력한다. '신대'란 말에서 간파할 수 있듯이 이
일본인 남성은 지나-조선-일본의 역사를 일본 중심으로 다시 쓰는 주
체이다. 결국 동양평화-신동아 건설을 목표로 하는 일본정신의 구현이
작품의 숨겨진 주제이며, 이 일본인 남성이 발견한 조선의 언문, 영순이
라는 여성의 미 등은 거기에 도달하기 위한 장치인 것이다.

「장미의 집」은 여성의 애국반 활동을 고취시키고, 전 국민, 전 가정을
군사화하려는 목적을 서사화한 작품이다. 이 작품은 이와 같은 목적을
위해 배제되는 것이 무엇인지, 그리고 그 배제의 논리에 젠더 위계질서
가 어떻게 개입해 있는지를 잘 보여준다. 「장미의 집」의 전반부는 가정
주부로서의 역할을 열성을 다해 자발적으로 수행하는 성례의 일상과 노
동을 상세하게 서술하는 데 할애되어 있다. 이와 같은 서사의 전반부는
집안의 천사 역할을 충실히 수행하는 여성이 어떻게 가정의 확대 격인
국가의 지배논리에도 잘 부응하는지를 보여줌으로써 후반부의 친일과
동화의 논리를 설득력 있게 서술하기 위한 서브플롯으로 기능한다. 성례
는 사적 영역에서 행해지는 여성의 일상적 노동을 자신이 받은 근대 교
육의 지식을 활용해서 합리적으로 해나가며, 동시에 성실하고 여성적인
순종의 미덕을 갖추고 있다. 이 현대여성[8)]의 정반대편에서는 공적인 영
역을 떠도는 불성실하고, 체제에 잠재적 위협이 되는 위험한 여성인 신
여성에 대한 배제의 논리가 작동한다. 이와 같은 배제의 논리는 소설에

---

8) 필자는 다른 글에서 일제 말기에 근대적 여성과 여성성이 전면적으로 재수정되는 과정에
서 등장한 '현대여성'이라는 용어에 내포된 이데올로기를 검토한 바 있다. 현대여성이라
는 개념은 교육받은 여성이면서도 그 지식을 가사를 효율적으로 잘 운용하고 자녀를 양
육하는 데 활용하는 근대적 현모양처를 일컫는다. 집 밖으로 나갔던 여성을 다시 가정성
(domesticity)의 범주로 소환함으로써 전시동원 체제하에서 국가와 전쟁 수행을 위한 2세
의 양육이라는 모성애의 논리를 예비하는 것이다. 그 과정에서 신여성은 자본주의, 그리
고 서구 근대의 부정성을 집약한 물신주의의 화신으로 타자화되었다.
졸고, 「식민주의 담론과 여성주체의 구성」, 『여성문학연구』 3호, 한국여성문학학회, 2000,
268~273면.

서 영세의 친구 남식의 아내와 그 친구들에 대한 남식 자신의 부정적 진
술에서 직접적으로 드러난다.

> 아츰느께 이러나선 식모가 해준밥을 먹군 미용원이다, 백화점이다, 영
> 화관이지. 백화점에 다니며 옷감을 어떻게 떴는지 죽을때까지 입어두 반
> 두 못입을거야. 거둘줄두 모르면서 집이 작다니 마당이 좁다니, 트집이지
> 하인은 두셋씩이라두 모자란다지. 그러구도 신문이나 책을 보람 시간이
> 없다지. 라디오두 시간없어서 못듣는데. 영화관갈시간은 있어두. 이러니
> 이거 견대날 수 있어요. (719면)

위의 예문에서 알 수 있듯 신여성, 혹은 중산층 여성의 사치, 퇴폐, 교
양없음, 거리를 떠도는 욕망하는 여성으로서의 자질을 부정적으로 부각
시킴으로써 역으로 여성의 역할에 충실할 뿐만 아니라 공적 영역에서 활
동한다 하더라도 "무언으로 실행으루 남을 감동시킬" 수 있는 여성적 자
질을 지닌 여성을 옹호하는 것이다. 이처럼 군국주의 체제 속에서 여성
에게 강조되던 애국부인의 역할은 여성의 공적 영역으로의 진출에 대한
환상을 불러일으키지만 실은 기존의 가부장제 하에서 여성에게 강요되
던 가정주부의 역할을 확대한 것에 불과하다.[9]

신여성을 배제하고, 교육받은 현대여성이자 양처현모로서 아이를 낳
고, 양육하고 국가 시책에 동조하는 여성을 포섭하는 배제와 포섭의 원
리는 장덕조의 소설 「행로」에서 좀더 분명히 드러난다. '나'는 여학교를
졸업하자마자 교사인 남편과 결혼하여 7명의 아이 엄마로 살아간다. 반
면 여학교 동창생인 애라는 내지의 상급학교, 전문학교를 나와 여류문인
으로 이름을 떨치고, 대담한 여권론을 주장하지만 지금은 몰락하여 비구
니가 되어 있다. 애라는 한때 "우리 여자들은 자기 자신을 우선으로 살

---

9) 심진경, 「여성작가 친일소설 연구」, 『배달말』 32권, 배달말학회, 2003.

아가지 않으면 안 돼."라고 부르짖을 만큼 서구의 자유주의 여성해방론 이랄지 개인주의에 침윤되었던 인물이다. 이 타락한 신여성, 자신이 낳은 아들를 버릴만큼 모성애가 희박했던 그녀는 아들이 '소년항공병'으로 지원하게 된 것을 계기로 회심하게 된다. 여성에게 가장 중요한 일은 '가정을 잘 지키고 아이들을 훌륭하게 키우는 것'이라는 자각이 그것인데, 이는 신여성이 전통적·전근대적인 여성성으로 회귀하게 되는 과정, 모성의 이름으로 호명되는 과정에 다름 아니다. 또한 자신의 '개인주의, 자유주의'가 '서양식 사상'이었다는 그녀의 자각에는 서구를 적으로 규정하고 배척함으로써 동양의 우월성을 내세웠던 일본의 대동아공영 논리가 스며들어 있다.

서구를 배척하고 전통적인 모성의 원리를 수용한 이 신여성이 구원받고 말 그대로 '다시 태어나'는 갱생, 재생의 의지를 다지는 이유는 "그 아이가 몸 바친 나라를 위해서 다시 태어나는 것을 보여줄 생각" 때문이다. 아이가 아니라 '아이가 몸 바친 나라'를 위해서 헌신하겠다는 논리적 비약은 모성이 국가주의에로 포섭되었음을 반증하는 것이다. 실제로 이 작품은 개심한 애라의 진술을 통해 여성을 전시 체제에 맞게 훈육하는 데 동원되는 동일성의 논리를 논리적 비약을 감행하며 제시하고 있다. "인간이란 마음 속 문제만 해결하면 몸은 어떤 경우에도 자신의 신념대로 나아가는 것이 가능하다고 생각해. 요즘 많이들 말하는 총후봉공(銃後奉公)도 제일선(第一線)의 동(動)에 지지 않는다는 말, 이런 의미 아닐까."라는 애라의 진술은 제일선과 총후, 즉 전방과 후방이 같은 신념을 향해 나아가는 이상 동일하다는 주장을 담고 있다.

최정희의 「장미의 집」, 장덕조의 방송소설 「雨後晴天」, 「蓮花村」은 이른바 '후방소설'[10)의 전형이다. 애국반 활동이라든가 군국의 어머니 역할을 찬양, 강조함으로써 전시에 걸맞은 여성의 역할을 규정하고 있기 때문이다. 장덕조의 소설들은 이와 같은 주제를 미시적인 일상에 대해 재현하는 과정에서 드러낸다. 「우후청천」에서 서사의 주 플롯과는 상관없이 이목을 끄는 것은 부부의 일상에 스며들어 있는 전시적 용어들이다. "세 마리 개와 한 사람의 여인 사이의 전투", "우리편과 적병을 전혀 구별할 수 없는 격렬한 백병전", "긴급한 후속응원부대", "적군은 퇴산"과 같은 어휘들이 곳곳에서 발견된다. 개 한 마리 기르는 일도 떳떳하지 않은 '비상시국'임을 이와 같은 전시적 용어를 통해 암시적으로 드러내는 것이다.

하지만 서사의 본의는 이 부부가 속해있는 애국반의 일원인 단 하나 '내지인 세대', '미나미 부인'이 군국의 어머니로서 지닌 위엄을 강조하는 데 있다.

> 바로 수개월전 히로시 소년의 형 다까시 伍長의 영령을 이 애국반원일동이 경성역두에서 마지하든 감격을 어찌 잊어버리겠읍니까.
>
> 그때 이 몹시 마르고 항상 겸손한 미나미여사의 태연한 자태는 감탄이라보담 오히려 하나의 놀라움이었읍니다.
>
> 그의 조그만몸속 어느곳에 그와같은 용기 그와같은 기품이 감추어져있었든지요
>
> 그는 물론 울지 않았읍니다.
>
> 도모지 자랑스러워보이지도 않았읍니다.
>
> 일부러 지어서하는듯한 표정이라곤 조금도 없었읍니다.
>
> 당연한 일을 당연하게 당한 듯 그는 엄연하게 서있었읍니다.[11]

---

10) 후방소설은 첫째, 애국반의 활동이나 사람들의 일상생활 모습에 시국색을 가미한 것, 둘째, 지원병을 내게 된 가정을 그리거나 지원병이 되라고 결의를 촉구하는 이른바 '군국의 어머니'류로 나누어진다.
   호테이 토시히로, 「일제 말기 일본어 소설 연구」, 서울대 석사논문, 1996, 98~99면.
11) 장덕조, 「우후청천」, 『방송소설명작선』, 조선출판사, 1943, 213~214면.
   앞으로 장덕조의 방송소설은 이 책의 면수를 따른다.

첫아들을 나라에 바쳐 잃고도 이를 당연하게 여기는 담대함은 내지 여
성들의 군국의 어머니상을 다룬 글들에서 흔히 보인다. 그런데 이 소설
은 '놀라운 미담'이 자신의 '애국반'에서 벌어지고 있다는 일상성을 강조
한다. 이는 주체의 반성을 유발한다.

> 자식이거나 짐승이거나 사랑하는 것을 내 옆에 두고 돌봐주고 싶은 것
> 은 인정일 것이다. 그러나 세상에는 — 더군다나 요새같은 소위 결전시에
> 는 이 같은 인정을 격지 않으면 안되는 경우가 얼마든지 있다. 참사랑 —
> 참사랑, 가장 경계해야 할 것은 맹목적인 사랑이다. (217면)

당시 일본의 강제 동원령이 본격화되던 시기에 내지부인에 비해 조선
부인의 맹목적 모성이 비판의 대상이 되었음은 최정희의 「야국초」에서
도 잘 드러난다. 다른 작품들이 이와 같은 조선부인의 잘못된 모성론을 비
판적으로 서술하고 있는 데 비해 이 작품은 맹목적 모성에 대해 직접적으
로 비판하지는 않는다. 대신 아내의 채소 기르기 — 남편의 개 기르기 — 미
나미 부인의 아들 키우기를 차례로 서사에 배치하고 '돌봄'이라는 동일
한 특성을 부여함으로써 남편과 아내의 행위가 미나미 부인에 비한다면
타기해야 할 '맹목적인 사랑'에 불과하다는 점을 강조한다. 참사랑 / 맹목
적인 사랑, 조선인 부인 / 내지 부인이라는 이 이항대립항은 텍스트가 공
공연하게 전달하려는 것과는 또 다른 이면의 진실을 전달하기도 한다.
요컨대 일본이 강조했던 군국의 어머니 논리가 조선의 현실에서는 제대
로 통용되지 않았다는 사실이다. 그렇기에 지식인 여성작가들은 군국의
어머니 류의 이념을 연설로, 논설이나 소설로 계속해서 형상화함으로써
식민지 여성들을 교화하려 했던 것이다.

장덕조의 「蓮花村」 역시 연화촌을 이루는 두 계급의 사람들이 "한집안
식구같이" 구순하게 지내고, "서로 사괴는 태도에 있어서는 조고마한 차

별이나 간격이 없는" 상황임을 강조한다. 이 두 계급의 화합은 식민 본
국과 식민지, 내지인과 조선인 간의 갈등과 차별을 무화하는 동화의 논
리와 상동성을 지닌다. 그런데 작품은 여성들이 총후부인으로서의 역할
에 충실해야만 동화될 수 있다는 논리를 전개한다. 총후부인으로서 귀감
이 되는 영희 어머니는 행색은 초라하나 "조곰도 제 행색을 부끄러워하
는 빛이 없이 겸손하나 굳세였고 온유하면서도 힘이 있"(231면)는 등 고
결한 도덕성을 지닌 여성으로 재현된다. 하지만 다른 사람을 위하여 헌
신하는 그녀의 자질은 애국반 활동을 효과적으로 선전하기 위해 선택된
것이다. 이 같은 점은 그녀가 국민총력연맹(國民總力聯盟)으로부터 상을 받
는 데서도 드러난다.

그런데 그녀 역시 타락과 갱생의 과정을 밟아 온 인물이다. 결혼 후
남편의 구박을 이기지 못해 자살을 결심했으나 나뭇가지에 옷이 걸려 살
아났고, 이후에 마음을 고쳐먹고 새 생활을 하게 됐다는 이야기는 수난
의 일생을 다룬 이야기에서 자주 볼 수 있는 상투적인 스토리 전개와 흡
사하다. 이 상투적인 서사가 국민을 총동원체제에 적합한 인물로 개조하
기 위한 논리로, 비천한 여성이 국가의 영웅으로 재탄생하는 과정을 설
득력있게 보여주기 위한 논리로 전용되고 있다. "그의 입에서 나오는 진
실한 말은 듣는 많은 사람의 생활에 영향을 주었으며 그들의 생활을 교
정하였고 그가 살고 있는 주위는 하로하로 복되게 되여갔다."(239면)와
같은 구절에서 명백히 알 수 있는 바와 같이 평범한 그녀는 영웅으로 재
탄생, 다른 사람들의 생활까지 '교정'한다. 이 '교정'이 바로 제국주의 신
민으로 살아가기 위한 일상적 규율들을 성실하게 수행하는 신민으로 재
탄생하는 과정이기도 하다.

이상에서 살펴본 바와 같이 장덕조의 친일소설들은 공통적으로 애국
반 활동, 총후부인으로서의 역할, 군국의 어머니 역할 등 일제 말기 여성

에게 부과된 역할을 개인의 일상사에 밀착해 노골적으로 설파하였다. 이상경에 따르면 여성들은 경제전의 전사로 호명되어 노동과 내핍을 통해 전쟁을 후방에서 지원하고, 생활을 개선하고 가사노동을 합리화하는 여러 방안들을 모색하는 역할을 부여받는다. 그런데 이 역할들은 이전부터 근대 여성의 교육에서 중요하게 다루어졌기 때문에 당시 여성지식인들이나 작가들에게 별 무리 없이 수용되었을 수도 있다.[12]

   하지만 최정희의 「장미의 집」과 장덕조의 「연화촌」을 보면 이 역시 작가에 따라 조금 다른 맥락에서 수용되었음을 알 수 있다. 「장미의 집」에서 애국반 활동에 열성적인 아내는 가사노동의 합리화를 실천하는 이른바 근대적인 교육의 수혜자이다. 반면에 「연화촌」의 영희 어머니는 구여성에 가깝다. 다시 말해 신여성과 구여성 모두 부지런하고 순종적이라는, 일본의 지배 이념이 요구하는 여성성의 자질을 수행한다는 공통점이 있지만 계층적 기반과 삶의 경로는 각각 다르다. 근대 교육을 받은 지식인 여성이 자발적으로 일본의 논리에 동화되어 가는 것도 문제이겠지만, 하층계급이자 구여성이 일본의 정책에 동조함으로써 중상층 여성들의 귀감이 되는 위치에 오른다는 것도 문제이다. 이는 자칫하면 실제 현실에서 다수를 차지했던 하층계급 구여성들에게 국책에 동조함으로써 우월한 사회적 지위를 획득할 수 있다는 식의 환상을 불러일으킬 수 있기 때문이다.

5. 여성작가 친일 담론의 특징

   지금까지 여성작가들의 친일 담론들을 살펴본 결과 몇 가지 특징을 추

---

12) 이상경, 앞의 글, 221~222면.

출할 수 있다.

첫째, 이들의 친일소설은 식민 본국에서 여성에게 강제했던 역할과 비슷하게, 기존의 여성성의 규정을 벗어나지 않으면서 이를 총동원체제 국가의 동원논리에 맞게 재규정한 여성성을 소설의 핵심주제로 삼고 있다. 여성작가들의 후방소설들은 애국반 활동, 생활개선과 합리화, 아들을 기꺼이 전장에 바치는 군국의 어머니 등을 주로 서사화한다. 기존에 여성의 역할이 전시 체제에 맞게 재규정된 것이다. 남성작가들의 친일소설이 비록 계몽적 언술이긴 하지만 다양한 스펙트럼을 통해 친일의 내적 논리를 공고히 했던 것에 비교한다면 소재나 주제의 폭이 넓지 않다. 이처럼 대조적인 면모를 통해 우리는 일제 말기 여성작가들의 친일소설이 민족이나 국가의 지배 논리에 의해 전유되는 여성성을 재생산함으로써 여성의 위치를 한층 고착시켰음을 확인할 수 있다.

둘째, 여성작가들의 친일소설 및 논설에 작동하는 논리에서 주목할 만한 것은 신여성의 배제, 서구적 가치나 제도의 배제이다. 이 작가들은 이전에 새롭게 여겨졌던 신여성, 서구적인 것 등을 축출한 뒤에 새 시대, 새로운 가치를 내세운다. 여기서 '새로움'은 대동아공영권으로 새롭게 재편된 신질서이다. 하지만 대동아공영론와 같은 거대 담론은 이 여성작가들의 소설에서 직접적으로 드러나지 않는다. 대신 서사의 전면에 배치되는 것은 미시적인 일상이며, 일상을 살아가는 여성들이다. 소설은 이 여성들 중 일부는 이전의 삶을 반성 내지 개심하고, 또 일부는 신질서를 아무런 갈등 없이 수용한다는 이야기를 통해 대동아공영론을 내적으로 추인한다.

셋째, 당시 여성작가들은 일본의 동원논리에 자발적으로 협력했으며, 이는 중심을 향한 이들의 동경이랄지 욕망과 내밀하게 연관되어 있다. 서론에서 잠시 밝힌 바와 같이 모윤숙, 노천명, 최정희의 행적을 보면 이들이 글쓰기 행위뿐만 아니라 조직 가입, 연설회나 강연 참여 등을 통해 적극적인 친일 행위를 했음을 알 수 있다. 이들은 제1기 여성들과는 차별화 된 제2기 여성들로 자신들을 정의한 바 있다. 글을 쓰는 여성 엘리트 집단으로서의 자부심은 당대 남성 지배집단에게 느끼는 상대적 열패감을 상쇄하기 위해서는 어찌됐건 공적인 담론의 장에서 그들과 똑같이 발언할 필요가 있고, 자신들은 그럴 수 있다고 여기면서 비롯된 것이다. 요컨대 이들은 당시 지배적인 남성-문인 집단과 동일성을 확보해야 했고, 그런 방편의 일환으로 남성작가들과 똑같이 조직에 가입해 전쟁을 옹호하는 각종 집회에 참여하고 글을 썼다. 한편 이들은 전 세대 여성작가들 및 같은 세대 여성작가들과 자신을 구별 짓고, 대다수 여성 민중들을 타자화 함으로써 자기 자리를 구축해 갔다. 이른바 동일성과 배제라는 양면적인 전략을 구사한 것이다.

이들이 여성문학사에서 처한 위치는 해방 이후의 행적에서도 드러난다. 이들 중 최정희와 장덕조는 한국전쟁 시기에 종군작가로 활동했으며, 모윤숙과 노천명 역시 공보부 등의 국책 기관에 근무한 경력이 있다. 좀 더 세심한 고증과 분석이 선행되어야겠지만 이들의 문학사적 위상은 작품뿐만 아니라 공적 영역에서의 활동에 의해 좀 더 공고해진 면이 있고, 그것이 우리 문학사에서 여성작가들 간의 위계화, 서열화, 정전에의 수록 여부를 결정짓는 데 영향을 미쳤다는 것은 분명하다.

지금까지 일제 말기는 여성문학사를 논의할 때에도 공백으로 남아있던 시기였다. 일제 말기 친일 여성작가들의 작품 내적·외적 활동이 제대로 밝혀진다면 왜 1930년대에 활동했던 여성작가들의 다양한 목소리가 문학사에서 사라졌는지를 해명하는 데에도 도움이 된다. 요컨대 해방 이후 치열한 각축 끝에 새롭게 재편되었던 문단질서 속에서 살아남은 부류가 이 여성작가들이었고, 이들을 제외한 다른 여성작가들의 활동은 아직도 문학사의 오지로 남겨져 있는 것이다.

일제 말기 남성작가들의 친일소설에 드러난 여성성의 전유 양상

이광수와 채만식의 친일소설을 중심으로

1. 민족과 성별(gender)

일제 말기(1937~1945) 전시체제 하에서 작가들이 친일을 하게 된 배경은 각자 다르다. 채만식처럼 역사적 전망의 상실이 가져온 도저한 허무주의가 친일로 귀착된 경우도 있고, 이광수처럼 우월한 민족의 일원이 됨으로써 오히려 자민족의 열등성을 극복한다는 전도된 논리를 구사한 경우도 있다. 어찌 됐건 이들은 일본의 지배를 '사실의 시대'로 인정하고 내면화했으며, 서구 중심의 근대를 넘어서서 동양이 하나가 되는 '대동아'라는 또 다른 중심의 서사, 동일성의 욕망을 꿈꾸었다. "(태평양전쟁은) 당대 지식인들을, 오랫동안 주눅 들었던 서구주의에 대한 전면적 반동과 그 일탈의 달콤한 환상으로 매혹"하면서 왜곡된 열광으로 이끌었던 것이다.[1]

왜곡된 열광의 이면에는 동양이 하나가 되는, 영원한 이류에서 벗어나 새로운 체제의 '국민'으로 편입될 수 있다는 동일성의 욕망이 깔려 있다. 동일성의 욕망에 기초한 중심의 서사는 내지인과 식민지인 모두의 일상을 병영화하는 전시체제가 공고해지면서 남성중심적인 서사체계로 단일화되기에 이르렀다. 그 과정에서 근대적 여성과 여성성은 전면적으로 재수정되었다.2) 생물학은 운명이라는 말이 있다. 일본을 포함해 파시즘 체제하에서 '전쟁이 남성의 것이라면, 어머니다움은 여자의 것이다'와 같은 구태의연한 여성관은 비단 남성중심적 세계관을 확인하는 데 그치지 않는다. 여성의 생물학적 운명의 배경에는 민족의 생물학적 운명이 놓여 있다. 왜냐하면 가족이 민족과 국가의 근간이라고 전제하기 때문이다.3) 여성은 민족을 재생산하는 존재다. 이런 이유로 해서 파시즘은 어머니와 아내라는 여성에 대한 전통적이고 본질주의적인 이미지를 재생산할 뿐만 아니라 민족을 위해 싸우는 투사라는 남성적인 여성의 이미지를 창조해 낸다.4) 설혹 남성적인 병사─여성의 이미지가 총동원체제와 같은 특정 시기에 강조된다 하더라도 전통적인 여성의 영역을 침범하지는 않는

---

1) 최원식, 「한국 문학의 근대성을 다시 생각한다」, 『민족문학과 근대성』, 문학과지성사, 1995, 57면.
2) 재수정 작업은 전근대적인 봉건성의 강화, 모성성의 강조와 같이 '억압된 것의 귀환'이라는 형태로 이루어졌다. 『여성』, 『신여성』과 같은 여성관련 잡지, 『매일신보』같은 친일신문은 근대적 교육을 받은 신여성을 자본주의 근대의 부정성을 집약한 물신주의의 화신으로 타자화했다. 이 시기에 새로 등장한 '현대여성'이라는 개념은 교육받은 여성이면서도 그 지식을 가사를 효율적으로 잘 운용하고, 자녀를 양육하는데 활용하는 근대적 현모양처에 가깝다. 집밖으로 나갔던 여성을 다시 가정성(domesticity)의 범주로 소환함으로써 다가올 전시 동원 체제하에서 국가와 전쟁 수행을 위한 이세의 양육이라는 모성애의 논리를 예비하는 것이다.
졸고, 「식민주의 담론과 여성주체의 구성」, 『여성문학연구』 3호, 한국여성문학학회, 2000, 268~273면.
3) 우에노 치즈코에 따르면 국가주의 이데올로기는 가족을 국가라는 공동체의 척도로 삼음으로써 국가도 자연적이며 본래적인 조직이라고 믿게 한다. 여성의 본분은 국가주의의 근본인 '가족'을 지키는 것이다. 여성─가족─국가를 단일한 유기체로 보는 발상은 여기서 나온다. 우에노 치즈코, 이선이 역, 『내셔널리즘과 젠더』, 박종철출판사, 1999, 47~48면.
4) 마크 네오클레우스, 정준영 옮김, 『파시즘』, 이후, 2002, 177~180면.

다. 오히려 위협적인 여성은 국가 / 민족의 그늘에 들어오길 거부하고 자기 욕망을 좇는 개인이었다.

일제 말기 남성작가들의 친일 작품에서 여성성이 어떻게 활용되었는가를 살펴보는 것이 이 글의 궁극적인 목적이다. 필자는 이 문제를 민족과 젠더의 역학관계라는 틀 속에서 조망해 보려 한다. 민족 담론이나 제국주의 식민 담론에서 여성은 젠더로서의 정체성을 지니지 못한 채 민족이나 국가, 계급의 상징 내지 비유로 전용되는 경우가 허다하다. 우리 근·현대사에서도 민족과 성별은 식민지 현실이라는 우리의 특수한 근대의 성격을 예리하게 보여주는 두 축으로 기능해 왔다. 민족주의 담론은 성별 분리 체계를 교묘하게 활용하면서 그 정당성을 입증하는 방식을 취했다. 지금까지 여성은 잃어버린 민족을 상징하는 존재로, 국가로 표상되는 자기동일성이 상실되기 전의 완전함을 상징하는 존재로, 부재 혹은 결락된 존재인 아버지─국가를 대신해 생존의 서사를 쓰고, 미래를 책임지는 존재로 다양하게 형상화되어 왔다. 여성은 현실의 장에서 살아 움직이는 구체적 존재이면서도 근대(성)의 바깥에서 근대성=남성성의 위기나 모순을 상상적으로 해결할 노스탤지어로서 존재해 온 것이다.

문명 / 야만, 우월 / 열등, 이성 / 감성, 주체 / 객체라는 이항대립적인 근대의 사유체계는 식민지인을 타자화하는 제국주의 식민 담론에서 남성 / 여성이라는 성별화된 이항대립항을 적절히 활용하면서 전개된다. 제국주의 식민 담론은 한편으로는 야만적이지만 매혹적인 미지의 영역, 개척과 개조의 대상인 식민지를 여성적인 자질과 동일시하며, 다른 한편으로는 제국주의 전쟁을 수행하기 위한 핵 단위인 가족을 책임지는 존재로서 여성을 '국민'의 자리로 호명한다.

친일문학이 자신의 내적 논리를 세우기 위해 여성(성)을 전용하는 방식은 후자에 가깝다. 전시 체제와 관련해 여성을 효율적으로 통제하려는 의도가 노골적으로 드러나기 시작한 시기는 대략 1939년부터이다. 전시 (戰時), 신체제, 내선일체와 같은 제국주의 식민 담론5)이 주를 이루면서 일상적인 삶의 국면들도 제국주의 전쟁을 원활하게 수행하기 위한 방식 으로 재편된다. 여성은 전쟁에 동원된 남성을 위한 안식처인 가정을 지 키고, 미래 전쟁에 동원될 자녀를 양육하는 기능을 부여받으면서 제2의 성으로 타자화된다. '병사를 출산'하고, '경제전의 전사'로서 활약하는 여성은 군국주의의 전투적 담론으로 정의되는 동시에, '후방 / 집안의 여 성'이라는 성별 역할 분업 체계에 여전히 포획되는 것이다.

전국민의 병사화에 소환되는 일차적인 대상은 남성이지만, 이 남성은 자기동일성의 욕망을 여성에게 투사함으로써 여성을 이중적으로 타자화 한다. 이 과정에서 여성(성)은 기존 체제를 확인해 줄 기제로, 남성성의 위기를 극복할 대안으로 항상 양가적으로 작용해 왔다. 결국 여성은 고 정된 생물학적 실체가 아니라 사회 역사적 변화에 따라 끊임없이 변화하 는 유동적 실체인 셈이다. 그런 다중적 여성 주체의 이면에는 위기에 처 한 남성의 불안이 잔영처럼 드리워져 있다. 식민성은 항시 '타자화'의 문 제를 수반한다. 제국주의 담론에 의해 타자화된 주체는 자신의 타자성을 극복하고, 주체의 자명함을 증명하기 위해 또 다른 희생양을 필요로 한 다. 식민지 남성은 여성을 타자화함으로써 제국주의－식민 관계에서 상실 된 자기정체성을 회복하려 한다. 이 과정에서 식민지 여성은 민족적·성 적으로 이중의 식민화 상태에 놓이게 되는 것이다.6)

---

5) 고모리 요이치는 식민주의적 담론(colonial discourse)은 세계를 문명과 야만, 정복자와 현지 인, 식민자와 비식민자, 주인과 노예, 선진과 후진, 진보와 정체, 중심과 주변, 진짜와 가짜 등으로 양분하고, 그러한 일련의 이항 대립주의적 쌍 개념을 참과 거짓, 성과 속, 선과 악 이라는 초월적 이항(二項)을 정점으로 하는 위계 질서 안에 봉인하는 언어 시스템이라고 말한다. 이 글에서 필자가 쓰는 제국주의 식민 담론 역시 이 틀을 크게 벗어나지 않는다. 고모리 요이치, 송태욱 옮김, 『포스트 콜로니얼』, 삼인, 2002, 9~10면.
6) 식민지 여성이 처한 이중의 식민화 상태에 대해서는 최정무, 「한국의 민족주의와 성(차)별

필자는 제국주의 식민 담론이 여성(성)을 전유하는 방식이 친일소설의 내적 논리와 긴밀하게 연관되어 있다고 본다. 친일소설의 내적 논리, 궁극적으로 작가들의 내적 논리를 해명하기 위해 작품에서 여성(성)이 어떻게 구현되는지를 크게 두 가지 유형으로 나눠 살펴볼 것이다. 첫 번째 유형은 내선일체를 정당화하기 위해 남녀의 이합(離合)이라는 오래된 공식을 활용하는 사랑의 서사이고, 두 번째 유형은 여성수난사7)를 친일의 논리에 맞게 재구성한 경우이다. 흥미로운 것은 이 두 가지 유형은 해당 작가들의 작품세계에서 지속적인 측면으로 작용했던 것이기에 그다지 새로울 것이 없다는 점이다. 낡은 이야기의 틀에다 시국에 맞게 이데올로기적 요소를 가미한 데 불과하다. 그렇다면 왜 낯익은 이야기는 귀환하는가. 그리고 그 이야기의 귀환은 왜 이데올로기적 정당성 여부를 떠나 작품의 성취도 면에서 성공적이지 못한가.

2. 변형된 사랑의 서사, 내선일체의 소설화

내선일체는 조선이 그 특징을 전면 해소한 채 천황 중심의 가족국가적

구조」, 일레인 김·최정무 편, 박은미 옮김, 『위험한 여성』, 삼인, 2001, 30면을 참고하였다.
7) 권명아는 '여성수난사 이야기'가 이민족에게 빼앗기고 짓밟힌 민족 이야기를 수난당하는 여성들의 이야기로 구성하는 방식이라고 정의한다. 이처럼 역사를 성적인 것으로 의미화하는 것을 역사의 성화(性化)를 통해 수난사로서의 근대사를 성화(聖化)하려는 파시즘적 국가주의의 정치학으로 파악한다. 그는 더 나아가 대항적 민족주의에서도 수난자로서의 민족(민중)을 형상화할 때 동일한 표상 방식을 사용한다고 주장한다.
권명아, 「수난사 이야기로 다시 만들어진 민족 이야기」, 김철·신형기 외, 『문학 속의 파시즘』, 2001, 238~241면.
필자가 서술하는 '여성수난사' 역시 권명아의 논의와 일맥상통한다. 하지만 파시즘적 국가주의와 대항적 민족주의가 구조적으로 동일한 여성수난사 이야기를 사용하고 젠더정치학의 측면에서 동일한 남성적 환상에 기초해 있다는 주장과는 거리를 취하고자 한다. 이에 대한 자세한 논의는 이 책의 「식민 시대 민족의 자기 구성 방식과 여성」, 「탈근대·탈민족 담론과 페미니즘문학 연구」를 참고할 것.

형태 속으로 융합해 들어감으로써 형성되는 '일체'의 논리이다. 이광수는 '식민지의 토인(土人)'으로서가 아니라 "폐하의 적자로서, 평등한 국민의 일원으로서 일본을 사랑하고 일본을 조국으로 하는" 내선일체를 꿈꾸었다. 이광수의 내선일체론은 '토인'으로서의 '식민성'을 넘어서서 스스로 제국주의의 주체가 될 수 있다는 환상을 통해 피해자 의식을 넘어서려 했던 시도라 할 수 있다.[8]

이 같은 주체 회복의 환상은 이른바 '일선통혼(日鮮通婚)'이라는 논리로 나타난다. 결혼을 하여 정이 통하고, 피를 섞음으로써 하나가 된다는 '순진한' 주체 세우기의 발상은 『진정 마음이 만나서야말로』(녹기, 1940. 3~1940. 7), 『그들의 사랑』(신시대, 1941. 1~1941. 3), 『봄의 노래』(신시대, 1941. 9~1942. 7)와 같은 미완의 장편소설들에서 지속적으로 나타난다. 무엇보다도 이 장편소설들은 모두 끝을 맺지 못한, 소설로서의 완결성이 결여된 작품들이다. 우리는 여기서 작가가 일련의 장편소설들에서 일관되게 추구했던 노선이 '계몽의 이데올로기'를 대단히 낭만적이고 대중적인 '사랑의 서사'와 결합하는 것이었음을 떠올릴 수 있다. 『무정』에서 『흙』, 『재생』, 『사랑』 등에 이르기까지 작품들은 민족의 계몽, 보편적 휴머니즘의 회복 등을 남녀 간의 애정 갈등에 담아 설파하면서, 남성은 계몽 이데올로기의 담지자, 우월한 교사 혹은 아버지로, 여성은 수혜자, 열등한 학생으로 뚜렷한 성별 위계를 설정했다. 친일소설들은 내지인과 조선인이 '황국의 신민'으로서 하나가 되어야 한다는 또 다른 계몽의 이데올로기를 담아야 하는데, 문제는 이전 작품들과는 달리 성별 위계질서에 민족의 항이 끼어들면서 위계질서가 전도되고, 이로 인해 서사에 균열이 생기게 된다는 것이다. 시작은 있으되 끝이 없는 불구성은 이로 인해 발생한다.

---

8) 이경훈, 『이광수의 친일문학 연구』, 태학사, 1998, 34면.

세 작품은 공통적으로 젊은 남녀의 사랑이라는 이야기 구도에 내선일체라는 주제를 담고 있다. 『진정 마음이 만나서야말로』에서 타케오-석란, 충식-후미에, 『그들의 사랑』에서 원구-미찌꼬는 공통적으로 혈통(민족)이 다른 젊은이들의 사랑을 이해 못하는 부모세대로 인해 혼사장애를 겪는다. 『진정 마음이 만나서야말로』에서 내지 남성-조선 여성 간의 사랑은 결국 성취된다. 일본 젊은이가 그간의 편견을 극복하고, 남성들끼리는 형제애를, 여성들끼리는 자매애를 획득한다는 이 낙관성은 제국주의 주체에게 인정받고 싶어 하는 피식민지인의 내적 열망에서 기인한다.

작가는 스스로 제국주의 주체-남성의 눈이 되어 피식민지인-여성을 바라본다. 타케오의 눈에 비친 석란은 처음에는 '조선풍', '조선옷', '조선인 여자'로 기호화되지만, 교류가 차츰 깊어질수록 '조선인적인 것'을 찾아보기 힘든 "일본여성보다도 더욱 완고"한 이상적인 타입의 여성으로 바뀐다. 석란은 일본어를 능숙하게 할뿐만 아니라 아버지를 따라 지나와 동경에 다녀온 경력이 있다. 단아한 아름다움과 사랑하는 사람에 대한 정과 의리, 일본어·중국어를 능숙하게 구사하는 지적 자질을 지닌 그녀는 열등한 조선인이 아니라 국가의 경계를 초월한, 제국의 논리를 전파하기에 적합한 인물이다. 충식-후미에의 경우 타케오의 편지를 통해 "일본의 한 여성이 진심으로 군을 믿고 또 사랑하고 있다는 사실만으로도 내선일체를 위해 깊고 깊은 의의가 있는" 것으로 그 공공적 목적이 공공연하게 설파된다. 이 넷은 전장에서 다시 만난다. 전쟁 시기 기혼여성들에게는 후방에서 전시동원을 위한 2세를 양육하는 모성의 역할이 강조되었던 데 반해, 이 젊은 여성들은 간호부를 지원해 전방에 파견된다.

전방은 구세대의 제약을 벗어나 내지 남성과 조선인 여성 간의 결합이 이루어지는 공간이다. 여기서 작가는 절묘하게 민족과 성별의 비대칭적 위계를 활용하고 있다. 타케오는 제국주의 전쟁의 수행자로서 신체의 훼손에도 불구하고 끝까지 자신의 임무를 다해 '신군(神軍)'이 되고자 한다. 그런데 그는 민족적·성적으로 우월한 위치에 있지만, 신체적으로는 '눈이 먼' 열등한 자질을 지녔다. 내지 남성이 자신의 임무를 완수하기 위해서는 민족적으로 열등한 위치에 있는 피식민지 여성의 도움이 필요하다. 석란이 타케오의 '지팡이'됨을 자처해 선무공작을 도우러 나서는 것은 충식의 입을 빌어 "마음을 허락한 사람을 위해 순(殉)하는 것이 여자의 길"이며, '춘향사상'이라고 표현된다. 이 여자의 길은 곧 조선민중의 길로 확장되는데, 춘원이 내선일체의 전제조건으로 강조하는 '성(誠)'의 마음과도 통한다. 새로운 조국에 대한 성의 마음, 이성보다는 정이 인생의 지배자라는 생각, 그리고 그것이 애국심의 기초라는 생각은 이 작품의 제목과도 통해있는 것으로 서구의 이성중심주의에 대한 반발인 동시에 동양의 성정을 우위에 두는 발상이라 할 수 있다.

석란의 형상화에는 파시즘에서 여성을 동원하는 두 가지 방식이 다 투영되어 있다. '마음을 허락한 사람을 위해' 순종하는 아내, 다친 이를 보살피고 치유하는 어머니의 모습과 함께 남자를 도와 적진에서 선무공작을 보조하는 병사—여성의 모습이 같이 있는 것이다. 이질적인 듯한 두 가지 모습은 국가—아버지의 이름으로 호명된 여성의 주체 구성 방식을 보여준다는 점에서 서로 통하는 바가 있다.

조선 남성과 내지 여성 간의 사랑을 다룬 『그들의 사랑』은 본격적인 사랑을 기술하기도 전에 중도에 그치고 만다. 이 작품에서도 내지와 조선 남성 간의 형제애와 남녀 간의 사랑은 내선일체를 정당화하는 정서적 기저가 된다. 상류계층의 내지인 / 가난한 조선인, 주인댁 아가씨 / 그 집에 부쳐서 사는 서생이라는 구도는 '고아의식'에 들려 있던 작가의 이전 작품들에서 반복되어 나타나는 모티프였다. 『그들의 사랑』에서 원구는 『흙』의 허숭처럼 계층적으로 열등한 위치에 있을 뿐만 아니라, 물리적으로 부재한 아버지를 대신해 정신적 아버지를 찾는다. 이 정신적 아버지의 집에 기식하던 원구는 일본인의 눈으로 우리 민족을 타자화한다. 이 점은 방학을 맞이해서 귀향해서 농촌현실을 바라보는 원구의 시각에서 단적으로 드러난다. 딸자식을 팔아 '한 밑천' 잡으려는 미개한 가부장적 남성들과 지각없이 도시 바람이 단단히 든 처녀들. 원구는 이들을 연민하지도, 『흙』의 허숭처럼 계몽의 대상으로 바라보지도 않는다. 다만 도저히 타개 못할 현실의 논리로 수긍하고, 도시 / 일본의 부르주아 가족과 상반되는 열등한 조선인으로 대상화할 뿐이다. 그런데 도시 / 일본 부르주아 가족의 예법 및 일상사에 대한 동경과 찬양은 작가의 창작 의도와는 다르게 역설적이게도 가정마저 상하 위계질서에 기반을 둔 규율의 장으로 삼고, 준전시체제로 끌어들였음을 폭로한다.

일본인 가정에 기숙하는 원구는 성(誠)을 다해 그들의 습속에 동화되려 한다. 내가 조선의 문인을 대표하는 지도자라는 춘원의 의식은 내가 조선인을 대표하므로 흠 잡힐 짓을 해서는 안 된다는 원구의 의식으로 전이된다. 하지만 내선일체는 그것만으로 완성되지 않는다. 둘이 다르지 않다는 보편적 동일성의 확인으로는 부족하다. 내선일체의 논리는 표층적으로는 조선과 내지의 일대일 결합이지만, 심층적으로는 강자가 약자를 흡수 통합해야 한다는 것이다. 약자인 원구는 "천황께 모든 것을 바치옵는다는 충의의 감정"을 증명하기 위해서 광주 학생운동이나 그릇된 민족주의 관념마저 부정해야 한다. 내가 조선인을 대표한다는 나르시시즘적인 주인의식과 "일본이 내 조국"이라는 주체의 자기정체성 부정 사이에서 서사는 표류한다. 작품이 미완으로 끝나고 만 것도 이 같은 모순에서 기인한다.

'돈이냐 사랑이냐'라는 통속적인 멜로드라마의 공식을 변형시킨 '민족이냐 사랑이냐'가 이 작품의 하위 플롯이다. 그런데 이미 일본이 내 조국임을 선언한 상태에서 갈등의 한 축은 사라지고 없다. 그러면 사랑은 손쉽게 이루어질 것 같은데 그마저 여의치 않다. 아무리 원구가 일본이 내 조국이라고 강변한다 하더라도, 조선인이라는 사실은 사랑 성취에 장애요인으로 작용하는 것이다. 그의 나르시시즘적인 주체의식과는 다르게, 그는 민족과 성별 모두에서 자기동일성을 상실한 상태이다. 주체가 인정투쟁을 포기한 상태에서 작품이 더 이상 지속될 까닭이 없는 것이다.

『봄의 노래』 역시 도시꼬-요시오-후미꼬 간의 애정의 삼각관계를 요시오의 군대 지원 및 출정 문제, 후방에서 징병간 남성의 가족을 지원하는 이른바 '총후봉공'의 문제 등과 결합해 그리고 있다. 흥미롭게도 이 애정의 삼각관계는 『흙』에서 윤참판의 딸 정선-허숭-유순의 관계와 대단히 흡사하다. 성별과 지적능력 면에서는 우월하지만 계층적으로 낮은 남성을 가운데 두고 정신적·육체적으로 이상적인 미를 갖춘 가난한 여성, 타락한 부잣집 여성이 벌이는 애정 갈등이라는 구도를 이 작품 역시 취하고 있다.

요시오(경직)가 입대하기 전 이야기의 축을 이루는 것은 요시오와 후미꼬 간의 결혼담이다. 이 전반부에서 친일적 색채는 결혼식 장면에서 두드러지게 나타난다. 결혼식 날 결혼행진곡 대신 애국행진곡을 치고, 주례사에서 "아들딸 많이 낳아 길러서 천황폐하께 바치고 직역봉공을 잘 하시오. 이렇게 기쁜 혼인례식을 할 수 있는 것도 다 천황폐하의 넓으신 은혜 까닭이오."라고 한 데서 이 신식 결혼식의 새로움이 곧 천황을 정점으로 한 일본적인 것과 동일한 것임을 알 수 있다. 작품 후반부 요시오의 훈련소 생활은 그가 예의, 청결, 정돈 등 일본식 규율을 내면화하고, 전쟁기계로 거듭나는 과정을 다루고 있다. '황군의 아들'인 그는 아내나 집안일과 관련된 사사로운 욕망을 제어하는 절제력 있는 인간이다. 반면 후미꼬는 군국주의 규율원리에 따라 거듭나는 요시오와는 대척점에 서 있다. 후미꼬는 남의 애를 밴 친정으로 도망간다. 무절제한 열정의 소유자인 그녀는 악이며, 비정상이며, 열등한 존재로서 국가주의 전략에서 벗어난 아웃사이더로 규정된다. 그녀는 출정나간 요시오의 집안일을 도와 '총후국민'의 역할을 충실히 수행하는 도시꼬와도 대비된다. 이광수는 「징병과 여성」(신시대, 1942. 6)에서 "군인의 안해 특히 전쟁 중의 군인의 안해는 남편을 전장에 보내고 혼자서 집을 지킬 각오", "제 손으로 밥을 벌어먹고 자식도 길러야 되게" 될 각오를 해야 한다고 말한 바 있다. 총동원체제 하에서 현모양처의 자질은 한층 강화된 것이다. 여기서 우리는 요시오와 후미꼬를 통해 이성적 남성과 감정적 여성이라는 가치판단이 내재한 이항대립이, 후미꼬와 도시꼬를 통해서는 유혹하는 여성과 순종적인 여성이라는 여성을 둘러싼 선악의 이항대립항이 '황민화' 논리에 의해 재각색 됨을 확인할 수 있다.

  이른바 '일선통혼'을 통해 내선일체를 정당화하려는 시도는 이광수 소설의 지속적 측면인 남녀 간의 사랑이라는 낭만적 방식으로 서사화된다. 하지만 '조국은 하나=일본'이라는 내선일체의 논리, 공적 주제는 개인의 자율적 선택에 기반을 둔 사랑의 성취라는 사적, 근대적 주제를 계속해서 배반한다. 피식민지 남성 혹은 여성으로서 제국주의 남성 혹은 여성과 결합하려는 욕망은 계층적, 성적 비대칭성으로 인해 좌절된다. 변형된 사랑의 서사는 제국주의 대주체에게 인정받으려는 피식민지인의 인정투쟁을 극적으로 상징하는 데 그치고 마는 것이다.

3. 제국주의 모성론의 소설화

「시대를 배경하는 문학」에서 "신체제하의 조선문학의 진로는 그리하여 신체제에 순응하는 방향이 있을 따름"이고 그 논리적 전거로 "그 당시 시대에 대하여 순응하는 문학이라야 참다운 살아있는 문학"임을 들었던 채만식. 「상경반절기」, 「선량하고 싶던 날」, 「차중에서」 등의 작품에서 '너절한 백성' 한국인이 지닌 전근대적 노예의식을 폄하했던 그는 역사적 전망의 상실로 인한 허무주의가 자학적인 친일로 귀착되었던 경우에 해당한다. 자민족에 대한 폄하가 친일의 내적 논리를 형성하는 저층을 형성했다면, 『여인전기(女人戰記)』, 「혈전」은 그가 태평양전쟁에 뛰어든 일본의 군국주의 논리를 전파하는 자가 되길 자처한 작품이다. 특히 장편『여인전기』는 작가의 친일 행위가 단순히 작가 의식의 퇴조뿐만 아니라 작품의 성취도 면에서도 어떤 악영향을 끼치는지를 여실히 보여준다.

채만식의 『여인전기』는 『인형의 집을 나와서』나 『탁류』 등 '여성의 일대기' 양식을 페미니즘적으로 전유하면서도 당대 현실과의 연관성을 놓치지 않았던 작품들과 비교해 봤을 때 퇴행의 징조가 뚜렷하다는 것이 지금까지의 평가이다. 일단 이 작품은 선행작『여자의 일생』9)을 이어 쓴 2부작에 해당되면서, 원작을 친일 논리에 맞게 수정, 보완한 작품이라는 것을 전제로 해야겠다. 여성의 수난이라는 서사구도와 모티프는 선행작 『여자의 일생』 구도를 그대로 가져오고 있다. 진주가 홀시어머니 밑에서 모진 시집살이를 하다 종내 친정으로 쫓겨 오고, 유약한 남편이 진주를 못 잊어 하면서도 강제로 재혼을 하는 데서『여자의 일생』은 끝난다.『여인전기』는 그 진주의 수난을 이어 쓰고 있다. 진주는 상경하여 신여성으로 거듭나고, 남편 준호를 다시 만나 철이와 문주를 낳아 갖은 역경을 이겨내면서 키우고, 종내는 시어머니의 인정을 받는다. 일반적으로 여성수

---

9) 『채만식전집』(창작과비평사, 1987)에 실린 해제에 따르면 이 장편소설은 1943년 3월호부터 10월호까지 연재되다가 중단된 작품이다. 『조광』 연재시의 제명은 『어머니』였으며, 1947년 3월 서울타임스사에서 단행본으로 간행할 때 『여자의 일생』으로 개제되었다.

난사는 여성의 현실이나 경험을 드러내는 데 그치지 않고, 당대 사회 현실이나 이데올로기의 향방을 제시하는 서사적 기제로 사용되기도 한다. 『탁류』에서 초봉의 수난과 몰락은 식민지 자본주의의 파행성이라든가 민족의 몰락을 비유하는 상징이며, 이태준의 『성모』에서 강인한 모성을 추동하고 정당화하는 기제는 민족주의 이데올로기이다. 그렇다면 『여인전기』에서 여성의 수난은 어디에서 기인하는가. 여성이 수난을 이겨내고 강인한 어머니로 재탄생하는 기저에 깔려있는 논리는 무엇인가. 우선 옥동댁(진주)이 여성으로서 당하는 수난은 조선 사회의 뿌리 깊은 봉건적 이데올로기 때문이지 식민지 현실이라든가 반(半)자본주의적 현실로 인해 생겨난 문제는 아니다. 게다가 그녀의 수난은 시어머니와 화해하고 유산을 상속받으면서 상당부분 보상을 받는다. 요컨대 여성수난사의 사회역사적 맥락이 상당부분 사상되면서, 그 결락을 메울 다른 이야기가 등장한다는 것이다. 여인 '전기(傳記)'에 '전기(戰記)'를 덧붙이기가 그것이다.

'전기(戰記)'임을 드러내기 위한 서사적 장치는 첫 번째 소설 서두에 편집자적 논평을 덧붙이기, 두 번째 진주의 가계를 친일적인 것으로 각색하기, 세 번째 아들 철이를 전장에 보낸 강한 어머니 되기이다.

먼저 작품 서두에 있는 아래 예문은 편집자적 서술자의 설명적·교훈적인 목소리가 어떻게 소설의 완성도를 해치면서까지 자신의 이데올로기를 전달하는지를 보여준다.

내지의 어머니들은 이천육백여 년을 두고 한결같이 나라를 위하여 아들네를 전지에 내보내되, 동치 아니하도록 도저한 도야와 훈련과 자각 가운데서 살아 내려왔다. 그런 결과 일본 여성은 사랑하는 아들을 나라에 바쳤으되 조금도 미련겨워하며 슬퍼하는 등 연약한 거동을 함이 없이 가장 늠름하기를 잊지 아니하는 천품이─정신이 잡히기에 이르렀다. 어머니된 정에 노상 어찌 슬픔이 없을 리가 있을꼬마는, 한때 속으로 슬퍼하였

지, 혼자서 암루(暗淚)나 흘리면 흘렸지 일상에 상심하는 얼굴을 지닌다거
나, 항차 남 앞에서 눈물을 보인다거나 하는 법은 전연히 없다.

여러 백 년을 나라와 나라 위할 줄을 모르고 오직 자아본위, 가정본위,
오직 일가족속본위로만 살아온 조선 백성은 따라서 어머니들의 군국에
대한 정신적 준비랄 것이 막상 충분치가 못하였다. 빈약한 편이 많았다.

"나라는 개인보다 중하니라."

"민족의 번영은 언제나 그 민족의 젊은이가 흘린 바 피와 정비례하느니라."

조선 사람의 귀에 이런 외침이 울리기는 바로 최근 몇 해에 비롯된 것
이었다. 학식있고 각성한 사람들은 그 경종을 이성으로써나마 잘 받아들
임으로써 자각화, 감정화하기에 노력을 게을리 아니하였다. 노력은 헛되
지 아니하여 성과에 족히 보암직한 것이, 한목 자랑함직한 것이 있었다.
(310면)

일본(내지)의 어머니와 조선의 어머니를 비교하고 내지인에게 우월성을
부여하는 것,[10] 개인보다 국가를 중시하는 것은 내지 일본과 외지 조선,
남성과 여성 가릴 것 없이 '천황의 신민'으로, 총동원체제의 부속품으로
호명하는 제국주의 식민 담론의 기본 전략이었다. 문학외적 담론과 거의
구별이 가지 않는 예문의 편집자적 논평은 작품 서두에 배치되어 텍스트
의 주제와 향방을 미리 결정지어 버린다. 여성주체의 삶과 경험은 서술

---

10) 일제 말기(1937~1945) 전시체제하의 일본은 여성을 총동원체제에 동원하기 위해서 첫
째 모성의 생물학적 기능인 출산 및 양육 역할을 통해 전시체제에 협력할 것을 강요하
고, 둘째, 가정에서의 자녀양육과 교육의 담당자로서 전시의 정책에 협력할 것과, 셋째
로, 일제의 군국주의와 징병제에 협력하는 '애국적인 어머니' 역할을 강조했다. 1943년
5월부터 징병제가 실시되면서 "나라를 위해서 목숨을 바치게 하는 일이 모두 어머니의
힘"이므로 자식을 키워 국가에 바치는 것이 곧 애국이며, 여성이 국민화되는 길임을 강
조한 이데올로기가 널리 유포되었다. 이와 같은 전시 모성에 대한 무수한 선전과 이데올
로기는 일본이 본토에서 자국의 여성을 동원하는 논리와 흡사하다. 그러나 조선에서는
먼저 무지한 어머니들을 깨우쳐야 하며, 조선의 가정을 근본부터 뜯어고쳐 일본화하고,
조선의 어머니들은 세계에서 가장 훌륭한 일본 어머니들을 본받아야 한다고 주장하였다.
식민종주국은 식민지와 식민지의 여성을 열등한 것으로 이중적으로 타자화한 것이다.
이상은·안태윤, 「일제 말기 전시체제하의 조선여성에 대한 모성 동원」, 『한국여성학회
제16대 추계학술발표 논문집』, 2000을 참고하였다.

자의 수정과 첨삭, 편집을 거치면서 '제국주의 모성론'의 호명대상으로 타자화되는 것이다.

　채만식의 『여인전기』는 제국주의 식민 담론으로 수렴되는 서술자의 단성적인 목소리로 일관한다. 일본인과 조선인, 남성과 여성이라는 민족적·성적 경계, 내지와 외지, 전방과 후방이라는 지리적 경계를 허물고 양 축을 하나로 묶으려는 전략은 『여자의 일생』에서 제시된 주인공 진주의 수난사와 집안 내력이 『여인전기』의 일부로 편입되는 과정에서 의도적인 수정이 이루어진 데서 단적으로 확인된다. 『여자의 일생』에서 진주의 할아버지는 개화당과 동학혁명세력의 일원으로, 아버지 병수는 독립협회의 일원으로 설정되어 있다.[11] 그런데 『여인전기』에서 옥동댁의 할아버지, 임중위의 선친은 개화당으로서 우정국 사건으로 일컬어지는 갑신정변에 참여했던 사람이라는 것까지는 『여자의 일생』과 같으나 동학혁명에 참여하여 항일운동을 폈다는 전작과는 정반대로 일본으로 망명을 해 "일본 조야의 두터운 비호를 받는" 친일적 인물로 수정된다. 아버지 임중위는 일로전쟁과 일청전쟁에 참여한 일본군 장교로 신분이 바뀐다. 그는 "사람은 조선 사람이라도 마음의 나라는 일본"이라고 역설하는가 하면, 작품 후반부에서 밝혀지듯이 일본 여성과 결혼하여 유복자를 남기고 전사한다.

　가족들 역시 일본 여성과의 결혼이나 성장하여 찾아온 일본인 동생을 거부감 없이 받아들인다. 결말에서 내지 사람과 조선 여성 사이의 차이보다는 '핏줄'의 친밀성을 강조하는 것, 혁명가의 후예에서 친일적인 집안으로 변신하는 것 등은 수정과 개작의 의도가 일본과의 동일성을 강조

11) 해방 후 간행된 『여자의 일생』에 덧붙인 작가의 말에 따르면 일제시대에 작품을 연재하다가 총독부의 검열로 인해 부득이하게 중단을 하였다 한다. 만약 작가의 말이 사실이라면 이 진주의 가계가 반일(反日)적, 민족주의적인 것이 검열의 직접적인 사유였을 것으로 추측된다.

하는 내선일체에 있음을 예증한다.

이와 같이 수정된 '가족사'는 민족적, 반일적 색채를 남김없이 소거한 채 이른바 '가족의 기원'을 다시 씀으로써 제국의 체제 속으로 동화시키려는 전략의 일환이라 할 수 있다. 통상 파시즘의 논리가 가족과 국가를 동일시하는 상상력에서 출발했다는 점을 상기한다면 이처럼 가족의 기원에서부터 민족적 정체성을 말소하는 작업은 대단히 위험하다. 일제 말기 채만식의 훼절이 못내 안타까우면서도 심상치 않다는 결론에 도달할 수밖에 없는 것도 바로 이 때문이다.

『여인전기』에서 아들 철이를 전장에 내보낸 옥동댁의 현재는 전장에서 아들이 보내온 편지 내용을 중심으로, 남편을 잃고 남매를 어렵게 키우기까지의 과정은 그녀의 과거 회상, 그것도 사건 중심의 요약 진술로 제시되고 있다. 전장의 상황을 상세하게 기술한 편지는 진주의 과거 수난사와 서사적으로 결합되지 못하면서도 작품의 상당부분을 차지하는데, 이는 후방과 전방을 하나로 묶으려는 의도에서 비롯된 것이다. 종주국 일본과 연루된 가계사, 아버지 임중위가 일본의 '신군'으로 장렬하게 전사하기까지의 과정 역시 필요 이상 상세하게 서술되어 있다. 요컨대 이 작품의 구성은 여성 수난사와 내선일체 및 총후봉공이라는 군국주의 이데올로기로 이원화되어 심각한 결함을 노정하고 있다. 문제는 작품성을 훼손하면서까지 이 이원적 구조를 밀고 나가고, 텍스트로 하여금 말하게 하는 것이 아니라 작가 서술자가 모든 것을 말하는 정황이 제국주의 식민 담론의 정당화로 수렴되었다는데 있다.

이와 같이 제국주의 식민 담론이 '모성'을 활용하는 작품으로는 최정희의 「야국초」, 이무영의 「모(母)」 등이 있다. 실제로 당대를 살았던 여성들이 '여성의 국가화', '가정의 국가화' 전략에 어느 정도 공감하며, 실제 삶과 경험으로 수용했는지는 알 수 없다. 반대로 지식인 남성작가들에 의

해 담론화된 모성은 '오염되지 않은', '불변의' 속성으로 국가=대주체=
남성이 위기에 처했을 때 회귀할, 주체의 위기를 치유해 줄 유일한 수단
으로 여겨졌으며, 그것은 민족주의 담론이든 제국주의 식민 담론이든 별
차이가 없다는 것만큼은 자명하다.

채만식이 『여자의 일생』을 수정해 『여인전기』로 개작할 수 있었던 것,
그 내부에 담긴 이데올로기가 민족주의 담론에서 제국주의 식민 담론으
로 급격하게 선회하게 되었던 배경도 여기에 있다. 제국주의 식민 담론
은 서구 열강과의 전쟁에서 동양이 승리하고, 조선이 제2국민의 열등한
위치에서 벗어가기 위해서는 개인과 가족부터 변해야 한다고 지속적으
로 강제했다. 조선의 식민지 남성들은 이 제국주의 담론을 여과 없이 받
아들여 유포했다. 여기서 모성을 담지한 여성은 일차적 소환대상이 되었
다. 친일 혹은 부일(附日)을 선택해야 할 위기의 순간에 주체는 여성성,
모성성을 통해 타자화의 위기를 벗어나거나, 벗어났다고 여겼던 것이다.

4. 젠더의 관점에서 본 친일문학의 내적 논리

이 글은 친일문학의 계보를 체계적으로 짜거나 숨겨진 사실을 발견하는
데 별다른 기여를 하지 못했다. 그저 친일문학에 대한 대응이 도덕적 비난
과 같은 정서적인 층위에서 한 단계 더 나아가 내적 논리를 찾기 위해서
는 다양한 접근방식이 필요하다는 문제의식의 일단을 드러냈을 뿐이다.

필자는 친일문학의 내적 논리를 섬세하고 정확하게 규명하기 위해서는
젠더의 관점이 선행되어야 한다고 보았다. 이광수와 채만식, 두 작가는 순
진한 주체 세우기의 의도에서든, 패퇴하고 피로한 주체의 반동에서든 친
일 논리를 서사화하는 과정에서 자기동일성 상실의 위기를 비켜가기 위해

여성(성)을 전유하였으며, 결과적으로 그것은 제국주의 식민 담론의 에피고넨에 머무르고 말았다. 가령 채만식이 수필 「몸뻬 시시비비」에서 몸뻬를 '총후의 전사'가 한 '무장(武裝)'으로 보고, 그것을 '새로운 형의 미'로 미학화하는 것, "우리는 대국민이요 문화한 민족이며 대동아의 어른"으로서 건전한 미를 창출해야 한다는 논리는 군국주의 일본이 여성을 미적 대상으로 전유하는 방식을 아무런 자의식없이 이식한 데 불과하다. 호미 바바의 말대로라면 제국주의 중심에 존재한다고 상상된 지배자의 상이라든가 논리를 고지식하게 '흉내(mimicry)'내는데 그쳤을 뿐, 내적 저항의 기미는 보이지 않는다. 게다가 이들은 자신의 작품세계에서 가장 익숙한 이야기의 틀을 빌려와 친일적 색채만 가미하는 소극적 모방의 방식을 취한다.

민족문학의 대표자를 자임한 이광수나 비판적 사실주의의 대가로 문학사의 한 자리를 차지한 채만식이 왜 일제 말기에 이르러 훼절을 감행했을까. 훼절의 지점을 밝히기 위해서는 친일문학 이전의 작품 세계와 해방 후의 작품 세계까지 통사적으로 아우르면서 작가의 무의식을 밝히는 작업이 선행되어야 한다. 가령 채만식의 경우 「상경반절기」에서 조선인의 너절한 종족 근성에 대한 혐오가 아내에게 화풀이하기로 드러나는 지점, 해방 후 「민족의 죄인」에서 '당신은 죄인'이라는 아내의 지적에 '용렬한 지아비'였음을 통렬히 깨닫는 지점. 요컨대 무력한 지아비의 숨은 의식이 무력한 가부장─국가로 전이되면서 그것을 어찌됐건 극복하려는 주체의 분열이 도달한 자리가 친일의 논리는 아니었는지. 그렇다면 그것은 자기 스스로 '강한' 아버지의 상이라는 미망에 갇혀있던 이광수의 내적 논리보다는 훨씬 복잡한 것이다. 두 작가의 친일 작품에 대한 좀더 정치한 분석, 수필이나 논설 등에 내포한 논리와의 연관성 규명은 추후의 과제로 남겨두고자 한다.

일제 말기 국민문학의 존재 양상

이효석의 『녹색 탑』

1. 일제 말기 이효석 소설의 지형

최근 일제 말기[1] 문학에 대한 연구는 연구자들의 입장과 방법론적 차이를 다양하게 노정하면서도 의미심장한 성과를 거두고 있다. 일제 말기는 식민 상황에 대한 저항과 공모가 다양한 양상으로 착종된 시기이자 소위 일본어와 한국어로 동시에 글쓰기 실천을 행한 이중어 글쓰기 문제가 본격적으로 전개되었던 시기이다. 이와 같은 착종과 혼재의 양상을 단적으로 보여주는 작가가 바로 이효석이다. 이효석(李孝石, 1907~1942)은 1930년대 중반 이후 그의 작품세계를 특징지었던 근대적인 것, 이국지향성과는 다소 거리가 있는 작품세계로 선회한다. 「메밀꽃 필 무렵」, 「개살

---

1) 여기서 일제 말기란 1938년 말부터 1945년 해방 전까지를 지칭한다. 김재용에 따르면 1938년 10월 무한 삼진이 함락된 후 조선의 문학인들은 집중적으로 친일 파시즘의 길로 들어섰다. 이 글의 시기 구분은 그의 논의를 참고하였다.
김재용 외, 『친일문학의 내적 논리』, 역락, 2003 참고.

구」, 「산협(山峽)」 등이 토속적인 '향토(鄕土)'를 새로운 재현의 영역으로 끌어들인 작품들이라면, 1940년대에 씌어진 「은은한 빛」, 「소복과 청자 (素服과 靑磁)」, 「봄 의상(衣裳)」, 「엉겅퀴의 장」 등은 '조선적인 것(美)'을 작가의 시선으로 새롭게 '발견'한 작품들이다. 더욱이 후자의 작품들은 식민자의 언어인 일본어로 창작된 것들이기에 더욱 문제적이다. 필자는 이미 다른 글에서 이효석의 일제 말기 소설들이 향토와 이국(異國) 사이, 식민지 민족과 탈민족적인 인류 사이, 토착적인 미(美)와 인공적 미(美) 사이에서 끊임없이 부유하면서 식민자의 불안한 내면을 형상화했다는 점에 주목한 바 있다.2) 이와 같은 점은 가령 「산협」과 앞서 밝힌 일본어 단편 소설들이 거의 같은 시기에 쓰인 점, 장편소설 『화분』(1939)과 『벽공무한 (碧空無限)』(1940), 그리고 일본어 장편소설인 『녹색 탑』(1940)이 비슷하거나 같은 시기에 쓰인 점에서도 확인된다. 요컨대 이효석의 일제 말기 소설들은 조선어와 일본어를 동시에 글쓰기의 도구로 삼았고, 토착적인 세계 내지 지방성과 이국적인 세계 내지 국제성을 재현의 대상으로 삼았을 뿐만 아니라 때에 따라서는 두 세계가 한 작품에서 공존하는 양상을 보이기도 한다.

이 글은 일제 말기 이효석 소설에 나타난 다양한 착종 현상이 식민화와 탈식민화 사이의 경계에 선 작가의 무의식이 투영된 것이라 보고 이를 일본어 장편소설인 『녹색 탑』을 중심으로 살펴보고자 한다. 『녹색 탑』(『국민신보』, 1940. 1. 7~1940. 4. 28)은 지금까지 그 실체가 안 알려진 탓에 작가연구 및 작품연구에서 누락되었다가 최근에 발굴되었다.3) 이 작품은 조

---

2) 졸고, 「이효석 소설에 나타난 식민지 무의식의 한 양상-향토와 조선적인 것의 발견을 중심으로」, 『현대소설연구』 27호, 한국현대소설학회, 2005 참고.
3) 『녹색 탑』과 관련된 자세한 서지사항은 김윤식, 「이효석론 (1)-일어 창작 장편 『초록의 탑』에 대해」, 『일제 말기 한국 작가의 일본어 글쓰기론』, 서울대학교 출판부, 2003에 자세히 나와 있다. 작품 제목과 관련하여 잠시 언급하자면 원 제목의 '綠'을 『이효석전집 4』

선인 남성-일본인 여성-일본인 남성, 일본인 여성-조선인 남성-조
선인 여성 간의 이중적인 삼각관계로 스토리가 전개되는 전형적인 연애
서사의 형식을 취하고 있다. 그런 점에서 이 작품은 당시 내선일체(內鮮一
體)의 일환으로 권장되었던 일선통혼(日鮮通婚)4)의 논리와 연관성이 있다.
또한 이 작품은 식민자의 언어인 일본어로 씌어졌다는 점, '피의 결합'으
로 일컬어지는 이민족 간의 결합을 서사화하고 있다는 점, '한복'으로 대
표되는 전통적 미를 반복적으로 서사화하고 있다는 점에서 여러 모로 문
제적이다. 왜냐하면 비슷한 시기에 창작된 다른 작품들과 동일한 모티프
나 제재 등을 공유하고 있기 때문이다.5) 다시 말해 이 작품은 작품 자체
의 미학이나 소설로서의 완결성을 논의하기에 앞서서 비슷한 시기에 창
작된 이효석의 다른 소설들과의 텍스트 연관성 속에서 서로를 참조틀로
삼아야만 좀 더 내밀한 서사의도를 파악할 수 있다. 그리고 그것은 일제
말기 우리 문학의 쟁점이 되었던 국민문학, 민족문학, 세계문학의 개념
및 양상이 어떻게 한 작가의 내면과 작품에 투영되었는지를 규명하는 데

(창미사, 2003)에서는 '푸른'으로, 김윤식의 글에서는 '초록'으로 번역하였다. 본 작품이나
장편『화분』에서 '녹색'은 이효석이 추구했던 이상적인 미나 새로운 세계 및 질서를 상징
한다는 점에서 '푸른'으로 번역하는 것은 온당하지 않다고 본다. 앞으로 이 책의 작품 인
용은 전문이 번역된『이효석전집 4』의 면수를 따르겠지만, 작품 제목은 원 제목의 의미
를 살리는 취지에서『녹색 탑』으로 할 것이다.
4) 일본과 조선이 "겉모습도, 마음도, 피도, 살도, 모두가 일체"가 되어야 한다는 내선일체
논리에서 결혼을 하여 피를 섞음으로써 하나가 되기를 추구한 일선통혼 혹은 내선결혼은
식민지 동화정책의 귀결점이라 할 수 있다. 일선통혼의 의미에 대해서는 아래의 글을 참
고할 수 있다.
졸고,「친일문학의 내적 논리와 여성(성)의 전유 양상-이광수와 채만식의 친일소설을 중
심으로」,『실천문학』67호, 실천문학사, 2002년 가을 ; 이상경,「일제 말기 소설에 나타난
'내선결혼'의 층위」, 김재용 외,『친일문학의 내적 논리』, 역락, 2003.
5) 가령 거의 같은 시기에 연재된『벽공무한』(『매일신보』,1940. 1. 25~1940. 7. 28, 신문연
재 시 제목은『창공』)과의 유사성을 들 수 있다. 이 두 작품은 조선인 남성과 서구 여성
혹은 일본인 여성 간의 결합을 문제 삼고 있으며, '한복'과 관련된 모티프는 거의 일치한
다. 그런 점에서 이 시기 작가가 왜 이와 같은 제재 및 주제를 택하였는지는 일제 말기
이효석 문학의 향방 및 평가와 관련하여 중요한 사실이 아닐 수 없다.

중요한 단서가 된다.

이 글에서는 『녹색 탑』이 국민문학과 세계문학, 국지성과 보편성 간의 관계에 대해 사유했던 이효석의 문제의식을 어떻게 반영하고 있는지를 살펴보기 위해 먼저 관련 글들을 검토하고, 작품에 드러난 다양한 착종 내지 혼재의 양상에 내포된 의미를 규명할 것이다. 이 글의 문제의식은 궁극적으로 『녹색 탑』과 이효석의 문학론이 당시 '친일' 경향의 작가들이 내세웠던 '국민문학론'과 어떤 점에서 '같으면서도 다른'지를 검토하는 데 있다.

2. 국민문학과 세계문학, 지방성과 보편성

김윤식은 이효석이 1930년대 말부터 1940년대 초까지 일본어 창작과 조선어 창작, 즉 '이중어 글쓰기'를 하게 된 저간의 사정을 언어에 대한 남다른 감각과 미적 인식6)으로 설명한다. 이효석은 민족 관념의 정수가 곧 민족어라는 언어민족주의 의식으로부터 자유로웠으며 특정한 지역과 언어, 민족에 구애받지 않는 보편적 미학을 추구했다. 그렇다면 그가 생각한 국민문학의 개념은 무엇인지, 그것이 그가 이전에 지향했던 문학과 어떤 관련이 있는지를 살펴볼 필요가 있다.

> 메주내 나는 문학이니 버터내 나는 문학이니 하고 시비함같이 주제넘고 무례한 것이 없다. 메주를 먹는 풍토 속에 살고 있으므로 메주내 나는 문학을 낳음이 당연하듯, 한편 서구적 공감 속에 호흡하고 있는 현대인의 취향으로서 버터내 나는 문학이 우러남도 이 또한 당연한 것이 아닌가. 메주문학을 쓰던 버터문학을 쓰던 같은 구역 같은 언어의 세계에서라면

6) 김윤식, 앞의 글, 248면.

피차에 다분의 유통되는 요소가 있을 것도 또한 사실이다.

　종교문학 물론 좋으며, 애욕문학 또한 좋고, 자연문학 또한 필요한 것이
다. 국민문학이 나올 추세라면 그 탄생이 물론 기쁜 일이다. 건망증에 걸
려 한 가지 제목에만 오물하다 문학의 다양한 품질과 향기를 힐난함은 과
분한 욕심이요, 쓸데없는 명예욕이다. 문학 상호의 방향과 양식에 대해서
는 관대하고 겸허함이 문학자의 진정한 태도일 듯하다. 문학의 진폭은 될
수 있는 대로 넓어야 함이로다. (「문학 진폭 옹호의 변」, 『조광』, 1940. 1)

　자신의 문학관을 피력하는 글에서 이효석은 '메주내 나는 문학'과 '버
터내 나는 문학'의 공존이 문학의 폭을 넓히는 길이라고 본다. '메주내
나는 문학'이 토착성 내지 지방성에 기댄 협소한 의미의 민족문학을 일
컫는 것이라면, '버터내 나는 문학'은 서구 근대의 산물이다. 그는 "같은
구역, 같은 언어"의 권역에서 두 경향이 공존할 수 있다고 보는데 이것
의 전제가 되는 것이 "문학의 다양한 품질과 향기"를 인정하는 보편성이
다. 이와 같은 전제 하에 그는 '애욕문학', '자연문학'의 존재와 마찬가지
로 '국민문학'의 출현을 긍정적으로 파악한다. "문학의 진폭은 될 수 있
는 대로 넓어야"하기 때문이다.

　여기서 주목할 점은 '애욕문학'과 '자연문학'이 소설의 소재나 그것을
그리는 방식과 관련이 있는 데 반해 '국민문학'은 글쓰기의 주체, 주제,
작품의 이념 등을 아우르는 좀 더 포괄적인 개념이어서 동일선상에 놓고
이야기하기 힘들다는 점이다. 게다가 이 시기 국민문학은 전쟁문학, 총
후문학, 신체제문학, 국책문학 등 다양한 명칭으로 불리다가 『국민문학』
지 창간(1941. 11)에 즈음하여 '국민문학'으로 통일된다. 국민문학은 "천
황의 신민"이라는 신념을 가진 작가의 문학, 개인을 천황－국가에 귀속
시키는 문학을 일컫는 것으로 사용되었다. 하지만 이효석은 이와 같은
당시 국민문학의 개념과는 거리를 취하고 있다. 이 점은 본격적으로 국

민문학의 개념 정립을 시도한 다음의 글에서도 확인된다.

내가 말하려는 것은 작가는 각각 좌고우면 부질없이 한눈을 팔 것이 없이 자기의 발견한 길에 안심하고 신뢰하고 나아가야 한다는 것이다. 지방색을 탐구해서 지방적인 대표작을 써야겠다는 성의의 나머지 누구나가 일률로 향토적인 것, 지방적인 것 하고 눈알을 붉히는 것은 무의미하다는 것이다. 꽃신을 신고 긴 치마를 끄는 여인을 그리는 것, 물론 무관한 일이나 그가 치마 대신에 양장을 해도 역시 여인(麗人)이요, 지방적 현실이라는 것을 잊어서는 안 되고, 아니 장차 그가 몸뻬를 입고 게다를 신고 나서려는 것이 아닌가. 이것은 조선적 현실이 아니라고 부정하고 그 표현을 거부할 수 있단 말인가.

지방적인 것을 찾을 때 작가들은 흔히 향토로 눈을 보내 즐겨서 원시적인 것, 토속적인 것, 미속적(迷俗的)인 것을 숭상하고 샅샅이 들쳐 내왔다. 애란을 그리려는 싱그가 아란도 주민의 원시생활을 들쳐 낸 것과 같은 태도였다. 물론 그런 방면도 한번은 응당 표현을 힘입어야 할 것은 사실이나 그것을 능사로 삼음은 도리어 협착한 아량이다. 고도기(古陶器)와 무기(舞妓)와 담뱃대를 문 상투쟁이의 모양을 색판으로 박은 그림엽서가 순전히 외지에서 온 관광객의 호기심에 영합하려는 목적에서 나온 것이라면 부질없는 토속적 문학의 숭상은 외지의 편집자의 비위를 맞추려는 심산의 소치로 추단받아도 하는 수 없는 노릇이다.

같은 향토면이라고 해도 한층 우아하고 목가적인 면도 많은 것이요, 또 향토면과 맞서서 도회면의 커다란 부문이 있음을 잊어서는 안 된다. 인구의 대다할이 지방의 주민이라는 이유로 향토를 그린다는 것도 이부당(理不當)한 일이다.

조선의 움직임은 오히려 도회에 있다. 이 면의 숭상이 없이는 주체적인 파악은 드디어 불능한 것이다. 개화면이라고 해도 좋고 세계면이라고 해도 좋다. 세계적인 생활요소가 거기에서는 지방적인 것과 합류 융합되어 있는 까닭이다. 이 세계면의 표현이 없이는 언제까지나 향토를 원시의 미간지 속에 버려두고 박아두는 점밖에는 안 된다. (…중략…) 세계면을 그리거나 향토면을 그리거나 간에 문학의 우열은 순전히 작품의 됨됨에 따라서 결정될 것은 물론이다. 국민문학의 입장으로 보아도 이 두 면의 문

학이 다 그 소성을 갖추어 있는 것도 물론이다. 더욱 한걸음 뛰어서 우수
한 문학이라면 그대로 바로 세계문학으로도 편입되는 것이다. (「문학과
국민성 – 한 개의 문학적 각서」, 『매일신보』, 1942. 3. 3~1942. 3. 6)

　인용문이 다소 길긴 하지만 이 글은 이효석이 일제 말기 향토, 그리고
조선적인 것으로 선회한 이유, 이중어 창작을 한 이유 및 그 근저에 깔
려있는 생각을 알 수 있게 해준다는 점에서 주목할 만하다. 그는 흥미롭
게도 원시적인 것, 토속적인 것을 그리는 것을 '협착한 아량'이라고 비판
한다. 또한 "토속적 문학의 숭상은 외지의 편집자의 비위를 맞추려는 심
산의 소치"임을 간파하고 있다. 지방적인 것, 향토적인 것을 협소하게 그
릴 경우 자칫하면 식민주의의 통치 이데올로기인 오리엔탈리즘과 공모
할 가능성이 있음을 지적한 것이다. 따라서 그는 '세계면'과 '향토면'이
융합되어 있는 도시를 그리는 것이 바람직하다고 보고 그것을 '국민문
학'이 갖추어야 할 요건이라고 본다. 더 나아가 그가 궁극적으로 지향한
것은 세계문학이었다. 이 세계문학의 전 단계로서의 국민문학은 세계와
향토, 도시와 향토를 동시에 그리는 것이었다. 국지적인 것, 조선적인 것
의 구현을 통해 세계문학에 편입되기. 그가 기획한 것은 바로 이것이다.
다음 장에서 상세하게 논의할 터이지만 1940년대 초반, 일제 말기에 창
작된 그의 일본어 소설들은 국민문학, 나아가 세계문학의 전범으로서의
향토, 조선적인 미를 구상한 경우라 할 수 있다.

　그렇다면 이와 같은 그의 '국민문학'은 당시 친일논리를 내면화한 '국
민문학'과는 달리 보편적인 미적 규범이랄지 교양을 체화한 문학을 지칭
한 것으로 볼 수 있다. 다시 말해 친일적 '국민문학'이 혈연과 풍속의 위
계와 귀속성을 공공연하게 설파했다면, 이효석의 '국민문학'은 "아름다
운 것에서 같은 혈연과 풍속을 느끼는" 문학을 일컫는다. 인종과 지역의

차이를 최대한 지우고 그 자리를 '아름다움'으로 대체하는 것이다.

『화분』에서 구라파주의자인 영훈이 피력하는 미적 감각은 이와 같은 보편주의를 좀 더 명확하게 보여준다.

> 그(-영훈)의 구라파주의는 곧 세계주의로 통하는 것이어서 그 입장에
> 서 볼 때 지방주의같이 깨지 않은 감상은 없다는 것이다. 진리나 가난한
> 것이나 아름다운 것은 공통되는 것이어서 부분이 없고 구역이 없다. 이곳
> 의 가난한 사람과 저 곳의 가난한 사람과의 사이는 이곳의 가난한 사람과
> 가난하지 않은 사람과의 사이보다는 도리어 가깝듯이 아름다운 것도 아
> 름다운 것끼리 구역을 넘어서 친밀한 감동을 주고받는다. 이곳의 추한 것
> 과 저곳의 아름다운 것을 대할 때 추한 것보다는 아름다운 것에서 같은
> 혈연과 풍속을 느끼는 것은 자연스런 일이다. 같은 진리를 생각하고 같은
> 사상을 호흡하고 같은 아름다운 것에 감동하는 오늘의 우리는 한구석에
> 숨어 사는 것이 아니요, 전세계속에 살고 있는 것이다. 동양에 살고 있어
> 도 구라파에서 호흡하고 있는 것이며 구라파에 살아도 동양에 와 있는 셈
> 이다. 영훈의 구라파주의는 이런 점에서 시작된 것이었다.[7]

구라파주의는 단순한 서구지향성이나 이국취향이 아니라 세계주의로 일컬어지는 보편적인 미의 추구와 관련이 있다. '부분'과 '구역'을 설정하는 '지방주의'는 협소하기 그지없으며, 지방이라든가 국지성, 민족적 차이를 넘어서서 "아름다운 것에서 같은 혈연과 풍속을 느끼는" 것이 진리라는 것이다. '동양'과 '구라파'의 인종적·지역적·문화적 차이를 지우는 이와 같은 구라파주의는 1년 뒤 창작된 『벽공무한』과 『녹색 탑』에서 러시아 여성이라든가 일본 여성, 조선 여성들 간의 민족적·인종적 차이를 지우고 이들에게서 '아름다움'을 발견하는 동일성의 원리로 재현된다. 이효석은 여러 글에서 구라파에 대한 애착을 이국에 대한 그리움

---

7) 『이효석전집 4-화분』, 창미사, 2003, 169~170면.

보다 한층 더한 고향에 대한 그리움에 비견한 바 있다. 이국, 특히 서양에 대한 그리움을 고향에 대한 그것과 등치시키는 것, 이국 / 고향의 지리적·심리적 경계를 허무는 것은 이 양 공간에서 동일하게 새로운 미적 감각을 발견했기 때문이다.

이효석은 심미주의에 기반을 둔 동일성의 원리로 일본의 '국민문학' 개념과는 다른, 세계문학의 전 단계로서의 '국민문학' 개념을 정초함으로써 식민주의의 자장에서 벗어나려 했던 것으로 보인다. 하지만 이효석이 '내선일체'나 '신체제'의 이념에 적극적으로 영합하지 않고, 오히려 민족의식을 키우고 있었다[8]고 평가하기는 어렵다. 다음 장에서 살펴볼 터이지만 동일성의 원리가 현실에서 다양하게 노정되는 차이들을 봉합하거나, 미적인 동일성이 아닌 '피의 같음'이라는 생물학적 동일성으로 나아갈 때 결과적으로는 식민주의에 포섭당할 가능성이 농후하기 때문이다.

3. 『녹색 탑』의 혼종성(混種性)

『녹색 탑』은 일본인 여성과 한국인 남성 사이의 사랑과 일시적 이별, 시련 뒤의 결합이라는, 우리가 연애 서사에서 흔히 볼 수 있는 서사진행 방식을 취하고 있다. '일선통혼'의 전 단계로서의 연애가 지닌 의미를 탐색하고 있다는 점에서는 1941년에 발표된 일본어 단편 「엉겅퀴의 장」과 동일하다. 하지만 「엉겅퀴의 장」이 일본인 여성과 한국인 남성 사이의 사랑을 그리면서도 이들 간의 결합이 현실적으로 불가능하다고 본 데 반

---

8) 이상옥, 「이효석과 '친일' 문학」, 『제4회 이효석 문학 심포지엄 자료집』, 효석문화제위원회, 2002, 11~14면.

해 이 작품은 낙관적으로 바라보고 있다. 다른 민족 여성과의 사랑을 낙
관적으로 그리고 있다는 점만 놓고 보자면 같은 시기에 창작된 장편 『벽
공무한』과 유사하다. 흥미로운 점은 『벽공무한』이 러시아 여성과의 사랑
을 그리고 있는데 반해, 『녹색 탑』은 식민 본국인 일본인 여성과의 사랑
을 그리고 있다는 것이다. 이는 식민-피식민의 문제보다 타 민족 여성
과의 사랑을 주도하는 남성이라는 젠더위계가 더 중요함을 뜻한다.

이처럼 『녹색 탑』과 다른 텍스트 간의 유사성과 차이를 통해 우리는
작가의 이전 작품세계 경향인 서구지향성과 1930년대 후반 이후 경향인
국민문학적 요소가 혼재 내지 공존하고 있는 점에 주목하게 된다. 이런
혼재와 작품이 빚어내는 혼종적 자질들은 식민 질서의 승인과 반발 사이
에서 갈등하던 식민지 지식인의 내면과 내밀하게 관련이 있다.

무엇보다도 이 소설의 혼종성은 학문이나 문화의 영역에서 서구적 가
치를 욕망하고, 그것을 식민 상태를 벗어날 대안으로 여기는 데서 비롯
된다. 당시 내선일체와 일본 중심의 신체제(新體制) 논리에 부합하려면
'서구적인 것'은 배제되어야 하지만, 이 작품에서는 그렇지 않다. 소설은
식민지 지식인이 처한 식민적 상황을 끊임없이 환기하면서도 이와 같은
식민적 상황을 벗어날 길이 '참다운 학문'으로 지칭되는 '교양'에 있음을
암암리에 드러낸다. 주인공 영민이 대학에서 공부하는 학문은 '영문학'
이다.[9] 따라서 여기서 참다운 학문이라든가 교양은 서구 학문을 일컫는
것이다. 영민은 실력을 제일로 여기는 지도교수 시마의 총애를 받고 자
작 집안으로부터 혼인 제의를 받을 만큼 탁월한 학문적 능력을 갖췄지만
그가 문학부의 강사가 되는데 장애요인이 되는 것은 식민지인이라는 사
실이다.

---

9) "예이츠나 싱그의 작품 기타의 것에 취하는" 영민의 문학적 취향은 실제로 영문학자였던
   이효석의 체험이 반영된 것이기도 하다.

좋은 의미건 나쁜 의미건 신성한 상아탑에서 실력 외에 무엇이 있겠는
가. 있어서는 안돼. 특수사정이라든가 뭐라든가 그런 것은 아무래도 좋아.
모두 제2의적인 것이다. 학문의 세계에서는 피도 눈물도 없는 것이다. 그
런 것에 걸려 가지고서는 참다운 학문이 되는 것이 아니다. (299면)

위 예문에서 시마 교수가 말하는 '특수사정', 친구인 일본인 마키가 말
하는 교수들의 버려야 할 '편견'이 영민이 식민지 조선인이라는 점을 추
측하기란 어렵지 않다. 영민과 요코를 두고 삼각관계를 이루는 일본인
남성 하나이 역시 "자네와 요코씨라면 거리가 멀어. 양식도 환경도 모든
것이 달라. 다른 가운데서 최후까지 잘 되어갈지 어떨지 그것이 마음에
걸려."라고 말한다. 이처럼 영민은 '구라파적 교양'으로 무장했지만 '식
민지인'이라는 사실로 인해 학문의 세계와 연애의 세계 모두에서 곤경에
처한다.

요컨대 이 작품은 '민족적 차이'라는 것이 연애와 학문, 직업과 같은
식민지 지식인의 일상을 규정하는 결정적인 요소임을 끊임없이 환기하
고 있다. 이와 같은 차이로 인한 문제를 극복하기 위해서는 주체인 영민
이 세계주의에 필적할 만한, 세계문학에 대한 높은 안목을 지녀야 한다.
영민이 영문학자로 설정된 것은 작가 이효석의 체험이 투영된 것도 있지
만 바로 지방성 내지 국지성, 식민성의 범주를 넘어설 영역이 필요했기
때문이기도 하다. 경성제국대학 내에 배치된 학문인 영문학이라든가 마
키가 전공하는 심리학 등은 바로 서구정신에 뿌리를 두고 있는, 서구에
서 시작된 학문들이다. 당시 일본의 대동아 이념이 서양을 '귀축(鬼畜)'으
로 규정하는 배제의 논리를 펼쳤다는 점을 떠올린다면 이 소설에서 서구
학문이나 문학, 조선적인 것, 일본적인 것이 공존 내지 혼종의 상태로 뒤
섞여 있는 것은 이채롭다. 일제 말기 일본의 '대동아공영론(大東亞共榮論)'
은 중국, 일본, 한국과 같은 동아시아가 일본을 중심으로 발전하고, 서구

는 몰락할 것이라는 사상을 담고 있다. 그런데 이 소설에서는 서양적인 것과 동양적인 것이 뒤섞여 있을 뿐만 아니라 여전히 서양을 동경의 시선으로 바라본다. 이 점은 유학을 떠나려는 일본인 강사 야베에게 동료 교수들이 조언이나 충고를 하는 '빛과 그림자' 장에서도 단편적으로 드러난다. 런던, 로마, 파리, 스위스에서 유학생활을 했거나 이 유럽 지역을 여행했던 경험이 있는 경성제국대학의 교수들은 자신의 '양행담(洋行談)'을 경쟁적으로 술회하면서, 자신들이 '서양 문명의 진짜 맛'을 보았다고 말한다. 그렇다면 왜 이와 같은 서구지향성은 일본이 내세운 이념이나 가치관과 충돌하지 않는 것일까.

사실 『녹색 탑』뿐만 아니라 이 시기에 창작된 이효석의 소설들은 대부분 조선적인 미의 (재)발견, 일본이나 서구 여성과의 사랑, 구라파주의의 실현 등을 주 테마로 하고 있다. 이 작품들은 서양 / 일본 / 조선 간의 차이보다는 이들이 혼종적으로 뒤섞여 있는 상태, 우등 / 열등이라는 배제와 위계질서보다는 습합과 동화의 원리를 중시하는 듯하다. 그런 점에서 이 시기 친일소설들이 서양을 적으로 설정하는 배제의 정치학을 구사한 것과는 차이가 있다. 가령 서양의 학문과 문화와 일본의 학문과 문화가 동일 텍스트에서 긍정적으로 언표화되는 것은 언뜻 텍스트 자체의 내적 결함이나 균열로 읽힐 법도 하지만 그것이 보편적인 미나 '현대적 교양'의 국면으로 여겨지기에 별 무리가 없다. 물론 이 작품의 창작연대가 총동원체제가 전면적으로 작동하기 직전 시기라는 점도 이 같은 균열이 용인되는 점과 무관하지만은 않을 것이다.

『녹색 탑』이 보여주는 텍스트의 혼종적인 면모는 삼각관계의 한 쪽인 조선인 여성 소희가 미국인 영사관 집안인 스미스 일가와 친밀한 관계를 유지하는 데서도 드러난다. 여기서 스미스 일가가 소희나 조선을 바라보는 방식은 서구 제국주의가 동양을 바라보고 전유하는 방식, 즉 오리엔탈리즘의 전형적인 예를 보여준다.

　소희와 같이 미국유학길에 오르는 엘렌 양의 어머니 스미스 부인은 '숨은 식물학자'로 식물의 표본을 수집해 "모교의 학계에 보내서 스미스 부인의 이름이 붙은 여러 개의 신종을 발표"하는 것으로 나와 있다. 그런데 다음 대목을 보자.

　　우리 본국에 스미스이아 슈도카메리아를 보내고 이번에 또 당신을 보
　　내게 되면 한국의 가장 아름다운 자랑을 세계적으로 발표한다는 것이 돼
　　요. 내가 가장 영광으로 여기는 바이지요. (391면)

　식물학은 원래 있는 그대로의 자연 산물을 과학적으로 분석하고 체계 및 계통을 세우는 서구의 학문이다. 이미 조선에 있었던 고유한 식물을 탐색자, 과학자의 눈으로 발견한다는 점에서 스미스 부인의 작업은 서구 제국이 동양을 과학이나 인류학과 같은 학문을 동원하여 정의하고, '기이한 것', '열등한 것' 등으로 범주화하고 서열화하는 것과 유사하다. 슈도카메리아는 원래 '산동백'이다. 이와 같은 고유의 이름을 지우고 서양의 식물학에 따라 새롭게 명명(命名)하는 것은 서양의 오리엔탈리즘이 항용 사용하는 방식이다. 그리고 이 방식은 조선 여성인 소희를 미국에 '보내' "한국의 가장 아름다운 자랑을 세계적으로 발표한다."는 데에도 동일하게 적용된다. 조선의 식물과 조선의 여성을 서구 세계에 전시하는 것은 제국이 식민자의 아름다움을 발견하고 그것을 전유하는 방식과 관련이 있는 것이다. 그런데 이 식민자의 아름다움의 정점에 있는 것은 "여유있는 한복의 아름다움"이다. 한복을 입은 소희의 아름다움은 작품에서 여러 번 반복 제시된다. "한국적인 미―부드럽고 품위가 있는 미"로 지칭되는 소희의 한복이 외국 땅에서 인기를 얻을 것이라는 스미스 부인의 발화는 서구가 동양을 사유하는 방식과 관련이 있다.

하지만 작품은 여기서 한 단계 더 나아간다. '한복'은 "외계의 모든 것에서 단절된" 독자적인 미의 구체적인 현현으로 제시된다. 이는 정치적 의도나 이데올로기를 배제한 국민문학으로서의 토착문학만이 세계문학으로 나아갈 수 있음을 입증하려는 작가의 의도와도 밀접한 관련이 있다.

『녹색 탑』의 혼종성이 궁극적으로 귀결되는 곳은 보편적인 교양, 보편적인 미이다. 이 보편성은 때로는 서양에 뿌리를 둔 학문이기도 하고, 때로는 조선의 여성이나 의복이기도 하다. 소설은 동양(조선)을 바라보는 제국의 시선을 그대로 내면화하고, 식민지 지식인의 상황을 환기하면서도 세계주의로 그것을 넘어서려 한다. 조선의 전통적인 미를 서구나 일본에 전시하면서도 그것의 보편성을 지속적으로 강조하는 전략을 취하는 것은 이 때문이다.

보편적인 미의 추구는 근대적 교양의 주체인 영민이 자신과 소희의 육체에서 아름다움을 발견하는 대목에서도 비교적 상세하게 나온다. 먼저 요코가 갑자기 자살 기도를 하고 그것이 기사화되어 약속했던 강사직을 잃게 된 영민이 고향에 돌아와 온천에 가서 자기 육체를 발견하는 다음 대목을 보자.

> 풍부한 허리, 탄력있는 사지, 시원하게 긴 몸매, 부드럽게 불룩한 곡선─태고적부터 이어받아온 그 원시체를 영민은 오늘 새롭게 발견한 듯이 아름답게 보고 또 보았다.
> 세상에 몇 억이나 되는 그 같은 육체 중의 하나에 불과하지만 내 몸처럼 아름다운 것은 또 없다는 생각이 들었다. (…중략…) 몸의 구석구석을 이렇게 보고 저렇게 보며 육체의 사상에 잠기는 일은 더없이 즐거운 일이었다. 이 무섭게 자기본위적인 생각방식은 대체 어디서 터득했는지 돌아볼 여유는 없었다. 다만 황홀하여 나와 내 몸을 보며 심취해 있을 뿐이었다. 아무에게도 줄 수 없는 훌륭한 것이다. 이 훌륭한 한 개의 절대를 요코와 소희가 원하고 있다. (349~350면)

앞 예문에서 '육체의 사상'이란 이전에 그가 추구했던, 서양문학의 본질로서의 육체문학과는 거리가 있다. 서양의 육체문학이 섹슈얼리티나 원초적 본능과 밀접한 관련이 있었다면, 그가 자신의 몸을 통해 발견하는 '육체의 사상'에는 섹슈얼리티가 제거되어 있다. "태고적부터 이어받아온 그 원시체"라는 말에서 짐작할 수 있듯이 시원(始原)으로서의 미에 가까운 것이다. 이와 같이 자신의 육체를 '지고'하고 '지미'한 것으로 보는 나르시시즘적 태도는 전체 서사진행과는 별 관련성이 없다. 민족적으로 다른 두 여성 사이에 끼인 지식인 남성의 자기정체성 확인이라든가 성찰성과는 거리가 멀기 때문이다. 육체의 발견은 절대미의 발견과 관련이 있다. 그것은 이어지는 부분에서 소희의 육체에 대한 묘사에서도 확인된다. 소희의 육체는 그의 것보다 "월등히 아름다운 것이고 지고한 것"으로, "아름다운 것은 나 자신이 아니고 상대방"인 것으로 여겨진다. 다시 말해 주체인 나와 상대방인 소희 사이의 동일성은 지고하고 지미한 육체에 있다. 소설의 제목과도 연관이 있는 '녹색'은 바로 감각적인 육체를 초월한 낭만주의적인 미의식과 관련이 있다.

이처럼 『녹색 탑』의 혼종성이 궁극적으로 도달한 자리는 타자−제국의 시선을 통해 조선적인 것에 내재한 보편적인 미를 발견하고 탐색하는 것이거나 국지성이 배제된 교양을 체화하는 것이라 할 수 있다. 하지만 세계주의의 다른 이름으로 번역될 이 보편주의나 교양은 당면한 현실의 차이를 봉합하는 결과를 낳을 수도 있다. 이 작품의 근간이라고 할 '연애'는 동일성을 향한 욕망이 당시 일본의 내선일체론이 내세웠던 동화의 논리에 포섭될 수 있음을 단적으로 보여준다.

4. 피와 피의 결합, 동화(同和)의 논리

전술한 바와 같이 이 소설은 조선인 남성과 일본인 여성 간의 결합을 정당화하기 위한 몇 가지 장치를 마련하고 있다. 그 한 가지는 연애서사에서 흔히 볼 수 있는 '운명'을 강조하는 것이고, 다른 한 가지는 삼각관계의 다른 쪽인 조선인 여성 소희, 일본인 남성 하나이와의 갈등을 이른바 '동화'의 논리로 봉합하는 것이다.

먼저 이 소설은 영민이 요코의 세계에 끌리는 이유를 '운명'이라고 설명한다. 자작의 딸 소희는 신분에서 우월할 뿐만 아니라 '현대여성'으로서의 자질을 갖추고 있다. 소설의 후반부는 소희가 영민과의 연애에 적극성을 보이는 면모를 여실히 보여주는바 이는 서사구조의 결함을 초래할 정도에까지 이른다. 그럼에도 불구하고 영민은 같은 민족 여성이자 자신의 계층 상승을 보장해 줄 위치에 있는 소희가 아니라 다른 민족 여성이자 평범한 중산층 출신인 요코의 세계에 이끌린다. 다음의 예문을 보자.

> 요코의 세계는 풍부한 정감과 높은 교양이 글자 속에서 스며 나와 강한 끈으로 마음을 힘껏 끌어당겼다. 마음과 마음의 접촉은 우연한 기회에 일어날지 모르나 그것이 맺어질 단계에 이르는 것은 어떤 필연의 힘에 의한 것 같아 보였다. 의심도 없고 방황도 없고-이미 운명과 대면하는 듯한 기분이 요코에 대한 기분이었다. (347면)

소희의 '백장미처럼' 화려한 외양에 대한 묘사에 비해 요코의 외양에 대한 묘사는 지극히 드물다. 오히려 그녀를 묘사할 때 부각되는 것은 '풍부한 정감'과 '높은 교양'이라는 이성과 감성이 조화된 정신적인 자질이다. 서사에서 자주 반복해서 나오는 말이 '우연'인데 이들 사이의 관계는

우연의 연속이지만 그것이 모여 필연에 도달했으며, 그것을 '운명'이라
고 영민은 확신한다. 다시 말해 요코와 영민 사이의 결합은 과정의 우연
성에도 불구하고 필연적이며, 그렇기에 '피'의 차이를 넘어서는 "깨끗하
고 순수한 것"이다.

> 이미 피도 눈물도 없다. 순수한 애정은 어떤 경우라도 어떤 장애라도
> 넘어서 교류하는 것이고, 그런 애정이야말로 가장 바람직한 것이며, 존경
> 받을 만한 것으로 하나이를 강타했다. 마키가 영민을 그렇게 비호할 줄은
> 몰랐다. 깨끗하고 순수한 것 앞에서 하나이는 눈이 부셨고 자신을 깊이
> 부끄러워했다. (363면)

삼각관계의 또 한 쪽인 일본인 남성 하나이는 "나약한 메피스토펠레
스"라는 말로 지칭되듯 둘 사이를 방해하는 부도덕한 행위를 거듭하지만
결국에는 인종적·민족적 차이를 넘어선 영민과 요코의 사랑을 승인한다.

이 소설은 이와 같은 식민지 남성과 제국 여성 사이의 결합을 정당화
하기 위해 '일선통혼'의 '내선일체' 논리에서 사용하는 피와 피의 결합을
끌고 온다. 이와 같은 점은 '피와 피' 장에서 단적으로 드러난다. '수혈'이
라는 의학-과학의 보편적인 방식을 동원함으로써 민족 간의 결합은 정
당성을 얻게 된다. 요코와 같은 형의 소유자를 찾는 '과학의 방법'은 서사
전개와는 무관하게 장황하게 서술된다. "집안사람들의 피야말로 같은 형
이어야 하고 잘 맞아야 할 터인데도 이렇게도 지리멸렬"하고 "같아야 할
피가 과학의 분석 앞에서는 간격이 있고 오차가 있는 오빠 동생이라고 해
도 타인"이다. 반면에 같은 혈액형을 지닌 영민은 "요코의 피 속에 내 피
가 섞이"게 되어 그 여자의 몸을 구하게 된다. 다시 말해 오빠와 동생이
타인이 되고, 다른 민족인 영민과 요코가 합체(合體)되는 것은 바로 과학
의 한 분과인 의학의 힘을 빌어서이기 때문에 의심의 여지가 없다.

이미 피의 결혼을 마친 두 사람이다. 이 이상은 다만 행복이 영원하기만을 기도한다. 사랑에는 관념도 구분도 없다. 그것들을 넘어서 두 사람 사이의 영감이라고 할까. 신비라고 할까. 그런 것이 모든 것을 결정해 버린다. (411면)

피가 같은 것은 우연이지만 요코와 영민은 이 우연의 배후에 "무언가 신비한 의지"가 있다거나 "이렇게 처음부터 정해져 있었지만 우연이 그것을 마침내 또렷하게 해준 것"으로 여긴다. 이처럼 '피의 결혼'은 처음부터 정해져 있었던 필연이 된다. '피의 결혼'은 필연적인 것이기에 '관념'과 '구분'으로 지칭되는 민족 간의 차이와 위계를 넘어서는 데 결정적인 요소로 작용하는 것이다.

두 번째, 삼각관계에서 경쟁관계에 있던 일본인 청년과 조선인 청년이 동경으로 건너간 요코를 만나기 위해 '공동의 적에 대한 작전'을 협의하는 동지로 전환되는 것 역시 민족 간의 차이를 봉합하는, 동화의 방식이라 할 수 있다. 여기서 요코의 삼촌인 다키가와의 완고함에 직면한 두 사람은 "서로에 대한 증오는 사라지고 지금은 다만 공동의 적에 대한 작전을 협의하고 실패를 탄식하는" 관계가 되고, 요코의 병이 악화되면서는 "대상에 대한 감정의 내용이 달라지니 서로 간의 기분의 자세도 자연히 달라져서 두 사람은 일견 사이가 좋은 친구들로밖에 보이지 않"는 관계가 된다. 소설 전반부에서 민족 간의 차이가 암시적으로나마 환기되었다면 후반부에서 이들의 관계는 동지적 관계로 변화한다.

'피의 결혼'이 지닌 정당성을 좀 더 명확히 하기 위해서 다시 한 번 등장하는 것이 한복이다. 소설의 마지막은 요코가 한복을 입고 비원을 거니는 장면으로 끝난다. 왕가 일족의 유원이었던 이 별천지에는 '푸른 계절'이 펼쳐져 있고, 거기서 영민은 "마치 집의 여동생과 함께 걷고 있는 듯한" 생각을 하게 되는데, 이는 요코가 한복을 입고 있기 때문인 것으로 제시된다. 연인을 여동생으로 생각하는 것 역시 일종의 변형된 혈연주의(血緣主義)라는 점에서 동화의 논리라 할 수 있다. '단체'와 '전통'이 사회적으로 구성된 것이라면 '혈액형'이라든가 '신체'는 생래적으로 주어진 것이다. "요컨대 우리들은 서로 아무것도 다르지 않았어요. 혈액형도 같았고, 지금 신체의 모습도 같아요. 다른 것은 다만 단체뿐이에요. 전통만이 달랐어요."(421면)라는 영민의 발화는 사회적으로 구성된 국가 개념이라든가 단체, 제도보다 생래적인 것이 우선한다는 점을 강조함으로써 동화의 논리를 펼치고 있다.

그런데 식민지 남성이 인종적으로 다른 여성, 특히 제국 일본 여성이 입은 한복에서 아름다움을 발견하고, 그 발견의 시선을 통해 역으로 '조선적인 것'의 우월성을 확인하는 발상 — 혹은 우월성까지는 아니더라도 동질성을 확보하려는 발상 — 은 이 시기 다른 작품들에서 반복적으로 나타난다. 가령 「엉겅퀴의 장」에서 한복을 입은 아자미를 모습을 보고 현은 "아자미가 일본옷을 입었을 때와는 딴사람이 된 듯한—가까이들 오고가는 똑같은 의상을 입은 여자들과 같은 핏줄의 한 사람인 것처럼 생각"한다. 또한 고풍스러운 덕수궁 건물을 배경으로 한복을 입고 선 아자미의 모습에서 현은 '자랑스러움'과 '한 점 모자람이 없는 사랑의 만족감'을 느끼고, 아자미 역시 "이렇게 옛날 그대로의 고풍스러운 건물 사이에 서 있으면 나도 이 의상대로 이 땅에 태어나 여기서 자라난 것 같은 느낌"이 든다. '한복'을 매개로 해서 펼쳐지는 '같은 핏줄'이라는 동화의 논리는 『녹색 탑』의 그것과 일치한다.

그런데 이와 같은 동화의 논리는 일본의 통치 이데올로기인 '내선일체'가 내세웠던 동화의 논리와는 "같으면서도 다른" 면이 있다. '내선일체'의 동화 논리가 궁극적으로는 일본 중심의 신질서 확립에 있다면, 이효석이 궁극적으로 도달하려는 곳은 인류의 동화이다. 그것은 같은 시기에 창작된 다른 장편 『벽공무한』에서 확인된다. 『벽공무한』의 주인공 '일마'는 "현대문명의 발생지인 서쪽 나라"를 동경한다. 그러면서도 서구지향성, 서양여성에 대한 인종적 열등감을 상쇄하기 위해 텍스트는 끊임없이 '동양'적인 것을 호명한다.

> "일마의 꿈두 필경은 동양이었던 모양이지. 나아자의 얼굴은 아무리 봐두 동양의 것이거든. 눈이며 눈썹이며 코며가 온순한 조선의 것이란 말야. 피부가 희구 머리카락이 노랄 뿐이지."10)

외양적으로는 "피부가 희구 머리카락이 노란" 서양 여성에 대한 매혹에 끌리면서도 그녀를 '온순한 조선의 것', '온순하고 순결한 자태'로 재기호화하고 "묵은 전통에서 오는 교양의 빛"이라는 내적 자질을 부여함으로써 동양화하는 것이다. 이 동양화된 백인 여성과 조선 남성 간의 외양의 차이, 생활양식의 차이는 '사소한 것'으로 치부된다. 왜냐하면 "굳은 사랑이 있을 때 인류의 동화는 손바닥을 번기는 것보다도 쉬운 노릇"이기 때문이다. 차이를 차이로 인정하지 않는다는 점에서는 같지만 『녹색 탑』이 식민자와 피식민자 간의 동화를 이야기하는 반면 『벽공무한』은 국가 간 경계를 초월한 전 인류의 동화를 이야기한다는 점에서 다르다. 그렇다면 같은 시기에 쓰인 두 작품 간의 낙차는 어떻게 설명될 수 있는가, 그리고 이와 같은 낙차에도 불구하고 두 작품을 관통하는 작가의 무의식은 무엇인가.

'한복'이나 '골동품' 등 이제껏 식민자의 시선으로만 포착되었던 조선적인 것, 동양미가 피식민자의 시선에 의해 발견된다는 것은 오리엔탈리즘과 동일한 내적 논리를 가진 전도된 오리엔탈리즘의 양상을 띠는 것이

---

10) 『이효석전집 5 - 벽공무한』, 창미사, 2003, 169면.

다. 전도된 오리엔탈리즘과 세계주의의 공존은 『녹색 탑』을 비롯한 1940
년대 이효석의 소설들이 보여주는 공통적인 경향이라 할 수 있다. 그리
고 그것은 이효석이 일본식의 '국민문학'의 범주를 벗어나기 위해 기획
했던 독자적인 국민문학의 미래이기도 하다. 다시 말해 이효석은 자기
식의 국민문학 기획을 통해 세계문학에 편입되기를 욕망했으며, 그럼으
로써 일본의 식민주의 담론이 강제한 국민문학을 넘어서려 했다. 하지만
이런 그의 시도는 식민지인으로서의 자기정체성을 지우고, 안이하게 동
일성의 논리로 귀착되었기에 '같으면서도 다른' 모방에서 빚어지는 혼종
성이 지닐 법한 저항의 국면을 상실하고 있다.

5. 국민문학론의 한계

　조선문인은 조선의 새로운 것, 오래된 것을 많이 연구하여, 좋은 것, 아
름다운 것, 슬픈 것을 찾아내 작품화해야 합니다. 그러나 그것은 어디까지
나 일본국민으로서입니다. 이것이 새로운 국민문학의 입장입니다. 내선일
체이므로 조선의 전통에 관한 것은 일절 불문에 붙인다거나, 이야기하더
라도 나쁜 것만을 이야기하려는 듯한 천박한 사고방식에서 훌륭한 국민
문학은 나오지 않습니다. 국민의 입장에서 조선을 고쳐 보고, 좋은 곳을
작품 중에 살리려는 데에서 의의있는 국민문학이 나온다고 생각합니다.
　이와 관련한 문제로 향토색의 문제가 있습니다. 조선의 작가가 작품에
서 향토색을 띄려고 하는 것은 조금도 나쁜 일이 아니며 오히려 당연한
일입니다. (…중략…) 각 지방마다 향토에 뿌리를 내리고, 그 생활과 요구
속에서 태어난 문화가 일관된 일본 정신에 의해서 통일되는 것에 향후 일
본문화의 갈 길이 있다고 생각합니다. 그런 의미에서 각 향토색은 지방
문화의 표정으로서 그 의미가 있다고 생각합니다. 그러나 혹시 그 향토색
이 조선에서 한 지방문화의 표정이라는 벽을 뛰어 넘어 하나의 독립된 존
재로 추구되고 그것이 문화독립주의라고 단정되어도 어쩔 수 없습니다.

(…중략…) 향토색이나 향토애의 문제는 전체적인 일본문화와의 균형 하
에서 건전하게, 양식적으로 처리되는 것이 바람직합니다.[11)

위 글은 일제 말기 『국민문학』 주간이자 '국민문학론'의 이데올로그로
활동했던 최재서가 국민문학에 대해 자신의 입장을 밝힌 것이다. "조선
의 작가가 작품에서 향토색"을 띠는 것이나 '조선의 새로운 것과 전통'
을 작품화하는 것이 '국민문학'의 입장이라는 것만 놓고 보면 이효석의
입장과 크게 다르지 않다. 그는 「조선문학의 현 단계」라는 또 다른 글에
서도 "조선의 작가나 시인이 독창성을 갖는 것은 일본문학의 질서를 흐
트러뜨리는 것이 아니라, 그 내용을 풍요롭게 하는 것"이라고 했다. 하지
만 최재서는 "일관된 일본 정신에 의해서 통일"되고 '일본국민'의 입장
을 견지해야 한다는 점을 내세우고 있다. "일본문학의 일환으로 조선문
학"을 위치짓되 "단지 그 조선문학은 충분히 독창성을 가진 문학이어야
하기 때문에, 장래에도 조선문학으로서의 한 부문을 확보하게 될 것"이
라는 주장에서 볼 수 있듯 조선문학의 개성을 지키되 궁극적으로는 일
본, 일본문학으로 귀속되기가 최재서의 국민문학론의 요체라고 할 수 있
다. 그런 점에서 최재서의 국민문학론은 세계문학의 전(前) 단계로 국민
문학을 설정한 이효석과는 차이가 있다.

이처럼 장황하게 최재서의 '국민문학론'을 논한 이유는 일제 말기 이
효석의 문학관, 좀 더 심층적으로는 당시 '국민문학론'에 대한 작가 특유
의 대응방식을 따져보기 위해서이다. 이효석의 경우 경향파적 성격을 띤
동반자 작가에서 모더니스트로, 다시 토속적인 미학의 세계로 몇 번의 변
화가 있긴 했었지만 궁극적으로는 모더니스트로서의 정체성을 잃지 않았
다. 최재서와 이효석은 영문학을 전공했으며 모더니스트였던 까닭에 일

---

11) 최재서, 「국민문학의 입장」, 『전환기의 조선문학』, 영남대학교출판부, 2006, 99~100면.

제 말기 일본의 국민문학론 및 동양주의라는 새로운 이데올로기에 민감한 반응을 보였을 것으로 추측된다. 그런데 최재서가 국민문학론을 적극적으로 설파했던 데 반해 이효석은 오히려 국민문학론을 자기 식대로 전유하는 과정에서 '조선적인 것'의 독자성을 발견하는 양상을 띠게 된다.

이효석의 『녹색 탑』은 이와 같은 일제 말기 작가의 변모양상을 단적으로 보여주는 작품이라는 점에서 의의가 있다. 전술한 바와 같이 『녹색 탑』이 보여주는 혼종성은 '피와 피'의 결합이라는 내선일체론의 동화논리를 수용하면서도 그것으로부터 벗어나려는 데서 비롯된다. 서구의 '현대적' 교양을 체득한 인물이 '조선적인 것'을 발견하고, 그것을 '국민문학'을 넘어선 '세계문학'의 차원에 위치 지으려는 이효석 특유의 기획은 서구식의 오리엔탈리즘이나 일본의 국민문학론과 '같으면서도 다른' 모방의 양상을 보여준다. 그리고 그것은 식민과 탈식민의 경계 지점에 있던 일제 말기 지식인의 분열된 내면을 보여주는 것이기도 하다.

그럼에도 불구하고 일본의 '국민문학' 개념과는 달리 자기 식으로 기획한 세계문학의 전 단계로서의 '국민문학' 개념이 당면한 차이를 도외시함으로써 결과적으로는 식민주의에 포섭당할 가능성이 있다는 점은 앞에서도 지적하였다. 『녹색 탑』보다 1년 뒤에 창작된 「엉겅퀴의 장」이 조선인 남성과 일본인 여성의 결합에 대해 비관적 인식을 보여준 데 반해 『녹색 탑』은 낙관적이다. 그리고 연애서사의 상투적인 도식에 기댄 그 낙관성은 서구의 오리엔탈리즘과 일본의 동화 논리 양자의 구별 없는 뒤섞임에 대해 비판적 거리를 취한지 못한 채 양자를 승인하는 분열성으로 드러난다. 다시 말해 『녹색 탑』의 혼종성은 식민주의를 넘어서는, 모방을 통한 저항의 서사에는 이르지 못한 것으로 평가할 수 있다.

친일문학 연구의 최근 지형도

1. 친일문학 연구의 새로움

친일문학 연구는 최근 국문학 분야에서 연구자들의 입장과 방법론적 차이를 다양하게 노정하면서도 의미심장한 성과를 거두고 있다. 임종국의 『친일문학론』(1966, 평화출판사)이 발간된 지 40여 년이 지난 시점에서 이처럼 친일문학에 대한 관심이 다시 부상하게 된 것은 그 자체로 문학사적 의미를 함축하고 있다. 그동안 친일문학 연구는 민족적 치부를 여지없이 드러내기 때문이건, 근대 이후 한국문학사의 지형도나 우리 근대문학사에 큰 발자국을 남긴 문인들에 대한 재평가를 요구하는 민감한 사안과 연관되어 있기 때문이건 연구의 '회색지대'로 남아있었던 것이 사실이다. 그런데 2002년 8월 <민족문학작가회의>와 <실천문학사>를 비롯한 몇몇 단체가 공동으로 '친일문인 42인'의 명단을 발표하고, 이들의 친일작품 목록과 선정기준을 제시하면서, 그리고 이와 같은 명단 발표가 우리 사회의 과거사청산 문제와 연동하면서 친일문학 문제가 다시금 쟁점으로 떠오르게 되었다. 특히 최근의 연구들은 기존의 소설, 시, 평론 외에도 아동문학이나 희곡, 논설, 시나리오에 이르기까지 연구 영역을 넓히고 있을 뿐만 아니라 젠더의 관점, 탈식민주의, 이중언어 문제 등을 새로운 연구 방법론으로 제시하면서 지금까지 실증적인 자료의 제시나 감정적인 민족주의에 치중했던 연구의 수준을 한 단계 끌어올리고 있다는 점에서 주목할 만하다.

이처럼 친일문학이 국문학 연구의 쟁점으로 부각되고 있는 이유는 첫째, 한국근대문학의 근대성 기획이라든가 비판과 내밀하게 연관되어 있기 때문이며, 둘째, 근대문학의 형성기에 해당하는 식민지 시기 문학의 발생 및 발전과정을 추적하다 보면 식민성의 문제가 제기될 수밖에 없고 이와 같은 식민성의 인식 및 극복이 일제 말기 친일문학의 존재와 필연적으로 맞닥뜨릴 수밖에 없기 때문이다.

이와 같은 점은 최근 친일문학에 대해 새로운 인식틀을 제시하고 있는 연구자들의 글에서도 확인되는 바이다. 가령 "친일문학적 담론에 대한 최근의 관심은 1930년대 후반기의 문학 더 나아가 일제 강점기의 문학 전체를 일본 제국주의에 대한 저항과 순응의 이분법적 인식 틀로부터 해방시켜 보다 다양한 독법을 가능케 했다."[1]고 보고, 이를 근대 이후 한국문학의 법칙성과 특수성을 규명하는 데 의미 있는 진전으로 평가하는 시각이나 1990년대 후반 이후 친일문학 연구의 새로운 국면을 "반제국주의론, 민족주의론, 해체론적 탈식민론, 새로운 탈식민론이 가장 첨예하게 충돌하는 주제 가운데 하나"[2]로 보는 시각이 그것이다.

---

1) 류보선, 「친일문학의 역사철학적 맥락」, 『한국근대문학연구』 7호, 한국근대문학회, 2003, 10면.
2) 하정일, 「한국 근대문학 연구와 탈식민―'친일문학' 문제를 중심으로」, 『민족문학사연구』 23호, 민족문학사학회, 2003, 15면.

친일문학 연구자들은 요 몇 년 사이 새로운 자료들을 발굴하면서 실증적인 측면에서도 기여를 하고 있다. 김재용은 <친일문학 작품 목록>3)을 정리한 이후 서정주, 채만식, 최정희의 친일논설과 소설들을 잇달아 발굴하여 이 작가들에 대한 기존의 문학사적 평가를 재고할 필요가 있다는 점을 강조했다. 또한 김재용, 김미란이 편역한『일제말 전시기 일본어 소설선 1, 2』는 '식민주의와 협력', '식민주의와 비협력의 저항' 두 부류로 나누어 일제 말기 작가들의 일본어 소설을 발굴, 번역한 책으로서 언어와 식민주의 사이의 양가적 관계를 연구하는 데 필요한 실증적인 토대를 마련해 주었다.

이 글은 최근 친일문학 연구의 변화된 지형도를 살펴보고 이와 같은 연구들의 의의와 앞으로의 과제를 제시하는 데 목적이 있다. 흥미로운 점은 최근의 친일문학 연구들이 임종국의『친일문학론』이 지닌 역사적 의의를 높이 평가하면서도 이 책이 지닌 문제점을 비판하는 것을 자기 입론의 출발점으로 삼고 있다는 것이다. 가령 류보선은 임종국이 친일문학을 "맹목적 사대주의적 일본의 예찬과 추종"을 내용으로 하는 것으로 광범위하게 규정하고 있기 때문에 "1930년대 후반기라는 혼란스런 상황 속에서 나름대로 한국문학사의 의미 있는 전통을 만들어 낸 작가나 비평가까지를 모두 친일문인의 범주 속에 포함"시키고 만다는 점을 문제 삼는다. 이렇게 되면 "민족이라는 계기를 절대화"4)하는 오류를 빚을 수 있다는 것이다. 강상희와 하정일 역시 유사한 맥락에서 임종국의 친일문학론이 '민족이라는 관념'을 척도로 하는 '반동일화 전략'5) 내지 옳고 그름을 판별해주는 궁극적 기준6)으로 삼고 있기에 "식민 담론에 역대칭의

---

3) 해당 작품 목록은『실천문학』2002년 가을호에 실렸다.
4) 류보선, 앞의 글, 17면.
5) 강상희,「친일문학론의 인식구조」,『한국근대문학연구』7호, 한국근대문학회, 2003, 44면.
6) 하정일, 앞의 글, 17면.

태도를 취했지만, 오히려 식민론의 사고 체계 내부로 회수되는 모습"7)을 띠고 있다고 비판한다.

민족과 국민국가를 자명한 실체로 전제하고 주체는 국가나 민족에 귀속되어야 한다는 식의 논리가 또 다른 전체주의 내지 동일성의 원리에 근거한 한계를 노정할 수 있다는 비판은 최근 친일문학 연구가 공통적으로 제기하고 있는 것이기도 하다. 이 글 역시 친일문학 연구가 민족주의와 식민주의, 동일성과 차이의 정치학, 근대 기획과 탈근대 등 쟁점이 되는 이론들을 가로지르면서 어떻게 연구의 지평을 한편으로는 확장하고, 또 한편으로는 정교화하고 있는지를 크게 친일문학의 내적 논리를 따지는 경우, 탈식민주의 입장에서 친일문학을 위치 짓는 경우, 젠더의 관점에서 친일문학을 재규정하는 경우로 나누어 살펴보고자 한다.

2. 자발성과 내적 논리라는 순환 회로, 이론적 정합성과 한계

친일문학작품을 비롯한 담론의 발굴과 친일문학의 개념 규정에 주력해 온 김재용의 작업은 최근 본격적인 친일문학 연구의 물꼬를 텄다는 점에서 연구 동향을 논할 때 맨 앞자리에 놓일 수밖에 없다. 김재용은 일본어로 글을 쓰면 무조건 친일로 보는 '편협한 언어민족주의', 일제 말 사회단체의 참여 여부로 친일을 규정하는 태도, 창씨개명을 친일의 지표

---

7) 강상희, 앞의 글, 45면.
   한수영 역시 친일논의가 '국민국가의 자기동일성' 확보에 동원되는 순간 논리의 단순함과 자기배타적인 자기중심적 논의구조를 형성하게 되고 만다는 점을 예리하게 지적하고 있다.
   한수영, 「고대사 복원의 이데올로기와 친일문학 인식의 지평」, 『실천문학』 65호, 실천문학사, 2002 봄, 206면.

로 삼는 태도 등을 중일 전쟁 이후의 폭압적 상황을 단순화한 소치라 보고 친일문학의 성격 규정을 새롭게 시도했다. 그는 친일문학이란 "대동아공영권의 전쟁 동원과 내선일체의 황국신민화라는 두 가지 입장을 글에 담아내면서 선전한 문학"[8]이라고 규정한다. 이 두 가지 입장을 근거로 제시하는 이유는 전자는 태평양전쟁 직전인 1941년 무렵부터, 후자는 중일전쟁 이후인 1938년부터 가시화되고 있으며, 이와 같은 시대적 정황과 이를 뒷받침하는 일본의 식민주의 논리가 작가의 내면까지 규율하고 있기 때문이다.

이와 같은 전제와 가설은 「전도된 오리엔탈리즘으로서의 친일문학」에서 좀 더 구체화된다. 그는 이른바 '자발성'과 '내적 논리'를 친일문학 여부를 판별하는 주요한 기준으로 삼는다.

> 친일문학은 자발적이다. 자발적으로 이루어지지 않은 것은 친일 파시즘문학이라고 할 수 없다. 친일 파시즘문학이 자발적이라고 했을 때 거기에는 내적 논리가 반드시 존재한다. 내적 논리가 없이 어떻게 자발성을 가질 수 있겠는가?[9]

위에서처럼 내적 논리와 자발성 간의 상호보족성을 준거틀로 제시하는 것이 설득력이 있는 이유는 한 작가의 작품세계가 지닌 모순과 분열을 해명하는 데 유효하기 때문이다. 가령 서정주는 태평양전쟁 이후 일본의 '대동아공영론'이 우세할 때 친일을 시작했는데 "서양에 대한 거부로서의 대동아공영론"(63면)이라는 그의 내적 논리는 "한편으로는 대동아공영권 건설을 위한 전쟁동원을 역설하는 작품을 쓰고, 다른 한편으로는

---

8) 김재용, 「친일문학의 성격 규명을 위한 시론」, 『실천문학』 65호, 실천문학사, 2002년 봄, 170면.
9) 김재용, 「전도된 오리엔탈리즘으로서의 친일문학—서정주의 친일문학에 대하여」, 『실천문학』 66호, 실천문학사, 2002년 여름, 51면.

전근대 시기 조선의 전통을 비롯하여 동양을 자각하는 시를 썼던 것을 통합적으로 이해"(63면)하는 바탕이 된다. 두 경향 모두 '전도된 오리엔탈리즘'의 양상을 띠고 있다는 점에서 동일하며, 따라서 양자 간의 모순과 분열은 기실 내적으로는 일관성을 지녔다는 것이다.

그는 「친일문학과 근대성」에서도 친일 파시즘 문학이 지니고 있었던 근대성의 이해를 문제 삼으면서 위와 비슷한 논리를 전개한다. 즉 서양의 몰락과 동양의 부상이 현실화되면서 근대극복의 차원에서 나온 변형된 근대화론이 친일문학의 내적 논리를 이루므로 그것은 나름대로 체계를 갖춘, 자발성에 근거해 있다고 주장한다. "신체제론 이후 일제 파시즘에 협력하였던 조선의 작가들에게는 근대의 극복이 핵심" 과제였으며, 근대의 극복이란 "또 다른 중심주의 즉 전도된 오리엔탈리즘으로서의 동양주의에 지나지 않으며 그런 점에서 국가주의로서의 변형된 근대화론"10)에 지나지 않는다는 것이다.

이와 같은 김재용의 연구는 '자발성에는 내적 논리가 존재한다. 내적 논리 없이는 자발성을 가질 수 없다' 식의 순환논리에 기초해 있고, 친일의 정의가 지나치게 협소하다거나(류보선), 식민화된 주체가 자발적으로 생성된다는 주체성의 철학을 여전히 전제한다는 점에서 임종국의 입장과 닮아있다고(강상희) 비판을 받는다.

그럼에도 불구하고 그의 연구는 친일문학이 한국 근대문학의 근대성 문제와 필연적으로 얽힐 수밖에 없음을, 나아가 근대 기획이 노정했던 한계를 최종 심급에서 보여주고 있음을 확인했다는 점에서 그 의미가 자못 크다. 또한 친일문학의 본격적인 전개 시점을 중일전쟁 이후로 명확하게 못 박았다는 점, 친일문학의 내적 논리가 텍스트에서 어떻게 관철

---

10) 김재용 · 한도연, 「친일문학과 근대성」, 김재용 외, 『친일문학의 내적 논리』, 역락, 2003, 47~48면.

되고 있는지를 규명하고 있다는 점에서 이전의 논의에 비해 크게 진전된
바가 있다. 임종국의 선구적인 작업을 비롯한 이전의 논의들이 단체 활
동이라든가 창씨개명과 같은 텍스트 외적인 문제들을 친일 여부를 판별
하는 근거로 삼거나 친일 작품의 내용을 소개하는 정도의 수준에 머물러
있었고, 일본의 식민주의 논리가 정세 변화에 따라 어떻게 다양하게 변
화하면서 작가의 내면과 작품에 영향을 미치는지를 섬세하게 분석하는
데에는 역부족이었기 때문이다.

　물론 내적 논리에 근거한 자발성의 기준 역시 연구자의 시각에 따라
자의성을 띨 여지가 있음은 충분히 경계해야 할 것이다. 김재용의 경우
도 정지용이나 김정한은 일회성이고 지속성이 없다는 것을 근거로, 이기
영, 이태준, 김남천 등 프로문학 문인들의 생산문학론, 집단주의, 동양론
은 시대의 소산일 뿐 대동아공영 논리에 포섭되지 않았다는 점을 근거로
이들을 비일(非日)의 범주에 넣는다. 친일과 비일을 가르는 기준이 되는 동
양주의와 대동아공영 논리 간의 미세한 차이를 분별하되 그것을 작가의
사상에 따라 선험적으로 규정하는 우를 범하지 않는 혜안이 필요하다.

3. 모방과 저항, 틈새의 전략으로서의 탈식민론과 친일문학

　탈식민주의 시각으로 친일문학을 바라보는 논의들은 대체로 일제 식
민 담론의 모순과 분열, 식민화된 주체의 모순과 분열에 주목하면서 이
른바 '혼성의 윤리', '틈새의 저항'을 지향한다. 먼저 하정일은 앞서 강상
희와 유사하게 임종국의 친일문학 연구가 '민족주체성'을 유일한 전거로
삼고 있기 때문에 "식민국의 민족주의와 피식민국의 민족주의가 서로 거
울관계에 있음"(17면)을 보여준다고 비판한다. 이 경우 식민지와 피식민

지, 피식민지 내부의 '국민' 간의 차이와 이질성을 볼 수 없으므로 식민
주의를 '억압적 담론'으로 규정할 수밖에 없다는 것이다.

그는 1990년대 후반 이후 새롭게 전개된 친일문학 연구를 '헤게모니
담론'으로 규정짓는다. 그에 따르면 헤게모니 담론이란 식민주의를 일관
된 내적 논리를 갖춘 행위로 규정하고, "억압과 수탈과 더불어 동의와
포섭이 지배의 주요 기제로 기능했음"(19면)에 주목하는 것이다. 김재용
의 연구로 대표되는 이러한 관점의 주요한 성과는 친일문학을 '내부 식
민주의'와 연관시켜 보게 된 것이다. 그런데 문제는 이와 같은 관점이 텍
스트에서 명시적으로 발화된 측면에만 초점을 맞추기 때문에 "텍스트의
비명시적이고 무의식적인 부분들까지 읽을 수"(21면)는 없다는 데 있다.
그러면서 그는 김재용 식의 자발적이고 명시적인 '동의'와 식민주의적
논리에 무의식적으로 끌려 들어간 '포섭'을 엄정하게 분별해야 한다고
주장한다.

하정일은 자발적 동의론이 헤게모니가 작동하는 다양한 지점들에 대
한 성찰을 놓친 반면, 해체론적 탈식민론의 경우 식민주의에의 포섭을
분석하는 데 치우친 나머지 저항의 가능성을 상실하고, "어떤 저항도 식
민주의의 촘촘한 그물망을 벗어날 수 없다."(29면)는 비관주의에 빠졌다
고 비판한다. 그러면서 이 양자의 한계를 넘어설 수 있는 방안을 "견고
하면서도 나약한 식민주의의 양가성"(31면) 자체에서 찾고 있다. 동일성
과 차이, 반복과 단절, 타자 없이는 존립할 수 없는 비자족적 담론으로서
의 성격을 식민주의가 가지고 있기에 탈식민의 가능성이 있다는 것이다.

하정일의 논의가 지닌 특성은 친일문학의 성격규명에서 한걸음 더 나
아가 식민주의 담론을 넘어설 수 있는 저항 담론에 주목하고 있다는 것
이다. 이 점은 다음 예문에서도 확인된다.

친일문학 연구는 탈식민적 저항의 다양한 스펙트럼에 대한 연구와 병행될 때 비로소 온전해질 수 있다. 말하자면 친일과 저항을 동시적으로 읽어나가야만 친일문학 연구의 새로운 진전, 즉 전통적인 반제국주의론과 해체론적 탈식민론의 동시적 극복이 가능하다는 것이다. 특히 저항의 다양한 스펙트럼을 적극적으로 규명하는 작업이 중요한데, 그럴 때 그것과 대비하면서 친일의 세부 지형도를 그리는 일도 가능해지기 때문이다. 뿐만 아니라 친일과 저항을 동시적으로 읽어나갈 때 일제 말기의 한국문학에 대한 온전한 상을 그릴 수 있게 된다. 실제로 일제 말기의 문학을 꼼꼼히 살펴보면 텍스트의 이면에 저항의 칼날을 감추고 있는 작품들이 적지 않았다는 사실을 발견하게 된다. (34면)

위의 예문에서 우리는 두 가지 사실에 주목하게 된다. 하나는 명시적 친일과 명시적 저항 사이에 식민주의에 균열을 내는 다양한 양상의 저항 '들'이 있는 점에 주목함으로써 친일과 반일의 이분법을 넘어설 가능성을 제시했다는 점이다. 또 하나는 비록 해체론적 탈식민주의 입장의 논자들과 접근하는 방식은 다르지만 친일문학 연구의 의의가 단순하게 친일 여부를 판별하는 데 있지 않고 궁극적으로는 '일제 말기 한국문학의 상'을 복원하려는 문학사적 지평과 관련이 있다는 점을 밝힌 데 있다.

친일문학의 내적 논리를 찾아내는 것이 친일문학의 내부를 탐사하는 작업이라면, 하정일은 "우회적 비판, 은밀한 풍자와 냉소, 사보타지와 거리 두기, 의도적 무관심이나 냉담함" 등 저항의 다양한 방식들을 찾아내는, 즉 친일문학의 외부를 탐사하는 작업이 긴요함을 강조한다. 이처럼 탈식민주의의 관점에서 친일문학을 연구할 경우 텍스트가 명시적으로 말하지 않은 것까지 '수행적 독법'으로 세심하게 읽어냄으로써 식민주의의 무의식을 추적하고 그 의미를 규명할 수 있게 된다.

하지만 바로 이와 같은 점이 자칫하면 한계가 될 수도 있다. 아쉽게도 하정일의 글은 "동일성과 반복 속에서 차이와 단절을 생산하는 작은 저항들이 식민주의에 무수한 균열을 만들어내는 역동적 과정을 읽는 맥락적이고 수행적인 독법"이 긴요하다는 점을 밝혔을 뿐 독법의 실천적인 예를 제시하지는 않고 있다. 실천적 읽기에 해당하는 '맥락적이고 수행적인 독법'의 기준을 명확하게 제시하지 못할 경우 무릇 모든 읽기가 그렇듯이 해석의 자의성이 개입할 위험성이 있다. 따라서 텍스트의 무의식을 읽어내는 지금 / 여기 해석자의 입장에 따라 그것이 때로는 포섭으로, 때로는 저항으로 읽힐 위험성을 경계하고 앞서 제시한 저항의 다양한 유형들을 구체화할 필요가 있다.

한편 윤대석은 호미 바바와 빌 애쉬크로프트 식의 탈식민주의론에 기대 '모방'과 '저항'의 양가성에 주목, 구체적인 텍스트 분석을 행한다. 그가 주로 문제 삼는 것은 일본어로 창작된 조선인 문학가의 소설들이다. 「식민지인의 두 가지 모방 양식」(『한국학보』, 2001 가을)은 일본어로 창작된 이효석과 김사량의 작품에 나타난 모방과 저항의 양상을 검토한 글이다. 그에 따르면 식민지인이 스스로를 재현하는 것은 두 가지 유형으로 나타날 수 있다. 하나는 일제 말기 조선의 미를 새롭게 발견한 이효석의 일본어 창작소설들인데, 그의 소설들은 식민지 본국의 시선을 무의식적으로 모방하고 있다. 반면 김사량의 일본어 소설은 식민지 본국을 모방하지만 항상 틈과 균열을 냄으로써 식민지 본국을 조롱하는 방식을 취한다. 「1940년을 전후한 조선의 언어 상황과 문학자」(『한국근대문학연구』 7호, 2003) 역시 일본어 창작을 둘러싼 다양한 당시 논점들을 제시하면서 이중어 창작으로 인한 언어 간 혼종, 제국주의 언어의 전유를 통해 제국주의 담론을 상대화하고 비판할 수 있다고 본다.

이처럼 하정일과 윤대석은 탈식민주의 방법론으로 친일문학을 포함한 일제 말기 문학을 조명함으로써 이 시기 문학이 모방과 전유, 조롱과 침묵 등 다양한 방식을 통해 '비일' 혹은 '반일'의 태도를 취했음을 밝히고

있다. 이들의 연구가 지닌 미덕은 민족어, 민족국가, 민족성 등을 본질적
으로 주어진 것으로 상정하고, 그것을 주체(성)과 동일시하는 관점이 오
히려 식민주의의 논리와 내밀하게 닮아있음을 밝히고, 일종의 수행적인
독법을 통해 저항의 다양한 지점들을 탐사했다는 데 있다. 탈식민주의적
시각 내지 방법론으로 친일문학 문제에 접근하게 되면 언어민족주의나
민족을 본질적인 것으로 상정하는 민족본질주의적 시각에서 벗어날 수
있다. 또한 식민지 본국의 언어와 시선을 모방하면서도 조롱하는 양가성
을 상정할 경우 저항의 가능성이 좀 더 넓어질 수 있기에 일제 말기 문
학사를 적극적으로 재조명할 수 있게 된다. 앞으로 남은 과제는 탈식민
적 저항의 텍스트를 확정하고, 수행적 독법에서 야기될 수 있는 해석의
자의성을 피하는 준거를 세우는 일일 것이다.

4. 이중 식민화와 해방 사이, 젠더의 시각으로 본
   친일문학의 작동원리

 식민지 시기 민족 담론에서 남성은 자기동일성의 욕망을 여성에게 투
사함으로써 여성을 타자화했으며, 이로 인해 식민지 여성은 민족적·성
적으로 이중의 식민화 상태에 놓이게 되었다. 탈식민 페미니즘론이나 민
족주의적 국가파시즘에 대한 분석들은 이런 여성의 '이중 식민화' 현상
을 분석하고 남성중심적 민족주의를 비판하는 입장을 취한다. 친일문학
을 젠더의 관점에서 분석하는 연구들도 마찬가지이다.
 그런데 친일문학을 젠더의 관점에서 분석하는 연구들을 크게 두 부류
로 유형화할 수 있다. 남성작가들의 작품에 나타난 여성성의 전유 양상
이라든가 젠더정치학을 분석하는 연구와 여성작가들의 친일문학을 발굴

하고 거기에 내재된 논리를 분석하는 연구가 그것이다.

전자에 해당하는 글인 김양선의 「친일문학의 내적 논리와 여성(성)의 전유 양상」은 남성작가들의 친일소설에서 식민지 남성이 식민화라는 자기동일성 상실의 위기를 모면하기 위해 여성성을 전유하고 있다는 점에 주목하였다. 필자는 이를 첫째, 내선일체를 정당화하기 위해 남녀의 이합(離合)이라는 오래된 공식을 활용하는 사랑의 서사,11) 둘째, 여성수난사를 친일의 논리에 맞게 재구성한 서사로 유형화하여 살펴보고 있다. 이를 통해 친일문학의 서사화 논리에는 민족적 위계질서만이 아니라 계층과 젠더, 섹슈얼리티를 중층적으로 가로지르는 균열, 그리고 그 균열을 봉합하려는 논리가 내재해 있음을 밝힌다. 이선옥 역시 "여성 범주를 어떻게 구성하고 있는가는 그 민족주의의 성격과 민족의 동질성을 형성하기 위한 선택과 배제의 원리를 읽어낼 수 있는 실마리"12)가 된다고 전제하면서 「우생학과 제국주의의 성정치―채만식의 『여인전기』와 이기영의 『처녀지』」, 「우생학에 나타난 민족주의와 젠더정치」 등 일련의 글에서 여성성에 대한 재규정을 중심 서사로 삼고 있는 남성작가들의 친일소설들을 분석한다.

두 번째, 여성작가들의 친일문학에 대한 연구들 역시 페미니즘 이론에서 쟁점이 되어왔던 차이와 평등의 문제, 여성성과 민족―국가 간의 경합 양상이 어떻게 여성작가들의 소설에서 '친일'의 논리로 서사화 되는

---

11) 이상경의 「일제 말기 소설에 나타난 '내선결혼'의 층위」 역시 주로 남성작가들의 작품을 중심으로 내선일체 정책의 일환으로 장려되던 내선결혼이라는 소재가 작가들의 정치적 전망이라든가 세계관에 따라 어떻게 긍정과 부정, 순응과 저항의 양상으로 나눠지는지를 분석하고 있다.
이상경, 「일제 말기 소설에 나타난 '내선결혼'의 층위」, 김재용 외, 『친일문학의 내적 논리』, 역락, 2003, 참고.
12) 이선옥, 「우생학에 나타난 민족주의와 젠더정치」, 『실천문학』 69호, 실천문학사, 2003년 봄, 85면.

지에 주목한다. 이상경은 일제 파시즘하의 여성문학을 논하면서 사회적 연관관계에 대한 고려 없이 고립된 여성성을 추구할 경우 최정희의 경우처럼 파시즘의 논리로 귀속될 가능성이 많다고 보았다. 그는 식민 상태로부터의 해방과 가부장제의 억압으로부터의 해방이라는 두 가지 목표를 함께 추구했던 식민지 여성의 경험에서 페미니즘과 내셔널리즘은 일방적이지도, 이분화된 것도 아닌, 서로의 요구를 수용하면서 타협해 가는 다면적인 과정이었다고 주장한다.13) 식민지에서 여성의 해방은 민족해방과 분리될 수 없다고 보는 입장이다.

이선옥 역시 여성지식인과 작가의 친일논설과 소설들이 여성해방에의 기대 때문에 일본 제국주의의 논리를 주체적으로 수용한 측면이 있으며, 그 와중에 민족적·계급적 차이를 보지 못한 채 전쟁 동원 정책에 흡수되어 갔다고 분석한다.14)

여성작가들의 친일문학을 다룬 글들은 이처럼 제국의 식민 담론과 여성으로서의 주체성을 획득하고자 하는 열망이 어떻게 서로 모순과 균열을 일으키는지에 주목한다. 이들은 젠더의 시각이 긴요하지만 최종심급으로는 민족을 상정해야 한다는 문제의식을 공유한다.

젠더의 관점에서 친일문학의 내적 논리를 섬세하게 파헤치는 작업은 자칫하면 식민주의 논리가 그만큼 견고함을 승인해주는 결과를 낳을 수도 있다. 남성 / 여성 범주와 유사한 이항대립항들, 가령 문명 / 야만, 서양 / 동

---

13) 이상경, 「식민지에서의 여성과 민족의 문제」, 『실천문학』 69호, 실천문학사, 2003년 봄, 55면.
  김재용 역시 최정희의 친일 협력과 작품을 분석하면서 식민주의에 대한 인식이 없는 여성성과 여성해방의 추구가 위험하다고 본다.
  김재용, 「여성성과 국가주의의 결합으로서의 친일문학－일제 말 최정희의 문학」, 『실천문학』 73호, 실천문학사, 2004년 봄, 242면.
14) 이선옥, 「여성해방의 기대와 전쟁 동원의 논리－여성의 친일 작품과 논설」, 김재용 외, 『친일문학의 내적 논리』, 역락, 2003, 240·266~267면 참고.

양과 같은 근대적 사유에서 배태된 이항대립항들의 존재를 친일문학에서
다시금 확인하는 데 머무를 수도 있다. 그렇지만 앞에서 언급한 연구들은
'여성' 범주의 탈영토화와 재식민화라는 이론적 폐쇄회로에서 벗어나기
위한 시도를 다각도로 모색하고 있다. 여성과 민족, 계급 간의 위계가 어
떻게 복합적으로 얽혀있는지를 분석함으로써 일제 말기 친일 담론이 제
국주의 성정치에 어떻게 흡수되어 갔는지, 그럼에도 불구하고 이와 같은
흡수를 기꺼이 감수한 여성지식인-작가들의 무의식은 무엇이었는지, 균
열과 저항의 가능성은 없었는지를 살피고 있기 때문이다.

그런 점에서 친일문학의 논리를 밝히는 와중에 젠더의 관점을 문제 삼
는 것은 "친일문학을 재영토화하는 긴요한 작업"이다. 특히 표면적으로는
평준화 내지 평등의 환상을 유포하면서 내밀하게는 차별과 위계를 통해
작동하는 국민화 전략의 가장 큰 피해자가 여성이었다는 점을 상기한다면
젠더의 관점을 문제 삼는 여성주의적 시각은 중요하다고 할 수 있다.[15]

지금까지의 논의가 주로 여성작가들이 어떻게 '여성의 국민화'로 대표
되는 식민주의 논리를 승인했는지를 밝히는 데 주력했다면, 앞으로는 친
일여성작가들의 내적 논리를 좀 더 정밀하게 분석하는 작업이 이루어져
야 한다고 생각한다. 그러기 위해서는 여성성 내지 여성 범주의 재규정
을 남성작가와는 어떻게 '다른' 목소리로 말하는지에 주목해야 한다. 필
자는 이미 다른 글에서 여성작가들의 말하기 방식이 남성작가와 다르고,
여성작가들 '내부'에서도 차이가 있음을 모윤숙과 최정희의 글쓰기 방식
을 통해 밝힌 바 있다.[16] 가령 모윤숙은 여성이 공적 영역에서 남성과
동등하게 헌신해야 한다고 주장한 데 반해 최정희는 자신의 개인적 체험

15) 강상희, 앞의 글, 55면.
16) 김양선, 「일제 말기 여성작가들의 친일 담론 연구」, 『어문연구』 127호, 한국어문교육연
   구회, 2005.

을 먼저 드러내고 이를 일반화하는 방식을 택한다. 또한 최정희는 「군국의 어머님들」, 「군국모성찬」 등의 산문에서 일종의 서사적 양식을 빌어 '군국의 어머니'를 실천하는 일본(내지)의 여성들을 차례로 소개하였다. 이처럼 공적 담론이라 할 수 있는 논설에 사적 체험을 일반화하거나 허구적 이야기 방식을 도입하는 것은 남성작가들의 친일 담론과는 분명 다른 양상이라 할 수 있다.

이 같은 점은 최정희와 장덕조의 친일소설에서도 확인된다. 이들의 이른바 후방소설들은 기존의 여성성의 규정을 벗어나지 않으면서 이를 총력전 체제 하 국가의 동원논리에 맞게 재규정한 여성성을 소설의 핵심주제로 삼고 있다. 그런데 여성성이 발현되는 영역이 '일상'의 영역, 사적 영역이라는 점이 남성작가들의 친일문학과 다른 지점이라 할 수 있다. 일반적으로 페미니즘 문학에서는 남성과는 다른 여성들의 말하기와 글쓰기 방식에 주목함으로써 기존의 문학사나 정전을 다시 보고, 다시 규정해 왔다. 마찬가지로 여성들의 '다른' 말하기 방식에 주목한다면 친일문학의 내적 논리를 밝히고, 기왕에 널리 알려진 여성작가들의 문학사적 위상을 재정립하는 데 기여할 수 있다.

필자는 모윤숙, 노천명, 최정희의 친일 행적은 종군작가 활동이나 국책 기관 근무 등 해방 이후의 행적과도 모종의 연관성이 있다고 생각한다. 좀 더 세심한 고증과 분석이 선행되어야겠지만 해방 이후 치열한 각축 끝에 새롭게 재편되었던 문단질서 속에서 살아남은 부류가 이 친일여성작가들이었다는 점을 떠올린다면, 이들의 행적과 작품의 논리를 밝히는 작업은 우리 문학사에서 여성작가들 간의 위계화, 서열화, 정전에의 수록 여부와도 내밀하게 연관이 되어있다. 따라서 이들의 친일문학 및 담론의 생성 조건이 궁극적으로는 근대문학 장의 형성, 좁게는 여성문학이라는 독자적인 장의 형성과 어떤 관련이 있는지를 좀 더 역동적으로

해석할 필요가 있다고 본다. 친일문학연구는 해방 전 문학의 귀결점이자
해방 후 문학의 출발점이라는 한 연구자의 지적[17]은 여성문학 연구에도
해당되는 것이다.

5. 새로운 문학사 구상을 위하여

친일문학에 대한 논의의 근저에는 언제나 민족과 국민국가라는 근대성
의 강력한 두 지표가 작동하고 있다. 친일문학이 그 지표 내부에 놓이게
될 때, 친일문학은 반동일시, 배제, 탈락의 선고를 받을 수밖에 없다. 그렇
다면 그 지표의 바깥에 친일문학을 놓는 일은 가능한 것일 수 있을까?[18]

위의 예문은 현재 친일문학 연구를 둘러싼 새로운 문제의식의 지점들
을 비교적 명확히 짚고 있다. 또한 최근의 친일문학 연구들은 이와 같은
문제의식에 대한 답을 탐색하는 와중에 있다.

지금까지 살펴 본 바와 같이 최근 친일문학 연구는 과거 친일문학 연
구가 민족주의 자장 안으로 끌려들어 감으로써 오히려 식민주의 담론의
자기동일성 논리를 반복할 위험성이 있다는 점을 충분히 인지하고 있다.
따라서 친일문학 연구의 지형도를 새롭게 그리는 작업을 하고 있는 것이
다. 그 작업은 한편으로는 친일문학의 내부를 깊이 파고 들어가 내적 논
리를 따지는 것이고, 다른 한편으로는 친일문학의 외부에 대한 깊이 있
고 냉철한 이해를 병행함으로써 탈식민 내지 저항의 계기들을 찾는 것이
다. 친일문학 연구가 감정적인 민족주의를 극복하고, 우리 근대문학사의
트라우마를 직시하고 좀 더 생산적인 논의의 지평으로 확장되었다는 점

---

17) 류보선, 앞의 글, 8면.
18) 강상희, 앞의 글, 54면.

을 확인할 수 있다.

　앞으로 친일문학 연구가 좀 더 역동적으로 이루어지기 위해서는 전체 문학사 구도 속에서, 근대성의 추구와 좌절이라는 맥락 속에서 친일문학의 위치를 재규정하는 작업이 개개 작가, 작품의 차원에서 이루어져야 한다. 친일문학의 내부와 외부를 가로지르며, 저항과 균열의 지점들을 탐사하는 시도들을 계속한다면 우리는 오랫동안 근대문학사에서 침묵 혹은 결락의 지점으로 남아있던 일제 말기 문학사를 새로 쓸 수 있을 것이다.

일제 말기 문학연구의 비판적 점검
성찰과 허무주의 사이에서 길 찾기

1. 2000년대 국문학 연구의 분화 양상

2000년대 국문학 연구의 특징을 한 마디로 규정하기는 매우 어렵다. 1990년대 국문학 연구가 근대(성)의 성격 규명이라는 회로 안에 있었다면 2000년대 국문학 연구 역시 넓게는 같은 경향을 공유하지만 기존 연구 방법론을 '탈(post)'하면서 다양하게 분화하는 양상을 보이고 있다.

그 첫 번째는 『연애의 시대』, 『근대의 책읽기』, 『오빠의 탄생』, 『모던 뽀이, 경성을 거닐다』 등의 저작들로부터 촉발된 것으로 문학이라는 강고하고 배타적인 경계를 넘어서 근대 형성의 문화적 기제들을 제도와 담론의 영역에서 분석하는 경향이다. 문화사적 연구는 지금까지 간과되어 왔던 텍스트의 사소한 국면들을 텍스트 바깥의 사회, 역사와 적극적으로 연관 지으면서 근대(성)의 기원과 양상을 새롭게 조명한다. 실증적인 측면과 담론 연구를 겸하고 있기도 하다. 이 부류의 연구들은 근대문학의 권위를 해체하고 문학과 역사학, 대중문화, 매체학 등 인접 분야 간의 경계를 허물었다는 점에서 의미가 있다.

하지만 부정적인 측면이랄지 또 다른 편향성도 없지 않다. 일부 연구들에서 보이는 속류화, 과잉 담론화가 그것이다. 개화기나 식민지 시기 잡지와 신문을 대상 텍스트로 해서 연애, 패션, 영화를 비롯한 대중문화, 취미, 신여성 등의 키워드로 자료를 분절, 조합, 재배치하고 해설하는 식의 대중인문서가 쏟아져 나오고 있다. 대상이 되는 텍스트만 다를 뿐 비슷한 해설에 머무른 채 근대성의 복합적 국면을 분석하는 데까지 나아가지 못하는 양상을 속류화라 말할 수 있다. 과잉 담론화란 텍스트의 미시적인 부분을 세심하게 읽는 것은 좋지만 그 의미를 과대 해석하는 경우를 말한다. 결국 문제는 담론 분석이 텍스트에 대한 해설 이상의 의미에 도달하지 못하거나 반대로 텍스트의 사소한 국면을 연구자가 이미 전제해 놓은 틀에 맞춰 의미 부여를 하는 데서 빚어진다. 식민지 시기 근대화와 자본주의화 과정에서 대중들은 이러저러한 것들을 누렸고 좌절했다와 같은 사실 외에 그것이 문학연구의 틀을 넘어서려는 시도로서 어떤 의미가 있는지 자리매김 되려면 이데올로기적 입지점이 좀 더 분명하게 드러나야 할 것이다. 이와 같은 연구들이 비단 문학 분야에만 국한된 것이 아니라 미시사나 하위주체의 연구에 정향된 포스트모던 역사이론이나 문화론 분야 등에서도 진행되고 있다는 점 역시 떠올려 볼 필요가 있다. 근대=문학이라는 권위를 해체하려는 실천적 의미도 좋고 학제 간 연구의 폭을 확장하려는 시도도 좋지만 연구의 주체가 문학연구자라면 같은 대상을 다르게 읽어내려는 자세가 요구된다.[1]

---

1) 하정일은 풍속론적 문학연구의 문제점으로 문학 작품을 풍속을 설명하기 위한 자료로 사용함으로써 문학의 특수성은 사상된 채 지배문화 속에 흡수되어 버리는 결과를 낳았다는 점을 지적하였다. 이 경우 풍속사적 일반성으로 균질화할 수 없는 작가들, 작품들 간의 미세한 차이를 분별하기 힘들다는 것이다.

두 번째 분화의 양상은 탈근대 · 탈민족 담론 연구에서 드러난다. 민족 (주의) 담론 비판과 그것의 좀 더 심화된 양태인 파시즘 연구가 그것이다. 『문학 속의 파시즘』(삼인, 2001) 이후 촉발된 이와 같은 연구들은 민족주의가 근대의 산물이고, 이 민족주의가 타자들을 억압하고 폭력적으로 배제하는 양상들을 다양하게 규명하였다. 더욱이 이 연구 경향은 한국 근대를 지탱해 온 민족(주의)의 강고한 체계를 비판하기 위해 식민지 시기뿐만 아니라 해방 이후까지 대상 시기를 넓히면서 이론적인 체계를 정립하려는 욕망을 강하게 표출한다. 또한 2000년대 들어 새로운 국면으로 접어든 친일문학 연구가 협력과 저항이라는 뚜렷한 평가기준을 세운 것과는 대척점에 있다.

탈근대 · 탈민족 담론 연구는 근대와 식민주의, 민족주의를 넘어설 대안을 제시하기보다는 아직까지는 식민주의와 민족주의의 인식론적 구조와 문제점을 규명하는 데 머무르고 있는 듯하다. 연구자에 따라 식민지 시기와 개발독재 시기 중 어디에 중점을 두느냐, 젠더적 관점을 취하느냐, 풍속에 주안점을 두느냐 등에 따라 갈리기는 하지만 이 연구 경향은 근대=민족을 지고의 가치로 여겼던 1980년대 이념이나 민족문학에 대한 환멸에 젖어있던 연구자들에게 새로운 연구 영토로 여겨지고 있다.

필자는 이 글에서 탈근대 · 탈민족 담론 및 문학연구의 특징을 살펴보고 그것이 현재 근대문학 연구에 미친 영향을 비판적으로 검토하고자 한다. 이 연구 경향이랄지 진영이 포괄하고 있는 연구대상은 '국문학' 개념이 제도화되는 근대 초기부터 박정희 개발독재시대 민족문학까지, 남한 문학뿐만 아니라 북한문학까지를 포괄하고 있다. 하지만 필자는 논의를 일제 말기 문학연구에 한정하고자 한다. 일제 말기는 근대, 민족, 식민주

하정일, 「탈근대 담론-해체 혹은 폐허」, 『민족문학사연구』 33호, 민족문학사학회, 2007, 23면.

의의 문제가 중층적으로 얽혀 있는 시기이자 탈근대론의 득세라는 현재
상황을 배태한 문제적 시기이기 때문이다.

2. 모든 근대 민족 담론은 파시즘적이다?

김철의 『국문학을 넘어서』(국학자료원, 2000)와 신형기의 『민족 이야기
를 넘어서』(삼인, 2003)라는 책 제목에서 눈에 띄는 것은 '넘어서'라는 어
구이다. '넘어서'는 아마도 근대와 이 근대가 낳은 상상의 공동체로서의
민족-국가, 근대적 제도로서의 국문학이 경계 짓고 구획지은 어떤 것을
'넘어서'자는 의미일 것이다. '넘어서'는 극복이자 월경(越境)의 의미를 지
닌다. 이들의 논의를 '탈민족', '탈근대'론의 일종으로 해석하는 것도 이
때문이다.

탈근대 담론은 '민족, 민중 담론의 제도화'[2]에 따른 급진성 내지 저항
성이 상실된 자리에서 시작되었고, 근대의 복합성과 중층성에 대한 새로
운 관점을 보여주었다는 점에서 의미가 있다. 탈근대 담론의 일종인 파
시즘 연구 역시 근대=민족에 대한 발본적인 성찰에서 출발했다는 점에
는 이의가 없다.

파시즘 (문학)연구는 "한국의 근대문학과 사회를 파시즘이라는 분석틀
로 이해하려는 시도"[3]에서 비롯되었다. 김철을 비롯한 파시즘 연구자들
은 "한국의 근·현대사는 본질적으로 파시즘의 자기 전개 과정 및 그것
과의 길항의 역사"라는 관점을 견지한다. 이들은 파시즘이 역사적 체제
일 뿐만 아니라 "근대성의 한 속성"이고 '내셔널리즘'의 폭력성은 파시

---

2) 하정일, 앞의 논문, 13면.
3) 김철, 「파시즘과 한국문학」, 김철·신형기 외, 『파시즘과 문학』, 삼인, 2001, 27면.

즘의 자기동일성을 이루는 기반이 된다고 본다.4) "파시즘은 하나의 완결된 이데올로기가 아니라, 다른 것과 결합하여 자신을 실현하는 유동적, 매개적 존재"이므로 "현대 사회의 모든 양극단의 성향을 종합"하고 "현대인의 심리적 무의식"5)으로 자리 잡고 있다는 지적은 파시즘을 인간의 심성까지 지배하는 본질적인 것으로 보면서 저항과 협력, 진보와 보수라는 입지점에 새겨져 있는 역사성, 복합성을 간과하고 있다는 점에서 문제가 있다. 내셔널리즘(국가주의)은 태생적으로 폭력적, 억압적이라는 관점이 전제가 되어 있기 때문이다.6)

"근대적 경험 내부의 굴절, 주름, 복잡성과 중층성"(18면)을 분석하고자 하는 작업은 식민지 시기와 이른바 민중적 민족문학 진영에 정향되어 있다. 가령 김철은 저항적 민족주의의 성격을 낭만성, 주정성, 인민주의(포퓰리즘)로 규정하면서, 이런 특성이 내셔널한 문화의 본질주의와 배타성을 강화한다고 본다.7) 구체적으로 말하면 "한국의 민족주의는 피해와 억압의 기억을 자신의 정체성 확립의 주요한 심리적 기제로 삼아 왔"(68면)기에 피학대의 경험과 기억이 어느 순간 배타적 공격성으로 화하거나 파시즘적 권력으로 화할 수 있다는 것이다.

    민족—민중문학(론)의 논리와 실천의 구조가 완고한 민족주의 및 인민
    주의적 낭만성에 기초하고 있는 한 탈식민지 국가의 권위주의와 민족주

---

4) 김철, 앞의 논문, 18~19면.
5) 김철, 앞의 논문, 19면.
6) 하정일은 근대성과 파시즘을 동일시하는 이 같은 관점이 근대의 복합성을 보지 못한다는 점에서 '단수의 근대'라고 비판한다. 윤대석 역시 민족적 주체라는 근대적 주체를 삭제하고 구조로서 모든 현상을 설명함으로써 주체의 저항가능성을 봉쇄한 점을 문제 삼는다. 하정일, 앞의 논문, 28면 ; 윤대석, 「1940년대 '국민문학' 연구」, 서울대 박사학위논문, 2006, 6~19면 참고.
7) 김철, 「민족—민중 문학과 파시즘 : 김지하의 경우」, 『국문학을 넘어서』, 국학자료원, 2000, 73~75면.

의적인 지적 엘리트 사이의 공범 관계가 내셔널한 문화의 본질주의와 배
타성을 강화하도록 작용하는 것에 대한 경계는 거의 이루어질 수 없었다
는 사실이다. 그러고 이러한 자각이 부재한 곳에서 파시즘에 대한 저항이,
외적인 전선의 형태와는 상관없이, 그 내부에서 파시즘과 뒤섞이고 그것
과의 진정한 차이를 모호하게 하는 사태 역시 언제나 가능한 것이었다.
결국 파시즘이 민족—민중주의 내부에서 자신의 거처를 마련하는 전략과
방법, 그 구조와 계기에 대한 성찰과 자각이 부재했던 데에서 한국의 민
족—민중문학은 그 자신의 고단한 역사에도 불구하고 헤어날 수 없는 모
순과 배리에 빠졌던 것이다.[8]

위의 예문은 민족주의와 인민주의를 탈각하지 않는 한 저항적 민족주
의 역시 그들이 비판했던 관제 민족주의와 동일하게 파시즘적 권력이랄
지 폭력을 노정한다는 논지를 펴고 있다. 여기서 볼 수 있는 것은 저항
적 민족주의에 대한 뿌리 깊은 불신이다. 이런 관점은 민족주의나 근대
에 대한 발본적인 성찰이라기보다는 민족주의 자체를 일종의 부정성의
집약으로 보는 데에서 기인한다. 그것은 민족(주의) 내부의 다양하면서도
주요한 차이를 무시하고, 민족 이야기를 배제와 억압의 산물로만 보는
또 다른 일원론적 본질주의를 낳기에 치명적인 문제가 있다.[9]

남북한 민족 이야기의 동질성과 동형성을 계보학적으로 서술한 신형
기의 「민족 이야기를 넘어서」 역시 비슷한 오류를 범하고 있다. 그는 민
족 그리고 민족 이야기의 실체가 저항의 도덕성에 의해 은폐되는 현상은
시기적으로는 개화기부터 해방 후 개발독재 시대 문학, 공간적으로는 남

---

8) 김철, 앞의 논문, 75~76면.
9) 이미 알려진 사실이지만 이 같은 관점은 탈근대, 탈민족 역사학에서도 공통적으로 보인
다. 대표적인 논자인 임지현에 따르면 민족주의는 "국민 공통의 가치체계나 신념체계를
내면화함으로써 사회구성원들을 국민으로 일체화하는 국민화 프로젝트의 문화적 기제"이
다. 여기서 국민으로 호명되어 합의와 자발적 복종을 하는 주체의 자발성은 없다.
임지현, 「다시, 민족주의는 반역이다」, 『창작과비평』 117호, 창작과비평사, 2002년 가을,
189~190면 참고.

한과 북한의 문학, 이념적으로는 순수와 참여 진영을 아우르면서 공통적으로 나타난다고 주장한다. 그 역시 신동엽의 인민주의적 상상력을 "자기 안의 타자를 지우려는 잔혹한 폭력"을 내장한 민족 이야기의 억압적 면모로 파악한다.10) 민족 이야기가 타자를 억압, 배제하는 파시즘적 속성을 지녔다는 것이다. 하지만 이야기와 담론 구조의 동질성에만 주목할 경우 저항적 민족 이야기와 이광수 식의 친일적 민족 이야기 사이의 구별은 사라지게 된다. 또한 민족과 민중은 주체(Subject)가 아니라 신민(subject)으로서, 배제, 억압, 동원의 대상으로만 존재하게 된다. "개별자(민중)들을 익명의 전체로 묶어 추상화시키는 민족, 민중 이야기가 대중적으로 소비되어 온 과정"11)을 문제 삼는 그의 논지는 그런 점에서 또 다른 환원주의, 본질주의, 구조주의의 순환회로 속에 빠져 있다.

이처럼 파시즘 문학론은 '한국 근대문학은 민족 이야기를 구축하는 과정에서 타자를 배제, 억압해 왔다. 계보학적으로 살펴 본 결과 그것은 시대와 공간, 이념을 초월한 한국 근대문학의 근본적인 속성이다'라는 입장을 취한다. 이렇게 된다면 한국 근대문학은 파시즘의 그물망에서 빠져나올 수가 없다. 모든 민족 이야기는 파시즘적이기 때문이다. 이런 관점은 역사나 이데올로기, 계급이나 성적으로 다른 주체가 빚어내는 민족 이야기 내부의 차이, 근대문학사 내부의 민족 이야기로 수렴될 수 없는 다른 이야기들을 배제한다. 그렇다면 결국 그들이 그토록 비판했던 배제의 정치학을 되풀이하는 셈이 되는 것이다.

파시즘 문학연구가 지닌 근본적인 문제는 우리의 일그러진 근대에 대한 발본적인 성찰과 주체와 역사에 대한 도저한 허무주의 사이의 경계마저 모호하게 한다는 점이다. 근대에 포박당해 온 우리 내부의 (무)의식을

10) 신형기, 「민족 이야기를 넘어서」, 『민족 이야기를 넘어서』, 삼인, 2002, 29~30면.
11) 신형기, 위의 논문, 40면.

탐사하는 것은 좋다. 하지만 누가 성찰해야 하는가. 성찰의 주체가 지배
계급과 피지배계급 민중을 망라한 불특정 다수이고, 성찰 이후의 대안이
제시되지 않을 경우 그것은 자칫 주체와 역사에 대한 허무주의에 빠질
수 있다. 때문에 민족 이야기의 구조적 동일성에 함몰되기보다는 역사적,
현실적 맥락을 고려하면서 그 속에서 저항과 균열의 지점을 찾아내는 자
세가 필요하다.

　파시즘이라는 일종의 방법론에 대한 근본적인 검토가 요구되는 것도 이
때문이다. 실제로 『문학 속의 파시즘』이나 『민족 이야기를 넘어서』에서
촉발된 한국근대문학 속의 파시즘에 대한 연구는 앤드류 휴이트(Andre w
Hewitt)의 *Fascist Modernism − Aesthetics, Politics, and the Avant − Garde*, 로저
그리핀(Roger Griffin)의 *The Nature of Fascism*, H. R. 케드워드(H. R. Kedward)
의 *Fascism in Western Europe 1900~1945* 등 서구 이론에 빚지고 있다. 여
기서 결락된 것은 서양 / 동양, 제국 / 식민지 사이의 역사적, 미학적 경험
의 차이이다. 서양에 뿌리를 둔 파시즘의 역사나 퇴폐와 몰락, 재생의 이
중적 속성에 기인한 미학적 특성들을 타율적인 근대화와 식민화 상태에
있던 우리의 상황과 문학에 그대로 적용하는 것은 이론이 실제 역사와 텍
스트를 선(先)규정하는 사례라 할 수 있다. "파시즘을 특정한 역사적 체
제"가 아닌 "인간 보편의 심리적인 문제 또는 근대 사회의 한 속성"[12]으
로 파악했기에 가능한 이 이론주의는 근대를 보편적인 것으로 설정하고
지역이나 역사적 경험에 따른 다양성을 봉합해 버린다.

　이처럼 민족주의와 근대 형성의 차이를 결락시키고 근대 일반의 문제
로 환원하는 단순화 논리는 한국의 근대에서 제국의 민족주의와 저항적
민족주의를 동일한 것으로 파악하는 오류로 귀결된다. "식민지 민족주의

---

12) 김철, 「김동리와 파시즘」, 『국문학을 넘어서』, 국학자료원, 2000, 34면.

의 저항논리는 제국주의의 지배논리에서 주어와 목적어를 전도시킨 '적대적 문화변용'의 산물"이기에 저항적 민족주의가 손쉽게 국가주의로 전화된다는 주장이 그것이다. 탈근대 기획으로서의 탈민족·탈국가 논의로 나아갈 수 있는 이론적 기반도 여기에 있다.

이와 같은 파시즘 문학연구의 난점이 집약적으로 나타나는 것이 일제 말기 문학, 특히 친일문학에 대한 연구들이다.

3. 파시즘적 욕망으로 본 친일문학 연구가 지닌 난점

친일문학 연구는 최근 국문학 분야에서 연구자들의 입장과 방법론적 차이가 분명하게 드러나는 분야이다. 친일문학이 국문학 연구의 쟁점으로 부각되고 있는 이유는 첫째, 그것이 한국근대문학의 근대 기획이라든가 근대성 비판과 내밀하게 연관되어 있기 때문이며, 둘째, 근대문학의 형성기에 해당하는 식민지 시기 문학의 발생 및 발전과정을 추적하다 보면 식민성의 문제가 제기될 수밖에 없고 이와 같은 식민성의 인식 및 극복이 일제 말기 친일문학의 존재와 필연적으로 맞닥뜨릴 수밖에 없기 때문이다.

이와 같은 점은 최근 친일문학에 대해 새로운 인식틀을 제시하고 있는 연구자들의 글에서도 확인되는 바이다. 가령 "친일문학적 담론에 대한 최근의 관심은 1930년대 후반기의 문학 더 나아가 일제 강점기의 문학 전체를 일본 제국주의에 대한 저항과 순응의 이분법적 인식틀로부터 해방시켜 보다 다양한 독법을 가능케 했다."13)고 보고, 이를 근대 이후 한

---

13) 류보선, 「친일문학의 역사철학적 맥락」, 『한국근대문학연구』 7호, 한국근대문학회, 2003, 10면.

국문학의 법칙성과 특수성을 규명하는 데 의미 있는 진전으로 평가하는 시각이나 1990년대 후반 이후 친일문학 연구의 새로운 국면을 "반제국 주의론, 민족주의론, 해체론적 탈식민론, 새로운 탈식민론이 가장 첨예하 게 충돌하는 주제 가운데 하나"[14]로 보는 시각이 그것이다.

이처럼 최근의 친일문학 연구는 민족주의와 식민주의, 동일성과 차이 의 정치학, 근대 기획과 탈근대 등 쟁점이 되는 이론들을 가로지르면서 연구의 지평을 한편으로는 확장하고, 또 한편으로는 정교화하고 있다. 또한 친일문학을 둘러싼 다기한 입장 차이들은 예의 민족(주의)를 둘러 싼 이념적 지형과 밀접한 관련이 있다.

김철은 친일문학이 "문학외적인 강제에 의한 근대문학사 상의 일시적 / 돌연변이적 형태"가 아니라 "한국의 근대사회 및 근대문학이 그 출발의 단계에서부터 안고 있던 모순과 갈등이 특정한 역사적 국면에서 그 자신 의 개념과 실체를 갖는 하나의 문학적 현상으로 외화된 것"[15]이라고 규 정한다. 주체의 측면에서도 "친일문학은 한국에서 근대적 주체가 형성되 는 과정에서 나타나는 고유한 측면"(112면)이라고 본다. 이와 같은 김철 의 입장은 최근의 달라진 친일문학 논의들이 어느 정도 동의하는 바이 다. 문제는 친일문학을 본격적으로 파시즘의 입장에서 바라보는 2000년 대 이후의 입장 변화이다.

「파시즘과 한국문학」에서 그는 우리에게 최초의 근대 국민 국가에 대 한 경험, 국민으로서의 경험이 '일본국가의 성원'이 되는 경험이었기에 식민 이후에도 근대 국가의 전체주의가 지닌 폭력성이 재현된다고 본다. 극단적으로 보자면 친일 / 반일이라는 실제적 행위는 그다지 중요한 것이

---

14) 하정일, 「한국 근대문학 연구와 탈식민─'친일문학' 문제를 중심으로」, 『민족문학사연구』 23호, 민족문학사학회, 2003, 15면.
15) 김철, 「친일문학론 : 근대적 주체의 형성과 관련하여」, 『국문학을 넘어서』, 국학자료원, 2000, 94면.

아니고 오히려 식민 시대를 살았던 모든 행위자들은 어떤 식으로든 전체
주의 국가의 노예이거나 파시즘적 욕망을 내밀하게 가짐으로써 타자를
배제하거나 억압하는 존재라는 것이다. 이 같은 관점은 '친일'에 대한 다
음과 같은 정의에서도 확인된다. 식민지 민족주의가 자신의 적인 제국주
의로부터 배우는 과정에서 그를 닮아가는 모순, 식민지인으로서의 열패
감을 강력한 국가인 제국에 의탁함으로써 현실을 망각하고 비약하고자
하는 소망이 곧 친일이라는 것이다.16)

> 제국주의 아래서 조선 민족은 과연 언제나 무구한 수난자이기만 하였
> 는가? 대동아 공영권의 이상에 동참했던 '친일파'들은 일부의 '민족반역
> 자들'뿐이었을까? 만보산 사건에서의 조선 농민과 민중들을 어떻게 해석
> 할 것인가? '만주국'에서의 조선인의 위치와 그들의 행동은 어떤 것이었
> 던가? 이른바 동화정책의 실체는 어떤 것이었던가? 제국주의는 오로지
> '동화정책'을 강요하고 피식민지인은 억지로 그에 따르는 일방의 코스만
> 이 있었던가? (38면)

위와 같은 일련의 문제제기에는 우리가 망각하고자 했던 식민 시기에
'모든' 행위자들은 적극적으로든 암묵적으로든, 의식적으로든 무의식적
으로든 내셔널리즘에 동조했을 것이라는 인식이 깔려 있다. 때문에 우선
적으로 해결해야 할 것은 '민족'과 '국가'의 폭력성을 인식하고 스스로 '신
민'이 되고자 했던 과거를 성찰하는 것이다. 식민지 시기 상황을 억압 / 피
억압, 협력 / 저항이라는 이분법적 잣대로 보지 않고 그 안에 있는 '식민지
무의식'을 보아야 한다는 입장은 충분히 수긍이 가는 바이다. 이와 같은
성찰적 자세가 긴요함에도 불구하고 김철의 친일문학 인식에는 예의 제
국주의 내셔널리즘뿐만 아니라 피식민자 '민중' 역시 파시즘적 욕망과

---

16) 김철, 『'국민'이라는 노예−한국 문학의 기억과 망각』, 삼인, 2005, 37면.

폭력을 행사했다는 무차별적인 등가의 논리가 전제되어 있다. 이와 같은 논점은 파시즘의 강고함을 확인하는 데에는 유효할지 모르지만 저항의 가능성을 애초에 차단한다. 저항 역시 그것이 민족―국가의 이름으로 수행되는 한 어느 순간에는 파시즘으로 화할 수밖에 없기 때문이다.

또 다른 문제는 식민 이후 국민국가의 전체주의적 폭력을 배태한 기원을 식민 시기에서 찾으면서 '국민으로서의 경험'과 '국가의 경험', 국가 폭력을 구분하지 않는 것이다. 물론 그의 논의가 국민 국가의 성원―주체를 국가에 귀속되는 존재로만 파악했기에 가능한 것이긴 하지만 과연 '일본 국가의 성원'이 된다는 경험이란 무엇인가. 그 경험마저 지배적인 권력과 폭력으로만 전일화할 수 있는 것일까. 열패감과 저항의식, 무관심과 같은 다른 경험의 양상들은 없을까. 일본 국가 내부에서도 그랬겠지만 국가의 성원이 된다면 누군가는 지배와 억압자의 위치에 있고, 다른 누군가는 피지배와 억압받는 자의 위치에 있을 수밖에 없다. 그 경험을 언젠가는 제국의 지배자가 되려는 욕망만으로 단일화할 수는 없다.

파시즘 문학연구가 일제 말기 소설을 분석하면서 '만주'에 주목하는 이유도 파시즘적 욕망에 대한 관점과 관련이 있다. 일제 말기 '만주'라는 새롭게 발견된 영토는 '친일 파시즘'으로 불리든, '친일 로맨티시즘'으로 불리든 간에 피식민자가 자기보다 열등한 민족을 타자화함으로써 스스로의 열패감을 벗어나고자 하는 복합적 심리기제를 상연하는 장이 된다.

이처럼 '만주'를 파시즘의 관점에서 새롭게 조명한 글로는 김철의 「몰락하는 신생―'만주'의 꿈과 『농군』의 오독」, 이경훈의 「만주와 친일 로맨티시즘」(『오빠의 탄생』, 문학과지성사, 2002), 「하르빈의 푸른 하늘 : 『벽공무한』과 대동아공영」(『문학 속의 파시즘』, 삼인, 2001)이 있다. 이들은 식민지 조선을 벗어난 공간인 '만주'가 "유사해방감과 의사제국주의자로서의 포즈"를 동반한 "만주 유토피아니즘"의 환상을 심어주었다고 본다. 이 같은 관점에서 이들은 이태준의 『농군』, 이기영의 『신개지』, 『대지의 아들』 등의 '생산문학'을 친일 파시즘의 틀로 해석하고 있다.

이들의 논의를 거칠게 요약하자면 다음과 같다. 오족협화론의 논리에 따라 조선인은 자신을 제2국민(이경훈의 말에 따르면 제국주의적인 준일본인)으로 설정하고 문명으로 표상하는 한편, 만주인과 중국인을 야만으로 표상함으로써 이들을 타자화한다. '친일 로맨티시즘'이 실현되는 장소인 만주는 조선인들에게 천황의 적자로 거듭나는 해방의 공간이었다는 것이다. 가령 이경훈은 정인택의 「검은 흙과 흰 얼굴」을 분석하면서 "만주는 식민지인으로 하여금 일본 국가에 도달하게 하는 일종의 우회로"이며, "만주에서 조선인은 일본인이 되"[17]는데 그 과정에서 식민지 조선인은 자신의 타자적 위치를 제국주의적인 주체의 위치로 전화하게 된다는 것이다. 이태준의 『농군』 역시 만주에서 조선인이라는 집단적 주체의 승리는 일본 국가주의 계획을 매개로 한 것이기에 적극적인 친일인지 여부와는 상관없이 "제국주의적 시각과 제도로서 자기를 정립"한 엄밀한 의미에서의 '친일소설'이라고 본다.[18]

일제 말기 '만주'라는 공간적 상상력을 총동원체제의 수사학이라는 친일문학의 관점에서 해석하는 이경훈의 논의는 특정 텍스트의 내적 논리를 따라 가면서 분석하는 형식을 취하지 않는다. 풍속문화사적 연구가 그렇듯이 이기영, 이태준의 텍스트와 정인택, 이광수의 텍스트가 '친일 로맨티시즘'이라는 동일한 주제 하에 놓이며, 텍스트의 특정 부분이 필요에 따라 분석에 동원된다. 여기서 문제가 되는 것은 작가들 사이의 이념적 차이, 해당 텍스트의 특정 부분이 아닌 전체 텍스트 역시 '친일'이라는 관점에서 볼 수 있는지 여부, 생산문학과 개척문학이 아닌 해당 작

---

17) 이경훈, 「몸뻬와 야미」, 『오빠의 탄생』, 문학과지성사, 2002, 301면.
18) 이경훈, 위의 글, 306~308면.

가들의 다른 텍스트와의 관련성 내지 일관성 여부이다. 텍스트를 분절, 해체해서 그 의미를 과잉담론화할 경우 '친일'의 의미를 무한 확장하는 결과를 초래할 수 있다. 가령 이태준의 『농군』(1939)과 「만주기행」(1941) (애초 제목은 「이민부락 견문기」(『조선일보』, 1938. 4. 8~1938. 4. 12)), 「패강냉」 (1938)을 놓고 본다면 「패강냉」이 보여준 일본 제국의 파시즘적 근대에 대한 비판과 『농군』의 파시즘적 의식이 비슷한 시기에 모순적으로 공존하는 격이 되어 버린다. 모든 것을 제국─일본 국민에 귀속되려는 욕망을 가진 주체로 해석하려는 관점은 작가의 현실 인식과 지향점에 따른 차이, 작품 간의 차이를 읽지 못하는 것이다.

　김철의 논문 역시 유사한 문제점을 지니고 있다. 「몰락하는 신생─'만주'의 꿈과 『농군』의 오독」은 이태준의 『농군』이 '만주경영'이라는 제국주의의 새로운 시대적 흐름에 편승한, 당대 국책에 적극적으로 부응한 소설이라고 본다.[19] 만주사변 이후 만주는 피식민지인으로서의 조선인이 제국의 '일등국민'으로 도약할 수 있는 기회를 제공하는 공간이고, 식민지 조선인의 '식민지적 무의식'과 '식민주의적 의식'이 실현되는 장소였다는 것이다.[20]

　　중국인 농민들을 '토민'으로 멸시하는 식민지 조선인의 시선은 더욱 분열적일 수밖에 없다. 일본 제국주의의 식민지주의적 시선 아래서 조선인은 또 하나의 '토민'일 뿐이다. 그 엄연한 현실의 중압을 벗어나는 하나의 방법은 또 다른 야만을 발견함으로써 자신에게 가해진 억압을 전이 혹은 투사하는 것일 터. 제국주의 지배하의 조선인에게 '만주'는 그렇게 발견되었

---

19) 김철, 「몰락하는 신생─'만주'의 꿈과 『농군』의 오독」, 『국민이라는 괴물』, 삼인, 2005, 107면.
　　이 논문은 탈근대·탈민족 담론의 보수화 경향을 대표적으로 보여주는 『해방전후사의 재인식─1』에도 재수록되어 있다.
20) 김철, 위의 논문, 111면.

다. (…중략…) 만보산 사건의 진상이 이미 명백해진 시점에서, 사실을 굳이 왜곡하면서까지 '수난 받는 피해자로서의 조선 농민 대 야만스런 가해자로서의 중국 군벌과 농민'이라는 구도로 사건을 형상화하는 데에는, 실은 가해자인 자신의 미묘한 위치를 부정하고자 하는 욕구, 피해와 가해의 이중적 위치가 동시에 혼재하는 데에서 오는 의식의 착종을 수난자로서의 자기 확립을 통해 방어하고자 하는 욕구가 매개되었던 것은 아닐까?[21]

이런 맥락에서 김철은 『농군』을 선행 텍스트인 「이민부락견문기」(「만주기행」)와 함께 "만주 이데올로기의 문학적 구현"(131면)이라고 주장한다. 이 논문이 제국주의적 민족주의와 피식민 민족주의의 동일시, 친일 민족주의와 저항 민족주의의 동일시로 인한 단순화 논리에 빠져있다는 비판은 이미 선행 연구들이 한 바 있다.[22] 여기서 필자가 덧붙이고 싶은 것은 그의 논리가 "민족과 민족주의에 대한 유럽 좌파의 부정적 시각에 빚

---

21) 김철, 위의 논문, 121~122면.
22) 장영우, 「『농군』과 만보산 사건」, 『현대소설연구』 31집, 한국현대소설학회, 2006 ; 하정일, 「『해방전후사의 재인식』의 민족과 민족주의」, 『창작과비평』 135호, 창작과비평사, 2007년 봄.
   장영우는 김철의 논지가 조선농민=일본국민=중국에의 가해자라는 제국주의자의 시선에 고정되어 있다고 비판한다. 만보산 사건을 둘러싼 자료 역시 자의적인 해석에 따라 오독하고 있음을 구체적인 자료에 근거해 지적한다. 「이민부락견문기」(「만주기행」) 역시 조선인의 만주개척의 성공 사례를 보고하는 것으로 보거나 기행문의 마지막 구절을 "만주국의 협화적 이상을 충실히 재현"하는 것으로 해석하는 것은 기행문의 숨은 뜻을 파악하지 못한 과잉해석이라고 비판한다.
   하정일은 『농군』의 시대적 배경이 만보산 사건 이전인 1920년대이므로 사실적 합치여부를 따지는 것은 타당하지 않다고 본다. 1920년대 조선인 이주민은 중국인에 비해 열등하고 차별적인 위치에 있었으므로 중국인에게 식민주의적 폭력을 행사할 위치가 아니었다는 것이다. 『농군』과 「만주기행」의 이야기가 다른 것도 만주국 건국 이전과 이후라는 시대적 배경의 차이에서 기인한다고 본다. 따라서 김철이 『농군』을 제국주의에 대한 협력의 서사로 비판하는 것은 피식민 주체가 처한 맥락의 특수성으로 인해 피식민 민족주의가 제국주의적 민족주의와는 다른 저항적 효과를 발휘한다는 사실을 간과한 채 피식민 저항 민족주의 역시 제국의 체제 안에서 그 체제를 안정시키는 역할을 한다는 관점을 취하고 있기 때문이다. 제국주의의 '바깥'은 존재하지 않는다는 이런 관점은 피식민 민족주의의 역사성과 운동성을 몰각한 결과라는 것이다.

지고 있는 것23)뿐만 아니라 일본 내 진보적 지식인들의 민족주의 비판에
서 핵심이 되는 탈민족·탈근대주의의 영향에 놓여 있다는 것이다. 우리
는 김철의 논지 전개에서 '식민지 무의식'을 핵심 개념으로 하는 사카이
나오키나 고모리 요이치의 흔적을 읽을 수 있다.

사카이 나오키는 "집단이 국민공동체 혹은 국가로 일원화되어가는 과
정이 근대의 기본적인 규정"24)이며, 자기충족적인 통일체로서의 국민공
동체는 "다른 국민공동체와의 비교 및 구별을 매개로 하여 구상된다."25)
고 말한다. 다른 사회와 문명을 균질적인 타자로 표상하고, 자민족, 자국
민 역시 균질적인 통일체로 구상하는 이와 같은 동일성의 논리가 국체
(nationality)의 구성방식이라는 것이다. 사카이 나오키는 서양이 비서양을
타자로 재현 표상함으로써 자기를 구성하듯이, 일본을 비롯한 비서양의
각 민족 역시 타자를 통해 자기를 확립하므로 이처럼 잡종성을 용인치
않는 국민주의가 (재)생산하는 국체를 탈구축해야 한다고 주장한다.26)
고모리 요이치의 핵심 개념인 '식민주의적 무의식'도 사카이 나오키의
논지와 비슷하다. 식민주의적 무의식이란 자신이 서구 열강에 의해 식민
지화될지도 모른다는 식민지적 공포와 불안을 망각하기 위해서 스스로
를 문명으로 정의하고 주변부에서 미개와 야만을 발견하는 전략을 구사
하는 심리적 기제를 일컫는다.27) 만주의 조선인들이 중국의 농민들을 야
만으로 규정지음으로써 자신의 억압과 가해/피해의 이중성에서 오는 혼
란상을 벗어나고자 했다는 김철의 입장과 이들의 논지는 유사하다. 하지
만 그의 입론을 식민지 시기 행위 주체들에게 일괄적으로 적용했을 경우

23) 하정일, 앞의 논문, 348면.
24) 사카이 나오키, 이득재 옮김, 『사산되는 일본어, 일본인』, 문화과학사, 2005, 76면.
25) 사카이 나오키, 위의 책, 183면.
26) 사카이 나오키, 위의 책, 223면.
27) 고모리 요이치, 송태욱 옮김, 『포스트콜로니얼』, 삼인, 2002, 32~36면.

실제로 이 행위 주체들이 행했던 다양한 대응방식들을 섬세하게 파악할 수 없다.

서양에 의해 근대화 과정을 겪었고, 스스로 제국(주의)를 실행함으로써 서양을 모방하고자 했던 일본의 역사와 이런 일본의 역사에 대한 불신감과 비판의식에서 유래한 일본 지식인들의 탈근대·탈민족 논의를 그대로 우리 현실에 적용할 수는 없다. 주체(이들의 개념으로 행위자)는 구조적으로 근대 민족국가의 '신민(臣民)'으로 복속되는 존재일 수밖에 없다는 비관적 인식은 식민지 내부에서 벌어졌던 탈식민의 다양한 움직임들을 애초부터 차단하는 논의인 까닭이다.[28]

그런 점에서 일제 말기 파시즘 연구자인 권명아의 입장이 좀 더 타당성이 있어 보인다. 권명아는 일제 말기 총동원체제 하 현실을 저항과 수탈, 억압과 자발적 동의의 내면화로 나누는 것은 문제가 있다고 본다. 젠더정치의 관점에서 보자면 이질적 욕망과 상이한 이해관계가 있었고, 파시즘의 논리에 대한 반응 양식과 이해 차이에 따라 다양한 틈새가 만들어졌기 때문이다. "통제 체제에 대한 저항이나 집단적 거부로 보기 힘든 이러한 태도들은 개인적 거부감, 비껴 서기, 움츠러들기, 조롱하기, 이탈적 태도, 무해한 유머 등 다양한 형식으로 드러난다."[29]는 그의 관점은 소극적이긴 하나 국가주의에 전일적으로 귀속되지 않는 주체의 존재를 염두에 둔 것이다. 하지만 문학연구자들이 젠더 연구나 포스트 콜로니얼

---

28) 윤대석은 이와 같은 문제를 다음과 같이 비판한 바 있다. "'협력 / 저항'에서 말하는 민족이라는 주체를 삭제하기 위해 모든 주체를 삭제하거나 허위적인 주체로 명명함으로써 거꾸로 제국으로부터 벗어나려는 욕망들조차 제국으로 환원시켜서는 안 된다." 윤대석 역시 제국이 형성한 '인식론적 틀'로 모든 주체를 환원하는 구조주의적 인식의 한계를 지적하는 것이다.
윤대석, 「구조주의적 인식의 성과와 한계」, 『민족문학사연구』 27호, 민족문학사학회, 2005, 345면.
29) 권명아, 『역사적 파시즘-제국의 판타지와 젠더정치』, 책세상, 2005, 94~97면.

리즘을 수용하면서 그러한 이론들을 작품 해석에 대한 준거로 삼을 뿐
이 새로운 이론이 가진 다양한 이론적 지형들과 복합성을 사상했다는 지
적을 하면서 파시즘과 내셔널리즘 비판조차 문학주의와 정전주의에 귀
속되었다는 그의 주장에는 동의하기 힘들다. 그는 김철, 황종연, 하정일
이 이념적 입지가 다름에도 불구하고 동일하게 문학중심주의를 고수한
다고 비판한다. 문학을 여타 담론과 동등한 차별적 체계로 보아야 한다
는 지적30)은 문학을 탈신화화한다는 점에서는 의미가 있을지 몰라도 젠
더정치나 담론의 실천성을 문학 '바깥'에서 찾으려는 역설적 노력으로
보인다. 문학은 문학 나름대로의 방식이 있고, 역사나 사회 담론은 그 담
론 나름대로의 방식이 있는 만큼 문학 '아닌' 담론에서 파시즘의 젠더정
치학을 찾는 길만이 있는 것은 아니다. 그것은 그가 경계했던 이분법적
인 배제의 정치학을 역으로 재생산하는 격이 될 수도 있다.

 '친일문학'과 '파시즘 문학론' 양 자의 문제를 지적하면서 "파시즘 문
학론이 민족적 주체라는 근대적 주체를 삭제하고 구조로서 모든 현상을
설명하는 데 반해, 분열된 행위주체를 설정"31)하는 윤대석의 입장 역시
여릿하나마 모방과 균열을 읽어 내려는 점에서 일제 말기 연구의 다른
지형도를 보여준다. 윤대석은 호미 바바와 빌 애쉬크로프트 식의 탈식민
주의론에 기대 '모방'과 '저항'의 양가성에 주목, 구체적인 텍스트 분석
을 행한다. 그에 따르면 식민지인이 스스로를 재현하는 것은 두 가지 유
형으로 나타나는데 식민지 본국의 시선을 무의식적으로 모방하는 경우
(이효석의 일본어 창작소설)와 식민지 본국을 모방하지만 항상 틈과 균열을
냄으로써 식민지 본국을 조롱하는 경우(김사량)가 그것이다. 그의 입장은

30) 권명아, 「이론적 실천과 소비의 경계-'문학 속의 파시즘' 연구와 대중독재론의 문제」, 『역
    사적 파시즘-제국의 판타지와 젠더정치』, 책세상, 2005 참고.
31) 윤대석, 「1940년대 '국민문학' 연구」, 서울대대학원 박사학위논문, 2006, 6면.

제국주의 언어를 전유함으로써 제국주의 담론을 상대화하고 비판할 수 있는 가능성을 보여준다. 요컨대 권명아나 윤대석의 최근 연구들은 협력과 저항, 그 중간 지점의 다양한 대응양상들에 주목함으로써 텍스트를 복합적으로 읽어낼 수 있는 단서를 제공한다. 근대-국가주의에 포섭되거나 협력하지 않는, 혹은 포섭과 협력 사이에서 주춤하는 주체의 여러 모습들을 찾는 노력은 국가주의를 '넘어서'는 또 다른 길이 될 것이다.

4. 성찰을 넘어선 실천

윤대석의 적실한 말처럼 1930년대 후반에서 1940년대 초반에 이르는 일제 말기 문학을 연구하는 것은 현재의 전망과 연결되어 있는[32] 긴요한 작업이다. 하지만 일부 연구에서 현재의 반사상(反射象)으로 기능하는 과거를 과잉 해석하는 것은 경계할 일이다. 지금의 탈근대 · 탈민족 연구에 내재한 '성찰'의 자세가 자칫 우리 안의 파시즘에 골몰한 나머지 과거에 현존했던 저항과 균열의 목소리마저 지우려는 것은 아닌지. 만약 그렇다면 그것은 '국민'을 근대와 국가주의에 포섭된 '신민'으로 역설적으로 고착시키게 되는 건 아닌지 되물어야 한다.

우리 안의 파시즘, 우리 안의 식민주의에 눈을 돌리는 것은 좋다. 하지만 가령 일본 식민주의 하에서 타자를 통해 자기를 구축했던 지식인과 조선 민중의 (무)의식을 동일하게 보는 것이 과연 합당할까. '우리' 안의 파시즘이라고 할 때의 '우리'는 누구인가. 결국 근대 국가주의에 포섭될 수밖에 없는 너와 나, 식민지를 살았던 조선인 전체, 현재를 살아가는

---

32) 윤대석, 앞의 논문, 337면.

남·북한 민중 전체를 가리키는 것인가? 아니면 근대 국가 이야기의 주 생산 담당층인 지식인 집단을 가리키는 것인가? "종교화한 내셔널리즘이 지배하는 사회, 자신의 깨끗하지 못한 과거(베트남전을 지칭)를 기억하려 하지 않는 사회, 거짓말과 과장으로 채색된 위대했던 먼 과거의 이야기 에 도취되어 자신이 저지르는 나날의 폭력을 의식하지 못하는 사회"가 '친일' 행위와 다를 바 없다[33]는 김철의 전언은 그것대로 의미가 있지만 1940년대 파시즘의 광기를 현재적 의미로 역 재단하는 발상은 위험하다. 진정한 성찰은 일종의 시스템에 함몰된 우리를 돌아보는 것만이 아니라 그 속에서 여릿하게나마 제 목소리를 냈던 무수한 타자들의 목소리를 복 원하는 것이기 때문이다. 윤리적 성찰을 넘어선 실천이 필요한 시점이다.

---

33) 김철, 『'국민'이라는 노예』, 삼인, 2005, 39면.

제3부

문학사와
젠더적 독법

신여성 드러내기의 두 가지 방식

김동인과 염상섭의 초기 단편을 중심으로

1. 여성의 눈으로 읽기

근대소설은 자아와 세계 간의 긴장 및 세계에 의한 자아의 좌절을 그린다. 그렇다면 다음과 같은 가정을 해보자. 만약 세계 앞에 '가부장적'이라는 형용사가 더해지고 자아의 생물학적 성이 '여성'이라면 그 여성의 좌절은 앞서의 소박한 진술과 어떤 변별성을 지닐까. 게다가 이야기의 생산자가 '남성'이라면, 텍스트 생산자 혹은 내포작가와 여성인물 간의 틈은 어떻게 드러나는가.

이 글은 이런 두 가지 문제에 대한 답을 김동인과 염상섭의 초기 단편에서 찾고자 한다. 본격적인 근대문학의 장을 연 김동인과 염상섭은 차이점만큼이나 공통점도 많다. 문학 활동의 출발기에 자연주의적 색채를 농후하게 드러냈다는 점, 돈과 애정 혹은 성을 둘러싼 인간의 욕망을 시종일관 사실적으로 그렸다는 점 등이 그것이다. 지금까지 여러 연구자들에 의해 피상적으로 지적되어 온 바 있듯이 신여성 혹은 여성일반에 대한 부정적인 시각[1] 또한 이들이 공유하는 점 중의 하나이다. 1910, 1920년대에 신여성[2]은 근대문명의 세례를 맨 앞자리에서 받은 자들이었다. 신여성에 의한, 신여성에 관한 담론은 당대 주도적 담론 중 하나였으며, 신여성은 근대성을 나타내는 기호였다. 때문에 이 두 작가가 작가적 여정의 출발점에서 신여성의 삶과 심리를 드러내려 했다는 점은 자못 의미심장하다. 이 글에서는 김동인의 「약한 자의 슬픔」(1919), 염상섭의 「除夜」(1922)에 나타난 인물의 욕망, 소설구조를 중심으로 이들이 과연 신여성을 객관적으로 드러내고 있는지, 만약 아니라면 그 한계가 무엇인지를 짚어보고자 한다.

---

1) 김동인은 「약한 자의 슬픔」과 「김연실전」에서 신여성에 대한 부정적 태도를 단적으로 보여주었다. 그의 이러한 태도는 "모던이란 말과 경박이란 말은 지금에 있어서는 같은 말로 통용되느니만치, 현대 여자의 대부분은 「경박」 그것"이라 규정하는 데서도 잘 드러난다(김동인, 「약혼자에게」, 『東仁全集』 8, 弘字出版社, 8면). 이러한 그의 여성관은 '남성문학'으로 평가되기도 한다(조진기, 「1920년대 소설에 나타난 여인상」, 『여성문제연구』 10집, 1981).
   정도의 차이는 있지만 염상섭 또한 초기작에서 타락한 신여성을 많이 그리고 있는데, 이는 나혜석 등 당시 신여성과 밀접한 관계를 유지하면서 이들의 행태를 관찰한 데서 연유한 것으로 보인다(김윤식, 『염상섭 연구』, 서울대출판부, 1987).
2) 당시 신여성은 흔히 신교육을 받은 지식여성으로 구식여성과 대비되는 개념이나 좀더 구체적으로는 신교육으로 획득한 자아각성을 기반으로 가부장제적 도덕규범에 도전하여 여성의 성적인 해방을 주장한 여성을 의미한다. 신여성을 둘러싼 가장 심각한 사회적 반응은 자유연애 논쟁이었다. 김원주나 나혜석 등은 당시 차별적인 성윤리에 대항하여 자유연애사상, 더 나아가 여성해방을 정조해방에서 찾는 신정조론을 주장했다. 신구도덕의 갈등의 와중에서 이들의 급진적 주장은 성적 방종으로 오인 받았으며, 한편으로는 식민지 시대 대다수 여성의 삶과 유리되고 부르주아 계급의 한계를 극복하지 못한 문화주의 운동으로 평가받았다(오숙희, 「한국 여성운동에 관한 연구―1920년대를 중심으로」, 이화여대 여성학과, 1988, 129~151면 참조).

2. '신여성'이라는 가짜 욕망

김동인의 초기작 「약한 자의 슬픔」은 19살 고학생인 엘리자베트가 K 남작 집의 가정교사 노릇을 하다가 주인인 K남작에게 정조를 유린당한 후, 임신, 추방, 소송청구, 패소, 낙태 등의 과정을 거치면서 자신을 '약 한 자'로서 자각하게 되는 과정을 그리고 있다.

염상섭의 초기작 「제야」는 신여성으로 일본유학까지 다녀온 정인(貞仁) 이 부정을 저지른 자신을 용서한다는 남편의 편지를 받고난 후 자살을 결심하고 쓰는 유서형식으로 되어 있다. 작품의 전체 구성을 보면 전반 부 1~3장에서는 정인이 당시 인습적 결혼제도 및 가부장적 사회를 비판 하면서 자아중심의 새로운 결혼관 및 정조관을 피력하고 있고, 4~7장에 서는 실제 사건의 전모를 구체적으로 밝히고 있다.

두 작품에서 여성인물들은 부권이 부재한 상황에 있거나(「약한 자의 슬 픔」), 부권에 대해 강력한 반발감을 지니고 있다(「제야」). 엘리자베트는 고 아이다. 아버지 없이 성장한 엘리자베트는 당시의 신여성들처럼 연애를 꿈꾸지만 경제적으로 대리 아버지의 역할을 하던 K남작에게 정조를 유 린당한다. 정인은 "부친의 소위 가부장의 남용과, 폭군적 위압"3)에 대해 직설적으로 비판하며, 자신의 위선적 행동에 대한 원인도 그것에 돌리고 있다. 거기에다 자신이 "肉의 詛呪바든 因果의 子"(69면)인 사생아라는 사 실은 그 부권부정에 가속도를 더해준다.

이런 부권 부재 내지 부정 상태에서 이들은 또래 집단의 의식이자 당 시 신여성의 삶의 방식으로 여겨졌던 '자유연애'에 이끌린다. 엘리자베 트는 이야기 한번 붙여보지 못한 이환에 대해 연애감정을 느낀다. 그러

---

3) 『염상섭 전집』 9, 민음사, 1987, 67면.
　이하 작품 인용은 위 책의 면수를 따르기로 한다.

나 실현되지 못한 이 감정은 사실 가짜 욕망에 불과하다. 엘리자베트가
이환에게 느끼는 감정은 "만나기 시작한 지 닷새에 좀 정답게 생각되고
열흘에 그를 만나지 못하면 섭섭하게 생각되고, 이십 일에 연애라 하는
것을 자각하고, 일삭만에 그 청년의 이름을 탐지하였다."[4]라고 서술된다.
그러나 그 연애감정은 그녀 자신이 만들어낸 환상일 뿐 상대편 이환의
생각은 텍스트 문면에서 배제되어 있다.

정조를 유린당한 후 그녀가 남작에 대해 취하는 태도 또한 같은 맥락
에서 해석될 수 있다. 그녀는 남작을 거부하지 못한 자신의 성격상 '약
함'에 대해 후회하면서도 그가 정기적으로 찾아와도 이를 거부하기는커
녕 돌아간 후 "무한한 적막"을 깨닫거나, "남작이 오지를 않으면 속이
타고 질투를 하"(17면)기에 이른다. 이러한 그녀의 태도는 남작의 '가까
움'과 이환의 '사랑스러움'을 놓고 둘을 비교하는 데에서 극단화된다. 상
대편 남성과의 직접적인 의사소통이나 감정의 교류가 부재한 상태에서
그녀가 겪는 이러한 내적 갈등은 육화되지 않은 관념적인 자유연애 사상
을 전형적으로 보여주는 것이다. 김동인의 다른 작품 「김연실전」은 이보
다 더 극단적이다. 일본 문예작품에서 읽은 연애담에 탐닉하면서 신여성
의 역할은 자유연애의 실행이라 여길 만큼 천박한 사이비 신여성 의식을
지닌 김연실은 '보바리즘(Bovarism)'의 한국적 양상을 보여주는 인물이다.

「제야」의 정인은 기존의 도덕에 대한 안티테제로서 "자기의 생을 절대
로 충족시키라는 끓는 욕구"(74면), 다시 말해 자아중심적 세계관을 설정
하고, '생활을 열애'함을 연애와 등치시킨다.

　　所謂 道德이란 桎梏는, 한 男子에게만 一生涯를 奴隷的奉仕에 바쳐야만

---

4) 『동인전집』 7, 弘字出版社, 1964, 9면.
　이하 작품 인용은 위 책의 면수를 따르기로 한다.

한다는 條文을, 貞操의 美니, 貞操의 崇高니 하는 等美衣에 숨겨가지고, 纖
弱한 女性에게 君臨한다. 더구나 跛行的으로, 女子에게만 嚴酷하다. (…중
략…) 한 戀愛에 對하야 飽滿의 悲哀를 感할때, 다른 戀愛에 옴겨간다하기
로, 거긔에 무슨 道德的缺陷이 잇고, 人類共同生活에 무슨 破裂이 생기겟느
냐? 모든것을 이저버리고 오즉 生을 사랑할뿐이다. (74면)

생과 연애의 일치에 기반을 둔 연애지상주의는 기존의 정조관념에 대
한 극단적인 부정으로 나타난다. 기존의 가부장제 사회가 요구하는 정조
를 "男子가 女子에게 生活保障을 條件으로하고 强要하는 所有慾의 滿足"
이나, "高尙한 趣味性을 滿足시키랴는 慾求"(75면)라고 보는 그녀의 관점
은 정절이데올로기가 남성중심적 윤리관에서 나왔다는 것, 그 근저에 성
혹은 육체와 물질의 교환이라는 경제 논리가 깔려있음을 파악했다는 점에
서 일면 타당하다. 그러나 그녀의 생각은 일종의 신정조관5)에로까지 확장
되면서 자신의 방탕을 합리화시켜 주는 이론적 기제로 사용되고 있다.

　　누가 貞操를 지키지안는다하는가. A와의 情交가 繼續할때에는, A에게
　對하야 貞操잇는 情婦가 될것이요, B와 夫婦關係가 持續할동안은, 또한 B
　에게 對하야 貞淑한妻만되면 고만이안이냐. A에게 대하야 벌서 何等의 愛
　着을 感치 안흐면서, A와 夫婦關係를 持續하는것이야말로, 돌이어 姦淫이
　다. (75면)

결국 그녀의 철학은 "도처에 여왕인 자기"를 발견하고 거기서 자신의
선진성을 찾으려는 자기방어의 수단에 불과하다. E 씨와의 자유연애 또

---

5) 이러한 정인의 신정조관은 당시 신여성들의 지배적인 이론과 유사하다. 가령 나혜석은
　"정조는 도덕도 법률도 아무것도 아니요, 오직 취미"라고 주장하면서 여성해방을 정조의
　해방에서 찾고 있다. 이러한 급진적인 신정조론은 차별적인 성윤리에 대한 대항의 의미
　뿐만 아니라, 기존의 전통적인 사회규범을 부정하고 '나'를 찾기 위한 의지의 표현이라
　할 수 있다.
　나혜석, 「신생활에 들면서」, 『삼천리』, 1935 ; 오숙희, 앞의 논문 재인용.

한 독일 유학을 통해 자신의 허영심을 충족시키려는 욕망을 은폐하려는
외피일 뿐이다. 자신의 임신 사실을 속이고 다분히 계획적인 의도에서
한 결혼은 정인이 자아중심적 자유연애 논리를 끝까지 밀고나가지 못했
음을 역설적으로 보여준다.

> ·물론 당신은, 자기가, 再娶하신다는 점으로 보아서 여러가지 打算이 잇
> 섯겟지요. 당신의 要求에 第一適合한 것은, 내가 妾의 자식이란것이엇겟지
> 요, 妾의 子息이던, 私生兒이던, 그러한것은 당시의 나에게 대하야, 별로
> 介意하는바는 아니엇지요만은, 구습의 관념이 머리에 깊히 파고박인 당신
> 에게는, 그것이 무엇보다도 나의 弱點이라고 생각하시는 동시에 (…중
> 략…) 그外에, 벌서 二十五歲, 自己와 同甲이라는것 (…중략…) 등이 당신
> 에게는 돌이어 有利한 條件이엇겟지요. (67면)

남편 A의 재혼과 정인의 가계적 결함과 만혼(晚婚)은 서로의 결핍을 상
쇄해주는 조건이 되고 있다. 이들의 결혼은 근대적인 교환가치의 논리에
기반해 있는 것이다.

라깡은 '인간의 욕망은 타자의 욕망'[6]이라고 했다. 결국 주체의 욕망
은 타자가 욕망하는 것을 욕망함으로써 타자로부터 인정받고자 하는 욕
망이다. 이들에게 타자란 궁극적으로 육화되지 않은 신여성상이다. 그리
고 일본이나 서구(「제야」), 서울(「약한 자의 슬픔」)에의 동경으로 나타나는
외현적 근대문명이기도 하다. 정인이 자신의 육체를 매개로 P, E와 관계
를 맺는 것은 바로 독일유학이라는 유인력이 있었기 때문이다. 남작의
집에서 쫓겨난 엘리자베트가 시골의 오촌모집에 머물면서도 계속해서
그리워하는 것은 "촌집보다 높고 정한 서울집"이요, "맥고모자에 권연
물고 가는 모시두루마기 입은 서울사람"(40면)과 같은 표피적인 서울의

---

6) 권택영 엮음, 『자크 라캉─욕망이론』, 문예출판사, 1994, 16면.

문명들이다.

결국 이광수의 계몽적 선구자 의식마저 빠져버린 후에 남는 것은 자아의 해방과 자유연애를 등치시키는 사이비 개인의식인 것이다.

3. 욕망의 좌절과 소설구조의 파탄

사이비 신여성의식에 바탕을 둔 이들의 욕망은 허약하다. 가부장에 대한 반발과 개인의지를 강조한 이 여성들은 일단 자신의 욕망의 정당성을 입증하기 위한 방어기제를 만들 수밖에 없다. 자신의 존재의의를 인정받기 위한 인정투쟁인 것이다. 「약한 자의 슬픔」에서 인정투쟁의 방식은 재판으로, 「제야」에서는 편지로 각각 나타난다.

「약한 자의 슬픔」에서 재판은 근대적 제도를 상징한다. "남작으로 인하여 모든 바램과 앞길을 잃어버린"(35면) 엘리자베트는 그 보상의 방식으로 재판을 선택한다. 그러나 남작에 대한 미움과 세상의 눈 사이에서 갈등하던 그녀가 재판을 하기로 결심하는 데에는 명백한 동기가 있다기보다는 충동적인 측면이 강하다. 그녀는 "법률을 아는 사람이 「그리하여야 좋다」는 고로 으쓱하여서 그리할 뿐"(40면), 재판이라는 형식을 감당할 만한 지식과 의지는 가지지 못했다. 재판 장면에서 엘리자베트의 침묵과 남작을 대신한 변호사의 논리적인 달변은 대조적이다. 남작의 폭력에 의한 육체의 훼손과 재판에서의 침묵은 그녀가 남성권력에 의해 이중적으로 희생되었음을 의미한다.[7] 뿐만 아니라 남작과 그녀 사이에는 '양

---

7) Helga Geyer—Ryan, *Fables of Desire*, Polity Press, 1994, pp.69~70.
　남근중심주의에서 말은 성욕, 침묵은 거세와 동일시되어 왔다. 여성은 항상 침묵을 강요당해왔다. 따라서 이러한 침묵과 억압에서 벗어난 여성의 말하기가 중요하다는 것이 필자의 논지이다.

반'과 '상것'이라는 계층적 차이도 존재한다. 결국 성과 계급의 중층적인 차이로 인해 그녀의 인정투쟁은 성공하지 못한다.

「제야」의 정인이 택하는 편지는 상대방인 수신자의 즉각적인 반응의 회로가 차단되어 있기 때문에 자신의 이념을 드러내기에 적합한 담론방식이다. 편지에 담긴 정인의 목소리는 두 가지이다. 구습에서 해방되고자 하는 신여성의 현실비판적, 자아중심적 목소리와 그 목소리 이면에 감춰진 타산적이고 허영 많은 자신에 대한 반성적 목소리가 그것이다.

> (가) 주관은 절대다. 자신의 주관만이 유일한 표준이 아니냐. 자기의 주관이 공허하기만 하면 그만이다. 사회가 무엇이라 하든지, 도덕이 무엇이라고 경고를 하든지, 귀를 기울일 필요가 어디 있느냐. (61면)

> (나) 아―정조는 商品이 안이라고, 뻔뻔히 主張하야왓습니다. 그러나 나는 팔앗습니다. 훌륭한 商品이엇습니다. 生活의 手段은 姑捨하고 學資金까지를 이 手段으로 어드랴하얏습니다. (77면)
> 그러나 나의이러한 思想이 그全部가 틀럿다고는못하겟지요. 하지만 正當한 主張일지라도 나의 思想과 行爲사이에는 懸隔한 距離가 잇섯다는것이, 무엇보다도 墮落을 證明하지안습니까. (76면)

(가)에서 그녀는 시종일관 당당하며 자기합리화의 논리로 일관하고 있다. 특히 그녀는 여성에게 강요된 기존의 윤리적 규범과 관련하여 "아무 동기도 수단도 조건도 없는 인습적 혼인은 철저한 죄악"이라고 간주한다. 구습을 강요하는 가정이 사회의 축도에 다름 아니라는 인식이다. 같은 맥락에서 그녀가 "축첩은 이혼방지라는 명목 하에, 예기는 실업가의 사교, 지사의 위안, 삼문문사의 인간학적 연구, 예술가의 탐미라는 미명 하에, 비도는 정도가 되"(62면)는 당대 사회를 비판하는 것은 과도기 지식인의 비판의식의 일단을 보여준다.

반면 (나)의 목소리는 자신의 성적 방종 및 허영심을 반성하고 있다. 결국 그녀가 강조한 개인의 자발성과 삶의 긍정 혹은 욕망에 충실한 새로운 도덕률은 자기만족적인 데 불과하다. 그녀가 자살을 결심하는 것도 남편의 용서를 계기로 자신의 이기적 속성을 깨닫게 되었기 때문이다.

문제는 전자의 목소리가 후반부로 갈수록 약해지면서 궁극적으로는 자기 참회의 목소리로 귀결되고 마는 점이다. 정인은 자기를 용서한다는 남편의 편지 내용에 감격한 나머지, 전반부에서는 그토록 논리적으로 비판했던 남편의 봉건적 태도나 사회의 구습에 대해서 침묵하고 만다.

> 나의 二十年이라는 生涯에, 무엇을 하얏느냐고뭇거던, 울엇다고 對答하야주십시요. 最後의 日에 울엇다고, 對答하야주십시요. 울수잇는깃뿜! (…중략…) 나의 눈물은 나를 淨케하얏습니다. 나의 눈물은… 새生命의샘이엇습니다. 나는 삽니다. 永遠히 삽니다. (109면)

앞서의 당당하고 논리적인 목소리와는 비교가 되지 않을 정도로 비논리적인 감상주의로 귀결되고 마는 것이다.

결국 자신의 존재를 확인하려는 인정투쟁은 좌절되고 만다. 원래 약한 심성의 소유자인데다 신분이 낮기 때문이거나, 자신의 신여성 이데올로기가 "洋行이라는 虛榮心"에서 나온 허위의 것으로 밝혀졌기 때문이다. 그 좌절 뒤의 길은 두 작품이 다르다. 엘리자베트는 참사랑을 아는 강함에의 길로, 정인은 자살의 길로 향한다. 그러나 엘리자베트의 경우 자아의 파멸과 전락이 급작스레 자기각성으로 전환되는 과정은 오히려 서사성을 훼손시키는 결과를 가져온다. 때문에 그녀의 이야기를 순수한 의미에서의 각성이나 갱생의 플롯으로 읽을 수는 없다.

결국 이들의 급격한 몰락의 과정은 이들이 부정하고자 했던 원 상태, 다시 말해 억압적인 가부장제 질서로의 귀환을 의미한다. 이러한 억압적인 질서로의 귀환은 가부장제 이데올로기에 순종하거나 아니면 노라처럼 집을 나와서 떠돌아다닐 수밖에 없었던 당대 여성의 삶을 핍진하게 드러내는 현명한 방식이 될 수 있다.

그런데 주지할 점은 이들의 욕망의 좌절이 소설구조의 파탄과 상동성을 지닌다는 것이다. 「약한 자의 슬픔」의 결말은 이제까지의 점진적인 하락이라는 서사구조와 급격하게 단절된다.

> 그렇다! 나도 시방은 강한 자이다. 자기의 약한 것을 자각할 그때에는 나도 한 강한 자이다. 강한 자가 아니고야 어찌 자기의 약점을 볼 수가 있으리요? 약한 자의 슬픔! 전의 나의 설움은 내가 약한 자인고로 생긴 것밖에는 더 없었다. 나뿐이 아니라, 이 누리의 설움─아니 설움 뿐 아니라, 모든 불만족, 불평등이 모두 어디서 나왔는가? 약한 데서! (…중략…)
> 만약 참 강한 자가 되려며는? 사랑 안에서 살아야 한다. 우주에 널려 있는 사랑, 자연에 퍼져 있는 사랑, 천진난만한 어린아이의 사랑!
> '그렇다! 내앞길의 기초는 이 사랑!' (56면)

재판에서 패소한 후 그 충격으로 유산까지 한 그녀는 자신의 현재 처지가 "약한 자의 슬픔에 다름 없"다고 보고 이를 "표본생활 이십 년"이라 명명한다. 그러나 자신의 처지를 인류 전체에까지 확대하는 데에는 지나친 비약이 있을 뿐만 아니라 약함의 자각=강한 자, 강함=사랑이라는 도식은 지나치게 추상적이고 계몽적이다. 김동인은 이광수의 계몽적, 이상적 목소리를 소리 높여 비판했지만 그의 초기 소설 또한 계몽성의 범주를 뛰어넘지는 못했던 것이다.

「제야」는 앞서 이야기한 바와 같이 전반부 1~3장까지는 정인의 관념적 사유가 주를 이루고, 4~7장까지는 그녀가 자살을 결심하기까지의 경위를 시간의 순차적 질서에 따라 구체적으로 밝히고 있다. 1장이 생 자체에 대한 근원적 질문이라면 2장은 인습적 결혼제도에 대한 비판과 자신의 과오의 일부는 유전적, 환경적인 데 기인한다는 것을 밝히고 있고, 3장은 결혼을 파국으로 몬 직접적 원인이라 할 수 있는 부정한 관계에서 파생된 혼전임신의 문제와 관련하여 기존의 정조관념을 비판하고 있다. 4~7장까지 실제 사건의 경위에 대한 서술은 E와의 만남－E와의 결별과 A와의 결혼－결혼생활의 파국－친정에 돌아온 후의 생활 순으로 이루어져 있다. 1~3장에서 제시한 신여성의 근대적 자아관과 여성해방적 관념들이 실제 현실에서는 어떻게 좌절될 수밖에 없는지를 보여주는 것이다. 문제는 1~3장과 4~7장 간의 서술방식이 이질적이어서 서사전개상 괴리가 있다는 점이다. 일반적으로 이상 혹은 관념과 현실사이에는 거리가 있기 마련이고, 이 작품 또한 기왕의 윤리적 잣대로는 폄하될 수밖에 없는 정인의 행위가 소설 전반부의 진술로 인해 어느 정도 설득력을 얻고 있다. 그러나 4~7장까지에서 제시된 정인의 행위와 몰락은 전반부의 이념과는 전혀 다른 속물적이고 허영에 가득 찬 한 여성의 몰락으로 비춰지고 있다. 정인이라는 여성인물의 이념적 괴리가 서사구조상의 괴리로 재현되고 있는 셈이다.

서술자의 목소리 또한 전반부의 신여성의 이념적 및 자기 방어적 목소리, 후반부의 반성적 목소리 사이에 균열이 있다. 이는 전반부의 목소리가 논리적인 데 반해 후반부에서는 감정이 과잉 노출된 데에서도 확인된다. 물론 정인의 두 가지 목소리가 당시 신여성의 이중적 측면을 드러내는 기능을 한다 하더라도 후반부 이후의 지나친 감상적 목소리가 자기반성의 진정성마저 해칠 뿐더러, 이 양자의 목소리가 작품 전반을 거쳐 다양하게 혼효되지 못한 것은 심각한 훼손이 아닐 수 없다.

4. 신여성 드러내기의 보편성과 한계

두 작품은 시대와 자기 욕망의 덫에 의해 좌초된 신여성을 그렸다는
공통항을 지니면서도 서술방식에서는 확연한 차이를 보여준다. 「약한 자
의 슬픔」이 외부 시점에 의한 작가적 서술상황인 데 비해, 「제야」는 내
부 시점으로 서술되고 있다. 전자의 작품에서 사건의 시간적 순차성, 인
과성이 중시되는 데 반해, 「제야」는 비록 후반부에서 사건이 순차적으로
제시되고는 있으나 그보다는 서술자, 즉 고백담당자의 의식과 그녀가 남
편, 가족, 사회와 맺는 다양한 갈등관계들을 제시하는 데 주력하고 있다.
인물 제시의 방법 또한 김동인의 작품이 엘리자베트의 하락의 동기를
충동적이고 약한 자신의 성격 탓에 돌리고 있는 데 반해, 염상섭은 정인
의 하락을 성격 및 유전의 탓으로 돌리면서도 주변 세계의 강고한 억압
성 또한 예의 주시한다.

어찌 됐건 이 두 작가는 부박한 신여성의 자기반성을 제시하고 있다.
우리가 이들을 근대적 자아로 설정할 수 있는 것은 이러한 자기반성 때
문이다. 이들의 내적 반성 및 심리과정의 추이는 이전의 소설들에서는
볼 수 없는 새로운 것들이다. 엘리자베트가 이환과 K남작에게서 동시에
'사랑스러움' 또는 '가까움'을 느낀다거나, 중요한 결단의 순간마다 갖는
양가감정은 그녀의 우유부단함을 나타내는 성격적 지표일 뿐만 아니라
인간의 보편적 심리를 드러내는 기제이기도 하다. 정인의 고백은 자기반
성의 극단을 보여준다.

그러나 두 작품의 신여성 드러내기에는 남성적 목소리와 이데올로기
가 개입해 있어서 진정한 여성 텍스트(female text)[8]로 보기 힘들다. 김동

---

8) 근대문학 초창기인 1920년대 초반 작품에서 여성 텍스트를 발견하기란 쉽지 않다. 가령
나혜석의 「경희」(1918)를 보면 여성주인공은 당시 신여성으로서의 사회적 역할과 강요된

인과 염상섭의 작품을 읽어가면서 필자가 우려하는 것도 바로 이 지점이다. 자기각성과 죽음을 동반한 '가부장제 질서로의 귀환'이 당시 앞선 의식을 지녔던 지식인 여성들의 비극적 운명에 대한 추모사인가, 아니면 부박한 신여성들에 대한 가차없는 윤리적 질책의 목소리인가에 따라 이들 작품의 공과는 달라질 것이기 때문이다.

가령 다음과 같은 구절을 보자. "여학생 간에 유행하는 보법으로 팔과 궁둥이를 전후좌우로 저으면서 엘리자베트는 길을 나섰다."(8면)로 시작되는 「약한 자의 슬픔」에서 진정한 근대적 의식은 찾아보기 힘들다. 그녀에게 문명이란 서울이요, 그 서울은 "기름머리에 맵시나게 차린 후에 파라솔을 받고 장안 큰 거리를 팔과 궁둥이를 저으면서 다니던 자기 모양"(40면)이 있는 곳이다. 신여성으로서의 자각이 빠져 버린 곳에는 당시 신여성이라든가 여학생에 관한 표피적 풍속만 남는다. 신여성의 방탕, 사이비 선각자 의식은 김동인의 「김연실전」에서 적나라하게 그려졌거니와, 염상섭의 「제야」 또한 그 현상의 일단을 보여준다.

> Y가튼 계집애는 결혼한 후까지 남편이 유학한 동안에, 그것도 목사질, ○○질, 함부루 하다가, 그야말로 산ㅅ덤이갓튼 배를 안고 단여도, 남편이 용서하야 주기 때문에, 지금도 여전히 감쪽가티 속이고 선생님소리를 듯지 안나. 그뿐인가! 참기막히지, S는 ○○을 뒤집어서 미리 임신할 염려까지 업게하야 놋코 별별짓을 다─하며 돌아단여도, 강연회란 강연회에는 빠지는 일이 업고, 신문에 매일 떠드는 유지숙녀로 모시지 안는가. (107면)

신여성의 삶이 한갓 풍속 혹은 세태의 차원으로 그려지는 위 예문에서 우리는 내포 작가의 의도를 엿볼 수 있다. 정인의 삶 또한 위 여성들의

결혼 사이에서 갈등하다 결국은 자신이 인간임을 자각하고 결혼을 거부한다. 그러나 그 각성의 과정을 서술하는 목소리는 이광수의 계몽적 목소리에 가깝다. 다만 논의한 두 작가의 작품과는 달리 신여성의 긍정적인 측면을 부각시키고 있다는 점에서 주목을 요한다.

삶과 다르지 않다는 점을 염두에 둔다면, 내포 작가는 한 여성의 내밀한
심리를 천착해 들어갔다는 장점에도 불구하고 작중여성인물과는 상반된
윤리의 잣대를 지니고 있는 것이다. 때문에 텍스트의 이면에 감추어진
내포 작가의 목소리는 다분히 규범적이고 윤리적이다.

　남성의 담화 내에서 여성들은 침묵한 채로 그들을 욕망의 대상으로 환
원시키는 거울의 경제학에 복종해왔다. 의미화의 과정, 즉 서사의 과정
에서 여성들은 그들 자신의 경험으로부터 소외당한다. 여성들은 타자인
남성을 통해 타자를 위하여 의미하는 기호로서 자신의 역할을 제한당하
는 것이다.9) 이는 남성의 텍스트에서 더 잘 드러난다. 가령 김동인의 소
설에서 엘리자베트가 성적·사회적으로 우월한 남작에게 강간당하는 장
면이나 유산을 하는 장면을 보면, 육체를 훼손당하는 극한상황에 처한
여성의 모습이 사실적으로 그려지기보다는 기괴하고 뒤틀린 채로 제시
된다. 여성 자신의 경험을 있는 그대로 드러내기보다는 약자의 모습을
드러내려는 작가적 서술자의 의도가 과한 탓이다. 이는 예술가는 창조자
이며, 때문에 소설속의 인생이나 작중인물은 작가의 의도에 따라 마음대
로 설정된다는 인형조종술10)과도 상관있다. 문제는 서사의 진행과 아무
런 내적 계기가 없이 작가적 서술자의 목소리가 돌출될 경우이다.

　　그 때의 엘리자벳트와 지금의 엘리자벳트 사이에는 해와 흑의 다름이
　　있다. 그때에는 순전한 처녀이고 열렬한 분홍빛 탄미자이던 그가 지금은?
　　싫든지 좋든지 죽음의 갈흑색의 「삶」안에서 생활치 않을 수 없는 그로 변
　　하였다.
　　「때」도 달라졌다. 십년 동안 평화로 지낸 지구는 오스트리아 황자의 죽
　　음으로 말미암아 러시아가 동원을 한다. 떠이취가 싸움을 하련다. 잉글리

---

9) Marcel Cornis－Pope, *Hermeneutic Desire and Critical Rewriting*, Macmillan, 1992, p.133.
10) 김윤식, 『한국문학의 근대성비판』, 문예출판사, 1993, 140~141면.

쉬가 어떻다 프랑스가 어떻다. 매일 이런 이야기가 신문에 가뜩가뜩 차게
되었다.
  엘리자벳트의 주위도 달라졌다. 그의 모든 벗은 다 쪽쪽이 헤어졌다.
(29면)

위 예문에서 밑줄 친 부분은 서사진행상 불필요한 부분일 뿐더러 오히
려 서사성을 해치기까지 한다. 이와 같은 국제 정세에 대한 장황한 설명
은 전지적 작가 서술자의 지적 우월성을 보여주기 위한 장치일 뿐이다.
이러한 서술자의 전지성 혹은 우월성은 인물에게까지 전이된다.

  그는 이 문제를 두고 논문 비슷이, 소설 비슷이 지어 보고싶은 생각이
났다. 그는 생각하여 보았다.─자기의 설움은 약한 자의 슬픔에 다름 없
었다. 자기는 누리에게 지고 사회에게 지고 「삶」에게 져서 열패자의 지위
에 이르지 않았느냐?
  (…중략…) '어떻든… 그렇다! 문제는 「이십세기 사람」이라고 치고, 첫
줄을 「약한 자의 슬픔」으로 시작하여 마지막 줄을 「현대 사람 다의 약함」
으로 끝내자.' 그는 자기가 짓던 글을 생각하고 중얼거렸다. '표본 생활
이십 년이란 구는 꼭 넣어야겠다.' (52~53면)

이때 등장인물 '그(엘리자베트)'의 글쓰기는 결국 현대인의 약함을 제시
하려는 서술자이자 작가의 글쓰기에 다름없다. 이상과 같이 봤을 때 이 작
품은 성적·사회적으로 열등한 지위에 처한 지식인 여성의 수난을 그리고
있으면서도 이를 주체인 여성의 경험에 입각하여 그리기보다는 전지적 서
술자의 남성중심적, 계몽적 목소리로 그리는 한계를 노정하고 있다.
  고백주체를 여성으로 내세우고 있는, 다시 말해 경험자아와 서술자아
의 목소리가 여성으로 설정되어 있는 「제야」의 경우는 더 숙고를 요한다.
일반적으로 고백체 중에서도 서간체는 '여성적인 전통'[11)의 전형이라 할
수 있는데, 이런 형식상의 특질이 내용에서도 합당하게 이루어지는가는

별개의 문제이기 때문이다. 정인은 자살을 결심하는 현재 시점에서 과거 자신의 이론이나 행위에 대해 끊임없이 부정적 논평을 가한다.

> 무섭은 獨斷的偏見이올시다. 그러나 나는 是非를 論齊할 餘暇도업시 어
> 데까지든지, 이것을 支持하고 肯定하랴하얏습니다. 自己를 辯護하기에는
> 便利하기 때문이올시다. (74면)

> 이가티 아모리 巧言美句를 늘어노흘지라도, 辨明은 結局 辨明이요, 남는
> 것은 嚴然한事實뿐이외다. 재로 싸흔 塔만한 價値도업습니다. (76면)

과거 자유연애와 정조관에 대해 진술한 후에 서술자아는 '독단적 편견', '변명'에 불과했다는 논평을 가한다. 그녀의 이러한 개심은 "貞仁氏를 용서할 權利를 許諾"(108면)해 달라는 남편의 편지를 받은 데 따른 것이다. 그녀에게 남편의 편지는 '기적' 혹은 '종교적 영감'으로 여겨진다. 남편에게 쫓겨난 뒤에도 최소한의 모성마저 보이지 않은 채 또 다른 탈출구를 모색해왔던 그녀였기에 감상적인 반성은 지나친 비약으로 비춰진다. 이상에서 우리는 경험자아와 서술자아 사이의 간극에 혹시나 작가의 이데올로기가 개입하지 않았을까 유추해볼 수 있다. 다시 말해 교육받은 신여성의 긍정적 측면보다는 성적 방종, 허위의식, 사이비 근대의식과 같은 부정적 측면만을 부각시킴으로써, 그리고 그 여성의 반성을 통해 전통적인 성의 가치관을 간접적으로 옹호함으로써 봉건적인 이데올로기를 드러내고 있지는 않은가 하는 점이다.[12]

---

11) 이안 와트, 박철민 역, 『소설의 발생』, 열린책들, 1987, 248면.
12) 박재섭은 「제야」류의 소설을 애정불륜의 성취형 고백체 소설로 분류하였다. 이 계열 작품의 작가는 대체로 남성이고, 따라서 여성의 성적 개방의 현실을 비판하려는 의도가 개재되어 있다고 보았다.
박재섭, 「한국 근대 고백체 소설 연구」, 서강대 박사학위 논문, 1993, 88면.

그럼에도 불구하고 이 작품은 「약한 자의 슬픔」에 비해 서술자, 나아가 내포 작가의 의도는 한층 약화되어 있다. 엘리자베트의 비극이 상당 부분 개인적인 것으로 환원되는 데 반해, 정인의 비극은 인습과 개인, 사회구조와 개인 간의 복합적 갈등에서 비롯된 것임을 여성화자의 입을 통해 제시하고 있기 때문이다.

5. 여성 텍스트의 출현을 바라며

1920년대 한국 사회에서 교육받은 신여성은 그 자체 새로움의 기호이자 전통적인 남성중심적 질서를 위협하는 기호로 작용했을 것이다. 더군다나 그것이 경험주체인 여성이 아닌 남성의 시선에 포착되었을 때에는 보다 미묘한 해석을 요한다. 글의 서두에서 필자는 이 두 작품에 대한 여성문학적 독서가 작품을 온전히 평가할 수 있는 길이 될 수 있을 거라는 가설을 세웠다.

지금까지의 논의를 통해 '신여성'의 욕망 자체가 채 체화되지 않은 타자의 욕망에 가까우며, 이로 인한 이들의 욕망의 좌절이 소설 구조의 파탄과 상동성을 지님을 입증하였다. 그러나 여성독자의 '눈'으로 이를 다시 한 번 수정해 보면, 이러한 소설 구조의 파탄이 가부장적 질서로의 복귀를 암암리에 표출하고 있는 작가의 욕망에 기인함을 알 수 있다. 부박한 신여성의 모습이 이들의 한쪽 모습이라면, 갈등하고 좌절하고 때로는 진정한 자아실현의 길에 도달한 신여성의 여러 군상이 이들의 또 다른 모습이 될 수 있을 터이다. 이들을 고루 비추어줄 때만이 당시 신여성을 온전히 비추어주는 거울이라 할 수 있으며, 그것이 온전한 의미의 여성 텍스트라 할 것이다.

사회주의 여성해방론의 소설화와 그 의미

채만식의 『인형의 집을 나와서』

1. 왜 노라인가

채만식의 첫 번째 장편소설인 『인형의 집을 나와서』는 1933년 5월 27
일부터 11월 14일까지 『조선일보』에 연재되었다.[1] 여러 연구자들이 지
적한 바와 같이 채만식은 『탁류』, 『여자의 일생』, 그리고 그것을 친일적
색채로 개작한 『여인전기(女人戰記)』 등 일련의 장편소설을 통해 전근대적
유제와 식민지 근대의 파행성이라는 이중적 구속으로 인해 고통받는 여

---

[1] 『채만식 전집 1』(창작사, 1987)에 실린 '해제'에 따르면 작가는 단행본 간행 시 『조선일
보』 연재본에 장 제목을 붙이고, 간간이 삭제하기도 하고 곳에 따라 내용을 추가하여 원
고지 70매 가량의 분량을 퇴고했다고 한다. 퇴고본에서는 검열을 우려했는지 연재본에서
확연하게 드러나는 일본의 식민정책에 대한 날카로운 비판이 상당부분 완화되어 있거나
빠져 있다. 한편 김사이는 창작사에서 밝힌 연재 횟수가 140회인 것과는 달리 본인이 확
인한 바에 따르면 150회라고 밝히고 있다. 이 책은 퇴고본인 『채만식 전집 1』을 대상 텍
스트로 하되, 퇴고본에서 빠져 있는 『조선일보』 연재본과 관련된 논의는 김사이의 논문을
참고할 것이다.
    김사이, 「채만식의 『인형의 집을 나와서』 연구」, 상명대 대학원, 2000, 6면 참고.

성의 처지에 각별한 관심을 보여왔다. 『인형의 집을 나와서』는 이처럼 여성 문제에 대한 작가 의식의 출발점에 해당하고, 여성문제가 개체적 실존의 문제가 아니라 당대 사회의 구조적 모순과 관련되어 있음을 분명히 한 작품이라는 점에서 그 의미가 자못 크다.

그런데 『인형의 집을 나와서』가 당대 사회에 대해 사실주의 기율과 풍자의 기법을 적절히 활용하며 날카로운 비판의식을 견지했던 채만식 문학세계의 본령과 어떻게 맞닿아 있는지, "여성문제에 관해 1930년대의 한국 남성작가로는 괄목할 정도의 인식을 지녔다."[2]는 평가가 과연 타당한 것인지를 엄정하게 따져보기 위해서는 몇 가지 전제되어야 할 사항들이 있다. 첫 번째는 작가가 『탁류』, 『여자의 일생』 등의 작품들에서 식민지 자본주의의 파행성과 그 이면에 강고하게 자리한 전근대적인 가부장제의 폭력성을 비판하기 위한 서사적 장치로 여성의 수난을 전기(傳記)적 틀에 담아 형상화했다는 점이다. 그 때문에 채만식 문학에서도 '여성'은 식민지 조선의 부정적 현실을 효과적으로 보여주기 위한 '민족'의 알레고리로 전용되었으며, 주체가 되지 못한 채 '남성 주체의 그늘진 타자'로만 존재한다는 지적[3]이 제기된 바 있다. 그렇다면 『인형의 집을 나와서』의 경우에도 이와 같은 지적이 타당한지를 따져 보아야 할 것은 물론이거니와 이에 앞서 이 소설에서 그려진 여성의 현실은 무엇이고, 식민지 조선의 현실을 우회적으로 드러내기 위한 장치이자 주제로서 적합한지를 먼저 밝혀야 할 것이다.

두 번째는 채만식이 비판적 사실주의의 틀을 고수하면서도 '조선적' 현실을 담기 위해 양식이나 기법 면에서 패러디를 적극적으로 차용했다

---

2) 한지현, 「채만식의 『인형의 집을 나와서』에 나타난 여성문제 인식」, 『민족문학사연구』 9호, 민족문학사학회, 1996, 114면.
3) 심진경, 「채만식 문학과 여성—『인형의 집을 나와서』와 『여인전기』를 중심으로」, 『한국근대문학연구』 7호, 한국근대문학회, 2003, 54면.

는 점이다. 『인형의 집을 나와서』 역시 입센의 희곡 『인형의 집』을 서사
의 발단부에서 적극적으로 차용하고 있다. 이채로운 점은 채만식의 이후
소설들과는 달리 전통적인 주제와 양식이 아닌 서구의 희곡을 차용했다
는 것이다. 이와 같은 차용에 모종의 의도가 개입해 있음은 작가 스스로
도 밝힌 바 있다.

> 이 작은 성공보다는 실패에 더 많이 가까운 작이라는 나는 스스로 잘
> 알고 있다. 그러므로 친지라든가 혹은 평단에서 흠을 잡아내어 구박을 하
> 는데도 별로 이의가 없다. 그러나 비록 실패는 하였을지언정 이름을 『인
> 형의 집을 나와서』라고 붙이고 쓴 의도만은 그래도 짐작하는 이가 많이
> (읽는 사람 가운데) 있으리라고 생각하여 왔었다.4)

채만식은 이 작품이 실패작이라는 점을 일부분 인정하면서도 왜 작품
의 제목을 그렇게 붙였는지, 작품을 쓴 의도가 무엇인지는 독자들이 알
것이라고 주장한다. 이와 같은 주장은 서구 문학이라든가 여성해방사상
이 식민지 근대 초창기에 이입되는 과정에서 입센의 『인형의 집』, 그리
고 이 작품의 주인공 노라가 일반 독자들이 알 정도로 광범위하게 향수
되고, 당시 문화적 맥락 속에 상징적으로 위치했음을 반증한다. 또 하나
유념할 점은 서구 문학을 이입하면서도 본령인 '조선적' 현실과의 접맥
가능성을 얼마만큼 실현했는가 여부이다. 이와 같은 문제를 해결하기 위
해서는 한국 근대문학에서 '노라'가 어떤 상징적 의미를 지녔는지, 채만
식의 소설은 이와 같은 '노라'의 조선적 수용 태도와 어떻게, 왜 거리를
취했는지를 먼저 밝혀야 할 것이다.

따라서 이 글은 입센의 『인형의 집』의 수용 양상과 '노라'라는 인물이
지닌 상징성을 간략하게 살핀 후, 『인형의 집』의 후일담에 해당하는 이

---

4) 채만식, 「문예잡감」, 『채만식 전집 10』, 창작사, 1987, 61면.

소설이 식민지 조선의 현실과 여성의 현실을 어떻게 유기적으로 관련지어 형상화했는지를 구체적으로 규명하고자 한다.

채만식은 『인형의 집을 나와서』를 창작한 동기를 밝히면서 "부인해방은 중류가정의 한 안해가 집을 버리고 맨손으로 뛰어나오는 것으로는 그것이 단계는 될지언정 완성은 아"니며, "소뿌르의 의식을 청산하고 진정한 해방의 길을 발견"해야 한다고 주장하였다.[5] 다시 말해 채만식의 관심은 '노라'의 가출을 여성 개인의 근대적 자각과 관련하여 바라보았던 이전의 나혜석, 김일엽 류의 시각에서 더 나아가 그것을 사회문제 내지 계급의 문제로 확장하는 데 있었다. 따라서 이 작품의 공과를 엄정하게 따지기 위해서는 노라의 정체성 형성과정이 당대 식민지 사회의 모순들을 포괄하고 있는지, 여성문제와 계급문제의 동시적 해결이라는 과제를 설득력있게 형상화했는지를 살펴보아야 한다. 이 글은 제3장과 제4장에서 노라가 식민지 근대의 모순을 체험해가는 과정을 어떻게 서사 전개나 구조에서 배치했는지, 성과와 한계는 무엇인지를 논할 것이다.

2. 한국근대문학과 '노라'

『인형의 집』은 1921년 1월 25일부터 4월 3일까지 『매일신보』에 양백화와 박계강의 합역으로 연재되면서 우리 근대문학에 처음으로 소개되었다. 1922년 양백화가 번역한 『노라』(영창서관, 1922. 6. 25)[6]와 이상수가

---

5) 채만식, 「『인형의 집을 나와서』를 쓰면서」, 『삼천리』, 1933. 9, 669면.
6) 이 작품집에는 나혜석 작사, 백우용 곡이 붙여진 악보, 김정진의 '서(序)', 이광수의 '노라야', 김일엽의 발(跋) 등 당대 명망가의 글들이 함께 실렸다. 그만큼 『인형의 집』이 당대 사회, 문화에 미친 파장이 컸음을 반증한다.
　이승희, 「번역의 성정치학과 내셔널리티」, 『한국 근대문학의 형성과 문학 장의 재발견』,

번역한 『인형의 가』(한성도서, 1922. 11. 15)가 각각 단행본으로 출판되었다. 헨릭 입센이 언급되기 시작한 것은 1900년대부터였지만,[7] 1920년대부터 외국문예에 대한 문단의 관심이 급증하면서 입센과 『인형의 집』은 근대적 자아의 실현과 개성의 발현 문제와 관련하여 여러 문사들에 의해 적극적으로 평가되기 시작한다.[8]

이처럼 1920년대 『인형의 집』이 번역 소개된 이후 작품의 여주인공 '노라'는 1920~1930년대 잡지와 신문, 문학작품에 수다하게 출몰한다. '노라'는 해방된 신여성, 개인의 자아실현을 추구하는 근대적 주체를 가리키는 일종의 대명사로 쓰였다. 하지만 나혜석, 김일엽 등 제1세대 여성운동가 및 문학인들이 '노라'를 긍정적인 기의를 내포한 존재로 호명했던 것은 극히 부분적인 현상에 불과하다. 대중적인 매체와 문학작품에 의해 호명된 '노라'는 집밖을 떠도는 여성, 허울뿐인 개화에 들뜬 부박한 신여성, 이념을 한갓 유행으로 여기는 마르크스 걸, 자기 욕망을 실현하기 위해 남성을 곤경에 빠뜨리는 위험한 여성 등을 지칭하였다. '노라'는 그야말로 다양한 기의를 가진, 하지만 그 다양성 때문에 오히려 정체를 알 수 없는 모호한 존재, 이제 막 근대적 욕망을 펼치기 시작한 여성들을 의혹에 찬 시선으로 바라보는 남성들의 무의식이 투영된 이름이었다. 가령 염상섭은 『너희들은 무엇을 어덧느냐』(1923)에서 학생첩이 된 덕순의 행적을 '노라의 자유사상'에 빗대어 조롱하는가 하면, 『삼대』의 홍경애 역시 '노라'로 지칭한 바 있다.[9]

소명출판, 2004, 213면.

7) 대표적인 글로 나혜석, 「이상적 부인」, 『학지광』 3(1914. 12)을 들 수 있다.

8) 현철, 「근대문예와 입센」, 『개벽』(1921. 1), 염상섭, 「지상선을 위하야」, 『신생활』(1922. 7)의 글들이 대표적이다.

9) 안미영에 따르면 『인형의 집』과 '노라'가 소개되면서 1920년대 이후 우리 근대소설에 등장하는 여성 인물의 행동반경은 그 이전과는 비교가 안될 정도로 확장된다. 근대적 개인/여성의 출현은 당대 지적 풍토를 바꿔놓고, 1920년대 이후 근대 소설의 주제를 바꾸기도 했

　채만식이 이와 같은 당대 사회 문화적 담론의 향방에 무심했을 리 없다. 그런데 그는 이 지점에서 다른 작가들과는 전혀 판이한 길을 택한다. 원작인 『인형의 집』의 내용은 소설의 제1장 '인형의 집을 나온 연유'에서 과감하게 압축해서 제시하고, 제2장부터는 '집을 나온 노라는 어떻게 되었는가'라는 후일담의 형식을 취한 것이다. 제1장은 인물의 설정이라든가 사건의 전개에서 『인형의 집』의 설정을 그대로 가져오고 있다. 가령 여주인공 노라와 남편 현석준은 원작의 노라와 헬머에 해당하며, 고리대금업자인 구가와 노라의 친구인 혜경은 크로스탓과 린덴, 남의사는 링거에 해당한다. 구체적인 상황 및 사건제시 역시 원작과 차이가 없다. 앞서 작가 자신이 한 말을 상기하자면 채만식은 당대 독자들이 『인형의 집』의 내용을 숙지하고 있음을 전제로 한 후 입센의 길과는 다른 조선적 현실에, 집을 나온 임노라의 후일담에 오히려 중점을 두고자 했음을 미루어 짐작할 수 있다. 이와 같은 제1장의 설정에 대해 한지현은 "입센 희곡의 결말을 자신의 출발점으로 삼겠다는 저자의 '신호'에 해당"하므로, "제1장의 이야기 자체가 얼마나 실감이 나는지를 제2장 이하와 동일한 기준으로 평가하는 것은 그러한 신호를 무시하는 셈"이라고 주장한다.10) 작가는 이 소설의 독자 정도라면 원작을 읽거나 적어도 대략적인 내용은 인지하고 있을 것이라는 전제 하에, 즉 자기 소설의 수용층을 나름대로 설정한 채 새로운 서사를 기획하고 있다.

　그렇다면 왜 후일담의 형식을 취했을까. 작가 스스로 이유를 밝힌 적

다는 것이다. 필자 역시 이런 견해에 동의한다. 덧붙여서 우리 근대문학 작품을 보면 여성인물을 '노라'로 지칭하거나 빗대어 표현하는 경우가 많은데 이런 작품들에 대한 본격적인 서지 작업 및 주제론적 논의가 이루어진다면 근대문학 텍스트에 내재한 성정치의 이데올로기를 밝히는데 기여할 수 있으리라 생각한다.

안미영, 「한국 근대소설에서 헨릭 입센의 『인형의 집』 수용」, 『비교문학』 30권, 한국비교문학회, 2003, 109~110면 참고.

10) 한지현, 앞의 논문, 98면.

은 없지만 입센의 차용에 모종의 의도가 개입해 있음은 다음 두 예문을
비교해 보면 어렵지 않게 추측할 수 있다.

> (가) 노라를 위해서는 돈 – 고상한 말로 하면 경제인데 그것이 가장 중
> 요합니다. 물론 자유는 돈으로 살 수 있는 것이 아닙니다. 그러나
> 돈을 위해 팔 수는 있습니다. 첫째로 가정 안에서 먼저 남녀균등의
> 분배를 획득하는 일, 둘째로 사회에서는 남녀평등의 힘을 획득하는
> 일이 필요합니다. 하지만 유감스럽게도 그 힘을 어떻게 하면 획득
> 할 수 있느냐는 것을 나는 모릅니다. 그 또한 투쟁해서 얻을 수밖
> 에 없다는 것을 알고 있을 뿐입니다. 그리고 그렇게 하기 위해선
> 참정권을 요구하는 일보다도 훨씬 격렬한 투쟁이 필요할 것이라는
> 생각이 듭니다. 부인이 참정권을 주장하더라도 정면으로 반대를 받
> 지는 않겠지만 만약 경제의 균등한 분배를 요구한다면 그 순간에
> 적과 부닥칠지도 모릅니다.[11]

> (나) 나는 안해를 인형으로 여기고 여자를 노예로 생각하는 남편으로부
> 터 노예가 아니요 한 자유의 인간이 되기 위하여 가정을 나왔소.
> 그것은 혜경이도 잘 알고 있지요?
> 그리하여 나는 자유를 얻기는 하였소. 임노라라고 하는 여자는 아
> 무것도 거리낌이 없이 살아갈 수 있는 자유의 인간이 되었었소. 그
> 러나 이 자유를 얻은 대신 나는 어떠한 대상(代償)을 치르었소?
> 얻은 첫날부터 오늘날 이 시간까지 다만 몸뚱이 하나를 거두어가
> 기 위하여서만 급급하였었소.
> (…중략…)
> 배고픈 자유, 외로운 자유, 먹기 위하여 노예가 될 자유, 먹기 위하
> 여 웃음과 아양과 정조를 파는 자유, 그리고 천륜을 짓밟는 자유.
> (…중략…)
> 노예가 되는 자유, 웃음과 아양과 정조를 파는 자유, 그렇지 아니

---

11) 루쉰, 「노라는 집을 나간 후 어떻게 되었는가」, 한무희 역, 『노신문집』 3권, 일월서각,
1987, 63면(한지현, 앞의 글에서 재인용, 100면).

하면 굶어죽는 자유, 또 그렇지 아니하면 자살을 해버리는 자유[12]

　채만식에 앞서 중국의 루쉰은 「노라는 집을 나간 후 어떻게 되었는가」라는 강연에서 집을 나간 노라가 택할 길은 굶어죽거나, 타락하든가, 그렇지 않으면 집으로 돌아가든가 밖에 없다고 말했다. 그러면서 그는 예문 (가)에서처럼 여성해방의 전제조건이 참정권이 아니라 경제권임을 강조한다. 예문 (나)는 『인형의 집을 나와서』에서 노라가 가정교사, 화장품 외판원, 카페 여급 등 여러 직업을 전전한 끝에 정조를 유린당한 후 자살을 결심하고 혜경에게 남긴 유서의 일부이다. 이 인용문에서 눈에 띄는 대목은 '노예가 되는 자유, 웃음과 아양과 정조를 파는 자유, 굶어죽는 자유'라는 구절이다. '노예가 되는 자유'가 남편의 '완롱물'에 그쳤던 결혼생활을 일컫는 것이라면, '웃음과 아양과 정조를 파는 자유'와 '굶어죽는 자유'는 루쉰이 말했던 '타락하든가 굶어죽든가'에 정확히 대응한다. 채만식이 루쉰의 글을 접했는지는 직접 밝힌 바 없다. 하지만 근대 시민 국가의 형성 과정을 순조롭게 밟아 온 원작의 배경과는 무관하게 비서구 지식인이 공통적으로 집을 나간 근대 여성의 운명에 관심을 가졌다는 점, 여성의 경제적 자립을 여성해방의 전제조건으로 들고 있는 점에 주목할 필요가 있다. 비서구의 파행적 근대화 과정 속에서, 더욱이 물적 근거가 허약한 식민지 경제체제 하에서 사회적 모순과 여성에게 가해지는 성적 모순을 동시에 탐색하는 것이 작가의 진정한 창작 의도인 셈이다.
　이 작품이 원작의 틀만 빌려왔을 뿐 전혀 새로운 서사를 기획하고 있음은 예문 (나)의 '천륜을 짓밟는 자유, 자살을 해버리는 자유'라는 대목에서도 유추해 볼 수 있다. '천륜을 짓밟는 자유'란 노라의 모성적 윤리

---

12) 채만식, 『채만식 전집 1』, 창작사, 1987, 259~261면.

내지 책임감과 관련이 있고, '자살을 해버리는 자유'는 노라가 계급적 주체로 거듭나기 위한 일종의 상징적 죽음에 해당한다. 그런데 이 '(의사)자살'과 '재생'이라는 모티프는 신소설이나 이광수의 『무정』 이후 우리 문학에서 흔히 볼 수 있는 서사적 설정이다. '모성' 역시 여성 고유의 영역이지만 '조선적' 현실에서 더 문제가 된다. 이와 같은 정황들을 고려한다면 『인형의 집을 나와서』는 원작의 배경인 서구와도, 또 중국과도 다른 식민지 조선의 현실에 깊이 뿌리내리고 있음을 알 수 있다.

3. 여성이 체험한 식민지 근대의 모순

『인형의 집을 나와서』에서 중산층 여성이었던 임노라는 '집밖'으로 지칭되는 자본주의 근대의 마성에 노출되면서 그 질서를 몸으로 체험한다. 또한 이 작품은 노라가 경제적 자립을 위해 직업을 찾아나서는 일련의 과정을 통해 1930년대 당시 여성이 택할 수 있었던 직업들에 대한 사실적인 정보를 제공하고, 사회주의 운동의 향방을 서사에 적극 끌어들임으로써 일상적·문화적·운동사적 의의를 확보하고 있다.

먼저 소설의 발단에 해당하는 제3장 '옛 얼굴들'과 제4장 '지나친 객기'는 노라가 식민지 자본주의 현실과 전근대적 가부장제의 폐해와 처음으로 맞닥뜨리는 장으로서 소설 전체를 관통하는 작가의 문제의식을 예비적으로 보여준다는 점에서 의미가 있다. 제3장과 제4장은 농촌에까지 밀어닥친 식민지 자본주의의 모순을 여러 각도에서 그리고 있다. 먼저 고향마을에 돌아온 날 밤 노라와 어머니는 일본의 식민정책의 하나로 시행된 '색복장려'에 대해 이야기를 주고받는다. "빌어먹을 놈들이 허다허다 못허닝개 옷 입는 것까지 참견을 하고, 고무신을 못 신게 하니, 짚신을 심어 삼고, 그러니 못 심어 신는 사람들은 사 신을라니께 돈이 더 들고"(38면)라는 어머니의 말에서 알 수 있듯 일본의 식민지 정책은 의복과 같은 대중의 일상적인 국면까지 세세하게 통제한다. 다음 날 아침 노라가 제일 먼저 목도한 것은 농촌공동체의 상징인 '사정'이 없어진 것, 그리고 "동리를 좌우로 뚫고" 난 새 길이다. 이 새로 난 길을 통해 자본주의적 근대의 산물들이 밀려 들어와 피폐한 농촌공동체를 잠식할 것임을 작가는 우회적으로 말하고 있는 것이다.

일본의 식민지 경제수탈정책은 사회주의자 병택의 형의 이력을 통해 제시된다. "큰 재산이라고 할 수는 없으나 그다지 군색치 아니한 살림살이"를 하던 병택의 집안은 형이 "토지 전부를 은행에 저당한 돈"을 '군산 미두시장'에서 없애면서 몰락했다. 지금은 일본의 금융자본을 대표하는 금융조합에 논과 밭을 잡혀 받은 돈으로 농민들을 상대로 돈놀이를 하는 지경이다. 일본 식민지배체제가 금융조합을 설립한 이유는 자금 대부를 통해서 농민을 지배체제 내부로 포섭하고 이를 통해 식민지 농업금융과 농업생산을 지배하고자 했기 때문이다.[13] 이 점을 상기한다면 병택 집안의 몰락은 식민지 농업정책의 폐해와 긴밀한 연관이 있는 셈이다.

서울로 올라 온 후 노라는 직업을 구하는 과정에서 여러 어려움에 직면하는데, 이와 같은 어려움은 자본주의화 과정을 단계적으로 밟지 못한 식민지 경제구조의 기형성에서 말미암는다. 그런데 이 기형성은 여성에

---

13) 김호범, 「일제하의 금융조합과 농민층 분해」, 『부산상대논집』 71집, 부산대, 2000. 6, 394면.
   일제 강점기 금융조합은 1905년 설립되었고, 1907년에는 농촌구제와 지방 및 농촌지역의 금융완화라는 명분하에 지방금융조합이 설립되었다. 1918년 금융조합령이 제정된 후 금융업무가 금융조합의 중심 사업으로 정착되었다. 1920년대에는 대출업무가 급증하였지만 주로 중농 이상의 농민에게 대부되었고, 소작농을 비롯한 영세농민들은 자금을 받았더라도 고금리로 인하여 토지를 상실할 수밖에 없었다. 따라서 금융조합은 농민층 분해를 촉진하고, 식민지 자본주의의 형성에 기여했다고 볼 수 있다(김호범, 위의 논문, 414면).

게 좀 더 차별적인 형태로 작용한다. 소설에서 노라는 근대적인 교육을 받은 신여성으로 설정되어 있다. 그런데 정작 그녀가 자신의 지식이나 노동력으로 돈을 벌 수 있는 영역이 가정교사, 화장품 외판원, 카페 여급 이라는 것은 의미심장하다. 더욱이 노라는 '취직전선에 나서기에 불리한 조건'에 있는 것으로 설정되어 있다.

> 인물이 잘나서 화장을 잘하고 나서면 스물여섯이라지만 네 살은 어리어 보인다.
> 그러나 아무래도 중년을 바라보는 여자로, 따라서 백화점의 여점원이라든가는 도저히 바랄 수가 없는 것이다.
> 그밖에 은행이나 회사같은 데는 전문의 지식이 없으니 길이 트일 수가 없다. 훨씬 방향을 돌리어 버스걸이나 제재직공이 되자 해도— 아직까지 노라에게 그러한 생각은 없었지만— 역시 연령 관계로 자격 상실이다.
> (175면)

신여성인 노라가 '전문의 지식'이 없다는 것은 식민지 시대 여성의 고등교육이 공적 영역에서 자신의 능력을 발휘할 수 있는 기본적인 자질을 갖추게 하기 보다는 오히려 근대적인 의미의 현모양처를 양성하는 데 초점이 맞춰져 있음을 뜻한다. 때문에 근대적 모성이나 현모양처를 포기한 집밖의 노라는 나이나 전문적 지식 등 공적 영역에서 교환되는 상품으로서의 경쟁력을 갖추지 못한 탓에 전락을 거듭할 수밖에 없다. 가정교사, 화장품 외판원, 카페여급, 그리고 백화점 여직원 등은 여성이 공적 영역에서 택할 수 있었던 근대적 직업들이지만 안정적인 위치와 수입을 보장하지는 못한다. 이와 같은 노동의 영역은 식민지 경제구조의 파행성이 젠더 위계 체제에 근거해 있음을 단적으로 보여준다. 더욱이 노라가 '연령 관계로 자격 상실'인 직종이 많다는 데서 알 수 있듯 여성의 경우 젊거나 아름다워야 한다는, 즉 자신의 섹슈얼리티를 매개로 해서 살아갈 수밖에 없는 상황에 처해 있다.

노라 주변의 여성들은 그들에게 노예상태를 강요하는 전근대적, 근대적 모순의 중층성을 분담해서 보여준다. 가령 옥순이는 '묵은 도덕의 노예'이며, 성희는 "돈에 얽매어 돈이 시키는 대로 몸을 굴리는 상품경제시대의 노예"(149면)로 제시된다. 성희는 전당국 고리대금업을 하는 서가에게 한 달에 돈 백 원에 '팔려온' 존재이고, 정원이는 옥순의 남편을 유혹하여 첩이 되고 그 대가로 일본 유학을 떠난다. 노라는 옥순이의 자유는 '자살을 하는 자유', 성희의 자유는 '밥 대신 정조를 양식 삼는 자유', 정원의 자유는 '돈에 몸을 파는 자유'라고 결론짓는다. 그녀는 당시 조선의 현실에서는 근대 여성이 자신의 몸을 버리거나(자살), 자신의 몸을 상품화(소극적 의미의 매춘)해야 하는 극단적 상황에 처해 있음을 주변 여성들의 운명을 통해 깨닫게 되는 것이다.

여성이 '상품경제시대의 노예'로 식민지 자본주의 사회에 포획되어 살아갈 수밖에 없는 근본적인 이유는 앞서도 말한 바와 같이 식민지 자본주의의 파행성 때문인데, 소설은 정당한 노동의 대가로는 자본(돈)의 축적이 불가능한 상황을 돈에 대한 노라의 공상이 현실에서 좌절되는 양상을 반복해서 기술함으로써 효과적으로 드러낸다.

> (가) 쌀을 서 말만 사고, 그러면 그것이 육 원쯤 될 것이고, 나무를 솔가지로 한 바리만 사자면 이원 오십전, 그리고 하루에 이십 전 평균을 쳐서 한 달 반찬값으로 육원—이렇게 하여 십오원이면 한 달은 살아갈 것이고, 팔 원으로는 전당잡힌 것을 찾고, 그리고 나머지 십오육원 되는 것으로는…? (111면)

> (나) 저녁에 노라는 자리에 누워서 큰 공상을 그리어 보았다. 일 원어치를 팔면 오십 전이 남는다. 그러니까 잘만 재빨리 서둘러서 매일 오 원어치씩만 판다면 하루의 이익이 이원 오십 전, 한 달이면 칠십오

원이다. 그 중에서 이십오 원만 쓸 요량을 하고 오십원씩 저금을 한 다면 일년이면 육백원이다. 삼년만 하면 이천원은 된다. (214면)

(다) 그는 어젯밤 집에 돌아가 여러 가지 감정이 오고가는 동안에도 화 장품 장사로 이천 원을 모으려다가 실패한 계획을 여급 생활로써 다시 만회시킬 결심을 하였다. 하룻밤에 줄잡아서 평균 오 원을 번 다면 한 달에 일백오십원... 이 일백 오십원 가운데 의복과 밥값으 로 오십원쯤 제하고 백 원씩 저금을 하면 일 년이면 일천이백 원, 이태면 이천사백원, 그리고 일 년만 더하면 사천원 가까운 돈이 수 중에 들어온다. (224면)

예문 (가)는 노라가 가정교사를 해서 "독립한 자유인으로서 노력에 대 한 보수"로 번 돈 40원을 놓고 쓸 곳을 벼르는 장면이다. 예문 (나)는 화 장품 장사를 나선 첫 날, (다)는 카페 여급으로 나선 첫 날, 얼마간의 수 입을 얻은 후 집에 돌아와 어떻게 돈을 모을지 공상하는 장면이다. 하지 만 "삼 년 동안에 사천원을 잡겠다는 꿈도 화장품 장사로 이천 원을 모 으겠다던 꿈과 한가지로 깨어지고"(238면) 만다.

그렇다면 작가는 왜 이처럼 현실적으로 불가능한 '공상' 장면을 반복 적으로 제시한 것일까. 노라가 돈을 욕망하는 것, 그리고 그것의 좌절은 염상섭의 소설이나 채만식의 다른 소설『태평천하』,『탁류』에 나오는 신 흥 부르주아들이 돈 그 자체를 욕망하는 것이나, 김유정 소설의 하층민 들이 일확천금의 꿈을 꾸는 것과는 다르다. 돈을 향한 노라의 욕망은 자 신의 개체적 실존을 확보할 수 있는 최소한의 경제적 여건, 아이와 함께 살 수 있는 조건을 확보하기 위한 것이므로 그 자체로 타당하다. 노라의 공상 역시 정상적인 자본주의 단계를 거친 나라들에서라면 실현불가능 한 것이 아니다. 따라서 노라의 욕망이 좌절되는 이유는 "노라 개인의 성격이 워낙 몽상적이어서"도, "'인형'의 생활을 너무 오래 해온 여성들의 일반적 속성이 드러난"14) 때문도 아니고, 축재의 방법이 비정상적, 비윤리적이어서도 아니다. 정상적인 방법을 통한 정상적인 돈의 획득이 식민지 현실에서는 불가능하기 때문이다. 다시 말해 위의 장면들은 노라 가 공적 영역에 진입한 후 비로소 식민지 근대, 자본주의의 모순을 식민 지인이자 여성으로서 체험하는 상황에 놓여 있음을 보여주는 징표이다. 또한 노라가 결국 자신을 여성노동자로 위치짓고 계급적 인식을 선취하 게 되는 결말의 당위성을 서사적으로 보증해 주는 역할을 하기도 한다.

한편 이 작품은 식민지 여성교육의 허구성과 함께 식민지 근대의 규율 체제를 뒷받침하는 법률 체계 역시 여성에게 억압적이라는 점을 날카롭 게 지적하고 있다. 노라의 남편인 현석준이 노라의 이혼 요구를 들어주 지 않는 연유를 밝히는 다음 대목을 보자.

지금 법률이 남의 남편이 다른 여자를 얻을 수는 있게 되었지만 남의 안해로 있는 여자가 다른 남자와 동거를 하거나 그런 짓은 못합니다. 했 다가는 싫어도 형무소를 가야지요. 형무소에 갔다가 나와서도 남편이 이혼을 아니하면 여전히 그 사람의 안해로 있습니다. 그러니까 이 앞으로 임노라라는 계집이 사내를 얻는다는 것은 형무소를 현주소로 정하는 것 입니다. (192면)

현은 지금은 은행가이지만 전에는 식민지 법률체계를 실질적으로 운

___
14) 한지현, 앞의 글, 103면.
　정홍섭 역시 한지현의 견해에 반대하면서, 그와는 다른 견해를 제시하고 있다. 사회적으로 무기력할 수밖에 없는 인물과 그들이 놓인 절망적 상황을 설정하기 위해 채만식이 빈번하게 쓰는 창작방법 중 하나가 '공상' 모티프라는 것이다. 하지만 이 작품의 경우 이와 같은 공상과 그것의 좌절이 새로운 직업 선택 단계마다 반복 제시되는 점에 유념할 필요가 있다. 즉 단순한 모티프의 문제가 아니라 노라가 자신이 겪는 경제적 어려움을 개인의 문제에서 사회의 문제로 파악하는 단계로 나아가는데 서사적 필연성을 부여하기 위한 장치인 것이다.
　정홍섭, 『채만식 문학과 풍자의 정신』, 역락, 2004, 106면 참고.

용하는 변호사였다. 그는 변호사나 은행가와 같은 직업을 가지고, 양관에서 풍족한 삶을 사는 등 근대적 지식과 삶을 영위하는 존재이다. 하지만 이와 같은 면모들은 오히려 그가 지닌 가부장적 의식을 강화하는 데 일조한다. 그는 전근대성과 근대성의 양면성을 적절히 활용하여 타자를 억압하는 식민지 근대 지배층의 모습을 단적으로 보여준다.

이처럼 『인형의 집을 나와서』는 근대적 교육을 받은 신여성의 눈에 비친, 그녀가 몸으로 체험한 식민지 자본주의의 모순, 그리고 그것을 제도적으로 뒷받침하는 교육이나 법률의 식민성, 반여성성을 형상화하고 있다. 따라서 서사 구성에서 비약이 심하다거나 노라의 행동 역시 서사적 개연성 없이 돌출적이어서 설득력이 없다는 기존의 일부 평가들은 수정될 필요가 있다. 특히 소설 결말부에서 노라가 계급적 주체로 전화하는 과정에 비약이 많은 것은 사실이지만 적어도 이와 같은 사상적 전회를 뒷받침할 밑그림은 충분히 그리고 있다는 게 필자의 생각이다.

4. 사회주의 여성해방론의 소설화와 그 한계
– 성적 주체와 계급적 주체의 이원화

『인형의 집을 나와서』에는 노라가 베벨의 『부인론』을 읽는 대목이 작품의 발단과 결말 부분, 두 번에 걸쳐 나온다.

(가) 『부인론』…베벨의 『부인론』… 많이 듣던 이름 같았다.
책장을 훌훌 넘기면서 보니 군데군데 붉은 연필로 언더라인 치어 있다. 목차를 훑어보니 꼭 보고 싶은 것들이다. 그리하여 우선 서문을 보기 시작하였다. 그러나 첫머리를 조금 보는데 글자는 알아도 뜻은 모를 말이 많았다.

한 페이지 가량 보는데 삼십 분은 걸리는 것 같다. 그러고도 의미
를 이해할 수가 없다. 싫증이 나서 내던졌다가도 잘 보아가지고 잘
알았으면 좋겠다는 생각은 간절하였다. 미련이 생겨서 내던졌던 것
을 도로 집어 중간을 펴놓고 보았다.
　더 알 수가 없다. 다뿍 식욕은 생기는데 먹을 줄을 몰라 먹지 못하
는 것같이 안타까왔다. (57면)

　　(나) 잠자리를 차리고 누웠던 노라는 문득 짐을 뒤지어 올봄에 병택이
　　가 가져다 준 베벨의『부인론』을 찾아내었다. 그때 보려다가 어려
　　워서 못 보고 내던져 둔 채 지금껏 손도 대지 아니하고 짐 속에서
　　굴러다닌 것이다.
　　　노라는 서문을 위선 펴가지고 어려운 대로 애써애써 읽어내려가기
　　시작하였다. 그러다가 몇 줄째에서 눈이 번쩍 뜨이게 머리로 들어
　　오는 한 구절을 발견하였다. 노라에게 있어서 크나큰 소득이었었
　　다. (295면)

　예문 (가)를 보면 노라는『부인론』을 이름 정도는 들어보았지만 그 의
미를 이해하지는 못한다. 하지만 공적 영역에서 사회적 모순들을 다양하
게 접하고, 남식을 통해 계급투쟁의 필요성을 어느 정도 인지한 후인 예
문 (나)에서는 "어려운 대로 애써 읽어내려가"고 "눈이 번쩍 뜨이게 머리
로 들어오는 한 구절을 발견"[15]하는 단계에 이른다. 베벨의『부인론』은

---

15) 퇴고본을 저본으로 삼은 창작사본에는 빠져 있지만 신문연재본 149회에는『부인론』의
　　대목이 다음과 같이 그대로 인용되어 있다.

　　즉 부인이 그 재능과 역량을 각 방면으로 전개시켜 모든 것에 평등한 권리를 누리면
　　서 인류사회의 완전한 그리고 유용한 조직성원이 되자면 그들은 현대사회조직에 있
　　어서 어떠한 지위를 점령해야 되겠느냐는 것이 문제가 된다. 우리의 입장에서 말한다
　　면 이 문제는 여러 가지 형태의 빈곤과 궁핍 대신으로 개인과 사회와의 생리적 또는
　　사회적 진전이 현실되기 위해서는 인류사회는 마침내 어떠한 형태의 조직을 취하지
　　아니하나, 아니되느냐 하는 다른 문제와 합치된다. 여기서 우리에게는 부인문제는 지
　　금 바야흐로 사고력을 갖춘 모든 사람의 두뇌를 점령하고 모든 정신을 동요시키고
　　있는 일반적 사회문제의 한 국면에 지나지 못한다. (『조선일보』, 1933. 11. 12)

계급문제와 여성문제가 연관되어 있고, 여성문제에 앞서 계급문제가 먼
저 해결되어야 한다는 사회주의 여성해방론의 주장을 담은 대표적인 저
서이다. 1920년대 중반 이후 본격적인 마르크스주의 저작들이 읽히기 시
작하고, 1928~1929년 경 사회주의 서적 수용은 절정에 이르렀다.16) 베
벨의 저서 역시 비슷한 시기에 번역, 출간17)되었다. 그의 책은 콜론타이
나 엘렌 케이, 입센만큼 엄청난 영향력을 미치지는 못했지만 1920년대
중반 이후 사회주의 사상과 여성해방의 결합을 모색했던 이들에게 일정
정도 영향을 미쳤을 것으로 짐작된다. 따라서 노라가 베벨의『부인론』에
서 한 구절을 발견했다는 것은 그녀가 자유와 근대적 자아의 실현이라는
개인적 욕망이 지닌 한계를 깨닫고, 이를 뛰어넘어 자신이 처한 문제를
사회적·계급적으로 해결할 수 있는 모종의 전망을 이 책에서 발견했음
을 뜻한다. 그 전망이 '부인문제'를 '사회문제의 한 국면'으로 파악하고,
그것을 조직적으로 해결하려는 사회주의 및 사회주의 여성해방론과 연
관되어 있음은『조선일보』연재본에서 확인되는 바이다.

　이 책을 노라에게 전해주는 매개자인 병택이 급진적인 사회주의자로
제시된 것 역시 이와 같은 추측을 뒷받침해 준다. 오병택은 "제○차 조
선○○○당 사건에 연좌되어 경성 서대문형무소에서 사년간 복역"을 한
경력이 있고, 출옥 후 다시 조선공산당 재건운동의 핵심 분자로 체포되

　김사이, 앞의 논문에서 재인용, 54~55면.
16) 천정환,『근대의 책읽기』, 푸른역사, 2003, 213면.
17)『동아일보』1925년 11월 9일자에는 배성룡이 번역한 베벨의『부인해방과 현실생활』(조
　　선지광사)이 출간되었다는 신간 소개 기사가 실려 있다. 또한『여인』5호(1932. 10)에
　　실린「조선여성에 대한 제씨의 의견」을 보면 조선여성에게 읽히고 싶은 책이 무엇이냐
　　는 질문에 대해 남성응답자 8명 중 3명이 베벨의『부인론』이라고 답했다. 참고로『부인
　　론』의 원제는『여성과 사회주의』이고, 배성룡이 번역한 책 역시『부인론』을 제목만 달
　　리한 것이다.
　　홍창수,「서구 페미니즘 사상의 근대적 수용 연구」,『한국 근대문학의 형성과 문학 장의
　　재발견』, 소명출판, 2004, 393면 참고.

는 인물이다. 이런 이력을 고려하면 오병택은 노라가 성적, 계급적으로 자기정체성을 확보해 가는데 조력자 역할을 일정부분 담당하고 있다. 그렇다고 해서 "노라는 곧 실현 여부가 불투명해진 병택의 좌절된 욕망을 투사하고 그것을 허구적인 방식으로나마 대리 실현하는 존재"이자 "상실된 남성주체성을 일시적, 허구적으로 통합하기 위해 동원되는 상상적 장치로 기능"18)한다고 보는 견해는 아무리 텍스트의 심층논리를 따진다 하더라도 서사에서 오병택이 차지하는 비중을 생각한다면 지나친 해석이다. 작가는 노라가 식민지 근대의 모순을 점진적으로 깨닫는 과정과 여성으로서의 성적 정체성을 확립해가는 과정이 끊임없이 맞물려 있음을 놓치지 않고 있다.

오히려 이 작품의 한계는 여성문제와 계급문제를 연관 짓고자 하는 의도가 과한 나머지, 좀 더 정확하게는 계급문제의 틀 속에 여성문제를 귀속시키려는 의도가 과한 나머지 서사가 이원화된 데 있다.

노라는 자기 역시 남성과 "다 같은 사람"이라는 "내 자신에 대한 의무"를 이행하기 위해 집을 나서지만 집을 나간 그녀에게 '맨 처음에 오는 것'은 '조선총독부 군수 훈오등 육급'의 군수가 그녀를 '노류장화'로 취급하는 것이다. 다시 말해 그녀는 집 나간 여성을 창녀로 취급하는 남성적 시선, 일본의 식민지 권력의 대행자인 군수라는 점을 이용해 여성을 희롱하는 비윤리성과 최초로 마주친다.

처음에 그녀는 신여성으로 대표되는 중산층 여성의 한계, 이 계층이 추구했던 자유주의 여성해방론의 틀을 벗어나지 못한다. 작가는 신여성에 대한 부정적 인식을 타 계층과의 이질감을 조장하는 노라의 외양이라든가, 야학에서 설익은 여성해방 이념을 설파하는 대목을 통해 드러낸다.19)

---

18) 심진경, 앞의 글, 63면.
19) 그렇지만 작가의 부정적 인식은 신여성을 타락의 온상, 민족의 동질성을 위협하는 위험

노라의 고향마을은 "트레머리하고 뾰족한 구두를 신은 신여성이라고는 보통학교의 여선생 하나밖에는 없"을 정도로 근대적 문물하고는 거리가 먼 공간이다. "그들에게는 신여성이라는 것은 저 서울이나 적어도 도회지에서 돈 있고 학문 있고 지위 있는 사람을 남편으로 두고 놀고 팔자 좋게 사는 한 딴 부류의 여자"로 여겨지기에 노라의 출현은 "마치 궁녀가 바구니를 끼고 구멍가게로 움파 한 단을 사러 나온 것처럼"(42면) 이질적인 것으로 비춰진다. 문제는 노라 역시 이 토착민 여성들을 자신의 여성해방 이념을 구현하기 위한 대상으로 여긴다는 데 있다. 노라는 "구가정부인의 부덕을 비판하는" 이야기를 좀 더 급진적으로 밀고 나간다. "지금은 세상이 바뀌었다. 여자도 당당하게 한 사람이다. 그러니까 여자도 한 사람으로서 살아가자면 마땅히 그러한 남편과 그러한 가정을 버리고 뛰어나서야 할 것이다."(60면)라고 주장한다. 이와 같은 그녀의 주장은 여자도 사람이라는 자유주의 여성해방론의 틀을 벗어나지 못한 것으로 성적·민족적·계급적으로 열등한 위치에 있는 식민지 여성의 복합적 현실을 몰각한 것이다. 그녀가 여성 억압의 근원을 제대로 파악하지 못하는 미자각 단계에 머물러 있음은 다음 대목에서도 알 수 있다.

노라는 새로운 삶을 하여 새로운 인생을 발견하려고 가정과 남편과 어린아이들을 버리고 나온 것이다. 무엇이 새로운 삶이요, 어떻게 해야 새로운 인생을 발견한다는 것은 노라 자신도 아직 생각하여보지 아니하였다. 그러나 집을 나온 지금까지 몇 달 동안은 너무도 몽롱하게 지내왔다. (71면)

이 대목은 노라의 가출이 준비된 것이 아님을 보여주는, 그래서 오히려 그녀의 가출이 지닌 정당성이랄지 사회적 의미를 반감시키는 것으로

한 여성으로 취급하던 당대 다른 남성작가들의 시각과는 달리 현실적인 맥락에 기반하고 있기에 설득력이 있다.

여겨질 수도 있다. 하지만 다시 한 번 생각해 보면 노라의 가출이 사회적 의미를 얻기 위해서는 '조선적 현실'에서 자신을 '실험대에 올려놓고 연구를" 해야 한다.

상경 후 노라가 노동자이자 자기 욕망과 모성을 지닌 여성으로서 겪는 어려움들은 바로 자신을 '실험대에 올려놓는' 행위에 해당된다. 앞 장에서 살펴 본 바와 같이 노라는 한편으로는 갖가지 직업을 전전하면서 현실적 어려움을 겪고 또 다른 한편으로는 옥순, 성희, 정원 등 주변 여성들이 상품 경제 시대의 노예로 전락하는 광경을 목도하면서 성적 · 계급적으로 의식의 성장을 이룬다.

이와 관련하여 서사의 분기점을 이루는 것이 제13장 '자유의 대가'이다. 노라가 카페 여급을 그만두라는 혜경과 결별하고, 이주사에게 정조를 유린당하고, 자살을 하는 등 정체성의 위기를 심각하게 겪는 여러 사건들이 발생하는 장이 제13장이다. 병택이 노라의 정신적 · 사상적 원조자였다면, 혜경 역시 노라를 물질적 · 정신적으로 돕는 여성적 윤리를 실천하는 인물이다. 이미 제12장에서 병택이 체포되었다는 점은 밝혀졌고, 혜경마저 노라를 떠난 상황, 즉 이 둘의 부재 혹은 헤어짐은 역설적으로 그녀가 이제야 비로소 자립적 주체로서 설 수 있는지를 실험할 장이 마련되었음을 뜻한다. 그런데 그녀가 주체로 서기 위해서는 자신의 '가출'이 지닌 개인적, 사회적 의미를 본격적으로 재검토해야 한다. 노라가 자살을 감행하기 전 쓰는 유서는 그녀가 이전의 '몽롱한' 미자각 상태에서 벗어나 성적인 훼손이라는 심각한 정체성의 위기까지 경험한 후 비로소 자각 상태에 접어들었음을 보여주는 서사적 장치인 것이다.

앞 장에서 필자는 노라가 '자살을 하는 자유'를 택한 것이 서구나 중국과는 다른 '조선적 현실'을 염두에 둔 것이라고 말했다. 그녀의 자살은 이후의 재생을 예비하고 있다는 점에서 서사진행상 필연적이다. 우리 문학사에서 이와 같이 재생을 예비하기 위한 서사적 동기로서의 자살 모티프는 이미 이광수의 『무정』에서 시도된 바 있다. 마치 영채가 구여성에서 신여성으로 거듭나기 위해, 개인에서 민족의 미래를 이끌어 갈 민족적 주체로 거듭나기 위해 성적인 훼손 후에 자살을 감행하듯이, 노라가 계급적 주체로 태어나기 위해서는 죽음에 육박하는 체험을 거쳐야 한다. 노라의 자살 시도는 이처럼 계급적 주체라는 공적 자아를 예비하는 의미를 담고 있다. 자살 시도 후 깨어난 그녀는 "돈이 없으니까 자유가 자유가 아니구" 또 다른 속박에 불과하다는 것을 깨닫는데, 이는 계급적 주체로서의 행보를 예비하는 진술이라 할 수 있다.

그녀는 '인쇄소 제본 직공'이라는 노동자가 되면서, 베벨의 책으로 대표되는 사회주의 사상을 접하면서 계급적 주체로 서게 된다. 문제는 이전에 노라가 성적 주체로서 자신을 자각하고, 그것을 식민지 조선의 현실 속에서 파악하는 과정이 부분적인 돌출성에도 불구하고 비교적 소상하게 그려진 데 반해 후반부에서 본격적으로 계급적 주체로서 정체성을 확립하는 과정은 소략하게 다뤄진 데 있다. 게다가 전자의 경우 노라가 체험으로 얻은 것인데 반해 후자는 "인쇄소의 제본 직공이 된 노라는 그새까지 보지 못한 세상을 보았고 듣지 못하던 말 몇 마디를 들어 그것이 급격하게 그의 심경에 변화를 일으키었다."(293면)와 같은 몇 마디 작가 주석적 언술로 처리되거나 여성노동자 남수의 입을 통해 일방적으로 진술된다.

이 같은 난점은 노라와 남편 현사이의 부부 갈등을 노동자와 자본가 사이의 계층적 갈등과 무리하게 등치시킨 결론에서 극적으로 드러난다.

내가 당신의 가정에서 당신 한 사람의 노예질을 싫다고 벗어져 나왔다가…인제 다시 또 당신한테 매인 몸이 되었소 그걸 보고 당신은 승리나 헌

듯이 통쾌하게 여기겠지만, 그러나 당신허구 나허구 싸움은 인제부터요 내
가 아직은 잘 알지 못허우만은 이 세상은 (…중략…) 싸움이라구 헙디다.
아마 그게 옳은 말인가 싶소 그러니 지금부터 정말로 우리 싸워봅시다.
(297면)

　위 예문에서처럼 노라와 현석준의 대립은 이제 사적인 부부 갈등을 넘
어서서 계급 간의 갈등이라는 대표성을 띠게 된다. 하지만 위와 같은 노
라의 발언이 나오기 위해서는 노라가 계급적 정체성을 확보하게 되는 과정
이 설득력있게 형상화되어야 한다. 그렇지 않을 경우 여성문제의 탐구가
계급운동의 일환으로 흡수[20]되어 버리는 결과를 낳을 수 있기 때문이다.

　그렇다면 이처럼 서사구조가 소설 후반부에 접어들면서 이원화된 까
닭은 무엇일까. 첫 번째는 작가가 사회주의 여성해방론의 대의에는 공감
하되 이를 소설적으로 형상화하는 데에는 실패한 데서 그 원인을 찾을
수 있다. 여성문제와 계급문제를 동시적으로 해결하되, 계급문제에 선차
성을 부여하는 사회주의 여성해방론의 이념적 지향성이 결말 부분에서
생경하게 노출되면서, 그 이전까지 유지했던 두 항목 간의 균형 내지 관
련성이 깨지고 만 것이다. 두 번째, '기계실에서 기계 도는 소리'와 '노라
의 혈관을 도는 더운 피'를 비유적으로 연결시키는 대목에서 언뜻 엿볼
수 있듯 이 작품의 결말 부분은 사회주의 리얼리즘 계열의 혁명적 낭만
성에서 크게 벗어나지 않고 있다. 주지하다시피 1933년은 카프가 제2차
검거사건을 겪으면서 급속도로 와해되기 시작한 시점이지만, 같은 해에
이기영의 『고향』이 발표된 것에서도 알 수 있듯 그 여파가 작품 창작에
실제로 영향을 미치기까지는 좀 더 시일이 걸렸다. 이 소설이 스스로 동
반자 작가를 자처했던 채만식의 첫 장편이라는 점을 염두에 둔다면 작가

20) 서경석, 「채만식의 『인형의 집을 나와서』론」, 『문예미학』 5호, 문예미학회, 1999, 33면.

가 이 작품을 자신이 지향했던 (사회주의) 리얼리즘의 실험장으로 삼았
으리라는 추측도 가능하다.

5. 문학사적 의미와 한계

강경애와 박화성의 경우에서 볼 수 있듯 1930년대 여성문제와 계급
문제 간의 유기적 연관성을 포착한 작품들은 대개 하층계급 여성의 현실
에서부터 서사를 풀어나갔다. 그런데 채만식은 신여성이 하층계급, 노동
자 계급 여성으로 존재를 이전해 간다는 독특한 방식을 택한다. 당시 신
여성들이 계층적으로 전락한다 하더라도 대개 제2부인이나 카페 여급이
되는 경우가 많았다는 점을 상기한다면 채만식의 서사적 실험은 단연 이
채롭다. 게다가 '집을 나간 노라는 어떻게 되었을까'라는 문제를 식민지
조선의 현실에 착목해 그린 것 역시 당시 서구문학이나 여성해방사상의
이입 현상을 주체적으로 전유했다는 점에서 그 의미가 자못 크다.

이 책은 『인형의 집을 나와서』가 성취한 문학사적 의미를 식민지 근
대 여성의 정체성 형성과정을 사회적 맥락에서 포착한 것으로 보고, 나
아가 사회주의 여성해방론의 소설적 형상화가 지닌 의미와 한계를 짚어
보았다. 『인형의 집을 나와서』는 근대적 교육을 받은 신여성의 눈에 비
친, 그녀가 몸으로 체험한 식민지 자본주의의 모순을 경제, 교육이나 법
률 등 제도적 영역을 두루 포괄하면서 형상화함으로써 성, 계급, 민족 간
의 관련성을 탐색하였다. 그 과정에서 우리는 개인의 실존 차원을 넘어
서 계급적으로 투쟁하는 새로운 '노라'를 만날 수 있게 되었다.

하지만 작가가 여성문제 및 계급문제의 동시적 해결을 위해 설정한 사
회주의 여성해방론이 결말 부분에 이르러 오히려 핍진성을 해치는 기제

로 작용한 것은 못내 아쉽다. 작가의 말대로 노라가 '소뿌르의 의식을 청산'하고 계급의식으로 무장하는 단계로 나아가기 위해서는 여성노동자간의 연대라든가 계급적 정체성을 심각하게 위협하는 모종의 사건 등이 배치되는 중간 단계가 필요하다. 이 중간 단계가 빠져 있기에 노라의 문제는 더 이상 식민지 근대를 살아가는 하층계급 여성 일반의 문제로까지 확산되지 않고, 다시금 개인의 문제로 환원되는 것이다.

이와 같은 서사적 결함을 작가의 탓으로만 돌릴 것인가에 대해서는 필자 역시 유보적이다. 식민지 시기 폭발적으로 이입되었던 다른 사회사상이라든가 문학 이념과 마찬가지로 이 땅에 들어온 진보적 사회주의 여성해방론 역시 충분히 현실에 뿌리내릴 토양을 마련하지 못한 채 미완으로 끝났기 때문이다.

따라서 이 작품은 사회주의 여성해방론을 서사적으로 실험하고 역사적 공과를 확인하는 장을 마련했다는 것 정도에서 그 의미를 찾을 수 있다. 오히려 이 작품이 거둔 최대의 성과는 이미 연구자들이 지적한 바대로 전근대와 근대의 이중 구속 문제를 젠더의 관점에서 접근했다는 것이고, 이는 작가의 본령이 비판적 사실주의에 있음을 역설적으로 확인해 주는 증거이다.

강경애 후기 소설과 체험의 윤리학

이산(diaspora)과 모성 체험을 중심으로

1. 이산(diaspora)의 문학

강경애(1906~1944)는 작품 활동을 하는 내내 남성들의 성적 억압에 희생당하거나 저항하는 여성, 남성 부재의 현실을 강인한 생명력으로 버텨 가는 여성, 지식인으로서의 사회적 역할을 자각해 가는 여성들을 지속적으로 형상화했다. 그런 만큼 강경애의 작품은 식민지 시기 여성의 현실과 이의 형상화 수준을 한 단계 끌어올린 것으로 평가되어 왔고, 이런 평가에 대해서는 재론의 여지가 없을 듯하다. 그의 작품은 민족문학과 리얼리즘 문학, 여성문학이 관련을 맺으면서 각자 내실을 다질 수 있음을 보여주었다는 점에서 문학사적 의의가 자못 크다. "가정 내에서 남성을 도와 일가의 평화와 단란을 도모하며 자녀를 길러 우리 사회에 굳센 일꾼을 보내는 것이 여성의 공통적, 천부적 책임이지만 우리 사회에 결함이 많으니 만큼 우리 조선 여성의 특수한 사명도 있을 것"(「조선 여성들의 밟을 길」, 『조선일보』, 1930. 11. 28~1930. 11. 29)이라는 말에서 단적으로 드러나듯 강경애는 여성의 사회적 역할을 강조하는 한편 조선적 '특수성'에도 각별한 주의를 기울였다. 즉 식민지 조선의 특수성에 여성이 주체적으로 개입할 필요가 있다고 역설했던 것이다.

그런데 강경애의 삶과 작품세계는 우리 현실, 좁게는 간도 현실의 변화를 떼놓고는 제대로 논의하기 힘들다. 그녀가 성취한 여성주의적 리얼리즘은 이민자의 땅 '간도'에서 식민지 시대 민족의 현실을 직시하고, 그것이 여성의 삶과 분리될 수 없다는 인식을 견지했기에 가능했다.[1]

따라서 이 글에서는 강경애 작품세계의 두 축이 '간도체험'과 '여성의식'에 있다고 보고, 양자가 어떻게 긴밀한 연관관계를 맺고 있는지 살펴보고자 한다. 먼저 '간도체험'이 지닌 의미를 제대로 규명하기 위해서 식민지 시기 민족—국가의 상실에서 비롯된 이산(離散, diaspora)이라는 맥락에서 작품을 다시 보고자 한다. 식민 시대에 피식민지 제3세계 여성들은 전통적인 민족—국가의 경계를 넘어서 이민, 이주, 이동, 망명, 피난과 같은 탈지역의 궤도를 그린다. 이 장에서는 이러한 삶의 궤적을 이산(離散)으로 표현하되 '역사적으로 구체적인 이동의 형태들이 갖는 경제적, 정치적, 문화적 양식들을 분석하기 위한 하나의 틀'로 삼고자 한다.[2] 강경애의 작품에서 이산의 문제는 여성들의 의지와는 무관하게 주어진 현

---

1) 이상경은 강경애가 간도에서 작품 활동을 했다는 사실에 주목하면서, 식민지 시대에 간도 지방이 가지는 공간적 특수성과 강경애의 작품 세계가 긴밀히 맞물려 있다는 주장을 개진한 바 있다. 필자 역시 이상경의 지적에 공감하지만 해당 논문에서 여성이 처한 현실이 상대적으로 소략하게 취급되었다고 본다. 이에 이 글은 여성의 시각에서 간도 체험과 형상화가 지닌 의미에 주목하고자 한다.
이상경, 「만주 항일혁명운동의 문학적 수용—강경애론」, 『한국문학의 리얼리즘과 모더니즘』, 민음사, 1989, 150면.
2) Avtar Brah, *Cartographies of Diaspora : Contesting Identities*, Routledge, 1996, p.16.
태혜숙, 「제3세계 여성들의 글쓰기—전지구화, 이산, 민족에 관하여」, 『여/성이론』 9호, 여이연, 2003년 겨울, 14면에서 재인용.

실로서 그들에게 민족적·성적 정체성을 심문하고 재구성하도록 추동하는 근본적 상황이다. 일본의 식민주의와 그 결과인 이산으로 인해 이산 여성들은 제국의 권위, 남성의 권위에 의해 다중적인 피식민 상태에 놓여 있었다. 제국의 타자이자 남성의 타자인 피식민 여성은 모두가 침묵하고 있는 현실에서 민족주의적, 남성중심적 역사 서술에서 무시된 여성의 아픔에 대한 기억을 정면에서 다루어 왔다.3) 그런 점에서 탈식민의 미학은 동시에 윤리의 문제이기도 하다.

강경애가 이산의 문제를 여성의 시각에서 재구성했다는 점은 항일무장투쟁의 실패로 인해 민족해방의 전망이 불투명해진 시기를 배경으로 한 후기 작품을 해석하는 열쇠가 된다.4) 간도 이주 농민의 빈핍한 삶과 가족의 해체를 항일무장투쟁의 당위성과 연관지어 그린 「소금」(『신가정』, 1934. 5~1934. 10), 아편쟁이 남편에 의해 중국인에게 팔려간 아내의 죽음을 그린 「마약」(『여성』, 1937. 11), 식민지 농업정책으로 인해 파탄에 이른 민중여성의 삶을 사산, 질병, 불구화된 아이들, 팔려가는 딸 등을 통해 제시한 「지하촌」5)(『조선일보』, 1936. 3. 12~1936. 4. 3) 등은 민족−국가의

---

3) 태혜숙, 같은 글, 250면.
4) 필자는 다른 글에서 강경애의 후기 작품이 주관과 객관의 분리로 인한 두 가지 경로를 밟고 있다고 파악한 바 있다. 그 글에서 필자는 하층계급 여성의 궁핍상을 그릴 때는 현실세계의 힘이 압도적이어서 객관적인 상황을 파편적으로 드러내는 데 그치며, 반면 이념과 현실 간의 괴리에서 갈등하는 지식인 인물들을 그릴 때는 회고와 반성이라는 주관적인 세계에 함몰되고 만다고 지적했다. 사실 식민지 시대 리얼리즘 소설의 대표작이라 할 수 있는 『인간문제』 이후 강경애의 후기작들은 간도 정세의 변화와 맞물려 더 이상 낙관적 전망을 창출하지 못하는 것이 사실이다. 하지만 이 글에서는 이 후기 작품들이 공통적으로 재현하고 있는 구여성의 수난이라든가 여성적 자질들이 어두운 현실 속에서도 독특한 윤리적 지평을 확보하는 데 기여하고 있으며, 이 점 역시 현실을 타개하려는 작가적 시도의 일환으로 보고자 한다.
  졸고, 「강경애−간도 체험과 지식인 여성의 자기반성」, 『역사비평』 33호, 역사비평사, 1996 여름 참고.
5) 「지하촌」은 간도가 아니라 작가의 고향인 용연을 공간적 배경으로 하고 있지만, 항일혁명 운동의 퇴조에 따른 전망의 상실이 작가의 창작방향이라든가 여성 현실의 형상화에 미친

호명대상에서 제일 멀리 떨어져 있는 이주민, 하층민, 여성, 아동의 비참한 현실을 다룬다. 「번뇌」(『신가정』, 1935. 6~1935. 7)와 「동정」(『청년조선』, 1934. 10) 역시 간도 용정 부근을 배경으로 항일운동가 가족, 농민 가족 여성의 수난을 그리고 있다. 두 번째, 이 시기 다른 작가들이 근대의 유입과 더불어 등장한 신여성에 각별한 관심을 보인 것과는 달리 강경애는 구여성, 하층계급 여성에게서 변혁의 가능성을 찾거나, 이들의 운명에 공감하는 글쓰기를 했다. 이 여성들은 식민지 시기 사회·정치적 변화, 그 격랑의 중심에 선 존재들이다. 이 글은 구여성, 하층계급 여성의 운명이 어떻게 구체적으로 형상화되는지를 가사노동이나 어머니 노릇과 같은 체험의 측면, 신여성과 구여성의 대립적인 표상체계를 중심으로 살펴봄으로써 궁극적으로 작가의 독특한 여성주의적 윤리학이 어떤 과정을 거쳐 확립되었는지 규명하고자 한다.

2. 「소금」의 문제성, 이산과 여성

일본의 식민지 농촌 수탈정책으로 인해 땅을 빼앗긴 사람들이 마지막 희망을 걸고 이주해갔던 땅 간도. 1930년대 간도는 항일무장독립운동과 반일자치운동이 그 어느 곳보다 활발하게 전개되었던 곳이다. 그러나 1931년 만주사변 이후 일본의 파시즘 정책의 강화로 인해, 항일무장투쟁은 쇠퇴의 길에 접어든다. 이런 현실에서 주로 소작농이었던 간도 유이민들은 비참한 주거환경과 마적단, 자위단 등의 공격, 오족불협화(五族不協和)라는 민족 간 갈등으로 인해 궁핍과 일상화된 폭력에 노출될 수밖에

영향을 가늠할 수 있는 작품이기에 언급한다.

없었다.

「간도의 봄」(『동아일보』, 1933. 4. 23)과 「이역의 달밤」(『신동아』, 1933. 12)
은 일본의 군국주의 확장 조짐과 간도의 정세에 대한 정확한 인식이 돋
보이는 글이다. 아래 예문에서 볼 수 있는 바와 같이 작가는 '대자본의
잠식' 및 만주사변 이후 가속화된 일본의 파시즘화, 세계체제의 변화에
따라 날로 피폐해져 가는 간도의 현실, 그 불모의 땅에서 생존의 역사를
쓴 민족의 운명을 예리하게 파악하였다.

> 이곳은 간도다. 서북으로는 시베리아, 동남으로는 조선에 접하여 있는
> 땅이다. 추울 때는 영하 40도를 중간에 두고 오르고 내리는 이 땅이다.
> 그나마 애써 농사를 지어 놓고도 또다시 기한(飢寒)에 울고 있지 않는
> 가! 백미 1두에 75전, 식염 1두에 2원 20전, 물경 백미값의 3배! 이 일단을
> 보아도 철두철미한 ○○수단의 전폭을 엿보기에 어렵지 않다. '가정이 공
> 어 맹호야'라던가? 이 말은 일찍이 들어왔다.
> 황폐하여 가는 광야에는 군경을 실은 트럭이 종횡으로 질주하고 상공
> 에는 단엽식 비행기만 대선회를 한다.
> 대산림으로 쫓기어 ○○을 들고 ○○○○○○하는 그들. 이 땅을 싸고
> 도는 환경은 매우 복잡다단하다. 그저 극단과 극단으로 중간성을 잃어버
> 린 이 땅이다. (…중략…)
> 군축은 군확(軍擴)으로, 국제 협조는 국제 알력으로, 데모크라시는 파쇼
> 로, 평화는 전쟁으로… 인간은 정반합의 변증법적 궤도를 여실히 밟고 있
> 다. (「이역의 달밤」)[6]

작가는 가뭄과 기근에 시달리는 간도 이주농민들의 현실을 파시즘화
로 치닫고 있는 국제정세라는 관점에서 파악함으로써 전지구적 시야를
확보하고 있다. 또한 이 글은 백미 값의 3배에 달할 정도로 소금 값이

---

6) 이상경 편, 『강경애 전집』, 소명출판, 1999, 745면.
앞으로 강경애 작품의 인용은 이 책의 면수를 따를 것이다.

오른 사정을 지적하고 있는데 이는 소설 「소금」에서 자세히 형상화되고 있는 점이라 주목을 요한다.

이런 가혹한 현실은 생계 외에 가사노동까지 전담해야 했던 여성들에게 이중, 삼중의 억압으로 다가온다.

> 부인들은 그나마 잠조차도 못 얻어 자는 것이 이 농촌의 부인들입니다. 하루 종일 남편과 같이 일을 하고도 밤이 되면 빨래질해서 옷 꿰매느라, 내일 아침 먹이—조를 찧어 밥을 만들며 밀을 갈아 죽 쑬 준비를 하기에 그 밤을 새우는 것은 거의 늘 되다시피 하는 것입니다. (「여름밤 농촌의 풍경 점점(點點)」, 『신가정』, 1933. 7)[7]

「소금」은 봉염 어머니라는 여성의 계급적·민족적 각성과정을 다룬 각성소설이자 당시 간도의 정세 변화에 따라 운명의 변전을 거듭하는 여성의 일대기를 다룬 소설이다. 이 작품에서 봉염 어머니의 일대기는 '소금'으로 상징되는 기본적인 생존조건조차 갖추지 못한 대다수 이주민 농촌 여성들의 현실을 대변한다.

이 작품이 여성의 관점에서, 그리고 간도체험을 다룬 후기 작품들 중에서도 각별히 주목되는 까닭은 이주/이산을 야기한 원인을 여성의 체험 및 생존의 서사와 긴밀하게 연관 지어 다루고 있기 때문이다. 작품에서 '소금'의 부족 상황[8]은 간도 이주민들의 물질적·정신적 결핍을 상징

---

7) 앞의 책, 739~740면.
8) '소금'은 "생각하니 자신은 소금 들지 않은 음식과 같이 심심한 생활을 한다."와 같은 말에서 알 수 있는 것처럼 이 하층계급 여성에게 결락되어 있는 어떤 것을 의미하기도 한다. 소금에 대한 봉염모의 생각은 항상 그 끝이 남편과 아이들, 자신이 거두고 보살펴야 할 가족에로 귀결된다.

> 그는 무심히 만져지는 소금덩이를 입에 넣으니 어느덧 입안에는 군물이 시르르 돌며 밥이라도 한술 먹었으면 싶게 입맛이 버쩍 당긴다. 그때 그는 문득 남편과 아들딸이 생각키우며 그들이 있으면 이 소금으로 장을 담가서 반찬 해 먹으면 얼마나 맛이 있을까! 그러나 그들을 잃은 오늘에 와서 장을 담글 생각인들 할 수가 있으랴! 그저 죽지

하는 것으로서 봉염 어머니가 생존의 막다른 길에서 소금 밀수에 나서는 작품 종결부까지 고려하면 서사를 이끄는 동력이 된다.

특히 제2장 유랑은 한 여성의 유랑에 내포된 민족적·계급적·성적 의미를 꼼꼼하게 기술하고 있다. 지주 팡둥을 만나러 갔던 봉염 아버지는 공산당의 손에 죽고, 아들 봉식은 가출해서 공산당에 입당했다가 잡혀 총살당한다. 이 하층계급 가족의 해체 역시 강경애의 후기 소설들과 유사하게 간도의 정치적·사회적 정세 변화에 따른 것임을 알 수 있다. 가족 해체 이후 모녀가정 앞에 닥친 생존의 절박한 상황은 중국인 지주의 강제적인 성폭력, 임신, 출산 등 여성의 섹슈얼리티의 훼손을 매개로 전개된다. 팡둥의 집에 거주하던 봉염 어머니는 팡둥에게 정조를 유린당하고 아이까지 가진 상황에서 내쫓겨 헛간에서 아이를 낳는다. 지주 팡둥과 봉염 어머니의 관계는 계급적·민족적 모순에 성적 모순이 중첩되어 있는 양상을 전형적으로 보여준다.

그녀는 팡둥의 아이를 낳고 나서도 "전신을 통하여 짜르르 흐르는 모성애" 때문에 차마 죽이지 못한다. 출산은 허기와 비천함을 동반한다. "흙내에 피비린내를 품은 역한 냄새"를 맡으면서도 살기 위하여 파뿌리를 입에 넣고 씹어 먹는 상황, 그리고 이와 같은 비루한 상황 속에서도 오히려 '삶의 환희'를 느끼는 일련의 출산 과정을 보면 여성의 출산이 죽음과 삶, 비천함과 충만함이 복합적으로 교차하는 과정임을 알 수 있다.

작품은 모성의 현실적 국면, 즉 어머니 노릇의 어려움을 잘 포착하고 있다. 봉염모에게 어머니 노릇의 어려움은 자기가 낳은 아이를 두고 '젖

못해 먹는 것이다. 그는 한숨을 푹 쉬었다. 생각하니 자신은 소금 들지 않은 음식과 같이 심심한 생활을 한다. (536~537면)

위 예문은 여성작가이기에 포착할 수 있는 미각과 촉각 등을 하층계급의 생존조건과 결부시켜 묘사할 뿐만 아니라 여성의 관계지향적, 타자지향적 특성을 단적으로 드러낸다.

어미'로 들어가야 하는 현실적인 생존의 문제와 결부되어 있다. "남의 새끼 키우느라 제 새끼를 죽인" 어미로서의 자책감과 젖어미로 키운 명수에 대한 그리움 사이에서 갈등하는 모습은 이상적인 어머니 노릇에 대한 통념을 벗겨낸, 육체적 친밀감을 기저로 형성된 모성의 현실적 국면을 드러낸 것이다. 육체적 친밀감은 봉염, 봉희의 눈에 이어 명수의 눈을 떠올린다거나, "명수가 젖을 먹으며 그 토실토실한 손으로 그의 머리카락을 쥐어뜯던 생각이 나는" 장면에서처럼 아주 구체적으로 묘사된다. 이처럼 작품은 출산 및 양육을 신비화하거나 여성의 보편적인 자질로 추상화하지 않고 몸의 체험에 기반을 두어 형상화함으로써 사실성을 획득하고 있다. 또한 「소금」을 비롯한 강경애 후기 소설들은 여성의 시각에서 가족의 해체를 민족적 이산의 문제와 결부해 그리고 있다.

강경애 작품에 등장하는 여성들은 그들의 계급적·성적 조건으로 인해 끊임없이 이동한다. 가령 「어머니와 딸」의 옥이는 고향에서 서울로 이동하면서 구여성에서 교육받은 신여성으로, 『인간문제』의 선비는 고향 용연에서 서울로, 다시 인천으로 이동하면서 구여성에서 여성노동자로 전화한다.

특히 「소금」의 봉염 어머니는 고향땅 — 간도 지금 터전 — 용정의 지주 팡둥 집 — 해란강변 헛간으로 끊임없이 이동하면서 전락을 거듭한다. 아이들만 있는 셋방과 젖어미로 들어간 집 사이를 오가는가 하면, 아이들마저 죽은 후에는 소금 밀수를 하러 또 다른 유랑의 길을 떠난다. 얼핏 보더라도 이와 같은 공간이동이 친밀한 공간에서 낯선 공간, 예속의 공간으로의 이동이자, 공동체적 공간에서 가족 해체 후 수난의 공간으로의 이동임을 알 수 있다. 이처럼 거듭되는 유랑은 농토의 뺏김, 남편의 죽음, 지주의 성적 유린, 출산, 아이들의 죽음과 같은 중첩된 수난에 기인한다. 가부장적 질서를 정상적인 것으로 여기는 당시 상황에서 봉염 어머니의 모자가정은 그만큼 위기에 노출될 수밖에 없다. 하지만 개인적인 수난은 민족의 수난과 결부되어 있다. 작가는 모성이 보호받지 못하는 원인을 지주와 소작인의 갈등, 간도 내부에서 이주민으로서, 타자로서 위치지어진 우리 민족의 현실에서 찾고 있는 것이다.

지금까지 「소금」은 작품 후반부의 비약, 즉 봉염 어머니가 일본 순사에게 소금 자루를 빼앗기는 지경을 당하자 갑자기 항일유격대 대원의 연설을 떠올리며 계급적 각성을 이루는 대목이 석연치 않다는 점 때문에 구조적으로 결함이 있는 것으로 평가되어 왔다. 하지만 이 작품은 '항일유격대의 모습과 그에 대한 민중의 감정을 암시적으로 반영하고, 전망을 드러냈다.'9)는 점에서 의의가 있을 뿐만 아니라 앞에서 말한 바처럼 성적으로 타자의 위치에 있는 여성의 현실을 민족의 이산과 결부해 사실주의적으로 드러냈다는 점에서도 그 문학사적 의미가 크다. 게다가 구여성, 하층계급 여성을 일방적으로 폄하하거나 고평하지 않고 이들의 여성적·모성적 특성을 현실의 맥락에서 포착했기 때문에 문학적 성취를 이루었다는 점 역시 유념해 볼 필요가 있다.

민족이 상상으로 구축한 모성 이데올로기가 신성하고 완벽한 데 반해 여성이 현실에서 경험하는 모성이 분열적일 수밖에 없음은 「소금」에서 봉염 어미가 자기 핏줄을 먹여 살리기 위해 젖어미 노릇을 하다 자식들을 차례로 잃게 되는 역설적 상황, 자기 젖을 먹여 키운 아이에 대한 애정, 자식을 다 잃고도 살아남기 위해 먹어야 하고 노동을 해야 하는 비루한 현실을 통해 다각도로 조명된다. 이 현실의 어머니와 모성이 처한 위기와 분열은 민족-국가의 상실, 이주민이라는 주변적 위치에서 비롯

---

9) 이상경, 『강경애-문학에서의 성과 계급』, 건국대학교 출판부, 1997, 82~85면.
이상경은 이 작품을 '간도문학'이 우리 민족에 기여할 수 있는 바의 최대치를 구현한 작품으로 평가한 바 있다(같은 책, 81면).

된 것이다. 「마약」, 「번뇌」, 「동정」에서 구여성의 전락이라든가 죽음 역
시 그 근인(根因)은 민족의 해체로 인한 이산, 이주의 현실과 밀접한 관련
이 있다.

3. 구여성과 체험의 윤리

강경애의 작품에서 '구여성'은 초기작 『어머니와 딸』에서부터 지속적
인 관심의 대상이 되어왔다. 『어머니와 딸』에서 어머니 세대에 속하는
옙분과 산호주는 '구여성'의 운명을 전형적으로 보여준다. 이 구여성들
은 축첩, 매춘, 조혼문제와 같은 전근대적 유제로 인해, 새롭게 등장한
신여성의 존재로 인해 고통을 겪는다. 딸 세대인 옥이 역시 구여성이었
다. 그녀는 남편 봉준이 신여성인 숙희를 짝사랑하여 병이 나자, 숙희를
찾아가 봉준을 만나달라고 애원할 정도로 '양처(良妻)' 의식에서 벗어나지
못한다. 남편을 '기른다'라는 말에서 상징적으로 드러나듯 그녀는 보살
피는 역할을 당연하게 받아들인다. 이른바 어머니 노릇을 수행하는 것이
다. 하지만 그녀는 서울로 올라와 신식학문을 접하고, 노동운동을 하다
잡힌 영실 오빠를 목격하고 구세대의 의식과 결별한다.

『인간문제』의 선비 역시 여성노동자로 각성하기 전 작품 전반부에서
는 성적·계급적으로 억압받는 식민지 시기 구여성의 면모를 여실하게
지니고 있다. 선비는 지주 정덕호의 성적 유린에 저항하지 못한 채 오히
려 "차라리 이렇게 몸을 더럽힌 바에는 아들이라도 하나 낳고 이 집안에
서 맘 놓고 살았으면"하는 생각을 하는가 하면, 거듭되는 유린에 탈향을
결심하고서도 새로운 세계에 대한 두려움과 소극적 성격 탓에 선뜻 길을
나서지 못한다. 이와 같은 소극성에도 불구하고 이 작품이 구여성의 사

실주의적 재현과 관련하여 뛰어난 점은 가사노동을 둘러싼 여성주의적 정서를 잘 포착하고 있다는 것이다.

봄내 모아온 계란을 옥점에게 빼앗긴 것에 대한 억울함, 목화송이나 부엌 가득한 그릇들에 애정을 보이는 것10)에서 드러나듯 선비는 자기가 노동한 산물에 대해 각별한 애정을 쏟는다.11) 하지만 선비는 노동수단과 그 산물로부터 소외되어 있다. 게다가 선비의 노동은 집안일이긴 하지만 지주 집안의 일을 대행한다는 점에서 공적인 노동의 의미도 지니고 있다.

「소금」의 발단 부분 역시 당시 가옥구조나 이주 여성의 가사노동이 자세히 묘사되어 있는 점이 특이하다. 가령 방을 쓸어내고, 팥을 고르고, 메주를 손질하고, 소금 걱정을 하는 등 자잘한 가사노동의 일상적 측면이 부각된다. 이 장면은 뒤이어 제시되는 남편의 죽음이 그 남루한 일상마저 앗아가는 계기가 됨을, 그리고 남편의 죽음 이면에는 간도의 여러

---

10) 바리만은 웬일인지 놓고 나가기가 아까웠다. 보다도 섭섭하였다. 동시에 부엌 찬장에 가득히 들어 있는 바리, 사발이며 탕기, 대접, 접시, 온갖 그릇들이 그의 눈에 뚜렷이 나타나 보인다. 그가 하루같이 알뜰히도 만지는 그 그릇들! 꽃무늬에 짐승무늬를 돋쳐 둥그렇게 혹은 네모나게, 크고 또는 작게 만든 그 그릇들! 그가 그나마 이 집에 정붙인 곳이 있다면 이 그릇들일 것이다. (301면)

11) 『인간문제』의 전반부는 선비의 이야기와 첫째의 이야기가 교차 진술되는 방식으로 되어 있다. 그런데 이 남녀가 노동과 노동의 산물로부터 소외되는 장면 역시 내적으로 연관을 지니고 있다. 가령 다음을 보자.

마당이 보이지 않도록 쌓이는 저 벼알! 병아리의 털같이 그렇게 노란 수염이 하늘을 가리키고 쌓인 저 벼알! 저 벼알은 역시 자기들에게는 귀엽고 아름다운 빛만 보이고 나서, 맘놓고 만져보기도 전에 덕호의 창고로 들어가버리고 마는 것이다. (242면)

흰 송이를 알알이 골라가며 치마앞이 벌어지도록 따서 모은 저 목화송이! 머리가 떨어지는 듯한 것을 참고 이어 나른 저 목화송이! 자기들에게는 저고리 솜조차도 주기 아까워 맥빠진 낡은 솜을 주면서 계란 밑에 놓을 것은 서울 갈 것이니 햇솜을 준다. (218면)

후자는 비록 할멈의 생각이긴 하지만 '마당이 보이지 않도록 쌓이는 벼알' / '치마앞이 벌어지도록 따서 모은 목화송이'가 유사한 의미 계열체임을 쉽게 짐작할 수 있다. 그것이 덕호의 창고에 쌓이거나 한낱 계란 받침대로 쓰이는 것에서 이들 남녀가 노동과정뿐만 아니라 노동의 산물로부터도 소외되었음을 알 수 있다.

정치적 세력 간의 갈등이 놓여 있음을 대조적으로 드러내는 효과를 자아
낸다.

「이역의 달밤」과 같은 수필에서도 작가의 눈은 엄혹한 현실 속에서 시
적 순간을 포착하는데 이 역시 여성의 가사노동 현장을 감각적으로 묘사
함으로써 가능한 것이었다. "집집 마당에서 빨갛게 움직이는 다림불이며
채마밭에 하얗게 널린 다림질할 옷들. 어느 것 하나 시 아닌 것이 없습
니다."와 같은 대목에서는 빨간 다림불과 하얀 옷들의 선명한 색상 대비
가 두드러지는데 일상 속에서 선명한 시각성과 미학을 발견한 예라 할
수 있다. 작가는 "힘들던 빨래질에도 일종의 취미가 붙으며 때로는 예술
적 감흥"이 생겼다고 술회한 바 있다.

그런데 가사노동을 비롯해서 여성의 노동에 대한 강경애의 시각을 두
고 연구자들의 평가는 상반된다. 작가가 가사노동이 지닌 억압적 측면을
보지 못한 채 남성이 요구하는 가부장적 질서에 순응하는 면모를 지녔다
고 비판하는 시각이 있는가 하면,[12] 생활과 문학을 병행하려는 면모를
지녔다는 점에서 긍정적으로 보는 시각도 있다. 하지만 전통적인 가사노
동에 충실한 여성들이 긍정적으로 묘사되는 것은 노동여성과는 달리 노
동 분업이 제대로 이루어지지 않은 농촌여성을 대상으로 하고 있기 때문
인 것으로 볼 수 있다. 뿐만 아니라 수필 이외에 소설에서 가사노동이
그려지는 전후맥락에 유념할 필요가 있다. 대체로 가사노동은 출산, 육

---

12) 박혜경은 작품에 드러난 계급주의 이념이 작가의 남성의존적이거나 가부장적 의식과 결
합되어 있다고 본다. 그에 따르면 강경애의 대표작 『인간문제』의 경우에도 가부장 사회
가 만들어 낸 여성적 자질들이 계급주의적 관점을 정당화하기 위한 도덕적 근거로 활용
되고 있다는 것이다. 필자의 관점과는 정반대되는 주장이다. 하지만 이와 같은 논리는
작품이 산출된 당시가 아닌 현재적 관점에 근거해 여성적 자질들을 남성중심적인 가부
장 사회의 산물로 등치시키는 오류를 낳을 수도 있다.
박혜경, 「강경애의 작품에 나타난 여성인식의 문제」, 『민족문학사연구』 23호, 민족문학
사학회, 2003, 266~274면 참고.

아 등 여성의 어머니 노릇과 결부되어 일방적으로 신화화되지도, 폄하되지도 않은 채 현실적인 노동의 한 국면으로 그려지거나, 『인간문제』에서처럼 노동으로부터 소외된 피억압 계층 여성의 존재조건을 적절히 드러내기 때문이다.

이처럼 구여성과 그들의 노동에 대한 호감어린 시각에는 이 구여성들이 하층계급이라는 사실에서 엿볼 수 있듯이 작가의 계급적 관점이 관철되어 있다. 또한 이들이 자기가 노동해서 얻은 물건에 대해서 보이는 애정은 관계지향성이라든지 타자지향성으로 통칭되는 여성적 윤리와 긴밀히 연관되어 있다. 통상 자매애라든가 모성성과도 연관이 있는 이 여성적 윤리는 자칫하면 여성의 생물학적 특성을 추인하거나 여성의 억압 상태를 강화하는 것으로 오인될 수도 있다. 하지만 강경애 소설에 재현된 구여성의 형상은 당대 식민지 현실 속에서 하층계급 여성이 처한 현실을 사실적으로 드러내는 데 적합하다는 점 역시 부인하기 힘들다.

'구여성'의 형상은 당대 현실, 좁게는 간도 현실 변화에 따라, 그리고 작가의 세계관의 변화에 따라 다르게 재현된다. 하지만 아이를 거두어 키우고, 먹이고 하는 어머니 노릇은 생존과 관련해서 자명한 현실로 지속적으로 나타난다.

후기 소설인 「소금」, 「모자」, 「마약」, 「지하촌」 등에서는 필자가 이미 다른 글에서 말한 바 있는 '빈곤의 모성화'[13) 양상이 특징적으로 드러난다. 이 작품들은 만주공산당 운동, 항일운동의 실패와 그로 인한 정세의

---

13) 제3세계 혹은 식민지 현실로 인해 여성들이 성적, 계급적, 민족적으로 당하는 질곡을 '빈곤의 여성화'라 한다면 그 어려움은 특히 부재하거나 허약한 남성, 국가를 대신해 가계를 꾸려가야 하는 기혼여성에게 더 가중될 수밖에 없다. 필자는 이를 '빈곤의 모성화'로 지칭한 바 있다.
졸고, 「젠더의 프리즘으로 형상화한 식민지 현실」, 『1930년대 소설과 근대성의 지형학』, 소명출판, 2003, 261면.

악화와 같은 간도의 상황을 배경으로, 남편이나 아버지가 부재한 상태에서 극한적인 가난과 씨름하는 어머니나 모자 가정의 생존위기를 그리고 있다. 가령 「모자」와 「마약」에서 남편은 부재하거나 마약 중독자요 도덕적 마비 상태에 이른 인물이다. 그로 인해 여성은 아이와의 동반 죽음(「모자」), 인신매매와 죽음(「매매」)이라는 극한 상황으로 내몰리지만 남편을 원망하지 않는다. 이 같은 여성의 전락과 소극적인 대응에는 단순히 작가의 페미니즘적 인식의 부족으로만 보기는 어려운 복잡한 저간의 사정이 내재해 있다. 「모자」의 남편은 항일운동을 하다 산 속에서 목숨을 잃은 것으로, 「마약」에서 남편은 소작을 떼인 후 마약에 탐닉한 것으로 보아 그들의 부재나 무능력은 당시 간도의 정세변화에 기인한 바 크기 때문이다.

물론 그녀들은 모성적 자질의 하나인 대상과의 미분리성, 통합성으로 인해 자신을 독립된 개체로 인식하지 못한다. 「모자」에서 승호 모는 "아버지가 못다한 사업을 이 아들로 완성하게 하리라."는 다짐처럼 부계로 계급투쟁이 이어지길 바라지만, 사실 이 같은 다짐은 상징적인 아버지의 소환 이외에 다른 의미를 지니지 못한다. 실제 현실은 앞이 보이지 않을 정도로 내리는 눈처럼 엄혹하고 막막하기 때문이다. 「마약」의 아내 역시 모성애 때문에 죽음을 무릅쓰고 탈출한다. "바시시 이불에서 몸을 빼칠 제 후끈 일어나는 땀내에 보득의 기저귀 한 끝이 너풀 코끝에 스치는 듯. 이제 가서 보득일 꼭 껴안을 것이 가슴에 번듯거린다.", "주르르 흘러오는 산바람이 그의 몸에 휘어 감기자 내 애기의 음성이 가까이 들리는 듯"과 같은 구절에서 알 수 있듯 그녀는 주변의 상황, 사물을 아이와 연관 지어 생각한다. 이는 모성적 사고의 전형이다.

아이러니한 점은 이 구여성들이 모성적 사고를 일관되게 견지하고, 아이와 일체가 된 삶을 살고 있음에도 불구하고 가족 해체는 이들이 당면해야 하는 현실이라는 점이다. 가족 해체는 당시 간도 및 만주에서 일본의 파시즘 체제가 강화되고, 만주사변과 무력항쟁으로 인해 피해자가 늘어난 실제 현실을 반영한다. 동시에 가족 해체의 근인(根因)은 민족의 해체 및 상실에 있다. 더욱이 간도이주민의 경우 이미 본토로부터의 이산과 이주라는 뼈아픈 경험을 했던 터라 가족 단위의 해체는 주체의 정체성 상실을 야기할 수 있는 주요한 문제로 부각될 수 있다. 이쯤 되면 강경애 문학에서 모성이 주되게 부각되는 이유를 추정해볼 수 있을 것이다. 모성은 이산과 이주라는 현실적 난관이 왜 여성에게 더 문제적일 수밖에 없는지를 보여줄 뿐만 아니라, 거듭되는 이산의 상황을 돌파하거나 상상적으로 초월할 수 있는 방안이 될 수 있기 때문이다.

강경애는 이처럼 여성 개인의 생물학적 조건으로서의 모성이 아니라 사회적 의미를 지닌 모성을 그리면서도, 항상 구체적인 몸이라는 경로를 거쳐 형상화함으로써 현실성을 확보한다. 가령 식민지 시기 빈궁문학의 수작으로 평가받는 「지하촌」을 보자. 이 작품에서 남성−가장은 부재하거나 경제적으로 무능하다. 반면 여성들은 모성애와 끈질긴 생명력의 소유자이다. 그러나 역설적이게도 이들의 모성은 뒤틀린 육체, 불임 혹은 사산하는 육체로 재현된다. 그녀들은 빈궁과 고된 노동으로 인해 사산을 하거나 불구자를 낳을 수밖에 없기 때문이다. 또한 아이들은 칠성이, 큰년이처럼 신체적 불구이거나, 제대로 약을 못 쓰거나 먹을 것이 없어 병들고 굶주리며, 태어나자마자 죽어간다. '지하촌'이라는 제목에 상응하는 비위생적이고 궁핍한 주거 공간, 여성과 아이들, 신체적 기형을 지닌 이들과 같은 주변성의 상징들이 중첩되면서 식민지 현실이 가감없이 드러나는 것이다. 그 중심에 여성의 현실, 엄밀하게는 어머니의 현실이 있다.

> (가) 해종일 김매기에 그 몸이 고달팠겠고 더구나 산에 가서 나무를 해
> 오려기에 그 몸이 지칠대로 지쳤으련만, 또 아기에게서라도 시달림

을 받으니, 오늘밤이라도 잠만 들면 깨지 못할 것 같다. 그렇게 피
로한 몸을 돌아보지 않는 어머니가 어딘지 모르게 미웠다. (612면)

(나) 영애를 낳아 놓고 그 다음날로 보리마당질 하던, 그 지긋지긋하던
때가 떠오른다. 하늘이 노랗고, 핑핑 돌고, 보리 이삭이 작았다 커
보이고, 도리깨를 들 때, 내릴 때, 아래서는 무엇이 뭉클뭉클 나오
다가 나중엔 무엇이 묵직하게 매어달리는 듯해서 좀 만져 보려 했
으나, 사이도 없고 또 남들이 볼까 꺼리어 그냥 참고 있다가 소변
보면서 보니 허벅다리엔 피가 흥건했고 또 주먹 같은 살덩이가 축
늘어져 있었다. (613면)

예문 (가)에서 농사일과 가사노동에다 육아까지 전담하는 어머니의 모
습은 아들의 눈에 "어딘지 모르게 미운" 것으로 비춰지고, "잠만 들면
깨지 못할"지 모른다는 공포감을 자아낼 정도로 탈신화화되어 있다. 예
문 (나)에서는 어머니 자신의 입을 빌어 비체화(卑體化)된 몸이 구체적으
로 재현된다. 어머니의 몸은 깨끗하고 풍요롭기는커녕 피가 흐르고, 자
기 몸과 분리된 듯한 이질적인 '살덩이'를 품고 살아야 하는 비체화된
몸이다. 가부장 이데올로기가 통상 여성의 몸에 대해서 갖고 있는 신화
인 성적 욕망을 불러일으키거나 성스러운 몸이 아니라 노동과 출산으로
인해 피폐해진 이 어머니의 몸은 재생산 역할을 담당하는 여성의 실제
몸에 대한 사실적인 인식을 보여준다.

이처럼 강경애는 식민화된 조선의 현실, 이산과 이주의 현실을 구여성
의 '낡은' 자질과 수동성에 담아내고 있다. 그리고 구여성의 낡은 자질
안에 내포된 여성적 윤리를 체험의 국면에서 포착함으로써 사실성을 확
보하고 있는 것이다.

4. 구여성과 신여성, 대조적인 표상방식

그렇다면 소위 '구여성'과 대립되는 '신여성'은 어떻게 형상화되었는가. 강경애가 '신여성'에 대해 가지고 있던 비판적 시각이 단적으로 드러나는 작품이 「그 여자」이다. 신문이나 잡지 문예란에서 본 대로 몇 번 장난 비슷이 지어보다가 일약 '여류문사'가 된 마리아는 용정 마을에 강연을 나가게 된다. 그녀는 농부들은 '흑인종'이며, 자기는 "닭의 무리에 봉이 한 마리 섞인 듯하고 흑인종에 백인종이 섞인 듯한 느낌"이라는 식으로 그들을 타자화한다. 한편 농부의 눈에 비친 마리아는 "열과 피가 없고 말하자면 어떤 어여쁜 인형이 기계적으로 말하는 듯"하며, "폐병자의 초기 같은 얼굴빛이며 짙게 그린 눈썹 아래 깜빡이는 눈만이 살은 듯"한 부자연스러운 모습이다. 여기서 서로 대립적인 응시의 시선이 교차함을 알 수 있다. 타자를 바라보는 '응시'에는 보는 자의 의식이 개입하게 마련이고, 때문에 그 응시는 가치론적이고 이데올로기적인 함의를 지닐 수밖에 없다. 마치 제국이 식민지를 바라보듯 신여성 마리아는 권력을 지닌 자의 눈으로 농민을 바라본다. 한편 농민들의 응시는 처음에는 '인형'처럼 부자연스러운 낯선 존재에 대한 경외와 이질감이 교차하다가 어느 순간 적대적인 것으로 변한다. "노동자 농민을 부르짖고 현대 조선 사회상"을 들추어내는 그녀의 모습은 농민들의 반감을 자아낸다. "자기들의 누이와 아내는 이 여자를 곱게 먹이고 입히기 위하여, 공부시키기 위하여, 이 여자 살빛을 희게 하여주기 위하여" 희생되었다고 깨달으면서 그녀를 '흡혈귀'로 파악하는 것이다. '마리아'는 신여성의 부정성이 집약된 인물이다.

이와 같은 신여성에 대한 부정적인 인식은 대표작 『인간문제』에서 옥점의 형상을 통해 좀 더 구체화된다. 옥점은 '백어같은 손길'로 피아노를 치거나, "그날 그날에 아무 새로운 일이 없이 밥 먹고 피아노 치고 잠자고 이렇게 단순하게 되풀이하는" 무위의 생활을 한다. 선비가 옥점모에게 일방적으로 맞는 장면을 보고도 "싸우는 일도 한 새로운 일이므로 일어나는 흥분과 함께 통쾌감을 느낄" 정도로 히스테릭하고 윤리적으로 마비되어 있다. 그녀가 앓는, 원인을 알 수 없는 신경증은 연애의 실패나 비생산적인 무위의 삶에서 비롯된 것으로 이후 선비가 고된 노동으로 인해 폐병이라는, 눈에 뚜렷하게 보이는 육체적인 질병으로 죽음에 이르는 것과 대비된다.

작가의 자전 소설인 「원고료 이백원」 역시 신여성의 부정적 행태를 남편의 입을 빌어 비판하고 있다.

> 너도 요새 소위 모던껄이라는 두리홰눙년이 되고 싶은 게구나. 아, 일류 문인으로서 그리해야 하는 게지. 허허 난 그런 일류 문인의 사내 될 자격은 못 가졌다. 머리를 지지고 볶고, 상판에 밀가루 칠을 하구, 금시계에 금강석 반지에 털외투를 입고, 입으로만 아! 무산자여 하고 부르짖는 그런 문인이 되고 싶단 말이지. 당장 나가라! (564면)

남편이 말하는 신여성의 외양은 「그 여자」에 나오는 마리아와 흡사하다. "돈이 생긴 오늘에 그것도 남편이 번 것도 아니요. 내 손으로 번 돈을 가지고 평생의 원이던 반지나 혹은 구두를 선선히 해 신으라는 것이 떳떳한 일"이라 생각하면서도 남편의 동지가 내 동지이므로 감옥에 간 동지의 가족을 위해 돈을 쓰기로 마음먹는 것은 자기 욕망과 공동체의 대의 사이에서 갈등하는 지식인 여성의 내면을 섬세하게 보여준다. 간도의 정세 악화 역시 갈등을 야기하는 중요한 요인으로 작용한다. 고향을 등진 채 만주로 온 이주민 여성들이 요릿간이나 부호의 첩으로 팔려가는 현실, "토벌단이 들어밀리어서 지금 한창 총소리와 칼소리에 전 대중이 공포에 떨고", 두려움에 농사조차 짓지 못하고 목숨이나 구해볼까 하여 비교적 안전지대인 용정시와 국자가 같은 도시로 몰려드는 엄혹한 현실 앞에서 '사회적 가치'를 추구하는 작가적 소명을 무시할 수는 없기 때문이다. 따라서 남편의 구타라든가, 작가의 자기반성이 남편을 매개로 이루어지는 것만 보고 이 작품을 페미니즘적 시각이 미흡한 것으로 평가하는 기존 논의는 전체를 도외시한 일면적 해석이 아닌가 싶다.

'구여성과 신여성' 모티프는 간도에서의 낙관적 전망이 사라진 후 창작된 작품인 「번뇌」, 「동정」에서도 반복적으로 나타난다. 특히 구여성과 신여성을 대립적으로 파악하지 않고, 신여성 혹은 지식인의 입장에서 구여성에 대한 연민과 애정을 드러내고 있는 점이 특징적이다. 전망이 사라진 시기에 작가의 창작방향은 지식인 여성의 자기반성이라는 맥락에서 구여성에 대한 연민에 정향되어 있는 것이다. 가령 「번뇌」는 "되놈의 만주 몇 개만 포켓에 넣어 가지면 이 넓은 만주 천지를 번갯불같이" 뛰었던 R이 8년간 감옥에 있다 나온 후 정세의 악화 속에서 겪은 후일담을 지식인 여성인 '나'가 듣는 형식으로 되어 있다. 후일담의 핵심은 아직까지 감옥에 있는 동지의 부인에 대한 애정이 싹트면서 겪는 내적갈등과 극복에 있다. 동지의 부인인 계순은 "그저 되는 대로 주먹처럼 생긴 얼굴"이지만 "몸가짐이며 늘 하는 음식 제도며 옷범절까지 질서 있고 얌전"하게 하는 인물이다. R이 계순에게 연정을 느끼는 이유는 그녀가 구여성의 긍정적인 자질을 지니고 있기 때문이다. 그녀는 "박꽃처럼 희고 부드러우며 비누와 양잿물내가 일절 없고 맑은 샘물내가 물씬" 나도록 빨래를 희게 할 뿐 아니라, 돌 한 개 씹은 일이 없고 머리카락 한 오라기 골라내지 못할 정도로 밥을 정갈하게 하며, 구수한 맛이 나는 반찬을 해낸다. 그는 그녀에 대해 "어린애가 어머니를 신임하듯 하는 감정"을 품는다. 계순의 품성이 모성적 자질에 기인함을 알 수 있는 대목이다. 이 작품에서 서술자 '나'는 후일담을 듣는 소극적 청자의 위치에 있는 것으로 보아 R과 마찬가지로 계순에 대해 긍정적인 자세를 취한다.

한편 구여성의 운명에 소극적으로 개입하는 자신의 대응방식에 대해 반성하는 자세를 취하는 경우도 있다. 「동정」의 산월이는 아버지가 진 농사 빚 때문에 매소부로 팔려 용정까지 흘러온 여성이다. 나는 그녀에게 연민을 느끼면서도 막상 그녀가 탈출하기 위해 찾아왔을 때는 소극적으로 대응한다. 적극적으로 탈출을 권할 때와는 달리 그녀의 절박한 상황 앞에서도 "어제 수해구제음악회에서 3원을 기부하였는데, 또 돈 쓸 일이 나지 않는가?" 하고 이기적인 계산을 한다. 그리고 "가두 말야 가는 목적지를 정하고, 나와도 며칠 전부터 의론이 있어야지."라는 '이성'의 논리로 정당화하려 한다. 산월의 분노와 자살이 오랫동안 누적된 고통이 폭발한 결과인 데 반해, 이 신여성의 자리는 '이성'으로 위장된 채 안전하게 지켜진다. 산월의 죽음 후 그녀의 자살이 자신의 동정으로 인한 것일지도 모른다고 자책하지만, 이는 대단히 소극적이고 개인적인 대응방식이라 할 수 있다.

사실 이 두 작품은 결말이 모호하게 처리되어 있고, 단편적인 사실을 나열하고 이에 대한 판단을 유보하고 있다는 점에서[14] 소설적 성취도가 높지는 않다. 하지만 신여성의 소극적인 자기반성과 구여성에 대한 호감이나 연민이라는 구도를 공통적으로 보여주고 있는 점에 주목할 필요가 있다. 작가는 어두운 창작현실 속에서도 신여성과 구여성의 변별적인 표상방식을 통해 작가적 소명과 윤리성을 확보하려 했기 때문이다.

---

14) 이상경은 이와 같은 특성을 '소설의 수필화' 경향으로 파악한다.
     이상경, 앞의 책, 129면.

5. 강경애 문학의 현재성

이 글은 강경애 작품에서 '이산의 체험'과 '모성 체험'이 어떻게 결부되면서 독특한 문학적 성취를 이루었는지를 살펴보았다. 강경애 작품 세계를 형성하는 이 두 축은 식민지 조선의 특수성과 민중 여성의 주체 형성이 상호 연동하는 과정을 포착할 수 있는 기반이라는 점에서 의미가 있다. 또한 이 두 축은 다름 아닌 '구여성'의 현실을 있는 그대로 재현하는 과정에서 변증법적으로 결합할 가능성을 얻게 되었다. 당대 작가들이 이른바 근대적 여성성의 구현물인 신여성을 집중적으로 재현하면서 구여성은 재현의 대상에서 배제되거나, 유혹적이면서 동시에 위험한 자질을 지닌 신여성의 이중적인 국면을 포착하기 위한 대타개념으로 설정되는 경우가 많았다. 때문에 구여성은 신여성과 마찬가지로 제 목소리를 지니지 못한 채 당시 재현의 질서에 따라 전근대적인 미몽의 표상으로 여겨지거나 근대적 여성성을 폄하, 단죄하려는 측에 의해 일방적인 희생양으로 그려졌다. 반면에 강경애는 구여성의 수난을 형상화하면서도 그 수난이 민족적·계급적·성적 특성들이 중층 결정되면서 빚어진 것임을 놓치지 않았으며, 지식인 여성의 자기반성을 촉발하는 구여성의 실상이라든가 윤리를 긍정적인 입장에서 파악하고 있다.

강경애는 간도 땅에서 이주민의 현실을 목도하고, 자신 역시 이주민으로 살았던 탓에 민족과 여성, 식민지 자본주의와 여성의 문제를 보는 '국제적' 시야를 확보할 수 있었다. 그녀의 생애와 작품이 전지구화 시대에 민족의 존립과 해체를 둘러싼 논쟁이 오가는 현재 시점에서 새삼 소중하게 여겨지는 이유도 여기에 있다.

1930년대 모더니즘 소설과 몸의 서사

1. 근대문학과 몸이라는 문제 설정

근대문학에서 육체는 글쓰기의 주요 대상이 되어 왔다. 에로틱한 서사물에서처럼 육체를 욕망의 주체 및 대상으로 설정해 파악하려는 명시적 태도뿐만 아니라 텍스트의 의미 생산 과정에서 육체가 중심 요소가 되는 서사물까지 고려한다면 육체와 글쓰기 간의 관련성은 대단히 긴밀하다고 할 수 있다. 특히 이야기의 전개를 통해 개인의 정체를 밝히고, 육체에 정체를 판별할 수 있는 표시를 하며, 그리하여 육체를 핵심적 서술적 기호가 되게 하는 현상은 근대 서사물에 매우 빈번하게 등장한다.[1]

그런 점에서 정체성과 육체는 모종의 연관성이 있다. 많은 서사들이 육체에 도달하려는 의도의 성공 혹은 실패, 그 과정에서 산출되는 성취

---

[1] 피터 부룩스, 이봉지·한애경 옮김, 『육체와 예술』, 문학과지성사, 2000, 69면.

혹은 환멸의 이야기를 중심 플롯으로 삼는 것[2]은 정체성과 육체 간의 관계를 새삼 환기하는 것이라 할 수 있다.

　문학과 육체 간의 상동성이라든가 육체 그 자체에 대한 관심, 정체성의 표식으로서의 육체는 우리 근대문학이 간과해 온 영역이다. 근대 계몽 담론들은 육체를 억제하고 관리해야 할 욕망의 진원지로 여겼다. 그렇지만 역설적이게도 이 계몽 담론은 육체를 담론의 영역으로 전격 부상시켰다. 근대 계몽기에 광범위하게 유포된 위생학, 병리학 관련 담론은 이른바 '건전한 몸에 건전한 정신이 깃든다'는 식으로 육체와 정신을 연관 지어 파악하고, 그것을 주체의 국민 되기를 결정짓는 요소로 보는 경우가 허다했다. 문명국으로 진입하기 위해서 일차적으로 위생에 대한 관심이 증폭되고, 개인의 몸은 관리되어야 할 대상이 된다. 건강한 육체, 문명화된 육체는 근대 국민국가를 세우기 위한 전제조건이 된다. 여기서 개인의 육체는 곧 국가의 육체라는 비유체계가 생겨난다.[3]

　근대 계몽 담론이 병리학, 위생학과 관련하여 유포한 이데올로기 중 하나가 결핵, 매독과 같이 비위생적인 환경, 성에 대한 무지에서 나온 질병의 척결이었다. 타락한 정신이나 세태를 썩어빠진 혈관에 비유하고 그것을 말끔히 청소해야 한다는 식의 병리학적 메타포는 근대 이후 매우 일반적인 수사학이 되었다.[4]

　하지만 개인의 육체 및 질병을 민족-국가라는 전체 유기체의 일부로 호명하는 작동 방식과 함께, 그것을 저항의 거점으로 삼는 담론이 문학의 영역에서 등장하기 시작한다. 가라타니 고진은 「병이라는 의미」에서

---

2) 피터 부룩스, 위의 책, 35면.
3) 이승원, 「근대계몽기 서사물에 나타난 '신체' 인식과 그 형상화에 관한 연구」, 인천대학교 대학원, 2000, 16~21면 참고.
4) 고미숙, 『한국의 근대성, 그 기원을 찾아서-민족·섹슈얼리티·병리학』, 책세상, 2002, 163면.

문학 작품에서 일종의 메타포로 쓰인 결핵이 부정이나 금기의 대상이 아니라 오히려 전도된 의미론적 기호로서 가치가 있으며, "자아에 대한 새로운 태도"라는 점을 강조한다. 그에 따르면 결핵의 문학적 미화는 결핵에 관한 앎의 과학에 반발하면서 생겨났다.5) 근대 의학과 같은 지식의 제도 권력은 질병의 발견을 통해 사회는 병들어 있고, 그것을 근본적으로 치유해야 한다는 사상을 널리 유포함으로써 주체의 내면을 통제하려 했기 때문이다. 따라서 문학 작품에 등장하는 '메타포로서의 결핵'은 개인의 열정과 육체를 국가에 복속시키려는 이데올로기에 저항하는 상징적 의미를 지니게 된다.

그렇다면 1920년대 이 땅의 젊은 작가들이 돌림병처럼 앓았던 결핵, 문학 텍스트에 투영된 결핵과 같은 대표적인 질병은 식민지 현실에 그 원인이 있든, 작가의 가계적, 개인적 이력과 관련이 있든 기존 질서나 권위에 몸으로 저항하는 것으로 보아야 하는 것인가. 규율과 통제의 수단으로서의 육체에서 저항의 거점으로서의 육체로 전이되는 것은 압축 근대화라는 식민지 근대의 특성에 미루어 볼 때 동시다발적인 현상이었는가, 아니면 일종의 진화과정이었는가. 문학·예술의 르네상스기가 도래하면서 이제 개인은 육체에 덧씌워진 규율과 통제의 이데올로기를 걷어내고 스스로 육체를 부릴 수 있는 주체가 되었는가. 이런 의문에 답하기 위해서 1930년대 모더니즘 소설에 재현된 남성의 몸을 살펴보고자 한다.

텍스트에 재현된 남성들은 하나같이 '앓고' 있다. 결핵이나 암과 같이 뚜렷한 질병으로 인해 앓기도 하고, 우울증, 신경증, 분열증과 같이 정신적으로 앓기도 한다. 특히 결핵이나 암과 같은 육체의 병은 가난이 육체에 새긴 흔적이기도 하며, 불우한 예술가와 속악한 일반인을 구별하는

---

5) 가라타니 고진, 박유하 옮김, 『일본 근대문학의 기원』, 민음사, 1997, 139면.

육체적 기호로, 기존 질서에 저항하는 주체가 자신을 위장하는 매저키즘적 수단으로 읽히기도 한다. 육체는 권력이 작동하고, 주체가 그 권력에 저항하는 길항작용이 생생하게 빚어지는 지점이라 할 수 있다. 또한 질병은 서사의 출발부터 종말까지를 이끄는 동력으로 작용하기도 한다.

이 책은 1930년대 모더니즘 소설이 주로 다루는 '주체의 정체성 위기'가 육체와 모종의 관련이 있다고 본다. 남성의 육체 및 질병이 주체의 문제와 관련하여 자각적으로 텍스트에서 다루어지는 것도 대체로 이 시기부터다.6) 피터 부룩스에 따르면 가부장제 사회에서 남성의 육체는 문제성이 없는 것으로, 호기심과 재현의 대상에서 제외되는 동시에 감춰졌다. 남성의 육체는 모든 것의 기준이 된다는 바로 그 사실 때문에 탐구의 대상이 되지 않았다. 남성의 육체가 재현될 경우 그것은 투쟁 중인 육체, 영웅적인 육체였다.7) 그런데 왜 유독 이 시기에 남성의 육체가 재현의 망에 들어오고, 그것도 건강하고 영웅적인 육체가 아니라 쇠락하고 병든 육체, '여성화'된 육체로 재현되는가. 그것은 쇠락한 국가, 절망적

6) 최근에 증폭된 몸 담론에서도 볼 수 있듯이 몸의 식민화 양상이라든가 재현의 차원에서 드러나는 문제들은 남성의 경우보다 여성의 경우가 훨씬 더 심각하다. 그럼에도 불구하고 이 글이 문제적인 여성의 몸이 아닌 남성의 몸을 논의 대상으로 삼는 이유는 주체가 자신과 성적으로 '다른' 몸을 타자화하는 한편 자신의 몸을 '새롭게' 발견함으로써 주체를 성찰하는 측면이 있을 거란 가정 때문이다. 민족—국가에 귀속되는 몸이 아닌 그로부터 떨어져 나간 개별적인 몸과 그 몸에 각인된 의미들이 지닌 사회 역사적 맥락을 규명하기 위해서는 자신을 민족, 국가, 대주체와 일치시키는데 익숙했던 남성의 몸에서부터 출발해야 한다는 게 이 글의 일차적인 문제의식이다.
또 한 가지 이 글에서 주로 다루는 남성의 병든 몸이 결국 '메타포로서의 질병'에 국한된 것이 아니냐는 의문이 제기될 법도 하다. 하지만 이 글은 단순히 비유나 상징으로서의 질병만 문제 삼지 않을 것이다. 피터 부룩스는 프로이트가 신경증 환자의 육체적 증상을 살피고 분석하는 작업을 예로 들면서 신경증을 육체 위에 쓰는 글쓰기의 일종으로 본다. 텍스트는 명시적, 암시적으로 육체에 자국을 내는 과정을 보여줌으로써 육체를 의미의 영역, 서술적 기표의 영역에 끌어들인다는 것이다. 이 같은 논의에 착안해 필자는 육체적, 정신적 질병을 육체 위에 새겨진 자국이나 흔적으로, 서사를 이끄는 동력으로 보고자 한다(이에 관해서는 피터 부룩스, 앞의 책, 60~62면 참조).
7) 피터 부룩스, 앞의 책, 46면.

현실을 자기 몸에 투사한 것인가, 아니면 국가=대주체=남성이라는 등
식이 더 이상 통용될 수 없는 지점에서 이루어진 남성 주체의 회한어린
자기 성찰인가.

이와 같은 의문에 답하기 위해 주체의 구성 과정이 어떻게 '육체'라는
것을 주제화하는 방식과 연결되는지를 규명하고, 서사의 플롯을 작동하
는 원리와 '육체'가 맺고 있는 관련양상을 밝히고자 한다.

2. 1930년대 몸 담론의 양상

1930년대 중반 이후 여성과 남성의 몸을 둘러싼 담론은 파시즘이라는
지배 이데올로기에 맞게 구성된 건강하고 건전한 몸이라는 담론과 그 담
론의 질서를 비껴가고 전복하는 담론이 공존, 경합하는 양상을 띤다.

모더니티에 대한 반동과 또 다른 모더니티에 대한 열망을 동시에 담고
있는 파시즘은 자연과 야생과 역동의 미학을 찬양한다. 특히 일본 제국
주의가 태평양전쟁을 주도하면서 식민지 조선 민중 역시 총동원체제에
적합한 자질을 지니도록 요구받았다. 가령 혼인과 출산을 통해 피를 섞
음으로써 식민지 조선 민중을 일본화 하려는 '일선통혼' 정책은 생물학
적 몸을 통제하거나 조작함으로써 제국주의 통치를 용이하게 하려는 것
이었다. 여기서 국민국가라는 상상의 공동체는 구성원들의 몸을 일차적
으로 호명함으로써 실감과 구체성을 확보하게 됨을 알 수 있다. 그리하
여 총동원체제 하에서 남성의 몸은 전쟁에 동원될 병사의 몸으로, 여성
의 몸은 그 병사를 낳고 기르는 재생산을 담당하는 몸으로 일원화된다.
남성과 여성의 몸은 그러므로 건강해야 한다.

병약한 몸, 신경증이나 우울증에 걸린 몸은 비정상적인 것, 일탈적인

것, 여성적인 것으로 기호화되거나 배척된다. 1930년대 지배적인 몸 담론과 관련해 모더니즘이 문학이 지닌 전복적인 측면이 드러나는 것도 바로 이 지점이다.

주지하다시피 문학과 예술분야에서의 모더니즘은 리얼리즘과 자연주의 전통이 갖고 있는 모방에 대한 환상을 파괴하고, 현실을 유동적이고 파편화된 것으로 파악한다. 모더니즘 텍스트는 이성적인 남성 / 감성적인 여성이라는 이항대립적 구도를 부정하면서 매저키즘적이고 여성화된 남성 주체를 즐겨 형상화했다. 근대 사회에 들어오면서 한층 강화된 성별 정체성과 그에 따른 역할에 제동을 건 것이다. 이처럼 모더니즘은 의도적으로 도착적이고 인공적인 것을 숭배함으로써 진보, 영웅주의, 민족적 정체성을 건강한 남성성이라는 신체적 규범과 동일시하는 시각을 부정하면서 '여성화된 남성'을 의도적으로 부각시킨다.

모더니즘적 주체는 노동과 정치라는 공적 영역보다 여성적인 것으로 약호화된 내밀한 사적 공간을 선호한다. 이런 여성화된 남성에게서 반복적으로 나타나는 특징은 일상생활을 미학적 기획으로 변형시키고 아주 사소한 생활양식까지 일종의 연행으로 여기는 것이다.

특히 남성의 모더니즘 텍스트에서 여성이라든가 대중은 근대적인 삶의 평범함과 획일성을 보여주는 상징으로서 미적 주체의 불확실한 지위와 정체성을 위협하는 것으로 나타난다. 모더니즘 텍스트는 남성의 환상 속에서 창녀로 집약되는 여성의 성적 육체를 파편화시키고 훼손시키는 우회적 방식을 통해 자기 혁신의 욕망을 드러낸다. 단적으로 성적인 여성 육체를 거부하고 그것을 전위시키는 방식을 들 수 있다. 이 전위 (displacement)의 핵심은 거대한 여성 / 왜소한 남성이라는 식으로 성별 규범을 유희적으로 전복하는 것이다. 이제 남성은 여성적인 자질들을 끌어와 자신을 위장하고, 남성성을 볼거리로 변형시킨다.[8]

1930년대 모더니즘 소설들에서 무수히 발견되는 구도, 즉 지식인 남성이 창녀 혹은 여급과 일시적인 관계를 맺으면서 자기정체성을 발견해가는 스토리 라인은 한편으로는 여성의 섹슈얼리티와 육체를 위험한 것으로 타자화하고 또 한편으로는 스스로 성별 정체성을 허물고 매저키즘적으로 여성성을 전유하는 과정과 일치한다. 이상 소설에서 아내에게 학대받는 남편, 변신술에 능한 여자에게 농락당하는 남성이라든가 최명익이나 박태원, 단층파 소설들에 등장하는 카페 여급들과 하릴없이 시간을 보내는 지식인들은 '여성화된 남성'을 전경화함으로써 주체를 보존하려는 텍스트의 전략을 여실히 보여준다. 이 남성들의 몸은 히스테릭하고 선병질적이며, 모종의 질병을 앓고 있으며, 사적 영역에 갇혀 있다.

당대 지배 이데올로기와 정반대 지점에 있는 이 '남성 육체의 이야기화' 과정은 주체의 위기나 성찰과 어떤 관련성이 있는가.

3. 연기(延期 / 演技)하는 몸, 이상

이상 소설에 등장하는 육체는 각혈하고 병든 육체, 생산을 하지 않고 소비만 하는 육체, 광장과 시계시간과 같은 근대적 삶의 질서를 혐오하고 방안에 스스로를 유폐시키는 육체, 거미나 돼지로 환치되는 동물적인 육체이다. 먼저 글쓰기의 토대로 작용하는 각혈은 텍스트 전체에 걸쳐 심층적인 논리로 작용한다.[9] 그런데 이 병든 몸은 현실의 이상에게는 절망적인 자명한 사실이지만, 텍스트 층위에서는 자아의 정체를 드러내길

---

8) 모더니즘 텍스트에 재현된 '여성화된 남성'에 대해서는 리타 펠스키, 김영찬·심진경 역, 『근대성과 페미니즘』, 거름, 1998의 4장을 참고할 것.

9) 이재복, 「이상 소설의 각혈하는 몸과 근대성에 관한 연구」, 『여성문학연구』 6호, 한국여성문학학회, 2001, 162면.

연기(延期)하는 연기술(演技術)의 일종으로 고안된 것이다.

이상 소설의 육체는 근대 남성에게 부과된 육체의 의무, 예컨대 가족 부양을 위한 노동이랄지 근대 국가의 확립에 기여할 건강한 몸 가꾸기에서 이탈한다. 병든 육체는 "세상을 속이고 일부러 자기를 속임으로 하여 본연의 자기를 얼른 보기에 고귀하게 꾸미자는"(「단발」) 서사적 의도에서 기획된 것이다. 주체는 자기를 부러 병약하고 무력한 존재로 위장함으로써 궁극적으로는 세상을 속이고자 한다. "소녀에 대한 애욕"을 지껄이기와 "그러면서도 그의 육체와 그 부속품은 이상스러울만치 게으르기". 지나친 열정과 게으름 사이에서 빚어지는 이 부조화는 "연애보다는 한 구 윗티즘"을 좋아하는 그의 성격에서 나온다. 연애나 애욕과 같은 친밀성의 영역마저 위장하고 연기하는 듯한 이런 태도는 낭만적 사랑에 대한 근대적 관념을 전복한다.

'여왕봉'같은 여자와의 연애와 실연을 반복하기, 죽음에 대한 강박증과 죽음을 유희화하기 사이를 오가는 것은 이상 소설에 두루 나타나는 특징이다. 육체와 모종의 연관이 있는 두 가지 반복적인 모티프는 주체를 위장하기 위한 도구이다.

> 슬퍼? 응—슬플밖에—이십세기를 생활하는데 십구세기의 도덕성밖에는 없으니 나는 영원한 절름발이로다. 슬퍼야지—만일 슬프지 않다면—나는 억지로라도 슬퍼야지—슬픈 포우즈라도 보여야지—왜 안 죽느냐고? 헤헹! 내게는 남에게 자살을 권유하는 버릇밖에 없다. 나는 안 죽지. 이따가 죽을 것만 같이 그렇게 衆俗을 속여주기만 하는 거야— 그러나 인제는 다 틀렸다. 봐라. 내팔. 피골이 상접. 아야아야. 웃어야 할 터인데 筋肉이 없다. 울려야 筋肉이 없다. 나는 形骸다. 나—라는 정체는 누가 잉크 짓는 약으로 지워버렸다. 나는 오직 내—퇴적일 따름이다. (「실화(失花)」, 368~369면)[10]

10) 『이상문학전집 2』, 문학사상사, 1991.
　　앞으로 이상 소설의 인용은 이 책의 면수를 따른다.

서술주체는 자신을 '절름발이'로 인식한다. 19세기식 도덕이 지배하는 현실에 20세기식 인식을 가지고 살아가기에 절름발이이며, 「날개」에서 표명되었듯이 여인과의 관계가 전도되었기에 절름발이이다. 남녀 관계의 역전, 속고 속이는 관계의 역전과 같은 전도(顚倒)는 주체가 삶의 태도로 정식화한 것이다. '절름발이'는 그런 삶의 태도를 육체적 불구의 형태로 외화한 것이다. 주체는 또한 '슬픈 듯한 포우즈 취하기', '죽을 것만 같이 중속을 속이기'로 자신을 위장한다. 이와 같은 '위장'은 나르시시즘적인 자아가 자기를 연기(演技)함으로써 자기의 정체 드러내기를 연기(延期)하는 방식이라 할 수 있다. 이와 같은 연기의 절정은 자신을 '형해', 죽어버린 시체로 바라보는 것이다. 그런데 여기에서 아이러니가 발생한다. '죽은 척'하기 위해서는 살아있는 육체가 있어야 한다. 위 인용문만 놓고 보자면 살아있는 육이 없으므로 '죽은 척'할 수도 없다. 그렇다면 산 육체의 없음＝형해는 죽음에 맞닥뜨린 실제 이상인가, 아니면 텍스트 층위의 서술주체인가. 살아 있는 이상이 텍스트 층위에서는 이미 죽어버린 이상을 상상한 듯한 위 예문은 주체의 불안한 내면을 드러낸다. 연기술로 위장해 보지만 '피골이 상접'한 육체가 주는 생생한 공포를 가릴 수는 없다. 살아 있는 이상／죽은 이상, 실제 작가／서술자 간의 균열에서 빚어지는 복화술은 육체의 종말인 죽음에 직면한 주체의 위기를 텍스트화 한 것이다.

죽음을 연기하는 방식은 「종생기」에서 열세벌의 유서를 장만하는 것에서 절정에 이른다.

> (가) 나는 老來에 빈한한 식사를 한다. 십이시간 이내에 종생을 맞이하고 그리고 할 수 없이 이리 궁리 저리 궁리 유언다운 어디 유실되어 있지 않나 하고 찾고, 찾아서는 그중 의젓스러운 놈으로 몇 추린다. (378~379면)

(나) 묘비명이라. 일세의 귀재 이상은 그 통생의 대작 「종생기」일편을
남기고 서력기원후 일천구백삼십칠년 3월3일 未時 여기 白日아래
서 그 波瀾萬丈(?)의 생애를 끝막고 문득 卒하다. 향년 만이십오세
와 십일개월. 오호라. 상심커다. 허탈이야 잔존하는 또하나의 이상
구천을 우러러 호곡하고 이 한산 일편석을 세우노라. 애인 정희는
그대의 歿後 수삼인의 秘妾된 바 있고 오히려 長壽하니 地下의 이
상 아 바라건댄 瞑目하라. (384~385면)

살아있는 이상은 죽은 이상의 묘비명을 작성한다. 묘비명에 드리워진
엄숙함을 무화하기 위해 그것을 '통생의 대작'이라 조롱하는가 하면, 그
가 죽은 후 '수삼인의 비첩'이 되어 장수하는 정희의 일생을 적어 놓는
다. 글쓰기로 여인에게 복수하는 것이다.

"종생을 유유히 즐기기로" 하고 자신의 육체를 스타일화하고, 여자를
만나러 가는 것은 죽음을 연기하는 또 다른 방식이다. 머리를 다듬고 수
염을 깎고 코털을 가다듬고, 모자에 단장을 쥔 모던 보이의 형상으로 변
신술에 능한 여자 '정희'와 "속고 또 속고 또 또 속는" 관계를 지속한다.
이상 소설에서 변신술에 능한, 남성과의 성적 계약(sexual contract) 관계를
주도적으로 행사하는 여성이 자신의 성과 육체를 스타일화하는 것과 이
모던 보이의 스타일화는 기이한 짝패를 형성한다.

「날개」와 「지주회시」에서 뚜렷하게 드러나듯이 거대한 여성 / 왜소한
남성이라는 이항대립항은 공적인 성별 정체성을 허문다. 이 왜소한 남성
은 창녀인 아내에게 기생해 살아간다. 창녀-아내는 평균적이고 속물적
인 근대의 부정성을 체현한 존재로서 주체의 정체성을 위협한다. 나르시
시즘적 주체는 자기를 보존하기 위해 '위장'의 방식을 택한다. 그것은 새
디즘이나 매저키즘, 아내를 환유하는 물건에 대한 집착 등의 다양한 양
상으로 나타난다. 「날개」의 나는 아내가 외출한 뒤 아내의 옷이나 화장

품 냄새를 맡으면서 시간을 보낸다. 아내의 화장품이 풍기는 '쎈슈알'한 향기를 통해 아내의 체취를 맡고, 아내의 옷을 통해 아내의 '동체'와 그 동체가 될 수 있는 여러 가지 포즈를 연상한다는 것은 욕망의 대상과 직접적인 관계를 맺지 않고, 사물화되고 파편적인 관계를 맺고 있음을 의미한다. 욕망의 대상이 지닌 물건에 집착하는 '패티시즘'적 면모를 띠는 것이다.

나는 자발적으로 아내에게 훈육 당한다. 아내가 해주는 밥은 "닭이나 강아지처럼 말없이 주는 모이"로 환치되면서 내 몸은 말라 들어간다. "영양부족으로 하여 몸뚱이 곳곳이 뼈가 불쑥 불쑥 내어밀" 듯한 몸은 '형해' — 시체에 가깝다. '왜소한 남성'으로 위장하기는 '쾌감이라는 것의 유무'를 시험하기 위한 여러 차례의 외출에서도 지속된다. "돈을 쓰는 기능을 완전히 상실한" 피곤에 지친 몸, 아내가 설정한 금기의 시간을 어김으로써 당하는 신체적 처벌, 아내의 방에서 자기 위해 그녀의 손에 돈을 쥐어줌으로써 내객 되기를 자처하기 등은 아내와 나 사이의 관계를 한갓 성을 매개로 한 자본주의적 교환관계에 불과한 것으로 조롱하려는 전략이다.

때문에 이 주체가 자신의 왜소함을 극복하기 위해서는 아내로부터 벗어나 자기 몸의 원형을 회복해야 한다. 그러기 위해서 그는 두 단계를 거친다. "아내의 모가지가 벼락처럼 내려 떨어지는" 듯한 환각을 통해 아내의 몸을 처벌한 연후에 자신의 몸은 이카로스의 날개처럼 '인공'의 날개를 가지는 것이 그것이다. 인공성이란 나가 지속적으로 추구하는 위장의 정점에 있는 것이다. 결국 그것은 '아내'로 대변되는 센슈얼하고 쾌미를 자극하는 근대의 상품성, 속물성에 남성 주체가 몸으로 저항하는 방식이다. 방에 갇힌 몸과 비상하는 몸, 병약한 몸과 인공성의 몸은 그러므로 '건전한 몸', '실재하는 몸'이라는 현실 원칙을 배반함으로써 자기 몸을 연기(演技)하는 주체의 보존 방식이라 할 수 있다.

한편 「지주회시」의 나는 어떠한가.

> 나는 거미다. 연필처럼야위어가는것 − 피가지나가지않는혈관 − 생각하지
> 않고도없어지지않는머리 − 칵막힌머리 − 코없는생각 − 거미거미속에서 안
> 나오는것 − 내다보지않는것 − 취하는것 − 정신없는것 − 방 − 버선처럼생긴방
> 이었다. 아내였다. 거미라는탓이었다. (300면)

> 거미 − 분명히그자신이거미였다. 물뿌리처럼야외들어가는아내를빨아먹는
> 거미가 너자신인 것을 깨달아라. 내가거미다. 비린내나는입이다. 아니 아
> 내는그럼그에게서아무것도안빨아먹느냐. 보렴 − 이파랗게질린수염자국 − 퀭
> 한눈 − 늘씬하게만연되나마나하는형영없는영양을 − 보아라. 아내가아내다.
> 아내아닐수있으냐. 거미와거미거미와거미냐. 서로빨아먹느냐. 어디로거나.
> 마주야웨는까닭은무엇인가. 그래도여전히그는 잔인하게아내를밟았다. (301면)

아내와 나는 서로를 빨아먹고 야위어가게 하는 '거미'로 환치된다. '아
내에게 오쟁이진 남편'이라는 이상 소설의 공식에서 보자면 나는 아내의
또 다른 환유물인 "버선처럼 생긴 방"에 갇힌 채 야위어 가는 존재일 테
지만, 나 역시 "물뿌리처럼 야외 들어가는 아내"를 빨아먹고, 잔인하게
밟는 한갓 거미 같은 기생적 존재이다.

하지만 방이라는 유폐된 공간을 벗어나면 이들은 자본주의라는 더 큰
거미줄에 매달린 가련한 존재이다. 양돼지 같은 R카페의 주인과 "옥수수
과자 모양으로" 부풀어 오른 마유미는 자본주의적 삶에 충실하다. 아내
는 양돼지에게 얻어맞는 '새앙쥐'이며, 보상으로 주어진 돈 20원의 노예
이다.

이 '돈 − 거미'의 지배 질서에 대응하는 방식은 매저키즘적이다. 나는
"아내야 또 한 번 전무귀에다 대이고 양돼지 그래라. 걷어차거든 두말

말고 층계에서 내리 굴러라.”고 한다. 방밖의 세계에서 나-아내의 동질성을 생각한다면 이와 같은 매저키즘적이고 가학적인 태도는 ‘위장’의 또 다른 방식이라 할 수 있다. 이 역시 자신을 비하하고 처벌하는 매저키즘적 방식으로 자신을 드러내는 이상 소설의 특성에서 크게 벗어나지 않는다.

이처럼 이상 소설이 지닌 자기 모멸적이고, 죽음조차도 유희화하는 글쓰기는 자기 목적화된 글쓰기를 통해 조형되는 미적 주체의 탄생을 보여준다.11) 그리고 그 글쓰기는 글 자체의 육체성을 지향한다.

4. 몸의 발견과 성찰적 주체 - 유항림과 최명익

유항림의 「부호」는 불안한 시대 및 세대의 문제를 남녀 간의 갈등과 겹쳐 전개하는 한편, 그것을 다시 소설 속 소설쓰기 행위와 남성의 몸에 대한 성찰과 겹쳐 전개하는 방식을 취하고 있다.

문학동인인 동규와 혜은은 연인관계였다. 하지만 동규는 혜은이 갑자기 아마추어 운동선수였던 성호와 결혼을 한 데다 생각지도 않은 암에 걸려 생의 의욕을 상실한 상태다. 집필 중인 작품 「호노리아」는 우울증과 육체적 병을 함께 앓고 있는 그에게 유일하게 생을 지속해야 할 동기를 제공한다.

로마의 문화가 안으로 가톨릭 교리에 의한 자멸을 앞에 놓고 북방으로 몰려 들어오는 바버리즘에 위협을 받고 있던 무렵, 문화의 정수가 모이는 라벤나 궁전에서 최고의 교육을 받은 후 운상의 옥좌에 앉아 오카스타스

---

11) 서영채, 「한국 근대소설에 나타난 사랑의 양상과 의미에 관한 연구」, 서울대 박사논문, 2002, 264~268면 참조.

의 칭호로 불리지만 공허와 고독과 무위를 어쩔 수 없었던 정열의 처녀
호노리야[12]

위 예문에서 알 수 있듯이 동규가 구상 중인 역사 속의 호노리야는 버
버리즘의 시대에 좌표를 상실한 채 떠돌다 그 버버리즘에 귀의/포섭되
고 마는 조선의 '인텔리겐차'와 그것의 표상인 혜은을 빗댄 것이다. "호
노리야란 로마 역사에 던져진 혜은의 그림자"라거나 "바버리즘을 경멸
하면서도 어처구니없이 그리고 끌려 들어가는 지식인의 그림자"라는 진
술에서 알 수 있듯 혜은과 조선의 지식인은 동궤에 놓인다. 문명이나 이
성과 같은 근대의 산물이 파국에 이른 시점에서 역사의 괴물로 솟아오른
파시즘은 물질이나 육체, 자연에 열광하고 이를 미학화한다. 특히 파시
즘은 노골적인 반지성주의를 바탕으로 의지에 대한 찬양, 신체의 힘에
대한 찬양을 결합시킨다. 육체의 물신화와 신체적 완벽성의 미학은 파시
즘과 파시스트의 정치적 기획 속에 명확하게 나타난다.[13] 신체정치라는
개념에 기초해 인간과 사회적 신체를 동일한 것으로 보는 까닭이다. 작
가는 "너무 이론정연한 이론에는 으스스하고 싸늘한 바람이 돈"다고 보
고, 창백한 지성으로부터 건장한 육체로 자리 이동한 혜은을 통해 파시
즘의 대두에 따른 불안과 경계를 우회적으로 보여주는 것이다.

성호-혜은-동규. 이 남녀 간의 삼각관계 구도와 실연으로 인한 상처
라는 겉 이야기를 한 겹 벗기고 나면, 안에 있는 열정을 밖으로 풀어내
지 못한 채 '공허, 무위, 고독'을 현실에 대한 소극적인 대응방식으로 택
한 채 살아가던 1930년대 후반 지식인 군상이 선연히 다가온다. 그 무리
로부터 걸어 나와 성호의 편에 선 혜은은 그러니까 당시 상당수 지식인

---

12) 유항림, 「부호」, 『한국소설문학대계』 24, 동아출판사, 1995, 209면.
    앞으로 「부호」의 인용은 이 책의 면수를 따른다.
13) 마크 네오클레우스, 정준영 옮김, 『파시즘』, 이후, 2002, 182~183면.

들이 전향, 혹은 훼절의 길을 걷게 된 경로를 상징적으로 보여준다. 열정을 투사할 대상을 상실한 상태에서 그들은 본능적으로 강한 것에 기대어 자기정체성을 보존 받고자 했던 것이다.

이 야만의 시대는 동규의 몸에 우울증과 위암이라는 흔적을 남긴다. 프로이트에 따르면 우울증은 '외부세계와의 단절, 사랑의 능력 상실, 행동의 억제, 자기비난과 자기 비하 등의 특징을 나타내는 병리적 반응'으로서 자애심의 급격한 하락을 표상하는 퇴행적인 정신적 징후이다. 그렇다면 동규가 앓는 우울증은 위암이라는 육체적 질병으로 전이되어 나타난 것이라 할 수 있다.[14]

한편 비관이니 절망이니 하는 '지식에 그치는 주해' 달기란 관념적인 행위는 "주밀한 논리의 국조 속에서 돌아가는 치차에 편의상 붙여진 부호"에 불과할 뿐이라는 반성은 현실에 적극적으로 대응하지 못하는 지식인들의 이성지상주의를 비판한 것이라 할 수 있다. 이 '논리의 부호'와 정반대되는 지점에 '위암에 걸린 몸'이라는 자명한 현실이 자리한다.

여기 나라는 위암 환자가 있다. 그러니까 머지않아 죽는다. 이런 객관적 사실 위에 주관의 절망이 무슨 필요인가. 싫든 좋든 위암에 걸린 위암 환

---

14) 김한식은 최명익과 유항림의 소설에 드러난 질병의 상징성을 논하면서 '암'이 1930년대 후반 인텔리의 고민과 절망을 나타내는 특별한 이미지로 사용되었다고 본다. 이 점은 이 글의 문제의식과 크게 다르지 않다. 하지만 그는 결핵이 지성과 고독과 가난의 질병이라면, 암은 자본주의의 억압과 과로와 물질의 풍요가 낳은 질병이라며 이 둘을 구분한다. 그는 이상과 김유정 소설의 낭만적 충동이 결핵의 이미지와 관련 있다면, 유항림의 「부호」에서 동규가 택하는 사실적, 현실적 태도는 암이라는 질병의 성격과 관련이 있다고 보았다. 그는 이와 같은 차이를 1930년대 전반과 후반의 시대적 상황 변화와 대응시킨다. 하지만 수잔 손탁과 김윤식의 견해에 기댄 그의 구분은 자의적이고 논리의 비약이 심하다. 특히 암은 자본주의적 삶 속에서 얻어지는 근대의 첨단 경험이라는 전제는 저개발 자본주의, 식민지 근대라는 당시 현실을 감안하지 않은 지나친 보편화의 논리라 할 수 있다.
김한식, 「30년대 후반 소설에서 질병의 상징성 연구」, 『현대소설과 일상성』, 월인, 2002, 243~249면.

자가 되지 않으면 안된다. 위암 환자가 되어버린 이상 위암은 벌써 무서
울 것도 없이 나 자신이다. 죽음의 시간으로 죽음의 날을 이을 생명의 꽁
초. 아니다, 나는 시체가 아니다. 죽음은 위암이란 병마의 목적지고, 위암
환자인 나는 그것에 저항하여 생명을 연장하여야 하고 생명이 있는 나는
생활을 가져야 한다. 내가 가질 수 있는 생활의 극한이 문제다. (「부호」,
224면)

　병에 걸린 몸에 대한 인식은 '죽음'이라는 눈앞의 객관적 사실을 수리
하고, 주관을 넘어서서 생활을 발견하려는 능동적 태도를 낳는다. 죽음
을 관념이 아니라 사실로 받아들이고 그것에 저항하여 생명을 열망하는
나의 태도는 관념뿐인 절망과 죽음을 앓는, 한갓 '부호' 놀음에 매달려
생을 탕진하는 지식인들과는 대비된다. 이렇게 본다면 역설적으로 죽음
에 근접한 몸은 관념 혹은 지성을 가장한 채 야만의 시대에 동참한 당대
지식인들의 행위를 비판하는 거점이 된다.

　또한 그것은 주체의 글쓰기 욕망을 추동하는 직접적인 동인이 된다.
실연을 경험하고 병이 들어서야 비로소 주체는 문학에 대한 추상적인 동
경과 욕망에서 벗어나 반성적인 성찰의 시선을 취한다. 「호노리야」 쓰기
는 '생활을 가지는 방법의 하나'가 되는 것이다. 글쓰기 욕망은 생명을
연장시키는 유일한 도구이다.

　「부호」에서 이 죽음에 근접한 남성―지식인의 몸은 텍스트의 플롯짜
기(plotting)와 긴밀한 관련성이 있다. 위궤양에서 위암으로의 전이, 환자
가 정확한 병명을 알아가는 과정은 혜은의 변심에 내재한 진의를 알아가
는 과정, 궁극적으로는 시대와 자기에 대한 성찰 과정과 같이 한다. 이처
럼 텍스트가 자기의 주제를 구현해 가는(embody) 과정, 구축해 가는 과정
을 '이야기의 육체화'라 불러도 될 법하다. 병든 남성의 자기 성찰 과정
이라는 뼈대에 연애가 파국에 이르게 되는 과정, 버버리즘의 시대에 동

조하는 지식인 비판, 글쓰기의 실천적 의미 등과 같은 여러 겹의 살을 입히고 있기 때문이다.

한편 '육체의 이야기화'란 측면에서 이 작품은 추상적인 관념의 세계, 포즈뿐인 니힐리즘의 세계에 침잠해 있던 초점화자 '동규'가 자기 몸으로 인식의 시선을 옮기면서 그 세계를 부정하는 과정을 담고 있다. 이전의 세계관이란 일개 '부호', 즉 구체적 형체를 상실한 기호로만 존재했던 데 반해, 지금 자기 몸에 발생한 상황은 자명한 사실이기 때문이다. 세계관의 내밀한 비밀에 도달하기 위해 동규는 아픈 몸이라는 통로를 거치는 것이다.

「심문」에서 과거 열렬한 마르크스주의자였다가 아편중독자로 전락한 현일, 「역설」에서 몸을 앞뒤로 흔들어대는 상동병자, 「무성격자」에서의 병든 아버지 등 뒤틀린 기형의 몸, 신체적·정신적으로 병든 몸을 통해 당대를 우화적으로 직조해 냈던 작가 최명익. 그의 작품들에서 남성들의 몸에 새겨진 기형과 질병의 흔적들은 대상[15])에 대한 열망과 욕망 추구가 좌절된 주체의 위기를 드러내는 확실한 징표이다.

또한 대체로 이 남성들의 비정상적인 몸, 불안한 내면은 그 불안을 여성이나 동물에 투사함으로써 전경화된다. 「역설」에서 움츠린 채 뛰지 못하는 옴두꺼비, 「무성격자」에서 폐결핵으로 죽어가는 문주, 「심문」에서 아편에 중독되어 죽는 여옥과 발톱이 길어 날지 못하는 종달새 등은 모두 남성 주체의 위기를 비춰주는 거울과 같은 존재들이다.

남성주체의 '병든 몸'이라는 주제는 최명익의 「폐어인」에서도 반복된다. 「폐어인」에서 서사의 맨 앞에 배치된 '쥐를 잡아먹고 죽은 고양이', 작품 마지막의 '죽어가는 폐어'는 바로 죽음 직전에 처한 남성의 몸을

---

10) 그 대상은 화폐, 마르크시즘이라는 선명한 이념, 최명익 소설의 주 모티프로 등장하는 독서로 다양하게 변주된다.

우화적으로 보여주는 상징물이다.

현일－도영－병수는 시대에 낙오한 지식인이다. M학교 교원이었던 현일과 도영은 고학으로 학교를 나와 교편을 잡다가 같은 병을 앓고 있다. 패기만만하게 현실을 헤쳐 나왔던 그들에게 실직과 병은 함께 왔다. 변화한 현실은 "사람은 스스로 목적을 세우고 전공하고 연구한 자기의 지식과 기술을 그냥 지켜 가지고는 살아갈 수가 없는" 것으로 만들었고, '시정인'으로 살아가도록 요구한다. 파시스트적인 속도로 주체를 위협하는 현실은 개인을 무장해제 시킨다. 이런 현실 앞에 무방비로 노출된 개인의 위기는 현일의 병든 몸으로 외화된다.

똑같이 폐결핵을 앓고 있는 도영은 현일과 사뭇 다르게 현실에 대응한다. 그에게 남은 것이라곤 "오직 살고 싶다는 한 가지의 욕망"뿐이다. "살기만 한다는 단단일념으루 비관이니 염세니 하는 망상이나 결벽증을 버리고 뱀이건 지렁이건", 혹은 "쥐똥밥이건 팥밥이건" 가리지 않고 다 먹는 도영의 의지는 그 의지를 배반하는 앙상한 몸으로 인해 더욱 그로테스크하게 비춰진다. 내포 작가는 '살고 싶다는 욕망' 하나로 현실을 적극 수용하는 도영을 부정적으로 바라본다. 혹 이것은 1930년대 후반 이 땅의 지식인들이 걸었던 두 가지 길에 대한 작가의 가치 판단이 개입된 것은 아닐까. 지식인에게서 예리한 비판의 칼날을 거두도록 요구하는 현실 속에서 지식인들은 대체로 두 가지 길을 선택했다. 야만적인 현실에 대해 동조도 비판도 하지 않은 채 내면으로 침잠하는 길, 살아남기 위해 그 현실을 적극 수용하는 길이 그것이다. 후자에 해당하는 도영은 폐결핵이라는 육체적 질병 외에 신경쇠약증을 앓고 있다. 사회가 한바탕 분열증을 앓고 있는 듯한 마당에 개인의 영혼이 온전할 리 없다. 도영의 신경쇠약증은 분열증적인 사회에 자기를 방기한 채 몸을 내맡긴 당대 지식인들을 음각(陰刻)화 한 것이다.

이들과는 다른 제너레이션에 해당하는 병수 역시 육체적 질병은 없지만 현일의 각혈, 도영의 신경증에 공명하고, 실생활에 나서길 두려워한다. 마찬가지로 생의 의욕을 상실한 상태인 것이다. 병수에게까지 감염된 '불안이라는 유행병'은 "용기를 일으킬 만한 사상과 신념을 붙들지 못하였다."는 데서 비롯된다. 사상과 신념을 삶의 자리로 옮겨 가지고 와 실천하기. 근대 지식인들이 지고의 가치로 삼았던 이 같은 좌표의 상실이 육체적·정신적 질병의 근인(根因)이었음을 알 수 있다.

> 절망과 패기. 비관과 낙관. 그 두 가지 정반대의 생각을 번갈아가면 지금까지 살아왔거니.
> 절망과 비관으로는 살아갈 수가 없었다. 뼈를 깎는 듯한 절망에 부닥치다 못하여 애써 빈약하지만 자기의 철학의 지식을 끄집어내어 구원한 인생의 발전을 명상해 볼 때에는 청신한 공기를 호흡한 듯이 상쾌함을 느끼는 때도 있었다. 그때마다 자기도 한 짐을 맡았으면 하는 패기도 느끼어 보는 것이다. 그러나 그러한 인생을 등지고 죽어가는 자신을 생각할 때 깊은 바닷속으로 빠져 들어가는 듯한 절망을 느낄밖에 없었다. 그러나 그것이 오직 자기의 세계라면 참고 사는 때까지 살아가리라 하였다. 그렇지만 또 견딜 수가 없었고 아직 남은 마음의 탄력으로 또 상쾌한 명상으로 떠올라보는 것이었다.
> 그러나 지금 내게는 무엇이 남았으랴. 절망인들 남았으랴. 죽어가는 폐어에게 물도 공기도 무슨 소용이랴.16)

절망과 패기, 비관과 낙관이라는 이 이율배반적인 정서는 어쩌면 인간의 삶을 추동하는 보편적인 정서라 할 수 있다. 그러나 이 양자 간의 길항관계, 긴장관계는 한 쪽이 소멸하면서 여지없이 무너지고 만다. 각혈하는 몸, 신경증의 몸이라는 몸에 찍힌 낙인으로 인해 비관적 상황을 뚫

---

16) 최명익, 「폐어인」, 『한국해금문학전집』 12, 삼성출판사, 1988, 176~177면.

고 나올 '상쾌한' 낙관의 정서를 도무지 만들 수 없는 까닭이다. 각 문장마다 거듭 서술된 '그러나'는 위기를 타개할 길을 찾지 못한 주체의 복잡한 내면을 효과적으로 드러내는 언술적 지표다. '인생을 등지고 죽어가는 자신'이라는 엄정한 현실과 살고자 하는 의지, 청신한 공기, 상쾌한 명상과 같은 의지의 세계가 팽팽하게 대립하면서 갈등한다. 하지만 궁극적으로 현실은 절망과 같은 관념의 유희가 비집고 들어갈 틈조차 허용하지 않는다. 맨 마지막 '그러나' 뒤에 오는 진술인 '죽어가는 폐어'는 바로 죽어가는 자신을 가리킨다.

근대 이성의 시작은 알고자 하는 욕망에서 비롯된다. 어쩌면 현일이나 도영의 지식인으로서의 여정은 바로 이 욕망의 변형에서 시작되었는지도 모른다. 하지만 몸은 이성을 배반한다. '폐결핵'이라는 병명을 알지만 그것을 치유하지 못하는 상황. 그것은 근대 이성이 파국에 이르렀다는 상황 판단은 가능하지만 그 상황을 재편/개혁하지는 못하는 지식인의 막다른 길을 빗댄 것이라 할 수 있다. 이처럼 도저한 열패감과 피로는 1930년대 후반 모더니즘 문학이 도달한 자리로서 남성 주체의 몸으로 재현된다는 공통점이 있다.

5. 저항하는 몸

이 책은 1930년대 지배적인 몸 담론에 저항하는 모더니즘의 몸 담론을 남성 육체가 재현되는 방식을 통해 살펴보았다. 1930년대 중반 이후 모더니즘 소설은 다양한 서사 전략을 통해 주체의 정체성 위기를 다룬다. 특히 남성의 몸을 병약한 몸, 신경증이나 우울증에 걸린 몸, 여성적인 것으로 기호화된 몸으로 재현하고, 그런 자신의 육체를 발견해 가고,

육체에 각인된 사회적 의미를 탐색하는 주체를 형상화한다. 근대에 대한 일련의 반성적 성찰이라는 맥락에서 남성의 몸은 주체 위기를 되짚어보는 일차적 장소로, 병든 사회에 대한 기호로 때로는 그 사회에 편입되지 않으려는 저항의 거점으로 기능한다.

그런데 이 남성의 몸은 여성의 몸을 유혹과 파괴의 자질을 지닌 것으로 타자화하면서도 역설적으로 그 몸을 자기화함으로써 구성된다. 이상 소설에 출현한 '여성화된 남성'은 모더니즘의 자기반영적 특질인 인공성의 단면이자 남성 주체가 자기정체를 연기(演技 / 延期)하기 위한 전략의 하나로 고안한 것이다. 더욱이 죽음에 처한 몸, 처벌받는 몸처럼 자기 파괴적인 몸은 한갓 유희의 대상이 된다. 작가는 자명한 현실, 자명한 몸에 대한 상식을 전복하고, 몸에 새겨진 의미를 극대화함으로써 그것을 글쓰기의 차원에서 체현(embody)하는 것이다.

한편 최명익과 유항림은 환멸뿐인 현실, 주관적인 절망에 빠진 지식인의 이성중심주의를 비판하기 위해 남성의 몸을 성찰의 출발점으로 삼는다. 남성 주체는 암이나 각혈과 같이 몸에 벌어진 자명한 사실을 수용하면서 관념으로 주조되었던 이전의 세계를 부정하게 된다. 요컨대 몸의 발견과 야만의 시대에 대한 비판이 함께 함으로써 당대 현실에 대한 객관적인 판단이 가능해지는 것이다.

'몸의 서사'라는 관점에서 모더니즘 소설을 새롭게 읽을 경우 그것이 당시의 지배적인 몸 담론에 대한 대항담론으로서의 성격을 띠었다는 점을 알 수 있다. 1930년대 모더니즘 소설에 재현된 남성의 몸은 근대적 삶에 포획되면서도 동시에 저항하는 주체의 불안한 내면을 기호화한다. 저항과 공모 사이에서 유동하는 남성의 몸은 당대 남성—지식인들의 향방을 여실하게 보여주는 것이다.

광주민중항쟁 이후의 문학과 문화

젠더를 축으로 한 다시 읽기의 정치학

1. 기억의 정치학, 젠더정치학

5·18 광주민중항쟁을 여성의 관점에서 해석하는 논의는 문학과 문화 분야에서뿐만 아니라 사회과학 분야에서도 그다지 많지 않다. 그 가운데 1990년대 중반 이후 여성운동과 페미니즘 이론이 확산되면서 몇몇 주목할 만한 성과들이 나온 바 있다. 장하진의 「5·18과 여성」은 광주민중항쟁의 기존 연구 성과들이 성인지적 관점을 결여하고 있다는 점을 지적[1] 하면서 여성들의 활동과 의미를 여성주의적 관점에서 적극적으로 재해석하고 있다. 광주민중항쟁의 성격인 일체감과 나눔의 시민정신이 여성 특유의 속성인 보살핌의 윤리와 관련이 있다거나 취사, 헌혈, 모금, 간호 등 여성들의 활동을 '사소한' 것으로 평가하지 말고 공적 역사가 배제한

---

1) 장하진, 「5·18과 여성」, 광주광역시 5·18사료편찬위원회 편, 『5·18 민중항쟁사』, 광주광역시, 2001.

것에 대해 관심을 기울여야 한다는 등의 시각이 그것이다. 광주·전남여성단체연합의 『여성·주체·삶』 역시 5·18 광주민중항쟁 관련 연구에서 여성이 배제되었거나, 또는 여성이 포함되었다고 하더라도 피해자로서의 여성, 어머니로서의 여성 이미지를 확대 재생산하고 있다는 점을 문제 삼는다. 특히 이 책에 수록된 필자들의 글은 25명의 여성들을 인터뷰하고, 이들의 증언을 토대로 여성들의 활동과 경험을 현재화하고 재구성하고 있다. 그런 점에서 이들의 작업은 이 글의 기본적인 문제의식 및 방법론과도 관련이 있다. 그 중 강현아의 「5·18 광주민중항쟁 역사의 양면성 : 여성의 참여와 배제」는 5·18 광주민중항쟁 기간과 기간 후로 나누어 여성이 항쟁과 관련된 공식적인 정치적 조직으로부터 점차적으로 배제된 점, 여성들 내부에서도 계층에 따라 차별과 배제의 원리가 작동한 점을 밝히고 있다.[2] 이 글의 필자 역시 여성이 타자가 아니라 주체로 자리매김해야 하며, 여성들 내부의 다양성과 차이에 눈을 돌려야 한다고 지적한다.[3]

그렇다면 일반적으로 광주민중항쟁 당시 여성의 활동이랄지 역할은 어떻게 기억되는가. 우리는 대부분 시민군들에게 김밥을 나누어주는 아줌마들, 도청의 취사부, 헌혈, 임산부나 여학생의 잘려진 유방, 전춘심의 카랑카랑한 목소리, 선언문을 낭독하던 여성 등을 떠올릴 것이다. 이에 비해 남자들은 총을 들고 무장투쟁을 이끌거나 차량 시위를 벌이는 모습 등으로 기억된다. 이러한 이미지의 차이는 5·18 광주민중항쟁에서 여성의 역할을 제한적으로 평가하는 한계로 작용하고 있다.[4] 그리고 이와 같은 이미지는 판화와 다큐멘터리, 증언록, 소설 등 일련의 문화생산물

---

2) 강현아, 「5·18 광주민중항쟁 역사의 양면성 : 여성의 참여와 배제」, 『여성·주체·삶』, 광주·전남 여성단체연합, 2000, 166면.
3) 강현아, 위의 글, 178면.
4) 장하진, 앞의 글, 442면.

에 의해 구축된 것이기도 하다. 이 문화생산물들은 우리의 시각과 청각 등 감각에 호소하면서 일종의 고정된 이미지를 산출해 왔다.

이 글은 광주민중항쟁 문학 / 문화 생산물들을 젠더의 관점에서 읽어야 할 필요성을 제시하고자 한다. 앞서 말한 바와 같이 광주항쟁의 역사적 · 사회적 의미를 논의한 연구에서 여성은 항쟁 이후 배제되어 왔거나 남성과는 다른 방식으로 담론화되어 왔다. 여성은 국가폭력의 피해자, 수난자로 재현되어 왔으며, 남성들에게 부채감과 연민, 적에 대한 분노 등 복합적인 감정을 유발하는 매개자 역할을 해 왔다. 그리고 그 저변에 깔려 있는 것이 젠더정치학이다. 광주항쟁을 다룬 문학 / 문화 생산물들이 의미있는 이유는 그것들이 1980년대 문학 / 문화를 이전 시기, 이후 시기와 구별 짓는 역할을 했기 때문이다. "80년대 한국 사회의 경우 다름 아닌 사실 확인의 차원에서조차 가장 예민한 쟁점이 되어 있는 것은 이른 바 광주사태의 진상문제"5)라는 백낙청의 지적은 이와 같은 광주항쟁 문학 / 문화의 성격을 단적으로 보여준다. 그럼에도 불구하고 항쟁 25년이 지난 지금의 시점에서 광주항쟁 문학 / 문화, 나아가 1980년대 문학 / 문화는 젠더의 측면에서나, 비평과 작품생산 간의 괴리라는 면에서나 심문의 대상이 되고 있다. 이 생산물들이 지역성을 넘어서지 못했다거나 1990년대 이후 한국 사회의 급격한 변화에 능동적으로 대응하지 못한 채 이미 박제화된 과거로만 남게 되었다는 평가도 만만치 않다.

광주항쟁이라는 역사적 사실, 광주항쟁을 재현한 텍스트들은 한편으로는 국가폭력에 대한 저항이라는 관점을 취하고 있으며, 또 한편으로는

---

5) 백낙청, 「민중 · 민족문학의 새 단계」, 『민족문학의 새 단계』, 창작과비평사, 1990, 44면. 백낙청은 임철우의 「사산하는 여름」, 윤정모의 「밤길」을 광주항쟁을 정면에서 소설화한 예로 들고 있다. 임철우의 작품은 광주항쟁을 '병리'의 차원에서 다루고 있어 피상적인 민중인식, 역사의식을 보인다고 비판하는 반면, 윤정모의 「밤길」은 현장의 참상에 대한 기억과 지속되는 과업에의 의지가 맞닿아 있다고 보았다.

집단적, 개인적 트라우마를 기억/기념하고 있다. 이 장에서는 최근 역사 이론에서 주된 개념으로 사용하는 '공동의 기억'에 의거한 '집단적 정체성'의 구축이라는 맥락에서 광주항쟁 관련 문학/문화 텍스트를 볼 것을 제안할 것이다. 또한 집단적, 개인적 트라우마가 지닌 젠더적 특성, 기억과 그것의 서사화가 지닌 젠더적 성격이 광주항쟁 문학/문화를 새로운 관점에서 접근하는 데 유효할 수 있다는 점을 강조할 것이다. 이런 접근법을 택하는 이유는 여성적 시각의 배제가 궁극적으로는 항쟁 관련 문학/문화를 풍부하게 읽지 못하는 결과를 초래했으며, 젠더화된 기억의 측면에서 읽는다면 항쟁 문학/문화를 재해석하는 데 도움이 되리라 생각하기 때문이다.

2. 각기 다른 기억들

(가) 형자가 말을 이었다.
  "도청에 끝까지 남아 있던 사람들을 잘 기억해둬. 어떤 사람들이 이 항쟁에 가담했고 투쟁했고 죽었는가를 꼭 기억해야 돼."
  "……."
  "그러면 너희들은 알게 될 거야. 어떤 사람들이 역사를 만들어가는가를… 그것은 곧 너희들의 힘이 될 거야." (홍희담, 「깃발」, 49~50면)

(나) 꽃잎처럼 금남로에 뿌려진 너의 붉은 피/ 두부처럼 잘리워진 어여쁜 너의 젖가슴/ 오월 그날이 다시 오면 우리 가슴에 붉은 피 솟네 (오월가)

예문 (가)에서 인물 형자의 입을 통해 발화되는 사항은 '기억'의 주체 문제를 환기하고 있다. '누가 항쟁에 가담하고 투쟁하고 죽었는가'라는 항쟁의 주체 문제는 항쟁 이후에 미순 등이 부상자와 구속자 명단의 비율을 따지는 와중에 무산자 계급의 비율이 71%라는 사실에서 확인된다. 서사에서는 항쟁에서 죽어간 무산자 계급을 기억하는 주체가 미순 등 여성노동자라는 점을 부각시킨다. 항쟁의 주체와 기억의 주체가 동일한 계급임을 확인함으로써 텍스트의 지향점을 분명히 드러내는 것이다.

한편 예문 (나) 오월 항쟁가 1절은 '잘라진 가슴', '솟는 피'와 같은 절단난 신체의 이미지를 직설적인 어휘로 담론화함으로써 비장감과 전투적 의식을 고취시킨다. 그런데 이런 정서는 '잘리워진 젖가슴'으로 상징되는 국가폭력의 잔혹성을 의미화하는 과정에서 여성을 희생자로 담론화함으로써 가능한 것이었다. 이 노래는 필자 또래 세대에게는 1980년대 학생운동 현장의 대표적인 전투적 민중가요로 기억된다. 특히 광주항쟁 관련 자료집 사진이나 다큐멘터리 장면들과 오버랩 되면서 노래 속 이미지들은 마치 실제로 본 듯한 사실 효과를 자아낸다. 우리들의 기억 속에 이 훼손당한 몸을 지닌 여성의 이미지가 끈질기게 살아남는 것도 실제 역사적 사실보다는 그것이 노래, 사진, 다큐멘터리물 등을 통해 반복 재현되기 때문이다.

'기억'과 관련된 위 두 사례는 관제 기억과는 상반되는 대항 기억의 양상뿐만 아니라, 주변적 기억 내부의 다양하고 이질적인 층위들을 보여준다.

또한 이 기억들은 광주항쟁이라는 공유기억이 여성의 차원에서 어떻게 전유되는지를 보여주기도 한다. 가령 예문 (가)의 소설 「깃발」은 당시 민중·민족문학 계열에 의해 광주항쟁의 계급성을 잘 드러낸 작품으로 전략적으로 고평을 받은 바 있다. 특히 여성노동자 집단이 주인공으로 설정되면서 젠더적 관점에서도 유의미한 작품이다. 하지만 이 작품과 관련된 평문들을 보면 젠더적 관점에 대해서는 거의 언급하고 있지 않다.

이와 같은 '젠더 무관심성(gender indifference)'은 대항기억 내부에서도 젠더에 따른 모종의 위계화 원리가 작동하고 있다는 점을 반증한다. 그런가하면 예문 (나)는 여성의 상징인 젖가슴이 남성적 폭력을 극단적으로 상징하는 칼에 의해 잘려나가는 장면을 포착한 것이다. 당시 여러 사람들의 말과 항쟁 이후 시각 생산물들에 의해 재현된 이 장면은 기억의 주체들에게 분노와 내 누이를 지키지 못했다는 수치심을 불러일으키는 효과가 있다.

필자는 앞에서 광주항쟁의 공식적 망각에 대항하는 기억투쟁의 양상을 젠더화된 문화적 기억의 측면에서 살펴보려는 것이 이 글의 의도라고 밝혔다. 이런 의도에 비추어볼 때 예문 (가)와 (나)는 서로 대비되지만 젠더정치의 본질이라는 측면에서는 같은 특성을 지니고 있다. 광주항쟁 관련 문학/문화 생산물들이 일종의 대항 기억이라고 본다면 지금까지의 기억 투쟁의 과정에서 '젠더'는 부재한 것, 존재한다 하더라도 형제애에 기반한 남성 공동체의 투쟁 의식이나 부채 의식을 극적으로 재현하는 데 전유되어 왔다. 즉 항쟁 기간 동안 그리고 항쟁 이후 여성의 역할과 경험을 축소하거나 말하지 않기는 항쟁의 사실적 기록과 기억의 장에서 결락된 것이 무엇인지를 알려 준다. 또 하나 주목할 만한 것은 살아남은 자(남성)의 부끄러움, 수치심을 '누이' 혹은 '어머니'로 형상화하는 남성들의 기억의 방식이다. 누이가 '잘라진 젖가슴'으로 이미지화된다면, 어머니는 홍성담의 연작판화 <대동세상>, '밥'에서 볼 수 있는 것처럼 시민군들에게 밥을 퍼주는 보살핌과 허여의 이미지로 재현된다.

그런 점에서 광주항쟁을 재현한 문학/문화 생산물들에는 우리 근대문학사에서 벌어진 젠더정치학의 수준이 그대로 재연되고 있다고 볼 수 있다. 최근 국문학 연구 분야에서 탈근대·탈민족 이론들은 근대(성)와 민족의 자기 충족적인 세계가 기실 내적 모순을 지닌 것임을 문제 삼으면서 그런 모순을 지탱해준 동력이 젠더정치학이라는 점을 밝히는 데 역점을 두고 있다. 특히 피식민국의 반식민지 민족주의 역시 자기 안의 타자인 여성을 타자화함으로써 자신들의 불안한 정체성을 보장받는 모순적 측면이 있다고 지적하면서, 남성 주체가 자신의 '식민성'을 여성에게 투사하는 이른바 '이중의 식민성'을 거론하고 있다.

하지만 이와 같은 관점으로 광주항쟁의 결과물들을 여성의 관점에서 해석하는 것이 과연 온당할까? 광주항쟁이라는, 근대 국가의 폭력에 대항해 맞섰던 대규모의 운동 역시 근대 국가의 그것처럼 남성적인 형식이었다고 말하는 것은 최근 탈식민·탈주체 담론이 빚은 일종의 구조주의적, 환원주의적 오류를 되풀이하는 격이 될 수도 있기 때문이다. 더불어서 이와 같은 구조적 동일성에 기댄 분석은 실재하는 여성의 경험을 역사적 사실에 근거해 해석하는 데 방해가 될 수도 있다.

따라서 국가의 공식 기억에 대항하는 항쟁 관련 기억들 역시 해당 집단의 정체성을 공고히 구축하기 위한 '만들어진 전통'임을 인정하고, 그 내부 동학을 파헤치는 것이 필요하다. 아마도 그 작업은 공식 기억과 '같으면서도 다른' 대항기억을 만들어내는 것이 무엇인지를 분석하는 것일 게다. 젠더화된 기억의 축적물들을 다양한 각도에서 해석하려는 노력은 그 동학의 한 축을 해석하는 데 유효한 방법이 될 수 있다.

3. 젠더화된 문화적 기억의 구축물과 증언의 적실성

'만들어진 전통'은 명시적이든 암묵적이든 공인된 규칙에 의해 지배될 뿐만 아니라 특정한 의례나 상징적 성격을 갖는 일련의 관행들을 뜻한다. 전통들이 준거하는 과거는, 실재하는 것이든 발명된 것이든 늘 반복

되어 고착된 관행들을 수반한다.6)

만들어진 전통의 세 가지 유형은 다음과 같다. 첫째, 특정한 집단들, 실재하는 것이든 인위적인 것이든 공동체들의 사회 통합이나 소속감을 구축하거나 상징화하는 것들이다. 둘째, 제도, 지위, 권위관계를 구축하거나 정당화하는 것들이다. 셋째, 주목표가 사회화나 신념, 가치체계, 행위규범을 주입하는 데 있는 것들이다.

이처럼 '역사적으로 기념할 만한 연속성의 발명'7)이 공식적인 차원, 지배층에서만 수행되었던 것은 아니다. 앞서 유형을 따른다면 국가로부터 분리되기를 요구하거나, 국가에 대안적인 지위를 요구하는 조직된 대중운동들도 만들어진 전통을 사용8)한다. 폭력적이고 억압적인 국가권력에 대한 투쟁이었던 광주항쟁의 경우에도 항쟁을 경험한 집단들은 자기 공동체의 정당성을 입증하려 했고, 그 과정에서 국가 권력의 '공식 기억'과는 대별되는 '사적 기억', '대항기억'을 만들어 왔다.9) 그 대항기억의 구축과정은 필연적으로 국가 권력과는 '기억의 전쟁'을 수반10)하며, 대항 공동체 내부의 소속감과 신념 등을 다지기 위해 모종의 의례, 기념비, 문학작품 등을 통해 그들만의 전통을 만드는 과정을 거친다.

---

6) 에릭 홉스봄 외, 박지향·장문석 옮김, 『만들어진 전통』, 휴머니스트, 2004, 20~21면.
7) 에릭 홉스봄 외, 위의 책, 29면.
8) 에릭 홉스봄 외, 위의 책, 529면.
9) 전진성, 「기억의 정치학을 넘어 기억의 문화사로」, 『역사비평』 76호, 역사비평사, 2006 가을, 452면.
   관제 기억이 공공기억으로 국민들에게 주입되면서, 그 밖의 기억은 사적 기억으로서 공공기억에서 배제된다. 그러나 사적 기억이 망각되기를 거부하고 활성화될 때, 그것은 대항기억으로서 공공기억에 맞서게 된다. (456면)
10) 최근에는 5·18 광주항쟁이라는 대항기억이 제도화되고 있다는 주장이 제기되고 있다. 가령 의례가 국가화, 추모제가 국가기념식으로 전환된 것, 특정 경험과 관련된 특정 장소가 기념공간화되는 것을 들 수 있다, 저항의 지역성, 국지성을 탈피하여 전국성과 세계성을 확보하자는 목소리가 높아지면서 제도화된, 만들어진 전통으로서의 성격이 한층 강화된 것이다.

이와 같은 기억의 구축은 누가, 어떤 것을, 왜, 어떻게 기억하는가의 문제로 민족, 계급, 젠더, 지역 등을 둘러싼 갈등과 맞물려 있다.11) 그렇다면 대항기억의 영역에서 기억의 주체는 누구인가? 그는 어떤 항쟁의 기억을 말하고, 말해 왔는가? 만약 기억이 객관적인 것이 아니라 기억 주체의 의도에 따라 수정, 삭제, 첨가라는 일련의 메커니즘이 작동한다면, 그 과정에서 '포섭'되는 것은 무엇이고, '배제'되는 것은 무엇인가? 대항 기억의 영역에서 흔히 빚어지게 마련인 파편화되고 억압된 기억들은 어떻게 해석해야 할 것인가?

그간 광주항쟁에 대한 많은 연구는 대중의 빛나는 투쟁과 희생, 투쟁의 거룩한 대의를 극대화하는 기억을 생산해 왔다.12) 하지만 국가의 기억에 대항하는 민중의 기억을 구축하는 과정에서 민중적 성격, 계급적 성격, 민족적 성격은 어느 정도 확정이 되었으나 왜곡되고 균열되고 좌절된 기억들을 포함하여 다양한 기억을 끌어내지는 못한 감이 없지 않다. 특히 여성을 비롯하여 그간 배제되고 타자화된 소수의 기억을 끌어내려는 시도는 최근에서야 시작되었다고 볼 수 있다.

이 과정을 좀 더 치밀하게 살펴보기 위해서는 '문화적 기억'이라는 개념에 주목할 필요가 있다. 문화적 기억은 문학작품을 비롯한 각종 텍스트, 신화와 종교적 제의, 기념물 및 기념장소, 문서보관소 등 다양한 문화적 '매체'를 통해 기억이 제도적으로 공고화되고 조직적으로 전승되는 형식을 규명한다.13) 5 · 18 광주민주항쟁 역시 문학 작품, 다큐멘터리와 영화 등 영상물, 기념 묘지, 기념관, 방대한 양의 광주민중항쟁 자료집, 르포와 증언물 등 각종 매체를 통해 항쟁의 기억이 전승되어 왔다. 그런

---

11) 전진성, 앞의 글, 453면.
12) 좌담, 「광주20년 – 국가의 기억, 민중의 기억」, 『당대비평』 11호, 생각의나무, 2000, 13면.
13) 전진성, 앞의 글, 473면.

데 이 문화적 기억의 산물들을 살펴본다면 모종의 질서가 존재함을 알 수 있다. 광주항쟁의 문학／문화적 재현물은 1980년대 중반 이후 1990년대까지 주로 쏟아져 나왔다. 소설보다는 사건과 사건에 반응하는 주체의 즉각적인 반응을 알 수 있는 시가 먼저 나왔고, 그 다음에 르포가 나왔으며, 소설은 시기적으로 그 뒤가 된다. 피해자의 수치심과 부끄러움이 초기 재현물들의 특징이라면, 가해자／피해자의 선명한 이분법이 그 다음에, 가해자 역시 근대 국가 폭력의 피해자일 수도 있다는 인식은 맨 마지막에 나왔다. 장르와 항쟁에 연루된 주체들을 재현하는 문제만 놓고 보더라도 모종의 선차성이 있고 계열화가 가능하다는 것이다.

그렇다면 여성의 말과 글로 이루어진 기억의 구축은 언제부터 이루어졌는가도 따져볼 사안이다. 광주항쟁은 그 성격상 중심이 아닌 주변부에서 일어난 운동이었으며, 주체 역시 지식인이 아닌 민중이었다. 그런 만큼 주변적 존재인 여성의 삶이나 경험과 만날 가능성이 많았다. 하지만 항쟁의 경험이 여성들 스스로의 말과 글로, 증언이나 문학／문화적 재현물로 형상화된 것은 1980년대 말에나 가능했다. 소설의 경우 홍희담의 「깃발」과 최윤의 「저기 소리없이 한 점 꽃잎이 지고」가 발표된 것이 1988년, 공선옥의 「씨앗불」이 발표된 것이 1991년이니 1980년대 말에 이르러서야 젠더화된 문화적 기억이 형성됐다고 볼 수 있다. 항쟁에 참여한 여성들의 증언이 본격적으로 기록되기 시작한 시기도 이 즈음이다. 광주항쟁 기간 동안, 그리고 항쟁 이후에도 여성들은 기존의 성역할을 뛰어 넘어 선도적 역할을 담당한 바 있다. 그럼에도 불구하고 항쟁이라는 사건을 있는 그대로, 완결된 서사로서 총체적으로 구성하려는 리얼리즘에의 욕망은 젠더화된 경험, 여성의 트라우마를 암묵적으로 부인해 왔다.14)

---

14) 오카 마리, 김병구 역, 『기억 서사』, 소명출판, 2004, 73면.

따라서 우리에게 필요한 것은 다양한 각도에서 여성의 트라우마를 읽
어내고, 젠더화된 문화적 기억을 해석하는 것이다. 어떤 문화가 기억하는
것 그리고 망각하는 것은 권력과 헤게모니와 관련이 있고, 이는 젠더 역
시 그러하다.15) 요컨대 기억과 망각은 권력과 헤게모니가 작동하고, 경쟁
하고 그것을 분배하는 담론적 실천행위라 할 수 있다. 그 기억과 망각의
역학 관계에 가장 극적으로 개입된 것이 여성이다. 가령 우리가 광주항쟁
의 현장과 관련해서 가장 먼저 떠올리는 것은 마이크에서 흘러나오던 여
성의 절박한 목소리이다. 그 기억의 강렬함으로 인해 다수 여성들과 관련
된 기억들은 망각되기도 한다. 여성들이 항쟁의 전개 과정에서 그리고 항
쟁 이후 지도부에서 배제된 것 역시 여성들의 기억과 서사가 전승되지 못
한 원인이 될 수 있다.16) 물론 광주항쟁 지도부의 기억보다는 하위 주체
들의 다양한 목소리와 증언이 기억과 망각의 역학관계를 해석하는 데 더
중요한 단서를 제공한다. 그럼에도 불구하고 여성이 배제됨으로써 기억을
이끌어내고 그것에 의미를 부여하는 장을 확보하지 못했다면 그런 저간
의 상황 역시 기억을 둘러싼 젠더정치학이 작동하는 것으로 볼 여지가 있
다. 그렇다면 우리는 주변으로 밀려난, 여릿한 여성들의 기억을 조합하고
재배치하는 방식을 택할 수밖에 없다.

문화적 기억의 테크놀로지는 회고와 전승뿐만 아니라 경험에 있어서
도 젠더화된 패러다임을 지니고 있다. 페미니스트 서사는 그간 평가절하

15) 이상 문화적 기억에 대한 개념 정의, 그것과 젠더와의 관련양상은 아래의 글을 참고하였다.
Marianne Hirsch & Valerie Smith, "Feminism and Cultural Memory:An Introduction,"
Signs Vol.28, University of Chicago Press, 2002 Spring, pp.3~7.
16) 강현아는 광주민중항쟁 초기에 민중을 선동하고 활기를 불어넣는 일을 여성들이 맡아
했지만, 남성들을 중심으로 한 공식적 정치조직인 항쟁 지도부가 형성되면서부터 여성
들이 주변으로 밀려나게 되었다고 말한다. 또한 항쟁 직후 구속자나 유가족회의 활동을
한 주체는 여성이었지만 그후 공식적인 정치적 영역으로부터는 배제되었다고 본다(강현
아, 「5·18 민중항쟁 역사의 양면성 : 여성의 참여와 배제」, 『여성·주체·삶』, 광주·
전남 여성단체 연합, 1990, 125~160면).

되고, 주변화되고, 억압되어 왔던 문화적 형상들, 기억들을 다시 위치짓는 역할을 한다.17) 젠더화된 문화적 기억으로 직조된 서사는 공적 기억의 서사와는 달리 세부묘사(detail)에 주의를 기울인다. 세부묘사에 대한 관심이 여성적인 것과 연관되는 까닭은 사물이나 경험의 미세한 부분에 유의하는 마음, 그런 부분을 심미적으로 활용하는 기술이 여성의 생활과 문화에서 널리 나타나는 특징이기 때문이다.18) 가령 개인적 기억과 공동체의 기억은 음식과 연관된 여러 형식을 통해 좀 더 풍부하게 결합되고 상징적으로 교환될 수 있다.19) 광주항쟁 관련 소설에는 유난히 밥을 같이 나누어 먹는 장면이 많이 나온다. 시민군들의 마지막 밥, 그들에게 밥을 지어주는 여성들 등 '밥상공동체'의 기억은 평등과 민중의 정신이 구현된 것으로 환치될 수 있다. 「깃발」에서도 도피중인 야학선생 윤강일에게 밥과 찌개를 끓여 주고 도피자금을 보태는 것은 여성노동자들이다. 항쟁을 다룬 여성작가들의 작품에서 5월은 딸기가 한창인 시기, 항쟁의 끝은 딸기가 한물간 시기로 언급되는 것 역시 눈여겨볼 대목이다. 여성작가의 작품은 아니지만 박호태의 「다시 그 거리에 서면」에서도 아들이나 남동생을 기다리는 여성들은 "성시철의 딸기와 오이와… 그 푸르고 시큼한 것들"을 떠올리면서도 "지 배로 내놓은 새끼들을 다 잃어버릴 지경인데 햇것 탐을 하고" 있는 자신들에 대해 '참담한 부끄러움'을 느낀다. 초기 광주항쟁 재현물을 관통하는 주된 정서인 '살아남은 자의 부끄러움'은 음식이라는 매개를 통해 좀 더 실감있게 드러나는 것이다.

17) Marianne Hirsch & Valerie Smith, op. cit, p.19.
18) 황종연, 「탈승화의 리얼리즘—윤성희와 천운영의 소설」, 『문학동네』, 문학동네, 2001 가을, 416~417면.
19) Carol Bardenstein, "Transmissions Interrupted : Reconfiguring Food, Memory, and Gender in the Cookbook—Memoirs of Middle Eastern Exiles," *Signs* vol.28, no.1, University of Chicago Press, 2002 Spring, pp.355~356.

이와 같은 특성은 여성들의 증언기록물에서도 드러난다. 가령 아들을 잃고 후에 유족회 회장이 된 송영도 씨의 증언에서는 모금한 돈으로 물건을 사고, "생계란 다섯 판을 머리에 이고" 도청 앞에 가서 시위대들과 군인들을 먹인 기억이 나온다. 항쟁에 참여한 여성들 중 가두방송을 주도하고 간첩으로 몰려 고문을 당하는 등 가장 극적인 삶을 산 전춘심의 증언에서도 항쟁 기간 동안 유일하게 아주머니들이 건네 준 날계란 두 개를 먹은 기억이 나온다.[20] 서석1동 반장으로 있었던 김경애 씨(여)나 김우곤(남)의 증언에서도 동네 주민들이 쌀을 모아 주먹밥이나 김밥을 만들게 된 경위가 자세하게 나온다.[21] 이와 같은 증언을 포함한 문학/문화 생산물들은 여성들이 항쟁에 참여한 경험에서 주로 무엇을 기억하는지를 보여준다.

전술한 바와 같이 여성 자신의 경험이 가장 실감있게 구현된 부분은 증언자료집에 실린 증언물들이다. 그런데 증언물에서의 기억은 서술주체의 관점에 따라 재구성된다. 이 '증언적 서술'[22]에서 체험의 주체인 증

---

20) 광주일고 앞 골목에서 아주머니들이 날계란 두 개를 먹으라고 주었다. 나는 그때 처음으로 목이 아플 때는 날계란을 먹으면 좋다는 것을 알았다. 아무튼 그 날계란 두 개가 나에게 있어서는 19일 이후의 최초의 식사였고 마지막 식사였다(전춘심, 「당신들은 피도 눈물도 없습니까」, 이광영·전춘심 외, 『광주여 말하라 : 광주민중항쟁 증언록』, 실천문학사, 1990, 40면).

21) 아래 예들에서 알 수 있듯이 증언의 내용은 10여 년이 지난 다음에도 생생하다.

그 당시 나는 서석1동 반장직을 맡고 있었는데…선배 언니의 제안으로 동네 아주머니들에게 성의껏 쌀을 가져오라고 하자 4되, 3되, 2되씩 들고 와 한 아주머니 집에서 8명의 부인들이 모여 주먹밥을 만들었다. 주먹밥을 2, 3개의 쇠대야, 라면박스 등에 비닐을 깔고 50인분 정도 넣어서 골목어귀에서 시위차량이 지나가면 '수고하네, 결과가 안 좋으면 어쩌겠는가? 몸조심해야 되네'하면서 '서석1동'을 크게 외치고 주먹밥을 트럭에 올려 주었다. (45면)

나는 굶고 있을 게 뻔한 그 학생들이 꼭 내 자식같아 안쓰럽기도 하고 거둬진 쌀은 우래여관 언니가 방앗간으로 가져가 밥을 쪄왔으며, 돈으로는 김과 단무지 등을 사다가 홍운식당 안집에서 동네아주머니 10명이 모여 김밥을 말았다. (46면)

위 증언은 『여성, 주체, 삶』을 참고한 것이다.

언적 서술자는 억압된 기억이 삶에 미친 영향력이라든가 현재 자신이 처한 상황이나 복원 의지에 따라 어느 부분은 상세하게, 어느 부분은 소략하게 그 체험을 들려준다. 이처럼 기억이 구성되는 방식은 증언 주체의 의도나 주체성의 성립과정과 밀접한 관련성이 있다. 성별에 따라서도 주로 다루고자 하는 재현의 대상, 기억의 대상이 달라질 수 있다. 즉 기억 주체의 이해 관심과 기억 행위의 역사적 맥락이 개입하면서 실제 기억내용은 선별되고 재배열된다. 특히 광주항쟁 증언자료집 속의 증언주체인 여성, 소설 속에 그려진 여성들의 경우 투쟁 일지에서 볼 수 있는 사건의 선조적인 전개양상, 항쟁의 종합적인 면모보다는 주변적인 상황, 일상성과 관련된 에피소드들을 더 잘 기억하며, 이 일상적인 것 중심으로 증언을 한다.[23] 물론 이처럼 여성들의 대항기억, 젠더화된 문화적 기억들을 주변적인 것, 세부적인 것으로 정식화할 경우 그것이 국가 주도의 공식 기억, 대항 기억 내부의 젠더화된 위계질서를 전복하기는커녕 오히려 지금까지의 기억의 경합과정에서 결락된 부분들을 보충해 주는 '반동적'인 결과를 초래한다는 지적이 나올 수도 있다. 그리고 이와 같은 지적은 텍스트를 여성주의적 시각에서 재독해하는 모든 시도들에 대해서도 항용 제기된다. 하지만 그렇다고 광주항쟁 자체를 해석이 불가능한, 해석을 넘어서는 자리에 위치한 것으로 파악하는 것도 온당하지는 않다고 본다. 젠더화된 관점에서의 해석과 기억하기는 지금 / 여기의 현실을 외

---

22) 증언적 서술은 과거의 특정 사건에 직접 참여한 주인공 혹은 증인이 자신의 생애 혹은 유의미한 삶의 경험을 구술하고, 그것이 책 혹은 자료집의 형태로 텍스트화된 것을 뜻한다. 일본군 위안부의 증언을 그 대표적인 예로 들 수 있다.
   증언적 서술과 기억의 구성방식에 대해서는 졸고, 「증언의 양식, 생존・성장의 서사─박완서의 전쟁 재현 소설과 『그 산이 정말 거기 있었을까』」, 『허스토리의 문학』, 새미, 2003, 202~203면을 참고할 것.
23) 하지만 같은 여성이라 하더라도 항쟁의 지도부에 있던 여성들의 기록은 좀 더 공적인 맥락을 지니고 있다는 점을 미리 밝혀둔다.

면하고 과거−여성성의 시각만 특화시키는 것이 아니라 실제 있었던 사태를 온전하게 기억하고자 하는 적극적인 실천적 행위라는 인식이 필요하다.

필자가 짧은 시간 동안 살펴본 증언기록물들은 '광주민중항쟁 증언록'인『광주여 말하라』에 실린「당신들은 피도 눈물도 없습니까」의 전춘옥,「누가 왜 내 아들을 죽였는가」의 송영도, 그리고 정현애의「광주항쟁과 여성, 역사의 주체로 서다」(『동아시아와 근대의 폭력 2−국가폭력과 트라우마』)이다. 그 외에 <전남대 5·18연구소>에서 진행한 증언기록물들 중 여성이 증언자인 경우를 참고하였다. 정현애의 증언이 투쟁 일지와 항쟁 이후 구속자 석방 운동 중심으로 이루어져 있는 데 반해, 그 외의 증언들은 항쟁 당시 불의의 폭력에 노출되고, 항쟁의 후유증을 신체적, 정신적으로 앓고 있는 경우가 대부분이다. 이 순수피해자의 경우 피해의 정도가 개인에게 그치는 것이 아니라 가족 전체로 확대되고, 기억의 지속성이라는 측면에서 볼 때 신체에 각인된 후유증이 큰 만큼 현재에까지 그 기억은 지속되고 오히려 분노와 원한과 같은 감정이 증폭되고 있다. 때문에 이 집단적인 증언 자료들은 여성 피해자의 '집단적 정체성' 형성에 기여하고 있다고 생각한다.

하지만 이 여성증언자들의 증언을 좀 더 면밀히 살펴보기 위해서는 몇 가지 전제가 필요하다. 육체적, 심리적 트라우마를 앓는 여성들과 그렇지 않은 여성들, 학살당한 아내, 누이, 어머니로 인해 트라우마를 앓는 가족과 이들의 경험, 항쟁 이후 부상자동지회, 유가족협의회 등 조직 활동을 해 온 여성과 그렇지 않은 여성 사이에서 빚어지는 증언의 차이를 살피고, 그런 증언의 자기 구성이 의도하는 바가 무엇인지를 살펴야 한다. 하지만 아직까지는 동일한 증언자를 시기적 낙차를 두고 반복 조사한 것도 아니고, 증언 기록물의 내용이 풍부한 것은 아니어서 이와 같은 작업에까지는 도달하지 못한 것으로 보인다. 앞으로는 국가폭력과 그에 반하는 젠더화된 대항 기억이라는 큰 틀 속에서 증언자 개개인의 반복 진술을 유도하고 이것을 분석하는 작업이 이루어져야 할 것이다.

광주항쟁 문학/문화 생산물 전체를 놓고 본다면 '어떤' 방식으로 재현하느냐에서도 젠더정치학이 작용하고 있다. 광주를 기억하는 방식은 1980년대 초·중반까지는 '살아남은 자의 부끄러움' 내지 수치심이 주를 이루었다. 그러다가 1980년대 후반 1990년대 초반에 이르면 계급적인 관점에 근거해 막연한 '민중'이 아닌 '각성된 노동자'를 항쟁의 주체로 등극시키게 된다. 1990년대 중반 이후에는 이른바 후일담 문학에서 '광주'가 언급되기는 하지만 대부분 주제적으로 크게 기여하기보다는 인물의 후면을 장식하는 요소에 불과했다. 그와는 정반대로 임철우의 장편 『봄날』은 광주항쟁을 다큐멘터리에 가깝게 사실적으로 재현한다. 그나마 1990년대 중반 이후에는 광주를 재현 혹은 기억하는 문학/문화 생산물이 현저하게 줄어들었다는 것이 필자의 생각이다.[24]

그중 필자가 주목하는 것은 임철우의 단편 「봄날」, 윤정모의 「밤길」과 같은 '살아남은 자의 부끄러움'을 그린 작품들이다. 이 작품들의 기본적인 정서는 멜랑콜리 내지 비애감이라고 할 수 있다. 하지만 지금까지 이와 같은 정서는 항쟁의 기본정신에서 비껴난 것으로, 계급적 관점이 결여된 소시민적인 것으로 평가받거나, 작가들의 수치심이 투사된 것으로

---

24) 여기에 대해서는 여러 가지 추론이 가능하다. 이미 여러 논자들에 의해 언급된 바이지만 광주 자체가 1980년대의 사회운동의 고조에 따라 담론화되는 방식이 달랐듯이 사회운동의 퇴조에 따라 관심사에서 멀어졌다는 것이다. 두 번째는 광주항쟁이 기억투쟁의 장에서 대항기억이 아닌 국가에 의해 전유되면서 기념의례화된 데 따른 것이다. 즉 광주 자체가 일종의 박물관화 되었을 때 문학이 개입할 자리는 좁아지게 된다는 것이다. 세 번째는 시대가 경과하면서 특정 지역에 국한된 홀로코스트의 기억이 전국화되지 못했기 때문이다. 10대, 20대 초반의 젊은이들이 광주에 대해서 잘 모르듯이 이 세대들을 대상으로 한 혹은 이 세대들이 주체가 된 문학/문화생산물에서 광주는 다양하게 변주되기가 힘들다. 다양하게 변주되기가 힘드니 상투성에 빠지고, 지속적인 생산이 불가능해졌다.

여성문학 진영에서도 반여성적인 것으로 평가받았다. 멜랑콜리 내지 비애감이 남성화된 감정보다는 여성화된 감정이자 기억의 방식이라는 것은 맞다. 또한 애도와 멜랑콜리에 대한 프로이트의 구분대로라면 애도는 세계가 초라하고 공허하고, 멜랑콜리는 초라하고 공허한 것이 자아이므로, 자칫 퇴행적인 것으로 비칠 수도 있다. 때문에 자칫 이와 같은 정서를 여성적인 것으로 정식화할 경우 여성(성)을 주변화할 우려가 있고, 항쟁에 대한 객관적이고 본질적인 파악에서 멀어질 수 있다는 지적도 나올 수 있다. 그러나 이성과 합리성을 근거로 한 사회적 모더니티, 그리고 사회적 모더니티의 제도적 형식이라 할 수 있는 국가, 그 국가가 자행한 폭력에 대한 저항의 한 형식으로 멜랑콜리를 이해하는 발상의 전환이 필요하다. 그렇게 본다면 멜랑콜리나 비애는 남성적인 국가 폭력에 대응하는 여성적인 전략의 하나로 좀더 적극적으로 분석될 필요가 있다.

4. 여성–하위주체의 말과 몸에 주목하기

광주항쟁을 다룬 문학/문화적 생산물들을 바라보는 젠더적 시각은 광주항쟁 문학/문화를 좀 더 풍성하게 평가하고, 문학사에서 제대로 자리매김하는 데 주요한 기준이 될 수 있다. 이를 위해서는 다음과 같은 항목들이 좀 더 적극적으로 평가되어야 하리라고 본다.

첫째, 증언기록물들에 대한 평가이다. 전남대 5·18연구소의 『5·18 광주민중항쟁 증언자료집』, 광주광역시의 『광주민주화운동자료집』 등은 항쟁 관련 생산물들이 드문 요즘에도 지속적으로 발간되거나 새롭게 부각되고 있다. 특히 여성들의 증언은 남성들의 증언과 그 성격이 여실히 다르다. 침묵당해 왔던 여성들의 주체적인 삶을 재구성하고, 역사에서 주변화되어 있던 여성들의 활동과 경험을 그들 스스로 말하게 하는 작업은 탈식민 시대인 요즘에도 여전히 유효하다. 최근 여성이론이나 운동쪽에서 새롭게 가치화하고 있는 하위 주체 여성들의 말하기 방식이라는 맥락에서 종군위안부들의 증언과 함께 이 항쟁관련 여성들의 증언은 재조명될 필요가 있다.

앞으로의 작업은 이 하위주체의 말하기 행위에 모종의 의미를 부여하는 것이어야 한다. 즉 동일한 증언자가 자신의 기억을 말하는 과정에서 증언 텍스트마다 차이가 있는지, 그 이유는 무엇인지를 좀 더 천착해야 한다. 또한 이들이 자신의 기억을 재구성하는 과정에서 특히 부각시키고 있는 것이 무엇인지, 그 의미는 무엇인지도 세심한 고찰을 요한다.

둘째, 기억이 가장 끈질기게 그리고 가장 극적으로 남아있는 곳은 몸이다. 혹자는 5월 광주를 홀로코스트에 비견하고 그것이 남긴 트라우마를 분석해야 한다고 말한다. 따라서 국가폭력이 여성의 몸에 가한 억압과 야만의 기억을 좀더 세심하게 드러내기 위해서는 사실에 가까운 증언물과 허구의 산물인 문학/문화 텍스트 사이의 공통점을 찾고, 텍스트를 회통가능한 것으로 재배치하는 시도가 필요하다. 일종의 담론분석이 필요하다는 것이다. 몸의 기억, 몸에 가해진 폭력을 언어화하는 일은 여성이 진술하는 적극적인 대항기억의 하나가 될 수 있다. 그리고 이와 같은 대항기억으로서의 몸의 기억은 증언물뿐만 아니라 문학작품에서도 남성과 여성의 경험과 기억을 가르는 주요한 준거[25]가 될 수 있다. 지금까지 우리의 작업이 '배제되고 전유된 여성의 몸'에 관심을 기울였다면 이제

---

25) 물론 남성들의 경우에도 부상, 고문 등으로 인한 육체적 후유증, 정신병 등 심리적 후유증에 시달리고 있다. 하지만 여성들의 경우 그 후유증이 육체적인 측면에서는 여성적인 성징의 훼손, 불임 등으로 나타나고, 심리적인 측면에서는 가부장 이데올로기의 강고함, 가족 내에서의 고립으로 인한 것으로 나타난다. 즉 남성들의 몸의 기억과는 변별된다는 것이다.

이 몸이 말하는 저항에 귀를 기울여야 할 것이다.

마지막으로 증언물이라든가 문학작품에서 동일한 증언자, 동일한 작가가 자신의 기억을 재현하더라도 다양한 차이와 균열이 일어날 수 있다는 점에 주목해야 한다. 그런 차이와 균열은 작가 그리고 증언자가 처한 개인적 상황, 사회적 맥락, 담론이 이루어지는 환경 등에 의해 빚어진 것이다. 따라서 이와 같은 점에 주목한다면 다소 단성적으로만 진행되어 온 광주항쟁 관련 문학/문화 생산물에 대한 연구를 다성화하는 데 기여할 수 있을 것이다.

항쟁과 항쟁 이후에 대해 여성으로 말하기는 애초의 저항성을 상실한 채 최근 기념의례화되고 있는 일련의 움직임들에 대한 항의의 양식이 될 수 있다. 또한 남성중심의 형제애의 발현으로 항쟁을 바라보는 시각에서 벗어나 여성을 대항기억을 주도한 '집단정체성'의 장으로 불러내는 데에도 기여하리라 본다.

저자 소개

김양선(金良宣)

서울 1965년생.

서강대 영문과 및 동 대학원 국문과 졸업. 문학박사. 문학평론가.

현재 한림대학교 기초교육대학 교수, 한국여성문학학회 기획이사, 한국근대문학회 공동대표로 활동 중이다. 저서로 『1930년대 소설과 근대성의 지형학』, 『허스토리의 문학』, 『경계에 선 여성문학』, 논문으로 「근대 여성문학의 형성원리 연구 – 정전의 형성과 여성성의 제도화 과정을 중심으로」, 「여성작가를 둘러싼 공적 담론의 두 양식」 등이 있다.

근대문학의 탈식민성과 젠더정치학

초판 인쇄 2009년 6월 5일
초판 발행 2009년 6월 15일

지은이 김양선
펴낸이 이대현
편 집 추다영
펴낸곳 도서출판 역락
　　　　　서울 서초구 반포4동 577-25 문창빌딩 2층
　　　　　전화 02-3409-2058(영업부), 2060(편집부)
　　　　　팩시밀리 02-3409-2059
　　　　　이메일 youkrack@hanmail.net
　　　　　등록 1999년 4월 19일 제303-2002-000014호
ISBN 978-89-5556-711-3 93810
정 가 21,000원

* 잘못된 책은 교환해 드립니다.